Heinz Lemmermann

Grundlagen und Techniken der Redekunst

mit Schule der Debatte

GONDROM

Lizenzausgabe für Gondrom Verlag GmbH & Co. KG, Bindlach 1992

Covergestaltung: Graphik Design Studio L. Mielau, Wiesbaden
Druck: Wiener Verlag, Himberg
ISBN 3-8112-0981-7

Inhaltsverzeichnis

Vorbemerkung zur 1. Auflage (1962)

In Musikerkreisen gibt es ein Scherzwort: Klavierspielen fällt gar nicht schwer. Man muß nur den richtigen Finger zur rechten Zeit auf die richtige Taste drücken.

Wir können diesen Satz auf die Rhetorik übertragen: Auch das Reden fällt gar nicht schwer. Man muß nur das richtige Wort zur rechten Zeit an die richtige Adresse leiten. Aber das alles ist leichter gesagt als getan. Klavierspieler oder Redner wird man nicht von heute auf morgen. Der eine macht ungezählte Fingerübungen, bis er die Tastatur geläufig beherrscht; der andere kommt nicht ohne ein vielseitiges Zungen- und Gehirntraining aus, ehe er über die Kunst der Rede verfügt.

Wie oft sagen wir von einem Bekannten: »Er weiß sehr viel; er kann sich nur nicht gut ausdrücken. Er kann seine Gedanken nicht überzeugend vermitteln; sein Wissen und Können wirkt sich nicht aus.«

So mancher Mensch behauptet von sich: »Reden kann ich nicht. Das liegt mir nicht. Das ist eine Begabung, mit der man mich nicht versorgt hat.« Und somit hält er uns eine kleine Rede darüber, daß er nicht reden könne. Wie paradox! Wer sprechen kann, kann auch das Reden lernen: er muß nur die Grundlagen kennen und das Reden üben. Jede Frage, jeder gesprochene Satz und jedes Gespräch ist eine Rede im Miniaturformat. Weshalb soll es nicht möglich sein, eine *längere* Rede zu halten; auch dann, wenn viele zuhören?

Das vorliegende Lehrbuch ist als systematische Einführung in die moderne Rhetorik gedacht. Es will anleiten zur Gestaltung von Rede und Diskussion. Es will einige handfeste Regeln vermitteln, die sich in der rednerischen Praxis bewährt haben; kurz und bündig und in aufgelockerter Form. Es handelt sich nicht um Anweisungen zum sprechkünstlerischen Nachgestalten von Dichtungen, sondern um Hinweise für die tägliche *Redepraxis*, gleichgültig in welchem Lebensbereich. Was Sie in diesem Buch vorfinden, sind großenteils Erfahrungen und Überlegungen aus dem pädagogischen wie aus dem politischen Alltag. Ich habe aber auch allerlei kleine, mittlere und große Geister um ihre Meinung befragt und war erstaunt, was sie alles zum Thema Rhetorik zu sagen wußten.

Für den Rede-Lehrling ist es nicht damit getan, diese Seiten flüchtig durchzublättern und ein paar amüsante Beispiele herauszupicken. Wer nicht bereit ist, täglich (!) wenigstens einige Minuten lang Redeübungen vorzunehmen, wer nicht bereit ist, die wichtigsten Sinnabschnitte langsam und sorgfältig durchzuarbeiten, der braucht gar nicht erst anzufangen.

Dem lernbegierigen Anfänger sei empfohlen, diese im Grunde schwere Kost hier nur in homöopathischen Dosen zu sich zu nehmen, damit er nicht geistige Verdauungsstörungen erleidet. Empfohlen sei ferner, die Übungen gemeinsam mit Freunden vorzunehmen. Jeder einzelne hat dann die Kontrolle durch die anderen und obendrein ein Publikum. Aber auch durch beharrliches Selbststudium kommt man ein gutes Stück voran.

Für kritische Hinweise und Ergänzungen bin ich jederzeit dankbar.

Bedenken wir aber auch folgendes:

Reden-Können darf nicht dazu führen, unausgesetzt reden zu wollen. Gerade heute erleben wir durch Zeitung und Funk, aber auch durch die Veranstaltungsseuche in der modernen Begegnungs-Industrie eine wahre Inflation des Wortes. Gehen wir mit dem Wort behutsam und verantwortungsbewußt um. Der gute Redner wird sogar weniger, aber dafür besser reden.

Das Wort ist weder gut noch böse, aber es kann in rechter wie in unrechter Weise gebraucht werden; es kann helfen, aber auch verletzen und vernichten.

»Worte sollen Brücken sein. Sie können aber auch Mauern sein« (Albrecht Goes).

Bei der Abfassung dieser Arbeit habe ich mich bemüht, den drei Grundregeln zu entsprechen, die zu beachten schon die antike Rhetorik von uns fordert: wir sollen docere, delectare, movere – lehren, erfreuen und bewegen.

Wer dieses Buch hier durchgearbeitet hat, wird vielleicht noch kein *guter* Redner sein, aber hoffentlich ein *besserer* als bisher.

Lilienthal-Trupe bei Bremen,
im Mai 1962 *Heinz Lemmermann*

Vorbemerkung zur Neubearbeitung (1986)

Dieses Lehrbuch wurde geschrieben für Schüler, Studierende und Interessenten aus den verschiedensten Berufen und Funktionen, die sich eine Grundorientierung in der Rhetorik verschaffen wollen. Es ist weder als wissenschaftliche Abhandlung verfaßt noch als »Rezeptbuch für alle rhetorischen Fälle«, vielmehr möchte es zum nützlichen Ratgeber werden und allerlei Hilfestellung für den rhetorischen Alltag anbieten.

Bereits vor 24 Jahren ist der Band freundlich aufgenommen worden und hat viele Auflagen erfahren. Es freut mich besonders, daß einige Grundgedanken und neue Begriffe Eingang fanden in die Fachliteratur.

Die Gliederung wurde weitgehend beibehalten. Inhaltlich sind viele Änderungen und Ergänzungen erfolgt. Erfahrungen, Erkenntnisse und Überlegungen aus den letzten Jahren wurden eingearbeitet.

Diskussion, Debatte und Verhandlung sind heute besonders wichtige Bereiche. Mit diesen Themenkreisen befasse ich mich in der »Schule der Debatte; Beiträge zur dialogischen Rhetorik«. Dieser auch 1986 im Olzog Verlag erschienene Band ist als Ergänzung, als »Lehrbuch 2. Teil« gedacht.

Was für die Rede zutrifft, gilt auch für die Schrift: Kein Buch ist so gut, als daß es nicht immer wieder verbessert werden könnte. Ich hoffe darum auch weiterhin auf hilfreiche Kritik.

Herzlich danke ich meiner Frau Ruth, die das Typoskript erstellte und kritisch durchsah.

Lilienthal-Trupe bei Bremen,
im Mai 1986 *Heinz Lemmermann*

1. Vorübungen – Vorüberlegungen

1.1 Vorübungen

Nachdem Sie dieses Buch vielleicht schon einmal durchgeblättert oder »diagonal gelesen« haben, sei empfohlen, sogleich mit einer Redeübung zu beginnen, wozu der Abschnitt 3 dieses Kapitels allerlei Hinweise gibt. Man kann z. B. mit dem lauten Vorlesen von kurzen Zeitungsartikeln (vor einer »vorgestellten« Hörerschaft) und anschließender Wiedergabe mit eigenen Worten beginnen.

Die Abschnitte »Atmung« und »Sprechen« können nach und nach in den Studiengang eingefügt werden, denn gute Atemführung, deutliche Aussprache und sinnvolles Sprechdenken sind wichtige Fundamente für die freie Rede. Auch die ständige Übung des Gedächtnisses ist für jeden Redner Gold wert.

1.1.1 Atmung

»Der Atem ist der Regler aller Dinge« (Indisches Sprichwort). Wir atmen von der Geburt bis zum Tode. Es lohnt sich schon, es richtig zu tun. Um die Lebensgeister wachzuhalten, genügt das schlichte Ein- und Ausatmen. Beim Einatmen tanken wir Sauerstoff und erzeugen damit Energie. Beim Ausatmen scheiden wir Stoffe aus, die dem Körper schaden. Goethe deutet den Wechsel von Ein- und Ausatmung wie folgt:

»Im Atemholen sind zweierlei Gnaden;
die Luft einziehn, sich ihrer entladen;
jenes bedrängt, dieses erfrischt,
so wunderbar ist das Leben gemischt.
Du danke Gott, wenn er dich preßt,
und dank ihm, wenn er dich wieder entläßt.«

Der Atem ist der notwendige Betriebsstoff für Sprechen, Singen, Seufzen und verschiedene andere Möglichkeiten menschlichen Ausdrucks. Die Lunge atmet nicht – eigentlich *wird* sie geatmet, und zwar durch Verschiebung ihrer Muskelwandungen.

Die unzähligen kleinen Lungenbläschen können nicht aktiv werden; sie sind vielmehr von den Muskeln abhängig, die die Lunge umgeben.

Wir sollten nicht Luft *schnappen*, sondern Atem *schöpfen*, und zwar möglichst durch die Nase: die Luft wird angewärmt und gefiltert. Bei reiner Mundatmung trocknet die Kehle rasch aus; rauhes Sprechen und Entzündungen sind die Folge. Viele Menschen verstauen nur ein wenig Luft unter ihrem Schlüsselbein. Wir nutzen aber unseren *ganzen* »Blasebalg« aus, d. h. wir bevorzugen Tiefatmung (= Zwerchfell- oder Bauchatmung) und Flankenatmung, und begnügen uns nicht mit der üblichen Hochatmung, die zu Verkrampfungen führt, besonders beim Heben der Schultern. Richtig atmen Sie, wenn sich die Bauchdecke vorwölbt und wenn sich die Flanken dehnen.

Man übe das *tiefe Durchatmen*, möglichst in frischer Luft (20 Atemzüge). Man atme zunächst aus und lasse die Luft ruhig und geräuschlos bis in die entlegensten Winkel der Lunge strömen. Hilfreich ist die Vorstellung von Blumenduft.

Wir betreiben Atemübungen auf s, sch und f; später auch auf Vokale und Silben. Man lasse die Luft auf diese Laute ausströmen, langsam fließend oder stoßweise.

Wir müssen mit dem Atem haushalten; mit wenig Luft viel erreichen. (Keine »wilde Luft« wie bei einem schlechten Flötisten.) Wir üben die *Atemstütze*: 1. Wir sprechen jedes Wort eines Satzes äußerst langsam und gedehnt. 2. Wir sprechen im normalen Tempo möglichst lange auf einem Atem. Geben Sie sich nicht zufrieden, als bis Sie das vorstehende Goethezitat mühelos auf einem Atem sprechen können.

Grundregel für die Sprechpraxis: Man atme stets nur dann ein, wenn der Sinn eine Pause gestattet. Bei schneller Sprechweise haben wir manchmal nur Zeit zum schnellen *Nachatmen*, nicht zum *Vollatmen*.

Beherrschung guter Atemführung ist Voraussetzung für gutes

und resonanzreiches Reden. Wie oft erleben wir Redner, die nach 10 Minuten keuchen, als hätten sie bei Sturm und Hagel den Gipfel der Zugspitze erklommen.

Die Verbesserung der Atemführung bedarf mehr noch als andere Bereiche der Fremdkontrolle. Durch ein Buch können nur einige allgemeine Hinweise vermittelt werden. Empfohlen sei, sich nach einem Kurs zur Atemtechnik bzw. Atemgymnastik zu erkundigen (z. B. in Volkshochschulen angeboten) und daran teilzunehmen.

1.1.2 Sprechen

In den folgenden Ausführungen über das Sprechen finden Sie nur das notwendigste Rüstzeug für den Redner: Hinweise auf Grundsätze des Sprechens und Hinweise auf besondere Gefahrenquellen. Wenn Sie besondere Sprechschwierigkeiten haben, so tun Sie gut daran, jene Fülle von Übungen vorzunehmen, die Sie in einem der im Literaturverzeichnis angegebenen Werke über die Sprechtechnik finden.

Ein Lehrbuch wie dieses kann einen Kurs zur Sprech- und Redetechnik wohl vorbereiten, begleiten, ergänzen, aber keineswegs ersetzen.

Ein Redner ist weder Schauspieler noch Rezitator. Deshalb wird auch keine künstlerische Sprechkultur von ihm verlangt werden können. Er muß aber deutlich und sinnvoll sprechen. Die Lautbildung muß gut sein. Lautstärke, Betonung, Tempo, Klangfarbe, Resonanz müssen der jeweiligen Situation angepaßt werden können. Vor allem muß ein *Sprechfluß* vorhanden sein. Wir kennen Redner, die kraft ihrer Persönlichkeit und kraft ihrer Diktion große Erfolge hatten, wenngleich ihr Sprechen mangelhaft war und blieb. Bismarcks Stimme z. B. war piepsig und voller asthmatischer Geräusche. Es soll sich angehört haben, als komme seine Stimme aus dem Kragenknopfloch. Aber das soll für uns kein Maßstab sein. Anzustreben ist die deutliche, klangreine Aussprache.

Zunge und Lippen leisten die Hauptarbeit bei der Artikulation. Ihre Muskelbewegungen müssen daher besonders ausgeprägt werden. Man erleichtert sich das Sprechen dadurch, daß man sich angewöhnt, die Lippen stets etwas vorzustülpen. Der Kiefer bleibt stets möglichst locker, um die Halsmuskeln zu entlasten. Man ahme nicht die Kaubewegungen vieler »Nußknakkersprecher« nach, da Verkrampfungen und Ermüdung folgen. (Zungengymnastik mit Übungen wie lalelilolu, tatetitotu u. a.) Üben Sie jeden Sprachlaut von A – Z und lassen Sie kontrollieren, ob alle Laute deutlich genug sind. Die Vokale werden allesamt bei verschieden runder Mundstellung gebildet: i – e – a – o – u; in dieser Reihenfolge mit zunehmender Rundung. I und e werden oft in zu flacher und breiter Mundstellung geformt und wirken dann plärrend oder gepreßt. Bei hartem Vokaleinsatz werden die Stimmlippen vom Luftstrom ruckartig auseinandergerissen: es entsteht ein Knacklaut. Wir achten aber auf weichen Stimmeinsatz, der am besten erreicht wird, wenn wir uns vor dem Vokal ein h *vorstellen*.

Wir achten darauf, die Konsonanten eindeutig voneinander zu scheiden. Der Zuhörer muß *jede* Silbe vernehmen und jedes Wort verstehen können, klar und deutlich. Die nachlässige Lautangleichung (p – b; d – t z. B.) führt nicht selten zu Mißverständnissen. Besonders hingewiesen sei auf die nötige Trennung von Schluß- und Anfangskonsonanten, wenn sie bei aufeinander folgenden Wörtern gleich lauten (z. B. meint der Redner: » . . . und denkbar wäre das!« Doch der Zuhörer versteht: » . . . undenkbar wäre das!«). Wir können die Konsonanten durch folgende Übungen schärfen:

a) durch Flüstern, das die Artikulationskraft ungemein stärkt. (Schüler beschränken diese Übung nicht selten auf bildungssoziale Hilfeleistung bei bedrängten Banknachbarn),
b) durch bewußtes Schnellsprechen, das die Geläufigkeit bei Konsonantenhäufung fördert. Dazu eignen sich Schnellsprechsätze (»Wenn du selbst sechzehn Sprachen sprichst, die Schnellsprechsprüche radebrichst«; »Wer nichts weiß und weiß, daß er nichts weiß, weiß mehr als der, der nichts weiß, und weiß nicht, daß er nichts weiß« u. a.). Wenn verschiedene

Konsonanten unmittelbar aufeinanderfolgen, so müssen Zunge und Lippen ihre Stellung schleunigst ändern. Geht dieser Stellungswechsel zu langsam vor sich, so gibt es ein Durcheinander: den sogenannten *Konsonantensalat*.

Um eine tragende und resonanzreiche Stimme zu gewinnen, sprechen wir betont langsam Sätze mit recht vielen Nasallauten (m, n, ng), z. B. »Von dem Dome schwer und bang tönt der Glocke Grabgesang«.

Den schnellen Wechsel von m und n kann man gut üben an folgendem Vierzeiler von Julius Hey:

Wenn Männer den Mädchen mal Ständchen bringen,
im Nachen mit neckischem Brummen, mit Singen,
dann murmeln die Muhmen mit Naserümpfen
empfindsam und meinen, man müsse nun schimpfen.

Eine gute Übung zur besseren Resonanzbildung ist das *Summen*. Man summe Einzeltöne und im langsamen Zeitmaß Melodien. Die Lippen dürfen nicht aufeinandergepreßt werden, sondern müssen locker bleiben.

Im folgenden einige Einzelheiten, die für die richtige *Aussprache* von Belang sind und doch leicht übersehen werden:

Im Silbenschluß und vor Konsonanten wird die Nachsilbe -ig wie -ich gesprochen. Z. B. König = »Könich«; ruhig = »ruhich«. Ferner beruhigt = »beruhicht«; freudigst = »freudichst«; Honigkuchen = »Honichkuchen«. Ausnahme: Wenn in der nachfolgenden Silbe ein -ch vorkommt, wird -ig buchstabengetreu gesprochen, z. B. in ewiglich, königlich, Königreich. Das st und sp wird anlautend als »scht« und »schp« gesprochen, da diese Laute weit mehr Tragfähigkeit besitzen als das stimmlose s. Es heißt also »Schtein« und nicht »S-tein«, »Schpaten« und nicht »S-paten«. Das st in der Wortmitte, als Inlaut also, wird dagegen gesprochen wie geschrieben. »Kostüm«, nicht »Koschtüm«; »System«, nicht »Syschtem«, wie man es manchmal hören kann. Das g wird stets als Sprenglaut gebracht. Das »Berliner g« (»Janzer Jüterzuch voll Jänse!«) ist kein Vorbild für Redner. Auch als Inlaut und Auslaut bleibt g erhalten. Es heißt »begegnen« und nicht »begechnen«, »regnen« und nicht »rechnen«, »Tag« und nicht »Tach«.

Die Grundregel für die *Betonung* lautet: *Hauptsilben leicht betonen; Nebensilben leicht abfallen lassen*, aber *nicht verschlukken*.

Die Satzmelodie (= Sprechhöhenverlauf) sei nicht gleichförmig, vielmehr abgestuft. In der Regel steigt sie zu Beginn und fällt am Schluß. Betont wird der wichtigste Teil eines Satzes. Durchweg hat jeder Satz nur *einen* Betonungsgipfel. Mit Betonungsgipfel ist nicht unbedingt *ein* Wort gemeint. An besonderen Höhepunkten wird ein ganzer Sinnabschnitt herausgehoben.

Der Betonung kommt in unserer Sprechweise besondere Bedeutung an, da die Betonungsverschiebung oft einen Sinnwandel des ganzen Satzes hervorruft. Zwei Beispiele: Wir rufen aus: »Das wäre ja noch *schöner*!« Böse-ironisch klingt es, betonen wir anders: »Das wäre ja *noch* schöner!« – Oder: »Ich fahre heute nach Berlin.« Dieser Satz kann unterschiedlichen Bedeutungsgehalt bekommen, je nachdem, wie ich betone; z. B.:

»*Ich* fahre heute nach Berlin« – nicht mein Sohn;
»Ich *fahre* heute nach Berlin« – ich fliege nicht;
»Ich fahre *heute* nach Berlin« – nicht morgen erst;
»Ich fahre heute nach *Berlin*« – nicht nach Hamburg.

Viele Redner haben sich angewöhnt, immer wieder dem Satzende Nachdruck zu geben. Sie betonen das letzte Wort durch Heben der Stimme und Dehnung des Zeitmaßes, auch wenn dieses Wort völlig unwesentlich ist. Diese falsche Betonung geschieht meistens aus der Verlegenheit heraus, den nächsten Satz noch nicht »gebrauchsfertig« auf der Zunge zu haben.

Es sind drei Mittel, die der Betonung dienen:

1. *Sprechtonerhöhung*, 2. *Sprechtonverstärkung*, 3. *Sprechtondehnung* (= langsameres Zeitmaß). In der Regel greifen die Mittel ineinander: wenn ich lauter spreche, dehne und erhöhe ich die Satzmelodie.

Man hüte sich vor der abgehackten Sprechweise (im Extrem: zackiger Militärston). Sprechen Sie statt dessen fließend – gebunden – langsam, so daß die Sinneinheiten der Wortgruppen wie aus einem Guß wirken. Wenn kein besonderer Betonungsgipfel vorkommt, so folgen wir normalerweise dem natürlichen

Sprechrhythmus. »Innerhalb des Satzes streben wir nach geregeltem Wechsel, weil die Struktur unserer Sprache schwere und leichte Silben fordert . . . gefällig geordnet, locker, leicht« (Von Essen). Ohne logische Gründe (manchmal sogar gegen jede Logik!), rein aus rhythmischem Bedürfnis. Wir sagen z. B. L*a*ndbrieftr*ä*ger, statt L*a*ndbr*ie*fträger, oder »Es w*a*r einm*a*l ein König«, statt »Es w*a*r e*in*mal ein König«, *un*abs*i*chtlich statt *una*bsichtlich. (Beispiele bei von Essen.) Folgen schwere Silben aufeinander, so liegt darin schon eine besondere Betonung. (Weiteres siehe »Besondere Vortragsmittel«.)

Ich führte schon aus, daß der Redner zwar über eine deutliche, resonanzreiche und fließende Sprechweise verfügen muß, daß aber keineswegs eine Art entschlackter Paradesprache das Ziel seiner Sprechübung ist. Die folgenden Sprechfehler sind allerdings sehr störend für den Hörer oder schädlich für den Redner:

1. Zu hohes Sprechen! Ermüdung und Stimmschädigung bleiben nicht aus. Sprechen wir bewußt etwas tiefer; wir schonen unsere Stimme.
2. Der Preßton, bedingt durch falsche, weil zu hastige Atmung und Kontraktion der Halsmuskeln.
3. »Knödeln«, bei dem die Zungenwurzel aufgewulstet ist. In diesem Falle die Zunge bewußt vorlagern (stimmhaftes s üben, si – se – sa).
4. Lispeln, bei dem sich die Zungenspitze zu weit und zu flach zwischen die Zähne schiebt. »Die häufig anzutreffende Mißbildung des Lispelns läßt sich, sofern sie nicht auf anatomischer Veränderung, sondern auf schlechter Angewohnheit beruht, auf folgende Weise korrigieren: man lege die Lippen und die vordere Zungenpartie übertrieben in die Breite, hebe die Mundwinkel wie zum Lächeln und spreche bei gesenkter Unterlippe und ruhig durchstreichender Luft die Silben: sa – sä – se – si. Dabei verlängere man allmählich das Anlaut-S unter gleichzeitigem Crescendo ssssa! ssssä! usw. Diese Übung wiederhole man mit Ausdauer und Geduld« (Reusch).
5. Verschlucken der Endsilben.
6. Oft wird das Zungen-R vernachlässigt. Oft wird das r sogar

ganz verschluckt. Wenn ein Bremer »waatet« – so weiß man nie, ob er durchs Wasser »watet« oder auf seine Frau »wartet«. Häufig hören wir auch das »vornehme« Gaumen-R, das dem ch ähnelt. Statt »Kurt, die Gartenpforte knarrt« heißt es dann »Kucht, die Gachtenfochte knacht«. (Mancher Bremer wird das wie folgt aussprechen: »Kuat, die Gaadenpfoote knaat«.) Man übe das Zungen-R mittels des *»beschleunigenden d«*: in Worten wie *drei, drauf, dran,* bringe man das d mehrfach und beschleunige allmählich: d-d-d-d-ei, d-d-d-d-auf, usw. So erreicht man leichter eine vibrierende Zungenspitze. Häufig wird die Endung -ung wie unk gesprochen (»mit Schwunk«, statt richtig »mit Schwung«).

Zungen-R und ung-Endungen, sch im Anlaut, alles steht im Dienste einer klangvollen, tragweiten Sprechweise, die dem Hörer das Aufnehmen der Worte erleichtert. Weitere Sprechfehler sind:

7. *Verlegenheitslaute.* Wir können sie auch *Urlaute* nennen: öh – o – ne usw. Es ist festzustellen, daß viele im übrigen hervorragende Redner *Urlaute* vielleicht ihr Leben lang beibehalten. Da klingt es uns entgegen: statt »und« ein »un-te«, statt »daß« ein »daß-e«. Der Grund? Der Redner hat den nächsten Satzteil noch nicht »auf der Zunge«, meint aber wohl, es den Hörern schuldig zu sein, wenigstens irgend etwas von sich zu geben, und sei es nur einen Überbrückungs-Urlaut.
   Zumeist ist es so: Man merkt als Redner gar nicht, daß man Legionen von Verlegenheitslauten benutzt. Die Tonbandkontrolle kann hier manchmal Erschrecken auslösen.
8. Nasale oder auch schnarrende Tongebung. (Der berühmte Kunsthändler Vollard sah in einer Gesellschaft eine sehr geschwätzige Dame, die er nicht kannte. Sie schien mit der Nase zu sprechen. Vollard wandte sich an seinen Nachbarn: »Finden Sie nicht auch, daß diese Dame sehr gewinnen würde, wenn sie ihre Trompete weniger oft hören ließe?« »Ganz sicher«, antwortete der Nachbar, »ich habe mich in 30 Jahren nicht daran gewöhnen können. Ich bin nämlich ihr Mann.«) – Wir machen uns selten klar, wie sehr Stimmklang und Spracheigenschaft

den Eindruck bestimmen, den andere von uns gewinnen. »Was ein Ohr beleidigt, vermag in die Seele der Menschen nicht einzudringen«, sagt der römische Redelehrer Quintilian.

Man hüte sich auch vor der *feuchten* Aussprache, wie sie schon Wilhelm Busch beschrieb:

»Die Lippe sprüht, das Auge leuchtet,
des Lauschers Bart wird angefeuchtet.«

9. Schädlich für die Stimme ist jedes übermäßige Schreien, Räuspern und Husten. Das Brüllen steht manchen Tieren besser an als uns Menschen. Manche Redner haben dank stets übertriebener Lautstärke eine Stimme, die so rauh klingt, als hätten sie mit Reißzwecken gegurgelt.

Bei vielen Rednern findet man den Fehler, daß Wortblöcke stoßweise vorgebracht werden und zwischen ihnen eine Pause herrscht.

Achten wir auf guten *Sprechfluß*, d. h. sprechen wir zusammenhängende Worte und nicht nur einzelne Wörter. In der Stimm- und Sprachheilkunde bezeichnet man das *Stottern* als »krampfartige Ausdrucksneurose«. (Trotz allen wissenschaftlichen Bemühens liegt bis heute keine endgültige Erkenntnis der Ursachen des Stotterns vor. Es ist erwiesen, daß die weitaus meisten Stotterer Männer sind. Übrigens nimmt der Prozentsatz der Stotterer nach Westen hin zu: In England z. B. gibt es mehr als in Deutschland, in den USA mehr als in England. In Nordamerika schätzt man die Zahl der Stotterer auf über 2 Millionen!) Das gelegentliche Stottern des nicht sprachgeschädigten Menschen ist auf ein momentanes Angst- und Unsicherheitsgefühl zurückzuführen, das durch häufige Redeübung überwunden werden kann.

Die meisten der genannten Sprechfehler können nur durch geduldige Arbeit beseitigt werden, am besten unter Anleitung eines Stimmpädagogen oder Gesanglehrers. Lassen sich grobe Fehler auch dann nicht abstellen, so sind sie organisch bedingt. Es ist dann ratsam, einen Facharzt aufzusuchen. »Kein Mensch wartet heute mit dem Zahnarzt, bis das Gebißin Ruinen zerfällt. Mit der Stimme treibt man aber wissentlich und unwissentlich Raubbau« (Schmidts).

Dialekt. In seinem »Vergnüglichen Handbuch der deutschen Sprache« hat Hans Reimann die verschiedensten Bedingungen der Sprechart einmal zusammengestellt, schön nach dem Alphabet:

»Sprechen ist abhängig von Breitengrad, Elternhaus, Ernährung, Gaumen, Landschaft, Lippen, Nase, Schule, Spielgefährten, Umgebung, Zahnstellung, Zunge.« Und er fährt fort: »Sprechen ist stets gefärbt, unrein, mit Eigentümlichkeiten durchsetzt . . . Wir haben Lehrbücher für Schauspieler und solche, die es werden wollen. Die von diesen Lehrbüchern verkündete Sprache verhält sich zur lebendigen Sprache wie die Puppe eines Wachsfigurenkabinetts zum leibhaftigen Vorbild.« Wir können das voll und ganz unterschreiben. Wir wollen in der Rede kein »destilliertes Produkt einer keimfreien Bühnenaussprache« (Kilian). Abzulehnen aber ist schwerverständlicher Dialekt ebenso wie jene unpersönliche, farblos-glatte Paradesprache.

Dialekt-Einschlag soll und kann man nicht ausmerzen, sehr wohl aber eindämmen. Es kommt immer darauf an, von der jeweiligen Zuhörerschaft gut verstanden zu werden. Es gilt, Mißverständnissen zu begegnen. Der Mitteldeutsche z. B. spricht viele Konsonanten sehr nachlässig. Wir hören dann »Oh, welche Bein« statt »Oh, welche Pein«, »Bass« statt »Paß«, »Eingeweide« statt »Eingeweihte«. Der Süddeutsche entstellt manche Vokale; ihm fehlt meistens auch das stimmhafte s. Im hannoverschen Dialekt spricht man »ei« wie »a« (»Pane liegt nicht an der Lane« = »Peine liegt nicht an der Leine«); der Hamburger bringt mehr durch die Nase als durch den Mund ein offenes »o« hervor statt »a« (»Von Horburg noch Oltono« = »Von Harburg nach Altona«). In einigen Regionen Süddeutschlands und Österreichs wird gelegentlich ganz auf das Einbeziehen von Konsonanten verzichtet. Ein Bauer aus einem Gebirgstal: »I a e Oi ü!« – und meint damit: »Ich habe ein Ei übrig.«

Wenn ein Bremer von der »Housnummer« spricht, so kann man nicht sicher sein, ob er »Hosennummer« meint oder »Hausnummer«. Auch neigen viele Bremer dazu, jedes i in ein ü zu verwandeln (Beispiel: »Üch süng ümmer üm Kürchenchor müt«). Im übrigen begnügt sich mancher Bremer bei seiner Redeweise mit einem Minimum an Mundöffnung, so daß man ihn aus einiger Entfernung für einen Bauchredner hält. Beim Ostpreußen ist es umgekehrt: er spricht das ü wie i. (»Gehn ›se 'mal drieben ieber die Bricke rieber!«). Der Rheinländer ersetzt das ch oft durch ein sch, wenn er auch sonst »dursch Leischtischkeit der Spreschweise« besticht.

Wenn wir schwer verständlichen Dialekt sprechen, so gibt es nur eins: durch beharrliches Üben jene Eigenarten unseres Sprechens zu beseitigen, die den sprachlichen Kontakt mit den Menschen aus anderen Gegenden stören. Ein *guter* Redner aus Südbaden wird in seiner Heimat stärker im Dialekt bleiben, aber er wird auch so reden können, daß ihn die Deutschen in Nordschleswig verstehen. Es unterbrach ein norddeutscher Politiker in Bonn einmal den Wortschwall eines sehr prominenten Parteifreundes aus Schwaben höchst ärgerlich: »Wenn Sie nicht endlich aufhören, da herumzuschwäbeln und nicht endlich mal vernünftiges Hochdeutsch sprechen« – und nun hegte er Rachegedanken –, »denn so fangt wi an, platt to snacken, un denn schast du sehn: Du versteihst keen Woort!« (= dann fangen wir an, plattdeutsch zu reden, und dann wirst du sehen: Du verstehst kein Wort!)

Man möchte ja das erreichen, was Busch in »Maler Klecksel« folgendermaßen beschreibt:

»Die Segelflotte der Gedanken,
wie fröhlich fährt sie durch die Schranken
der aufgesperrten Mundesschleuse
bei gutem Winde auf die Reise,
und steuert auf des Schalles Wellen
nach den bekannten offnen Stellen
am Kopfe, in des Ohres Hafen
der Menschen, die mitunter schlafen.«

(Zu diesem Unterkapitel siehe auch die Ausführungen zu Atmung, Stimm- und Lautbildung in H. Lemmermann: Musikunterricht, Bad Heilbrunn 1984[3], S. 206 ff.)

1.1.3 Redeübung

»Leichter und schwerer Erfolg; der eine betut sich im Traume, der andere muß drücken, daß ihm der Kopf birst«, um gleich mit Wilhelm Busch fortzufahren. Auch mit dem Reden ist es so: dem einen fällt es schwerer, dem anderen leichter. Ein alter Spruch heißt: »Poeta nascitur, orator fit« (»Ein Dichter wird geboren, ein Redner wird gemacht«). Bis zu einem gewissen Grade kann man das Reden im Selbstunterricht erlernen. Besser ist es allerdings, wenn die Redeübungen im Freundeskreis oder in einem Kursus stattfinden, weil man sich dann gegenseitig kontrollieren und helfen kann. Schon Quintilian (etwa 30–96 n. Chr.) bemerkt: »Die Redekunst bedarf der angestrengtesten Arbeit, eines unbändigen Eifers, verschiedener Übung, vielfacher Erfahrung, sehr hoher Klugheit und geistesgegenwärtigen Urteils.«

Eine systematische Redeübung sollte über einen längeren Zeitraum hin erfolgen, z. B. ein halbes Jahr lang wöchentlich.

Im folgenden habe ich zehn Grundübungen zusammengestellt, die erfahrungsgemäß einen Weg zur freien Rede bahnen. Es ist ratsam, schrittweise voranzugehen, mit einfachen Übungen zu beginnen und den Redebereich dann langsam auszuweiten. Jede dieser rhetorischen »Pflichtübungen« sollte man mindestens zwanzig- bis dreißigmal ausführen.

1. *Ablesen.* Üben Sie bei lautem Vorlesen (z. B. von Zeitungsartikeln), eine »vorgestellte« Hörerschaft anzublicken. Erwekken Sie durch solchen Augenkontakt mit dem fiktiven Publikum den Eindruck eines möglichst freien Sprechens. Dabei müssen Sie stets kleine Abschnitte blitzschnell vorauslesen und im Gedächtnis behalten. Dieses ist die beste Vorübung des Sprechdenkens, bei dem die Gedanken den Worten ein wenig vorauseilen.

2. *Inhaltswiedergabe.* Lesen Sie Abschnitte von etwa zwei bis fünf Sätzen vor und geben Sie diese dann wieder, und zwar:

a) möglichst wortgetreu (Gedächtnis schulen für Einzelheiten!) oder

b) mit eigenen Worten (persönliche Wortausgestaltung).

3. *Sprechdenken.* Zur freien Rede führt weder das Ablesen

eines Aufsatzes noch das Auswendiglernen desselben, sondern nur die ständige Übung in der Wortausgestaltung eines Stichwortkonzepts mit Hilfe des Sprechdenkens.

Mit Sprechdenken bezeichnen wir eine enge Verknüpfung von Denken und Sprechen: ein Denken während des Sprechens und ein Sprechen während des Denkens. Praktisch heißt das: ein Sinnbezug liegt als Gedankenstütze in einem Stichwort oder in einer Folge von Stichworten (= Stichsatz) vor. Das Stichwort gibt mir den Denkimpuls, und dieser drängt zur Entfaltung mittels Wortausgestaltung. Machen wir uns das an einem Beispiel deutlich: »Demosthenes, der größte Redner des Altertums, forderte von den griechischen Stämmen immer wieder, sie sollten einig sein im Kampf gegen König Philipp.« Dieser Satz würde stichwortartig etwa so gefaßt werden können: Demost. – größter Redner Altertum – forderte griech. Stämme – einig geg. Philipp. Dieser Stichsatz stellt das Gerüst dar, um das sich die weiteren Worte gruppieren. Die rednerische Übung des Sprechdenkens besteht darin, die Stichworte *immer wieder neu* auszugestalten. Schweinsberg spricht von »freier Beweglichkeit um feste Punkte«. Das Ummünzen in zusammenhängende Worte kann z. B. so erfolgen:

»Demosthenes war bekanntlich der größte Redner im alten Griechenland. Immer wieder forderte er die griechischen Stämme auf, doch einig zu sein, denn nur so könnten sie im Kampf gegen König Philipp bestehen.« – Oder: »Der größte Redner im Altertum, Demosthenes, forderte von den griechischen Stämmen immer wieder: ›Seid einig, wenn jetzt der große Kampf gegen den mächtigen König Philipp beginnt.‹« Es gibt noch viele andere Möglichkeiten, dieses kleine Stichwort-Konzept auszuformen. Der Redner soll sich nicht an einem Wortlaut festklammern, sondern er muß imstande sein, denselben Gedanken immer wieder neu zu formulieren. Während der Redner spricht, muß er schon die nächsten Stichworte schnell überfliegen und diese für kurze Zeit im Gedächtnis behalten. »Der nächste Satz kann des vorhergehenden besserer Bruder werden. Immer der nächste Satz ist das Problem der Minute« (Naumann).

Die hier beschriebene dritte Grundübung schafft die Voraussetzung für die weitere Arbeit. Man kann sie gar nicht oft genug durchführen. Eine gute zusätzliche Übung besteht darin, daß man Satzanfänge notiert und dann den Satz in freier Wortausgestaltung mündlich zu Ende führt.

An dieser Stelle möchte ich noch darauf hinweisen, daß dem *lauten* Sprechen große Bedeutung zukommt beim Suchen nach geistiger Klarheit. Jedem Redner sei empfohlen, den Aufsatz »Über die allmähliche Verfertigung der Gedanken beim Reden« von Heinrich von Kleist (1777–1811) zu lesen. Kleist wandelt das französische Sprichwort »l'appétit vient en mangeant« (»Der Appetit kommt beim Essen«) ab in »l'idée vient en parlant« (»Der Gedanke kommt beim Sprechen«). (Der Kleist-Aufsatz ist am Schluß des Kapitels über die Vorbereitung als Dokument aufgenommen.)

Wir schärfen unser Sprachvermögen auch durch Begriffsbestimmungen. Definieren schafft klare Begriffe, übt umfassende und doch prägnante Ausdrucksweise. (Was ist: Haus – Staat – Demokratie usw.; z. B. Was ist ein Globus? Ein Globus ist eine drehbare Hohlkugel mit einem farbig ausgeführten und mit Breiten- und Längengraden versehenen Abbild der Erdoberfläche.)

Eine Definition der »Definiton« nimmt Heinrich Lausberg vor, wenn er schreibt: »Die Definition ist die Periphrase (= Umschreibung) eines Bedeutungsinhalts eines Wortes mit dem Ziel der Abgrenzung des Bedeutungsumfangs dieses Wortes gegenüber etwaigen Synonyma (= ähnlichen Wörtern).« Die Übung im Definieren ist für den Redner sehr wichtig. Er muß sofort und prägnant das Wesentliche treffen können, wenn er z. B. in einer Diskussion aufgefordert wird, eine Sache oder ein Wort zu erklären. (z. B. »Was verstehen Sie eigentlich unter Konjunktur?«) Das ist gar nicht so leicht, wie man meint. Wer beispielsweise den Menschen definiert als »federlosen Zweifüßler«, trifft zwar *etwas* Richtiges, aber nicht *das Wesentliche* des Menschen. Er wirft mit dieser »Definition« den Menschen mit einem gerupften Huhn, einem Känguruh oder einer Springmaus in einen Topf. Das Wesentliche bestimmen und ausdrücken können: Ziel aller rhetorischen Schulung.

4. *Erzählung*. Üben Sie sich im anschaulichen, packenden Erzählen von allen möglichen Begebenheiten, Anekdoten, Kurzgeschichten, Reiseberichten usw. Nehmen Sie z. B. die Geschichten aus Hebels »Schatzkästlein« (»Der Barbierjunge«), Hermann Hesses »Autorenabend« und so manches andere aus der literarischen Kleinkunst. Vorzüglich eignen sich auch die Fabeln Lessings. Man ruhe nicht eher, bis diese wirklich *fabel-haft* wiedergegeben werden. Eine gute Konzentrationsübung: Geben Sie einen Tagesüberblick. Erzählen Sie in fünf Minuten die wesentlichsten Ereignisse Ihres Tagesablaufs. Achten Sie dabei auf eine ruhige, fließende Sprechweise.

Für die Erlebniserzählung gibt Edgar Neis einige zusammenfassende Hinweise, die beherzigenswert sind:

1. In der Erlebniserzählung geht der Erzähler vom eigenen Erleben aus.
2. Er muß sich bemühen, frisch, unbefangen und natürlich zu erzählen.
3. Er bedient sich dabei der Umgangssprache.
4. Die Erzählzeit wird meistens das Imperfekt sein; nur bei besonders lebhaften Schilderungen wird der Erzähler das Präsens wählen.
5. Der Erzähler wird sich seinen Zuhörern unmittelbar zuwenden.
6. Der Erzähler wird versuchen, bei längeren Erzählungen sich schon vor Beginn des Erzählens »blitzartig« in Gedanken ein »Gerüst« herzustellen, an das er sich halten kann, eine Gedankenordnung, die seinem Vortrag Richtung und Ziel gibt.
   Dabei wird er besonders den Anfang, der die Spannung wekken soll, den Höhepunkt, wo diese auf die Spitze getrieben wird, und den Schluß, mit dem er den Zuhörer wieder entläßt, beachten.
7. Dem Erzähler muß natürlich der Inhalt seiner beabsichtigten Aussage vertraut sein. Die eigentliche sprachliche Ausformung dieses Inhaltes soll aber erst im Augenblick des Vortra-

ges selbst vor sich gehen. Strömen während des Vortrages dem Redner neue Gedanken zu, so sollen sie gleich in Worte umgeformt werden. Dieses »Denksprechen« setzt aber freilich schon eine gewisse Reife und technische Erfahrung voraus.

8. Kleine Stockungen und Redehemmungen, die sich während des Vortrages einstellen, beachtet man am besten zunächst nicht; der Vortragende tue so, als seien es natürliche Pausen; die Zuhörer merken ohnedies meist nicht gleich, ob es sich um eine echte Pause oder um eine ungewollte Stockung handelt. Später pflegen sich solche Redehemmungen zu verlieren.

Die Kunst des Erzählens ist im Zeitalter der Bild- und Wortberieselung durch Fernsehen und Rundfunk weithin geschwunden. Doch deutet sich eine gewisse »Renaissance« an, da viele reizüberflutete Menschen offensichtlich sensibel werden für diese unmittelbare, persönliche, oft auch »behagliche« Mitteilungsform. In jüngster Zeit haben u. a. Johannes Merkel/Michael Nagel (»Erzählen. Die Wiederentdeckung einer vergessenen Kunst«) und Konrad Ehlich (»Erzählen im Alltag«, »Erzählen in der Schule«; s. Lit.verz.) bemerkenswerte Anregungen für diesen Bereich geboten.

5. *Sachbericht.* Wir fertigen Stichwort-Auszüge von Zeitungsartikeln an und geben den Artikel-Inhalt anhand des Stichwortkonzepts mit eigenen Worten wieder (»Ummünzen«); am besten mehrfach und mit verschiedener Wortausgestaltung. Anschließende Übungen:

a) Verkürzen des Artikels (Raffung bis zu einem Satz!).
b) Erweiterung durch eigene Stellungnahme.

Anzustreben ist die fließende Redeweise, was nicht heißen soll, man müsse allzu »poliert« sprechen. Ein gelegentliches(!) Stokken, ein gelegentliches (!) Ringen um den rechten Ausdruck ist gar nicht zu vermeiden, es gibt der Rede sogar eine gewisse Spannung und Lebendigkeit. Der englische Minister Anthony Eden soll beim Reden niemals ins Stocken geraten sein. Seine Rede war immer exakt sondergleichen – aber auch kalt sondergleichen, wie Graf Pückler berichtet (Deutsche Allgemeine Zeitung, 24. Juli 1938).

Aber Churchills oder Baldwins Reden, längst nicht so »glatt« vorgetragen, konnten die Zuhörer erwärmen und mitreißen. Wenn es Ihnen gelingt, in »halbfreier« Rede (anhand eines Stichwortkonzepts) zehn Sätze im ruhigen, gleichmäßigen Sprechfluß vorzutragen, so haben Sie schon einen großen Fortschritt erzielt.

Achten wir darauf, begonnene Sätze auch zu Ende zu führen, ohne Satz-Umbau, Zerdehnung von Satzteilen oder Verlegenheitspausen. Viele Redner schaffen es nicht, den richtigen Sprechfluß zu erreichen. Sie ballen einzelne Satzteile zu Wortblöcken (in schneller Folge) und machen zwischen diesen unsinnige Pausen.

Üben Sie auch immer wieder die Stegreifrede. Betrachten Sie ein Bild, schildern Sie ein Ereignis. Beobachten Sie scharf die Einzelheiten wie die Zusammenhänge. Sprechen Sie auch anschaulich: Bringen Sie Bilder und treffende Vergleiche.

An dieser Stelle ist das Durcharbeiten der Kapitel über Vorbereitung, Gefüge und Durchführung der Rede zu empfehlen. Besonders die Unterkapitel über Sprachstil, Darstellungsmittel, Einleitung, Schluß und Redehemmung mögen viele Hinweise geben, die schon zu diesem Zeitpunkt berücksichtigt werden könnten.

6. *Meinungsrede*. Halten Sie Vorträge von drei bis fünf Minuten über engbegrenzte Themen: Berufsziel, Hobby usw.; zunächst nach Stichworten, schließlich ganz frei. Falls keine Zuhörer vorhanden, stellen Sie sich diese vor. Wiederholen Sie diese Miniaturreden in verschiedener Fassung; einmal laut, einmal stumm. Nehmen Sie Stellung zu den Leitartikeln von Zeitungen: Stimmt das, was da geschrieben steht? An welcher Stelle sind Sie anderer Meinung? Ergänzen Sie, verknüpfen Sie, formulieren Sie Ihre Ansicht zu einer Frage und begründen Sie diese.

Wenn Sie ein Thema haben, das schwierige Fragen enthält: sprechen Sie darüber mit Ihren Freunden; das führt verblüffend oft zur Klärung und Vertiefung (s. Kleist). Man hüte sich davor, bei diesen ersten Redeübungen glänzen zu wollen. Wir bringen *keine gesucht schönen Wendungen*. Wir achten auf einen ruhigströmenden Sprechfluß. Einmal angefangene Sätze bringt man auch zu Ende, selbst wenn sich einmal ein grammatikalischer Fehler einschleichen sollte. Lassen Sie Ihre Reden in Miniaturausgabe immer wieder prüfen, durch Selbstkontrolle wie durch Fremdkontrolle. Unbestechlich ist die Kontrolle durch Tonband.

Wichtig ist auch, daß man seinen Wortschatz ständig erweitert. Darum sammeln wir (im Zettelkasten) die uns besonders zusagenden Wörter und Wortverbindungen, die wir gehört oder gelesen haben (u. U. im Wörterbuch nachschlagen). Besonders ausgeprägt ist unsere Verbenarmut (dafür werden zu oft Hilfsverben gebraucht). Wir merken uns sinnverwandte Ausdrücke. (Es ist nicht alles »prima«, was so bezeichnet wird!) Diese Wortschatz-Arbeit hilft, daß wir uns vielfältiger ausdrücken können. Wir überwinden leichter die heute übliche fade Schablonensprache. Der preußische Feldmarschall Schwerin (1648–1757) pflegte mit seinen Offizieren die folgende Redeübung zu veranstalten, die man auch heute im Freundeskreis nachahmen könnte: Jeder mußte das Thema einer Kurzrede notieren, die Zettel mit den Themen wurden in einen Helm geworfen und dann verlost. Aus dem Stegreif mußte nun jeder einige Minuten über das Thema sprechen, das er gezogen hatte. Schwerin sagte, ein Offizier müsse nicht nur schnell handeln, sondern auch prägnant sprechen, erklären und befehlen können. Diese Übung schule Geistesgegenwart, Schlagfertigkeit, Ausdrucksvermögen und Konzentration.

7. *Rednerstudium*. Studieren Sie die Eigenarten von Rednern, wo Sie nur Gelegenheit dazu finden: in Vorträgen, Predigten, Diskussionen, im Funk usw. Wir beurteilen die zwei Seiten jeder Rede:

a) *was wird gesagt?* (Inhalt, Grundriß, Logik, Anschaulichkeit, Sprachstil u. a.; s. spätere Ausführungen),
b) *wie wird es gesagt?* Das Halten der Rede: Sprechstärke, -höhe, Betonung, Tempo, Sprechfluß, Artikulationsschärfe, Gebärde u. a.).

8. *Redeanalysen*. Gedruckte Reden verhalten sich zu gesprochenen wie Konserven zu Frischkost – dennoch kann man viel aus ihnen lernen (Gefüge, Aufbau, Stil usw.). Es empfiehlt sich,

Alltagsreden ebenso zu studieren wie wissenschaftliche Vorträge und Meinungsreden der Parlamentarier – bis hin zu den »Reden, die die Welt bewegten« (Cottasche Verlagsanstalt, 1959). Analysieren Sie diese Reden anhand der rhetorischen Mittel, die im Kapitel »Gefüge der Rede« angeführt sind. Viele dieser Darstellungsmittel werden Sie übernehmen können und im Laufe der Zeit in Ihren persönlichen Redestil einschmelzen.

9. *Diskutieren*. Nach diesen Vorbereitungen ist es an der Zeit, immer mehr Redepraxis zu erwerben, zunächst im Freundes- und Bekanntenkreis, dann aber auch in der Öffentlichkeit. Wer schwimmen lernen will, kommt nicht mit einem Trockenkurs aus: er muß schließlich ins Wasser steigen, wenn er die Grundübungen beherrscht. Wer reden lernen will, kommt auch nicht mit einer theoretischen Klärung aus: er muß unter die Menschen gehen und mit ihnen sprechen und diskutieren. Wie man sich freischwimmt, so wird man sich auch langsam *freisprechen*: zunächst im Freundeskreis oder im Verein, dann in Versammlungen. Dort stellt man vorerst vielleicht nur kurze Fragen. Bald schon diskutiert man mit. Wagen Sie es ruhig immer wieder, selbst wenn es einmal »schiefgeht«. Vielen ergeht es so, daß sie beim ersten öffentlichen Auftreten »Schmetterlinge im Magen« verspüren (s. dazu Kap. Redehemmung).

10. *Rede*. Jetzt kann man dazu übergehen, Referate zu halten. Sie tun gut daran, zunächst nur Gebiete zu wählen, die Sie ohnehin schon beherrschen. Für diese größere Rede steht Ihnen das nötige Rüstzeug zur Verfügung, wenn Sie die folgenden Kapitel dieses Buches durchgearbeitet haben.

Als Beispiel einer *Übungsaufgabe* für den Sachbericht sei hier ein Thema genannt, zu dem als Materialgrundlage nur einige dürre Prozentzahlen dienen. Wir entnehmen dem UNO-Jahrbuch, daß 1958–63 die jährliche Bevölkerungszunahme in den verschiedensten Gebieten der Welt wie folgt festgestellt wurde:

Mittelamerika:	2,9 %
Südamerika:	2,8 %

Asien:	2,3 %
Ozeanien:	2,2 %
Afrika:	2,0 %
USA:	1,7 %
UdSSR:	1,7 %
Europa:	0,9 %
Bundesrep. Deutschland	1,3 %

Aufgabe: Gestalten Sie auf der Grundlage dieser Zahlen einen Sachbericht mit dem Thema: »*Die Bevölkerungsexplosion in aller Welt in den 60er Jahren*«.

(Es sei empfohlen, diese Aufgabe zunächst einmal völlig selbständig zu lösen, ohne die folgenden Gedanken und Vorschläge zu verarbeiten. Erstellen Sie ein Stichwortkonzept und tragen Sie den Bericht vor. Erst danach lesen Sie bitte die nachstehenden Zeilen durch und prüfen, ob sie Verbesserungsvorschläge enthalten.)

Stichwortartig gefaßte Überlegungen zur Aufgabe: Zielgedanken des Berichts: Den Zuhörern soll auf eindringliche Art die unterschiedliche Bedeutung der Bevölkerungszunahme vor Augen geführt werden. Einige Feststellungen und Schlüsse, die man aus dem Zahlenmaterial ziehen kann:

1. Kleine Überraschung: nicht in Asien und Afrika größte *prozentuale* Zunahme, sondern in Mittel- und Südamerika.
2. Auswirkung allerdings im volkreichen Asien am größten.
3. Lateinamerika, Asien, Afrika weit vor Europa, z. T. 3mal so stark in der Zunahme.
4. Weltmächte USA und UdSSR gleichauf. Erheblich über dem Durchschnitt Europas.
5. In Europa die Bundesrepublik zu *der* Zeit überdurchschnittlich. Insgesamt: Zunehmendes Übergewicht der farbigen Welt. Europa schon bald »Randerscheinung«. Problem: Geburtenregelung, Ernährung, Industrialisierung, neue Machtfaktoren.

(Ich deute nur einiges an hier. Man könnte sich jetzt zunächst Informationen zu verschaffen suchen über Bevölkerungsstruktur, Gründe für die unterschiedliche Zunahme usw., um den Themenkomplex gründlicher behandeln zu können. Wir wollen uns aber hier mit dem vorliegenden Material begnügen, das ja keineswegs den heutigen Stand angibt, als Übungsmaterial aber nach wie vor brauchbar ist.)

Es würde jetzt sicherlich kein eindrucksvoller Bericht werden, dessen Angaben dem Zuhörer im Gedächtnis blieben und ihn zum Nachdenken anregten, wenn einfach die vorliegenden Zahlen in Sätze gekleidet wären. Wir fragen uns, welche rhetorischen Mittel sich anbieten, um das Ganze anschaulich und plastisch werden zu lassen (Vgl. Kap. »Technik der Vorbereitung«). Vielleicht läßt sich der Grundsatz erfüllen: »Zeige etwas vor«, indem wir die Ausführungen anhand einer Weltkarte vornehmen. Auf diese Weise kann man auch visuell deutlich machen,

a) welche Ausdehnung die im einzelnen genannten Gebiete haben,
b) daß es nicht nur eine Ost-West-Spannung gibt, sondern bevölkerungspolitisch in ständig zunehmendem Maße auch eine Nord-Süd-Spannung. (Im Süden weitaus stärkere Bevölkerungszunahme.)

Falls keine Weltkarte greifbar, so kann man sich z. B. mit einer graphischen Skizze behelfen (Kapitel »Visuelle Hilfsmittel«).

1,7 USA	0,9 Europa	1,7 UdSSR
2,8 (2,9) Latein-Amerika	2,0 Afrika	2,3 Asien

Es gibt, wie immer, verschiedene Möglichkeiten, den Bericht einzuleiten (Kapitel »Einleitung«).

a) Die Direkt-Technik führt sofort zum Kern, z. B.: »Das UNO-Jahrbuch 1963 gibt uns interessante Aufschlüsse über die Bevölkerungszunahme in allen Teilen der Erde. Die Untersuchungen beziehen sich auf die Jahre 1958–63, liegen also rund ¼ Jahrhundert zurück.« So anzufangen ist möglich, aber doch sehr nüchtern und wenig attraktiv. Der Hörer wird auf diese Weise nicht sonderlich motiviert, gut zuzuhören; er wird nicht in eine ausgeprägte Hörspannung versetzt.

b) Die Aufhänger-Technik als Einleitung. Ich überlege, wie ich schon in der Einleitung die nüchternen Prozentzahlen »mit Fleisch und Blut« erfüllen kann. Ich versetze mich in die Situation des Zuhörers. Prozentzahlen besagen ihm noch nicht viel. Man kann sie aber durch exemplarische Realisation eindringlich machen, indem man anknüpft an Vorstellungen und Erfahrungen aus dem Lebensbereich des Hörers. Was bedeutete damals eine jährliche Bevölkerungszunahme von 1,3% für die Bundesrepublik? Rund gesagt, mindestens 600000 Einwohner mehr pro Jahr! Der Vergleich bietet sich an: In der Bundesrepublik kam damals in jedem Jahre eine Großstadt wie Hannover oder Bremen hinzu. Das erscheint viel. Doch in China kam jährlich die Einwohnerzahl etwa der DDR hinzu! In 20 Jahren ist China, bei vorsichtiger Schätzung, 20mal »um eine DDR« gewachsen. Diese oder ähnliche Vergleiche eignen sich als Aufhänger, um dem Zuhörer schlaglichtartig Größenordnungen plastisch zu machen und gleichzeitig den Sinn für Probleme zu erschließen, die mit der Bevölkerungsexplosion verbunden sind.
c) Die Denkreiz-Technik: Man könnte mit einer überraschenden Frage oder Feststellung beginnen. Z. B. »Meine Damen und Herren, ich glaube, Sie werden überrascht sein, wenn ich Ihnen hier Untersuchungsergebnisse der UNO über die Bevölkerungszunahme in aller Welt vorlege. Was meinen Sie, wo ist die *prozentuale* Zunahme am größten? Wahrscheinlich vermuten Sie dasselbe, was auch ich vermutet habe: in Asien oder in Afrika. Weit gefehlt: es ist Mittelamerika! . . .« usw.

Ich würde mich in diesem Falle für eine Kombination Aufhänger-Denkreiz entscheiden. Es sei empfohlen, zum Schluß auf die Probleme (Ernährung, Geburtenregelung usw.) zu sprechen zu kommen, die sich auf Grund der vorgetragenen Fakten ergeben. Es wäre auch möglich, die jeweils neuesten Erhebungen der UNO heranzuziehen und entsprechende Vergleiche anzustellen. Wenn man an den Sachbericht seine persönliche Meinung anhängt oder sie in das Referat einflicht, so können wir schon einen Übergang vom Sachbericht zur Meinungsrede feststellen. Es kommt dann immer nur darauf an, daß man sorgfältig deutlich macht, was Bericht und was Meinung und persönliche Interpretation ist.

Das Stichwortkonzept für eine knappe Darstellung des Themas (mit Hilfe von Weltkarte oder graphischer Skizze) könnte wie folgt aussehen:

(Einleitung):

Bundesrepublik damals – jährlich Hannover oder Bremen (1,3%)
China – jährlich »eine DDR« hinzu

(Hauptteil):

UNO-Jahrbuch – 1958–63
Überraschung: Mittelamerika 2,9% – Südamerika 2,8%
Folgt: Asien 2,3%; Ozeanien 2,2%; Afrika 2,0%
Auswirkung China, Indien.
Vergleich: Brasilien – China annähernd gleichgroßes Gebiet.
China – Bev. 10mal so groß (s. Brockhaus-Lexikon)
Bild und Vergleich: Südachse Lateinam. – Afrika – Asien
Nordachse USA 1,7 – Europa 0,9 – UdSSR 1,7
Weltmächte gleichauf.
Über Europa
Problem: Übergewicht farbige Welt.
Nicht nur Ost-West-Spannung.
Nord-Süd-Spannung!

(Schluß):

Problemkreis
Geburtenregelung
Ernährung
Entwicklungshilfe
Industrialisierung
(evtl.: heutige Erhebungen im Vergleich)

(Den Schlußsatz formuliert man, um »sicher zu gehen«, meist wörtlich vor):

»Die vielfältigen Probleme der Bevölkerungsexplosion auf friedliche und gerechte Weise zu lösen, *das* wird in den kommenden Jahrzehnten die alles andere überragende Aufgabe aller Völker sein.«

Als Übungsmaterial mögen ferner noch die folgenden Stichwort-Angaben dienen:

Berechnungen des Deutschen Städtetages (von 1986):

Einwohnerzahl BRD nimmt bis 2000 leicht, danach rapide ab.
2030 nur noch etwa 45,7 Millionen.
Wachsende Überalterung – sinkende Geburtenzahlen.
Entwicklung: 1950–1973 von 50,8 auf 62,1 Mill.
1985, 61,1
2000 voraussichtl. 59 Mill.
Zunehmende Stadtflucht. In Großstädten vor 10 Jahren: 35,5 %, heute 32,8 %
In Zukunft mehr Haushalte, aber kleinere: heute 25 Mill., in 15 Jahren ca. 27 Mill.
Größerer Bedarf an kleineren Wohnungen.
1985: 24 % unter 20 Jahren
2030: 17 % unter 20 Jahren
1985: 20 % über 60 Jahre
2030: 33 % über 60 Jahre

Dieses karge Gerüst an Daten läßt sich mit rhetorischen Mitteln zu einem anschaulichen Sachbericht ausformen.

1.1.4 Gedächtnisübung

»Das Gedächtnis ist die Schatzkammer der Beredsamkeit«, schreibt Quintilian, der die beste Zusammenfassung der antiken Rhetorik bringt, in den zwölf Büchern seiner »Institutio oratoria«. Deshalb der Ratschlag: Jeder, der Redner werden möchte, sollte sein Gedächtnis trainieren. Nehmen Sie sich vor, täglich ein bestimmtes Pensum zu leisten: ein Gedicht oder eine genaue Wiedergabe von Zeitungsartikeln usw. Man braucht kein Cäsar zu werden, der jeden seiner Soldaten mit Namen gekannt haben soll; und auch kein Fox, jener englische Staatsmann, von dem gesagt wurde, daß man die Bibel aus seinem Munde restaurieren könnte, falls einmal alle Exemplare der Schrift verloren gehen sollten. Wolfram von Eschenbach beherrschte die 80 000 Verse seines Parzival auswendig. – Nun, ein moderner Redner braucht nicht gerade ein Buch auswendig zu können oder ein wandelndes Lexikon zu sein, aber wenn er über ein gutes Gedächtnis und damit über ein Präsenzwissen verfügt, so ist das sehr wertvoll. Vor allem muß er *das* haben, was die Wissenschaft ein *orientierendes Gedächtnis* nennt. Tatsachen, Zitate, eigene Gedanken usw. kann man sofort schriftlich festhalten, man entlastet damit sein Gedächtnis. Aber Fragen wie die folgenden betreffen das orientierende Gedächtnisvermögen: Wo finde ich Fachliteratur? Wo habe ich eine bestimmte These schon einmal gehört? Welche Meinung hatte Meyer vor drei Jahren? usw. Für die Diskussion und Verhandlung ist ein gut funktionierendes Gedächtnis sogar noch notwendiger als für die Rede. Gerade hierbei muß man blitzschnell »aus dem vollen schöpfen« können. Ein stets gegenwärtiges Wissen um Einzelheiten und Zusammenhänge entscheidet hier oftmals zu Ihren Gunsten. Winston Churchill trat zurück, als er sich nicht mehr an den Inhalt der letzten Kabinettsitzung erinnern konnte. Er meinte, England dürfe nicht von einem Mann regiert werden, dessen Gedächtnis versage.

Durch die Medien werden wir mit Informationen geradezu überflutet. Das führt zu einer Informationsverstopfung im Gehirn. Wir nehmen durchweg nur noch oberflächlich wahr. Wer vermöchte am Ende der »Tagesschau« noch alle wichtigen Meldungen auch nur zu nennen? Unsere Gedächtniskapazität ist zwar begrenzt, aber wir nutzen sie auch nur selten systematisch aus. »Alle klagen über ihr Gedächtnis, keiner klagt über seinen Verstand«, meint bissig La Rochefoucauld. Unsere Gedächtniskraft vernachlässigen wir heute viel zu sehr, auch in den Schulen. So mancher Pädagoge sieht mit hochmütigem Gesicht auf das angeblich »sture Auswendiglernen« herab. Echtes Gedächtnistraining ist aber keineswegs *mechanisches Pauken*, das zu Recht verpönt wird. »Es ist höchst merkwürdig«, sagt der Gedächtnisforscher Müller-Freienfels, »so ungern die meisten Menschen zugeben, daß sie einen schwachen Verstand hätten, so unbedenklich sprechen sie von ihrem schlechten Gedächtnis. Ja, sie entschuldigen sogar Ausfälle ihrer Intelligenz und vieles sonst noch durch ihr schlechtes Gedächtnis. Das Gedächtnis wird so behandelt, als gehöre es eigentlich überhaupt nicht zum Ich, als wäre es eine besondere Gabe, deren Besitz zwar angenehm sei, für deren Mängel man jedoch nicht haftbar sei.« Wie gesagt: Ein rein mechanisches Auswendiglernen ist stupide und bleibt zudem nur flüchtig an der Oberfläche des Gedächtnisses haften. Die Erfahrung lehrt, daß eine Stärkung des Gedächtnisses vor allem durch die Verbindung dreier Mittel erreicht werden kann:

1. durch Konzentration (Eindrucksfähigkeit steigern),
2. durch Gedankenverknüpfung (Gedächtnisbrücken schaffen),
3. durch Wiederholung.

Jede Konzentration ist bedingt durch dreierlei:

a) den Grad innerer Anteilnahme und die Fähigkeit,
b) sich Nebengedanken und
c) »Umweltgeschehen« gegenüber zu verschließen.

»Starkes Gedächtnis kann nur haben, wer sich zu konzentrieren vermag und den Eindrücken, die er als wertvoll bejaht, Zeit gibt, in der Seele Wurzel zu schlagen« (Müller-Freienfels). Der Grad der Anteilnahme ist mitentscheidend. Wer freudig bei der Sache ist, behält leichter. Stellt man nicht selbst bei Leuten mit *angeblich* schlechtem Gedächtnis fest, welch ungeahnte Gedächtniskraft sie entwickeln, wenn es darum geht, Schwächen der Mitmenschen aufzuzählen? Die Fehlleistungen anderer haben sie noch nach Jahrzehnten in allen Einzelheiten gegenwärtig. Der Schluß daraus: was wirklich interessiert, behält man leicht. Bei minder Interessantem muß man sich mehr konzentrieren.

Für den Redner ist vor allem das »Kurzgedächtnis« wichtig. »Kurzspeicher« wird in der Kybernetik die Fähigkeit des menschlichen Gehirns bezeichnet, Informationen kurze Zeit zu speichern. Dieser Kurzspeicher ist z. B. wichtig, wenn ich während des Redens bereits die nächsten Stichworte überfliege, um sie wieder ins Gedächtnis zu loten und dann mit Augenkontakt zu den Hörern auszuformulieren. Jeder muß herausfinden, wie er am besten übt. Der eine ist *motorisch* veranlagt wie Napoleon, der Mann mit dem vielleicht besten Namensgedächtnis seiner

Zeit: er schrieb jeden neuen Namen dreimal auf und warf den Zettel dann weg. – Der mehr *akustisch* eingestellte Mensch muß laut lernen; er muß das zu Lernende hören können. Gedächtnisstützen für *visuell* Veranlagte bietet z. B. eine geschickte Anordnung der Stichworte (Unterstreichen, Farbgebung; auch Strichbilder, Schemata stützen das Gedächtnis). Zu welchem Typ Sie auch neigen mögen, sich konzentrieren heißt vor allem: den jeweiligen Lerngegenstand *eindringlich* und mit reichlichem *Zeitaufwand* betrachten und überdenken. Dem sogenannten »schlechten Gedächtnis« liegt oft nur eines zugrunde: die oberflächliche, flüchtige Betrachtung. Lieber jeweils weniger lernen, aber dieses Wenige gründlich.

»Unser Geist ist nichts anderes als eine Assoziationsmaschine«, sagt der amerikanische Psychologe James einmal. Die Folgerung für den Redner lautet: man schaffe sich Gedächtnisbrükken. Haben Sie sich eine Gedankenfolge festgelegt, so prägen Sie sich die Stichworte oder Stichsätze assoziativ ein, durch bildhafte Anknüpfungen (psychologisches Gesetz der lokalen Assoziation): verbinden Sie z. B. jedes Stichwort mit einem markanten Merkmal einer Wegstrecke (Hotel, Post, Bahnhof, Brücke, Schule, Denkmal usw.). Dies ist die primitivste Form der Gedächtnisbrücke. Entscheidend ist immer, daß man das neu zu Lernende mit schon tiefer verankertem Wissen verbindet. Am besten wirkt das Gedächtnis, wenn sich noch irgendein Sinnbezug herstellen läßt (Bartók starb in den USA. Das Todesjahr des Komponisten, 1945, behält man leichter, wenn man bedenkt, daß dieses Jahr das Kriegsende brachte (vorhandenes Wissen!). Als Gegner des Faschismus und wegen der kriegerischen Wirren in Europa war Bartók emigriert (Sinnbezug).

Kaum etwas vergißt man ganz! »Spurenelemente« bleiben von jedem Lernen. Eigentlich muß es nicht heißen: wie stärke ich mein Gedächtnis?, sondern: wie verhindere ich das Vergessen? Die *Wiederholung* (d. h. was verlorengehen will, wird *wieder* an seinen Platz *geholt*!) ist als Gedächtnismittel notwendig, sollte aber nicht mechanisch angewandt werden. Hier drei kleine Tips für die Praxis:

1. Lautes Lesen dient besserer Einverleibung des Stoffes. (Verknüpfen von Sehen *und* Hören.) Nehmen Sie jeweils nur kleine Teile zur Wiederholung, die Sie sich dann aber um so gründlicher einprägen.
2. Machen Sie Pausen beim Wiederholen (»schöpferische Pause«). Es ist z. B. weit wirksamer, sich an zwei Tagen je eine Stunde lang Stoff einzuprägen, als an einem Tag zwei Stunden lang, da das Unterbewußtsein den Stoff in der Zwischenzeit weiter befestigt.
   Die Experimentalpsychologie (von Ebbinghaus u. a.) zeigt, daß von allem Gelernten ein Teil sehr rasch vergessen wird, dann aber vollzieht sich das Vergessen langsamer. Die Konsequenz: Man setze früh mit der Wiederholung ein. Und man bedenke noch eins: »Viele Menschen haben nur darum ein schlechtes Gedächtnis, weil sie zu falscher Zeit, d. h. bei körperlicher Ermüdung, ihr Gedächtnis betätigen« (Müller-Freienfels).
3. Neben der *einfachen* Wiederholung ist die *kombinierte* Wiederholung wichtig. Man behält schlecht eine Summe von Einzelheiten, weit besser dagegen Wissensstoff, der in immer wieder neue Zusammenhänge eingebettet wird. Wir verknüpfen verschiedene Sachgebiete miteinander, wo es nur angeht.

Was muß nun der Redner gedächtnismäßig leisten? Er sollte nicht den Wortlaut der Rede auswendig lernen (höchstens Anfang und Schluß), sondern nur den stichwortartig festgehaltenen Grundriß. Er sollte sich aber die Zusammenhänge (Kausalketten) und Sinnkonturen genauestens einprägen. Hat man die Rede stur auswendig gepaukt, so droht ständig die Gefahr, daß der Faden bei jeder kleinen Aufregung abreißt. Im übrigen fehlt beim »glatten Abspulen« der Rede stets das taufrische und spontane Element, das nur durch immer neue Wortausgestaltung erhalten bleiben kann. Die Geheimnisse um das menschliche Gedächtnis sind noch keineswegs gelüftet. Vieles ist hier noch ungeklärt, was das Gedächtniszentrum, das Behalten *und* Vergessen betrifft. Der Sophist Gorgias versprach dem Perikles, er wolle ihn die Gedächtniskunst lehren. Der aber antwortete: »Ich möchte lieber die Kunst erlernen, wie man etwas vergißt, was man *nicht* zu behalten wünscht.« Und über *diese* (oft so angebrachte!) Kunst konnte Gorgias so wenig Auskunft geben, wie wir es heute können.

1.2 Vorüberlegungen

1.2.1 Grundsätzliches über die Rede

Sprechen ist der Ausdruck unseres Denkens, Fühlens und Wollens. Mittels des Sprechens sucht der Mensch einen Weg aus seiner Vereinzelung heraus zur Gemeinschaft mit anderen Menschen. Jede Rede wendet sich darum, verschieden akzentuiert, an Verstand, Gefühl und Willen eines Gegenübers.

»Die Rede ist wortgeformte Willenshandlung. Der Verstand gibt den Gedanken der Rede Klarheit und Schärfe, das Gefühl reißt durch seine Schwungkraft hin und ruft in Verbindung mit dem kraftvollen Willen zuweilen eine suggestionsähnliche Wirkung hervor« (Weller).

»Rede ist gestalteter Ausdruck, Verschmelzung einer persönlichen Wirklichkeit mit einem überpersönlichen Gehalt« (Dessoir).

»Rede ist inhaltlich vorbereitete und gegliederte, dann aber frei vor den Hörern geformte mündliche Mitteilung« (Weller).

Völlige Beherrschung des Redestoffes ist unbedingte Voraussetzung. Gut reden können heißt, das Notwendige zur richtigen Zeit wirkungsvoll sagen können. Die Grundfrage der Rhetorik lautet: wie kleide ich meine Gedanken in wirksame Worte?

Jede Rede besteht im Grunde nur aus einer Auswahl von Tatsachen und Gedanken, die auf einen bestimmten Nenner gebracht werden.

Talleyrand trifft, wie so oft, den Nagel auf den Kopf, wenn er sagt: »Gut reden heißt sagen, was nötig ist; *nur* das sagen, was nötig ist, es fehlerlos und zum richtigen Zeitpunkt sagen.«

»Man kann nicht groß genug von der Rede denken. Sie hat

sich im Leben der Menschen als eine Macht sondergleichen erwiesen« (Dessoir). Man denke z. B. daran, daß nicht nur die großen Revolutionen, sondern auch viele rein geistige Bewegungen durch Reden eingeleitet wurden. In parlamentarischen Staatsformen kommt der Rede und der Diskussion besonders große Bedeutung zu. »Regierung eines Staates durch ein Parlament ist diejenige Art der Regierung, die sich des Mittels der Rede als Motor und als wesentlicher Form ihrer Tätigkeit bedient. Parliamentary Government ist Government by talking: so drückt dies kurz und bündig ein englischer Politiker aus« (Josef Redlich). Wo im Parlament die Probleme nicht mehr ernsthaft *ausdiskutiert* werden, da würdigen sich die Parteien herab zu mechanischen Kopfnicker-Fraktionen. Auch demokratische Parlamente laufen Gefahr, Beschlußfassungsmaschinen zu werden, die vom Willen eines einzelnen oder einer kleinen Gruppe gesteuert werden. Aber nicht nur im großen Bereich der politischen Auseinandersetzung und des geistigen Ringens ist die Rede wichtig, sondern auch im Leben jedes einzelnen. Wer sachlich, wirkungsvoll und überzeugend reden kann, hat ebenso einen Schlüssel zur fruchtbaren menschlichen Begegnung wie zum beruflichen Vorwärtskommen. Oft genug aber werden selbst die einfachsten Grundlagen der Rhetorik übersehen: Wir finden die Rede z. B. schlecht gegliedert, eintönig vorgetragen, wenig anschaulich, trocken und langweilig.

Daß die Rede dem Menschen eigen ist vor allen anderen Lebewesen, stellt schon Luther bei einem Vergleich fest. Er schreibt: »Es gibt etliche Tier, die in andern Gaben einen Menschen übertreffen, etliche mit dem Gesicht, etliche mit dem Gehöre, etliche mit Riechen, aber keins kann reden.«

1.2.2 Verantwortung des Redners – Gefahren der Rhetorik

Die Redekunst kann im Dienste des Guten wie des Bösen, des Wahren wie des Unwahren stehen. Die Redegabe ist eine gefährliche Waffe, die leider oft mißbraucht wird. Es gibt im Grunde nur drei Methoden, bei anderen Menschen etwas zu erreichen: man kann sie zwingen, man kann sie überreden und man kann sie überzeugen. In der Regel ist nur das letztere legitim.

Jede wahre Rede erfordert bei aller technischen Fertigkeit eine verantwortungsbewußte ethische Voraussetzung. *Das Wesen der wahren Rede liegt in ihrer dem Mitmenschen dienenden Funktion.* Keiner wird sich einbilden dürfen, solchem Anspruch immer und vollends genügen zu können. Doch wer solche Funktion als Leitlinie nicht anerkennt, wird zum Demagogen, aber niemals zum Redner im echten Sinne.

In der Antike und auch in der späteren »gesamten rhetorischen Tradition (galt) ein vir-bonus-Ideal, das vom Redner Sittlichkeit, Moralität, Rechtschaffenheit und Tugend als Eigenschaft forderte«, es »war also der gute, sittlich handelnde Mensch die Voraussetzung für die gute, überzeugende Rede . . .«, so stellen Gert Ueding/Bernd Steinbrink in ihrem wissenschaftlich abgefaßten und stark auf der antiken Rhetorik basierenden »Grundriß der Rhetorik« von 1986 fest (S. 184). Ob hier nicht eine idealtypische Vorstellung zugrunde liegt, die mit den Lehren und erst recht mit der rhetorischen Realität nicht immer in Einklang zu bringen ist? Der »gute, sittlich handelnde Mensch« ist durchaus verschieden bestimmbar – und manche gelehrten partes orationis (Redeteile) der Antike wie z. B. captatio benevolentiae (Erlangen des Wohlwollens) oder insinuatio (die Einschmeichelung) sind sittlich keineswegs problemlos.

Schon in der Antike war ja die Redekunst nicht unumstritten. In Platons »Gorgias« wird die Rhetorik mit der Putz- und Kochkunst auf die gleiche Stufe gestellt, da sie wie jene zu leicht der Schmeichelei dient. Eine scharfe Verurteilung besonders der spätantiken Rhetorik finden wir in Äußerungen Gigons: »Der Triumph der Rhetorik ist es, eine schwache Sache zur starken zu machen und einen offenkundigen Übeltäter erfolgreich zum Unschuldsengel zu drapieren. Juristische Erwägungen bleiben dabei völlig im Hintergrund. Mit einer uns zuweilen zynisch anmutenden Offenheit wird ausschließlich auf die psychologische und artistische Wirkung hingesteuert. Noch das humanistisch gesinnte

19. Jahrhundert erlebte einen Schock, als sich herausstellte, in welchem Umfang Platon mit seiner Behauptung recht hatte, die Redner kümmerten sich überhaupt nicht um die Wahrheit, sondern nur um die Wirkung auf ihr Publikum. Das gilt selbst für die größten unter ihnen, etwa Demosthenes, der keine Skrupel kannte, Tatsachen frei nach seinen Bedürfnissen zu manipulieren.«

Viele haben die Redekunst kritisiert, aber sie sahen sie immer nur einseitig in ihrer negativen Auswirkung und wurden ihr dadurch nicht gerecht. Tief verwurzelt ist das Mißtrauen bei Kant: »Die Rede ist eine hinterlistige Kunst, welche die Menschen als Maschinen in wichtigen Dingen zu einem Urteil zu bewegen versteht, das – wenn sie ruhig und sachlich nachdenken – alles Gewicht bei ihnen verlieren muß . . .« – Noch schärfer urteilt Thomas Carlyle: »Die Redekunst ist beunruhigend. Die Armen, die auf die Volksredner hören, glauben, die Stimme des Kosmos erklingt. Es ist aber nur das Mundstück des Chaos.« In einer seiner von wilder Leidenschaft erfüllten Flugschriften heißt es sogar: Die Redekunst »ist die große Ur-Fabrik des Bösen für uns – sozusagen die Werkstätte, wo alle Teufelsware, die unter der Sonne zirkuliert, den letzten Schliff und die letzte Politur erhält«. Wie Carlyle, so bedient sich sein Landsmann Rudyard Kipling des rhetorischen Mittels des Vergleichs, um die Rhetorik zu verdammen: »Worte sind natürlich das stärkste Rauschgift, das die Menschheit verwendet.« Eine Metapher (»Hals«) verwendet Verlaine, wenn er in seiner Art poétique rigoris fordert: »Prends l'éloquence et tords lui le col« – »Nimm die Beredsamkeit und dreh ihr den Hals um!«

Derartige Aussprüche werden auch uns verständlich, wenn wir in der jüngeren deutschen Vergangenheit z. B. den Nationalsozialismus betrachten, dessen Ideologie vor allem von Hitler und Goebbels in oft demagogischer Weise unter das Volk gebracht wurde. Unterstützt durch die eigenartige Faszinationskraft seiner singenden Sprechstimme ging Goebbels dabei noch ausgeklügelter und raffinierter zu Werke als Hitler selbst. Dokumente und Biographien geben dafür beredtes Zeugnis. H. Heiber z. B. äußert sich darüber wie folgt. (Joseph Goebbels, Berlin 1962, S. 48ff.): »Goebbels ist einer der technisch perfektesten Redner, die je die deutsche Sprache gebraucht haben. Man kann sich kaum noch eine . . . Vergrößerung der Wirkung vorstellen.« Es gelang ihm z. B., im Freundeskreis über die gleiche Sache vier verschiedene Ansichten mit leichter Überzeugungskraft zu verfechten. Er operierte dabei mitteils einer seltsamen Mischung von kaltem Intellekt, halber Wahrheit, Phantasie, sophistischer Verdrehung und emotionalem Appell. Er verfügte dabei über einen Stil, der bei aller Schärfe und Prägnanz doch einfach und für den letzten Parteigenossen noch verständlich war. Während Goebbels selbst nur kalt kontrollierte und die Zuhörer scharf beobachtete, verstand er es immer, genau das auszudrücken, was seine Zuhörer unklar fühlten. Seine Effekte und Pointen waren sorgfältig eingeplant, oft schon am Schreibtisch in geradezu generalstabsmäßiger Arbeit im voraus festgelegt.« (So z. B. bei seiner berühmt-berüchtigten Sportpalastrede vom Februar 1943).

Die Gefahren der Rhetorik muß man sehen. Keiner wird darauf verzichten, seine Armmuskeln zu trainieren, nur weil *eine* Möglichkeit darin besteht, sie falsch zu gebrauchen und den Mitmenschen niederzuschlagen. Ebensowenig wird man darauf verzichten, seine Rede zu verbessern, nur weil auch ein Mißbrauch denkbar ist. Es kommt stets darauf an, daß wir die Ehrlichkeit unserer Gesinnung und die Gründlichkeit unseres Wissens und Erkennens immer wieder selbstkritisch überdenken.

Schlimm ist gesinnungsvirtuose Maulfertigkeit; sie führt zu verlogener Faselei. Der Redner hüte sich vor Unwahrheit, Halbwahrheit, Irreführung, Übertreibung und Akzentverschiebung. Er hüte sich und behüte seine Zuhörer vor Schwätzerei, vor demagogischen Kniffen und Finten und vor tönenden Phrasen. Machen wir keine ungeschützten Aussagen, sondern belegen wir, was wir sagen, mit möglichst eindeutigen und zwingenden Gründen. Man bedenke: Jede Wahrheit will an rechter Stelle gesagt sein. Man kann sehr viel zur falschen Zeit und am falschen Ort sagen. Benjamin Franklin sagt: »Von einem Ausgleiten des Fußes wirst du dich schnell erholen, ein Ausgleiten der Zunge wirst du nie überwinden.«

Konfutse sagt einmal: »Wer viel schießt, ist noch kein Schütze; wer viel spricht, ist noch kein Redner.«

Ein schwatzhafter Jüngling bat Sokrates um Unterweisung in der Rhetorik. Dieser forderte von ihm die doppelte Gebühr. Auf die erstaunte Frage des Knaben antwortete der Lehrer: »Ich habe dich ja zwei Dinge zu lehren: die Kunst der Rede *und* die Kunst des Schweigens.« Sokrates hätte getrost den dreifachen Preis fordern sollen, denn oft muß man solche Leute noch eine dritte Kunst lehren: die des Zuhörens.

(Die Diagnose von W. Busch lautet hierzu: »Das Reden tut dem Menschen gut, wenn man es nämlich selber tut.«)

In der Wartburg lautet ein Spruch: »Klug zu reden ist oft schwer, klug zu schweigen noch viel mehr.« Der politische Schriftsteller Lec schreibt 1957: »Am Anfang war das Wort – am Ende die Phrase.« – Leider stimmt das sehr oft. Hierzu noch einmal der Weise aus Wiedensahl:

»Du liebes Plappermäulchen,
Bedenk Dich erst ein Weilchen
Und sprich nicht so geschwind.
Du bist wie unsre Mühle
Mit ihrem Flügelspiele
Im frischen Sausewind.

Solang der Müller tätig
Und schüttet auf was nötig,
Geht alles richtig zu,
Doch ist kein Korn darinnen,
Dann kommt das Werk von Sinnen
und klappert so wie Du.«

Den gleichen Gedanken bringt Adolf Damaschke, nur nüchtern und prosaisch, wenn er schreibt: »Die Hörerschaft hat viel häufiger, als man denkt, ein feines Gefühl, ob die Redemühle wirklich Korn mit sich führt oder ob sie nur deshalb so laut klappert, weil sie leer ist.«

Redner stehen als Vermittler zwischen einer Sache und Personen. Beiden Teilen müssen sie gerecht werden. Darum stellen sie sich gleichzeitig auf Sache und Zuhörer ein. Ein französisches Sprichwort heißt: »Gute Redner müssen Köpfe sein, nicht nur Kehlköpfe!«

Ueding und Steinbrink beurteilen 1986 die »populären Rhetoriken« der Gegenwart negativ. Ihre Meinung: die »Reduktion der rhetorischen Bildungsinhalte und ethischen Forderungen ist charakteristisch für die Rhetorik-Konzeption, die den populären Rhetoriken zugrunde liegt« (S. 184).

Ein paar Beispiele, die sie anführen, belegen zwar die Einzelfälle von Intention der Irreführung und Täuschung der Zuhörer, doch ist eine Verallgemeinerung auf *die*(!) populären Rhetoriken unzulässig und kann nicht widerspruchslos hingenommen werden.

Der Problematik rhetorischer Redlichkeit muß sich allerdings jeder stellen.

1.2.3 Redezweck – Redeformen

Sie wollen bei Ihren Zuhörern etwas erreichen: Sie wollen sie über einen Sachverhalt aufklären (wissenschaftlicher Vortrag, Erfahrungsbericht usw.), zu Handlungen anregen (politische Rede z. B.) oder beides zusammen. Bei anderer Gelegenheit (Festrede, Begrüßung usw.) wollen Sie das gemeinsame Gefühl, die gemeinsame Stimmung der Versammelten in ihrer Rede einfangen und bestärken. Ein anderes Mal wollen Sie erzählen, was Sie erlebt haben. Durch Ihre Schilderung lassen Sie die Zuhörer teilhaben an dem, was Sie bewegt.

Dementsprechend unterscheiden wir vier Hauptformen der Rede:

1. den Sachvortrag (Klärung eines Sachverhaltes; Vorrang des Verstandes);
2. die Meinungs- oder Überzeugungsrede. Sie hat ein Tatziel; sie darf nicht in logischen Eisregionen bleiben, sondern muß sich mit Zwecksätzen wie »Folglich ist dies und das zu tun« an Gefühl und Wissen wenden. Sonderformen der Meinungsrede

sind Diskussion und Debatte, die in meinem Folgeband »Schule der Debatte« (s. Lit.verz.) eingehend erörtert werden;
3. die Gelegenheitsrede, die sich mit der augenblicklichen Situation der jeweiligen Gemeinschaft befaßt (Begrüßungsrede, Feierrede, Dankrede usw.);
4. die Erzählung (z. B. der Erlebnisbericht). Nicht selten werden die verschiedenen Formen der Rede miteinander verknüpft.

2. Technik der Vorbereitung

2.1 Allgemeines

Claus Harms war ein bedeutender Kanzelredner. Eines Tages fragte man ihn, wieviel Zeit er zu einer seiner berühmten Predigten gebraucht habe. Er antwortete: »Rund vierzig Jahre.« – Das mag überspitzt sein; fest steht aber, daß sehr viele Reden und Vorträge viel zu kurzfristig vorbereitet werden. Immer wieder können wir erleben, daß fähige Redner sich nicht genug präparieren. Sie sind sachkundig, »beschlagen« und routiniert im Umgang mit Worten wie mit Zuhörern. Aber sie scheinen es offenbar nicht mehr für nötig zu halten, sich sorgfältig vorzubereiten. Sie meinen, gute Reden nur so aus dem Ärmel schütteln zu können. Diese Redner schaffen dann nur selten den Sprung, *hervorragende* Redner zu werden. Sie entwickeln sich nicht mehr, sondern bleiben in routinierter Mittelmäßigkeit stecken.

1985 hat der ehemalige Ministerpräsident von Nordrhein-Westfalen, Heinz Kühn, seine Redner-Erfahrungen und -Überlegungen in amüsanter Form vorgelegt: »Die Kunst der politischen Rede« (s. Lit.verz.). Teil 2 ist überschrieben: »Ratschläge von einem, der sich ein halbes Jahrhundert im politischen Reden, Schreiben und Handeln versucht hat.« Kühn schreibt u. a.: »Wer etwa glaubt, daß er, weil er mit dem Wort einigermaßen geschickt umgehen kann, ohne Vorbereitung auf die Tribüne gehen dürfe, da er ohnehin klüger sei als sein Auditorium, der wird es mit seiner Rede nie zu einem erheblichen Beitrag, sondern höchstens zu einem überheblichen Beitrag zu einem Thema bringen.«

Die 1. Regel für die Vorbereitung heißt:

Man nehme sich Zeit.

Zwar zeigt die Geschichte, daß gelegentlich auch kurzfristig und übereilt vorbereitete Reden glücklich abgefaßt werden und durchschlagende Wirkung erzielen, doch ist das nicht der Normalfall. Knapp 2 Minuten dauerte die Rede, die der amerikanische Präsident Abraham Lincoln am 19. November 1863 anläßlich der Friedhofsweihe für Gefallene des Bürgerkrieges hielt – doch diese Rede haben die Amerikaner nicht vergessen. (»Möge diese Nation unter Gottes Fügung zu neuer Freiheit geboren werden«; Ziel: »Herrschaft des Volkes durch das Volk und für das Volk«). Lincoln hatte seine wenigen Sätze eilig auf 2 Blättern notiert und war mit der Rede gar nicht zufrieden. Er meinte, er habe diesmal viel zu wenig Zeit gehabt für die sorgfältige Formulierung.

Heinz Kühn: »Abraham Lincoln bereitete sich lange auf jede Rede vor, indem er in dieser ›Brutzeit‹ Notizen, Bruchstücke von Sätzen auf Fetzen von Papier oder Briefcouverts schrieb und das Zettelkonvolut aus Papierschnitzeln in seinen berühmten Zylinder steckte und ständig mit sich herumtrug. Dann fügte er am Schreibtisch daraus seine Rede.«

Die 2. Regel für die Vorbereitung heißt:

Man arbeite systematisch.

Unendlich viel Zeit wird vergeudet, wenn man nicht eine systematische Arbeitstechnik anwendet. Goethe schrieb im Mai 1798 an Schiller: »Bei dem vielen Zeug, das ich vorhabe, würde ich verzweifeln, wenn nicht die große Ordnung, in der ich meine Papiere halte, mich in den Stand setzte, zu jeder Stunde überall einzugreifen, jede Stunde in ihrer Art zu nutzen und eins nach dem anderen vorwärtszuschieben.«

In Platons Briefen findet sich der Satz, daß nur ein »lange Zeit vorgesetzter, dem Gegenstande gewidmeter Verkehr das Licht der Erkenntnis aufleuchten« lasse. (Zitiert nach L. Nelson, Die sokratische Methode, Leipzig 1918)

Von vielen bedeutenden Rednern wissen wir, wie intensiv sie jede einzelne Rede vorbereiteten.

Roosevelt arbeitete lange an seiner berühmt gewordenen Rede über die Behebung der Wirtschaftskrise. Den endgültigen Entwurf las er dann noch einem Anstreicher des Weißen Hauses vor mit der Anweisung: »Wenn Sie etwas nicht verstehen – unterbrechen Sie mich!« Der Mann unterbrach die Rede an drei Stellen. Prompt korrigierte der Präsident die jeweilige Formulierung.

Churchill arbeitete seine großen parlamentarischen Reden aus bis auf jedes einzelne Wort – und lernte die wichtigsten Partien auswendig. Lord Birkenhead spottete, daß Churchill die besten Jahre seines Lebens auf die Vorbereitung von »spontanen« Reden verwandte. Lloyd George war zu seinen besten Zeiten ohne Zweifel ein Redegenie. Sein Biograph Hugo Fischer leuchtet hinter die Kulissen, wenn er schreibt: »In allen Phasen seines Lebens hat er das Talent zielbewußt und fleißig weiterentwickelt. Sorgfältigste Vorbereitung und Kleinarbeit, ständige Übung des Gedächtnisses sind auch das Erfolgsergebnis seiner dynamischen Redekunst. Seine Ansprachen sind alle in einem gewissen Sinne ›gelernte‹ Reden: die berühmten *passages of eloquence* und die *purple patches* (= purpurne Stellen) der rhetorischen Höhepunkte sind das Ergebnis sorgsamster Ausarbeitung und Gedächtnisschulung.«

Allerdings arbeiten nicht alle Politiker ihre Reden selbst aus. Selbst der rhetorisch begabte Präsident Kennedy ließ seine großen Reden von seinem Berater (Th. Sorensen) entwerfen. Wir wissen auch, daß z. B. die gegenwärtige englische Königin ihre Reden durch Sekretäre vorbereiten läßt, während ihr Ehemann, der Herzog von Edinburgh, es sich nicht nehmen läßt, jede Ansprache, die er zu halten hat, auch selbst zu konzipieren.

Dem Wirtschafts- und Finanzminister Karl Schiller mußten seine Referenten Rede-Entwürfe vorlegen. Die Glanzlichter aber setzte in der Regel der Minister selbst auf, manchmal auch improvisierend hinzugefügt.

(Viele Politiker wären auch zeitlich überfordert, wollten sie alle Reden selbst verfassen. Man denke nur an einen vielgeplagten Oberbürgermeister, der vielleicht an einem einzigen Morgen eine hochpolitische Rede im Parlament halten muß, im Anschluß ein Referat über die städtische Müllabfuhr absolviert, danach die passenden Worte findet bei der Verabschiedung eines Oberinspektors und im nächsten Augenblick schon den Weltkongreß der Zierfischfreunde zu eröffnen hat.)

Die Vorbereitung einer Rede ist eine schöpferische Arbeit, die viel Freude und viel Mühe macht. Apropos Mühe: Edison soll gesagt haben, das Erfinden bestehe aus 1 Prozent Inspiration und 99 Prozent Transpiration. Ähnlich ist es beim Vorbereiten einer Rede.

Zur systematischen Arbeit gehört vor allem eine überlegte Anordnung der einzelnen Arbeitsgänge.

Hamilton meint kurz und bündig, es gebe fünf Gebote der Redekunst:

1. »Herausfinden, was zu sagen ist«;
2. »ordnen, nicht nur korrekt, auch mit Witz«;
3. »in Worte kleiden und stilvoll aufputzen«;
4. »in das Gedächtnis einprägen«;
5. »mit Anmut und Würde vortragen«.

Die sorgfältige Vorbereitung einer Rede umfaßt nach meiner Erfahrung folgende zehn Arbeitsgänge:

1. Stoffsammlung
2. Stoffauswahl und -gliederung
3. Überdenken (Meditation, Verknüpfen der Einzelheiten, Stoffkommentierung)
4. Erste Stichwortfassung (vorläufige Fassung)
5. Stilistische Ausformung des Hauptteils (Übung in der Wortausgestaltung)
6. Ausformung von Einleitung und Schluß
7. Gesamtkontrolle
8. Zweite Stichwortfassung (endgültige Fassung)
9. Gedächtnismäßige Aneignung
10. Rhetorische Aneignung (Redeprobe).

Die Arbeitsgänge 1 bis 6 sowie 9 und 10 werden sich zum Teil zeitlich überschneiden.

Im folgenden finden Sie nun einige Hinweise für die Vorbereitungsarbeit.

2.2 Spezielles

2.2.1 Stufen der Vorbereitung

Stoffsammlung

Sammeln Sie das Material auf weite Sicht. Viele Reden und Vorträge kranken daran, daß sie ganz offensichtlich zu kurzfristig vorbereitet sind. (Ein Staatsmann wurde gefragt, wieviel Zeit er zur Vorbereitung seiner nächsten Rede gebrauche. Er antwortete: »Wenn ich nur 10 Minuten reden darf, so brauche ich eine Woche zur Vorbereitung. Steht mir 1 Stunde zur Verfügung, so brauche ich 2 Tage. Habe ich unbegrenzte Redezeit, so kann ich sofort anfangen zu sprechen.«)

Um aus dem vollen schöpfen zu können, wird man nicht nur Stoff für eine bestimmte Rede sammeln, sondern ganz allgemein durch eine weitverzweigte Stoffsammlung sein Wissen zu erweitern suchen.

»Es gibt kein noch so spezielles und ausgefallenes Thema, zu dem man nicht ein Buch fände, das Stoff dazu liefert«, schreibt der Engländer Hamilton, und er fährt fort: »Lies Seneca, er wird zu den meisten Themen einen glänzenden und glücklich gefaßten Gedanken beisteuern.«

Und, so Wilhelm Busch, »auch der allergewöhnlichste Gegenstand, in Licht und Gegenlicht, ist wert der Betrachtung.«

Für jedes Fachgebiet gibt es (zusammenfassende) Handbücher, Spezialbücher und Zeitschriften. Die Stichworte in den Katalogen der Bibliothek (Bücherkataloge, Zeitschriftenbibliographien u. a.) geben Aufschluß über vorhandenes Material. Es erleichtert die Arbeit, wenn wir Wörterbücher (der Philosophie, der Politik; Keysers Fremdwörterlexikon u. a.) und ein allgemeines Lexikon zur Hand haben.

Es gibt unendlich viele Stofflieferanten. Man sammle zum Beispiel auch Zeitungsartikel zu den Stoffgebieten, die man beherrschen möchte. Es ist jammerschade, daß ungezählte Zeitungsartikel von hoher Qualität den Tag ihres Erscheinens nicht überleben. Gute Zeitungen sind eine wahre Fundgrube für aktuelle

Fach- und Meinungsartikel. Man sollte sie in viel stärkerem Maße als üblich auswerten.

Bei der *Rohstoffsammlung* scheiden wir streng zwischen *Fremdstoff* und *Eigenstoff*. Es erweist sich als günstig, alle eigenen Gedanken besonders zu kennzeichnen, z. B. in eckigen Klammern zu notieren. Andernfalls verliert man leicht die Übersicht über das, was aus anderen Quellen stammt. Zitate bringen wir in Anführungszeichen und vergessen nie die genaue Quellenangabe (Verfasser, Titel, Erscheinungsort, -jahr, Seite: z. B.: »...« [Zitat], dann in Klammern: Melchior Schulze: Zur Entwicklungsgeschichte der Blattlaus, Honolulu 1956, S. 789).

Wir bevorzugen Primär-Quellen gegenüber Sekundär-Quellen (in letzteren sind schon Primär-Quellen mehr oder minder gut verarbeitet).

Am günstigsten ist die Stoffsammlung auf Zetteln oder Karteikarten. Vielleicht können folgende Tips die Arbeit erleichtern:

1. Zettel oder Karteikarten von Postkarten- oder doppelter Größe sind handlich und genügen vollauf (Format DIN A 6, DIN A 5)
2. Wir kennzeichnen den Zettelinhalt durch ein Merkwort (Stichwort)
3. Deutlich schreiben und die Zettel numerieren.
4. Wir beschreiben die Zettel nur einseitig; das erleichtert später die Übersicht. (Wir verfahren genauso beim endgültigen Stichwortkonzept der Rede; das lästige Umblättern beim Halten der Rede fällt weg: Man legt dann unauffällig ein Stichwortblatt nach dem anderen zur Seite.

   »Warum«, so wurde Detlev von Liliencron von einem Neugierigen gefragt, »darf das Papier der Manuskripte eigentlich immer nur einseitig beschrieben sein?« Wahrscheinlich«, meinte Liliencron sarkastisch, »damit das gute Papier nicht noch vollständig verdorben wird.)
5. Wir lassen Platz für Nachträge und Änderungen.
6. Streichen wir wichtige Stellen an; seitlich oder unterhalb; man verwende u. U. Farbstifte und schreibe verschieden groß.

Charles Ferguson schreibt in seinen »Ratschlägen für Redner«:

»Die Notizen, die man sich macht, häufen sich mit der Zeit an. Es wird jedoch merkwürdigerweise mit der Zeit viel geordneter, als es eigentlich zu erwarten wäre.«

Zur Sammlung des Eigenstoffes

»Stets findet Überraschung statt, da wo man's nicht erwartet hat« (Busch). So geht es auch mit den Gedanken. »Ideen und Einfälle richten sich leider nicht viel nach Wünschen, sondern kommen, wann's megen«, stellt Busch in einem seiner Briefe fest. Gedanken halten sich nicht an die »Empfangszeiten«, die man ihnen höflich einräumt; sie kommen, wann *sie* wollen: in der Straßenbahn, im Kino, beim Essen. Wichtig ist, daß man sie sofort festhält, vielleicht nur in einem Stichwort. (In Gerhart Hauptmanns Schlafzimmer mußte die Tapete am Bett oft erneuert werden, da er darauf seine nächtlichen Einfälle notierte.) Darum: man trage stets einen kleinen Notizblock (DIN A 7) und -stift bei sich. Tapeten zu benutzen erscheint auf die Dauer zu kostspielig. Ungezählte gute Gedanken sind sicherlich auch bei uns schon auf Nimmerwiedersehen verschwunden, nur weil wir sie nicht sofort aufs Papier bannten. »Das Notizbuch ist für den Redner das, was für den Fischer das Netz ist« (Casson). Carlo Schmid berichtet über den 1952 verstorbenen Kurt Schumacher: »Unermüdlich machte er sich beim Lesen, bei Gesprächen mit anderen und *im Selbstgespräch* (!) Notizen, und diese Notizen verarbeitete er zu Rohmaterial seiner Reden, und aus diesem Rohstoff formte er sein Manuskript.«

Dringend zu empfehlen ist eine Kartei, in der man gute Einfälle jeder Art, treffende Formulierungen, Zitate, Aphorismen und andere Lesefrüchte sammelt, auch wenn man im Augenblick keine Verwendung dafür hat. Im übrigen finden wir immer wieder bestätigt: der Zwang, Einfälle in Worte zu kleiden, klärt die Gedanken. Wer oft seine Gedanken niederschreibt, dem kommt die Phantasie in Schwung, und »eine Seele ohne Phantasie gleicht einem Observatorium ohne Fernrohr« (Henry Ward Beecher).

Zur Stoffauswahl und -gliederung

Stoffauswahl und -gliederung gehören eng zusammen. Während ich aus dem aufgetürmten Stoff die Sammlung der für die Rede wichtigen Einzelheiten vornehme, überlege ich mir schon die beste Gliederung des Stoffes.

Wir sollten Unterlagen immer wieder durchsehen. Einmal tut man das mit der Freude eines Schmetterlingsjägers, der sich an der Buntheit seiner Kästen ergötzt; zum anderen ist es auch notwendig: erstens, um Übersicht zu gewinnen; zweitens, um auszuwählen; drittens, um Überholtes fortzutun. (Man muß sich vom Ballast befreien. Es ist schon gesagt worden, das Schwierigste am Sammeln sei das Wegwerfen.)

Jede Durchsicht der Stoffsammlung führt zu weiterer Klärung und zum Verknüpfen der Einzelheiten. Der Geist wird zum Webstuhl. Sicherlich, »der Redner braucht wesentlich mehr Bausteine, als sich nachher vermauern lassen« (Kilian). Aber wir wählen bei der engeren Sammlung das Beste aus, scheiden das Wesentliche vom weniger Wesentlichen. Ein Übermaß an Stoff bekommt keiner Rede gut. »Mit der geistigen Speise verhält es sich wie mit dem Essen: wir ernähren uns nicht von dem, was wir zu uns nehmen, sondern von dem, was wir verdauen« (Walter Winkler).

Die Fragen lauten: Was ist mein Hauptziel? Was will ich erreichen; worauf will ich hinaus?

Die engere Sammlung muß nun genau auf das Redethema zugeschnitten sein. »In der Beschränkung zeigt sich erst der Meister.« Man muß den Blick für das Wesentliche gewinnen. »Nicht die Menge des Stoffes bringt den Erfolg, sondern die Durcharbeitung« (Naumann).

Das Überdenken des Stoffes

Es ist »mit der Gedankenfabrik
wie mit einem Weber-Meisterstück,
wo ein Tritt tausend Fäden regt,
die Schifflein herüber, hinüber schießen,
die Fäden ungesehen fließen,
ein Schlag tausend Verbindungen schlägt«,

so heißt es im »Faust«. Wenn auch Goethe hier, reimtechnisch gesehen, nicht gerade ein Meisterstück aus seiner Versfabrik liefert: *was* er sagt, trifft zu. – Der Stoffsammlung und -auswahl folgt das Überdenken, Verknüpfen, Kommentieren. Man könnte das Ganze auch bezeichnen als eine *Bruttätigkeit*. Es gilt die Tatsachen und Gedanken zu prüfen, zu ordnen (Gedankenmontage; geistige Architektur), zu variieren. »Es gehören zum Wissen zwei verschiedene geistige Tätigkeiten: das Erkennen der Einzeldinge und das Verbinden der Erkenntnisse« (Naumann). Dies ist im Grunde das wichtigste Stadium: das der *Meditation*. In der christlichen Predigtlehre unterscheidet man laut Schreiner fünf Stadien: Exegese (= Textauslegung), Meditation, Ausführung, Aneignung, Vollzug.

Ein paar Hinweise für unseren oft sehr profanen Bereich:

1. Konzentrieren wir uns möglichst nur auf *einen* Gedanken zur Zeit; schalten wir Nebengedanken aus. (William James hat festgestellt, daß der Durchschnittsmensch nur etwa $\frac{1}{10}$ seiner möglichen geistigen Fähigkeiten entfaltet, wesentlich bedingt durch mangelnde Konzentration und mangelnde Arbeitstechnik.)
2. Stellen wir uns immer wieder unsere Zuhörerschaft vor. Was wollen wir ihr sagen? Worauf wollen wir hinaus?
3. Langsam schälen sich *Kerngedanken* heraus. Wir lassen sie im Kopf »rotieren«.

Meditation bewirkt Verinnerlichung. Wir können sie nur erreichen, wenn wir uns dabei vom Getriebe unserer Umwelt lösen. Jede Rede muß langsam in uns wachsen. Man muß eine Zeitlang »mit der Rede leben«. So intensiv wir uns auch mit den einzelnen Arbeitsgängen befassen müssen, vergessen wir nicht, schöpferische Pausen einzulegen. Das Gesetz von Spannung und Lösung gilt auch für die geistige Arbeit.

Zum Thema *Meditation und geistige Arbeit* sei noch etwas ausgeholt. Wir wollen ja nicht nur Wissen und Eindrücke horten, sondern uns auch eine fundierte Meinung bilden. Immer irren wir; immer wieder müssen wir neu abwägen und prüfen. Dem Redner geht es wie dem Hausbesitzer: er hat immer Reparaturen. Was ich im folgenden erwähne, mag manchem belanglos erscheinen; mir ist es nicht ganz unwichtig.

Äußere Voraussetzung für fruchtbare Vorbereitungsarbeit ist das Herausfinden der besten Arbeitszeit, die bei uns oft verschieden ist. Man sollte auch die geistige Arbeit möglichst regelmäßig betreiben. Oft hängt der Erfolg von Kleinigkeiten ab, zum Beispiel vom Arbeitsklima. Die Umwelteinflüsse sind nicht zu unterschätzen. Schiller z. B. konnte am besten arbeiten, wenn er den Geruch fauler Äpfel (!) verspürte. Nicht jeder wird Schillers »Geruchsrichtung« teilen und sich durch faule Äpfel zu erhabenen Gedanken inspirieren lassen. Dem einen kommen die Gedanken bei einem Glase Wein, dem anderen beim Spazierengehen. So läppisch es klingt: die »ambulante Behandlung« des Geistes wirkt besonders beim motorisch veranlagten Menschen. Peripatein – das Umherwandeln war schon bei den alten Griechen ein Mittel, um reiche Jagdbeute im Gedankenrevier zu machen. Man denke z. B. an die Bedeutung des mittelalterlichen Klosterkreuzganges. Goethe meint, Bewegung in frischer Luft bringe »produktiv machende Kräfte«. Und nicht zuletzt ist es wieder Wilhelm Busch, der die Bedeutung der körperlichen Bewegung für die Gedankenarbeit erkannt hat, wenn er reimt:

»Ein leichtes Rütteln, sanftes Schwanken
erweckt und sammelt die Gedanken.
manch Bild, was sich versteckt vielleicht,
wirkt angeregt und aufgescheucht.«

In Horst Bieneks »Werkstattgesprächen mit Schriftstellern« (1962) bezeugt der Lyriker Wilhelm Lehmann: »Gedichte beginnen bei mir meist körperlich«; besonders auf Spaziergängen: »Ich bin ein Gehtyp.«

Heinz Kühn: »Ich halte es zwar nicht mit Montaigne, der meinte, seine Gedanken schliefen, wenn er sitze, und sein Geist gehe nicht, wenn ihn nicht die Beine bewegten, aber ich halte doch viel von einem einsamen Spaziergang, bei dem ich mir das Grundkonzept für die Rede überlege, die ich zu halten gedenke. Am Schreibtisch mache ich mir dann ein Stichwortkonzept und beginne dann, nachdem ich mir über das Wort klargeworden bin, das Wie in Angriff zu nehmen, gewissermaßen um das Skelett die plastische Figur zu modellieren. Auch dabei wandere ich an den Bücherregalen und Archivkästen entlang . . .«

Die inneren Voraussetzungen für eine fruchtbare Vorbereitungsarbeit sind:

1. *Die Selbstbefragung.* (Welche Ursachen, welche Wirkungen hat ein Tatbestand? Welches sind die Kernsätze, die Zielgedanken, die ich bringen muß? usw.) Sich Fragen zu stellen ist das Mittel, sein Denken in Bewegung zu setzen. »Es ist schon so: die Fragen sind es, aus denen das, was bleibt, entsteht. Denk an die Frage jenes Kindes: Was tut der Wind, wenn er nicht weht?« (Erich Kästner).
2. *Der Wechsel von Laut-Denken und Still-in-sich-hinein-Horchen.* Einmal meditieren wir still für uns hin, sprechen dann wieder unsere Gedanken laut oder halblaut aus. Dieses Wechselspiel führt verblüffend oft zur Klärung. Der Philosoph Johann Gottlieb Fichte weist auf die Wichtigkeit des *lauten Denkens* hin. Er schreibt: »Laut Denken gibt überhaupt unseren Begriffen einen neuen Grad von Klarheit und Bestimmtheit. Es bringt Sinnlichkeit und Verstand in eine engere Verbindung, macht die abstraktesten Ideen des letzteren darstellender und die Bilder des ersteren einfacher und geordneter.«
3. *Die geduldige, systematische Arbeit des Verknüpfens, des sinnvollen Gliederns und des wirksamen Formulierens.* Plinius berichtet vom Maler Apelles, der keinen Tag vergehen ließ, ohne nicht wenigstens *einen* Pinselstrich zu machen: nulla dies sine linea. Regelmäßige Arbeit führt zu besserem Erfolg.

Auch Hamilton weist darauf hin: »Nimm weder mit einem Gedanken, noch mit einem Ausdruck jeweils in der Form vorlieb, in der er sich dir zuerst darbietet, sondern strebe danach, ihn weiter und weiter zu läutern.«

Ich sagte schon, daß die Rede langsam in uns wachsen muß. Gedanken kann man nicht am Fließband produzieren. Man muß mit sich selbst oft viel Geduld haben. Das bekannte brain-storming (Gehirnstürmen) der Amerikaner, bei dem ein Gremium von Laien und Fachleuten aus dem Augenblick heraus durch schnelles Zurufen von Gedanken die Lösung eines Problems mit geistiger Gewalt erreichen will, führt auch nicht immer zum Erfolg. Gut' Ding will Weile haben.

Oftmals gärt ein Gedanke lange Zeit in uns. Und ist der Gedanke dann endlich klar, so stellen sich nicht immer sofort die rechten Worte ein. Luther hat oft wochenlang nach einem treffenden Ausdruck gesucht.

Schiller schreibt: »Es kann eine Stunde dauern, bis ich einer Periode die bestmögliche Rundung gegeben habe.« Der verstorbene CSU-Abgeordnete Freiherr von Guttenberg schildert in seinen »Fußnoten« die Vorbereitung einer großen Bundestagsrede: »In meinem Manuskript steckt die Arbeit mehrerer Wochen. An manchem Satz habe ich stundenlang gefeilt, bis er sich in den Rhythmus der Sprache fügte.«

Gut ist es, sich immer wieder darin zu üben, die Kerngedanken und Zwecksätze der Rede in wenigen Sätzen zusammenzufassen (»essentielles Konzentrat«). Bedenken wir, daß die Hörer etwas einsehen oder in bestimmter Weise handeln sollen.

Der *Grundgehalt* der Rede muß uns während der Meditation deutlich werden, und wir sollten ihn in einem plastischen Satz zusammenraffen können. Das geduldige Überdenken von Einzelheiten und Zusammenhängen kann man gar nicht eindringlich genug empfehlen. Asiaten sehen in der Unrast und Hetze, mit der *wir* selbst geistige Arbeit »erledigen«, in der Unfähigkeit des modernen Europäers zu meditativem Verhalten ein erschreckendes Zeichen von Kulturverfall.

Ein letztes noch an dieser Stelle: Man achte schon frühzeitig darauf, daß die veranschlagte Redezeit auch eingehalten werden kann. (Sie soll möglichst nicht über 90 Minuten betragen.) Viele Redner teilen ihre Zeit nicht ein, hasten dann zum Ende hin und bringen sich um die gute Wirkung.

Erste Stichwortfassung

Wir halten das bisherige Arbeitsergebnis stichwortartig fest. Die Anordnung muß übersichtlich sein. Die Stichworte müssen deutlich lesbar sein; sie bilden die Pfeiler, auf denen die Rede steht. Die erste Stichwortfassung wird in der Regel noch sehr ausführlich sein. Alle wichtigen Sinnglieder sind hier vermerkt. Besonders gut gelungene Formulierungen werden u. U. im vollen Wortlaut festgehalten. Setzen wir das Wichtige vom weniger Wichtigen ab: durch Unterstreichung, Farbgebung oder verschiedene Buchstabengröße. Anhand des Stichwortkonzepts beginnt nun die Übung in der *stilistischen Ausformung* von Hauptteil, Einleitung und Schluß. Einleitung und Schluß können meistens erst ausgestaltet werden, wenn der Hauptteil vorliegt, denn beide müssen sich auf den Hauptteil beziehen.

Darum ist es oft nicht glücklich, bei der Vorbereitung mit der Einleitung beginnen zu wollen, weil man u. U. den Hauptteil und das Ergebnis der Rede noch gar nicht überblicken kann. So manche Einleitung, die *vorgefaßt* ist, wirkt nachher schief, ohne den nötigen Zusammenhang mit Hauptteil und Schluß. Nehmen wir immer wieder Teilgebiete der Rede vor; halten wir uns an die Stichworte als Gedankenstütze, formulieren aber immer neu. Sprechen wir dabei halblaut vor uns hin. So kommt man am leichtesten über das Papierdeutsch hinweg. Dieses Durchkneten des Stoffes, diese immer neue Wortausgestaltung führt zu hoher Sicherheit im Sprechdenken.

Ein hervorragender Redner war der (1960 verstorbene) Schriftsteller Wolf von Niebelschütz. »Niebelschütz sprach seinen Text, während er ihn schrieb, er las ihn wieder und wieder laut, prüfte Satzaufbau und Verzahnung der Gedanken auf Klarheit und Wirksamkeit, feilte und vereinfachte so lange, bis das Ganze seiner erbarmungslosen Selbstkritik standhielt und ihm fast wörtlich geläufig war« (Ilse von Niebelschütz).

Gesamtkontrolle

»Gehe zum Schluß deine Rede noch einmal durch und prüfe, ob nicht derselbe Stoff durch eine bloße Änderung der Anordnung noch besser zur Geltung kommt.« So empfiehlt Hamilton. Aus dem 16. Jahrhundert ist folgende kleine Geschichte überliefert: Ein Kunstfreund beobachtet Michelangelo, wie dieser an seinen Bildwerken hier und da eine Einzelheit verbessert.

Schließlich ruft der Besucher erstaunt aus: »Alles, was du da änderst, sind ja nur Kleinigkeiten!« Und der Künstler antwortet ihm: »Sicherlich, es sind nur Kleinigkeiten. Aber es sind immer Kleinigkeiten, die zur Vollendung führen – und die Vollendung ist sicher *keine Kleinigkeit.*« Dieser letzte Satz trifft haargenau auch auf die Rede zu: Vollenden heißt, auch *scheinbar* kleine Einzelheiten verbessern.

Die Gesamtkontrolle bringt nun diese letzte Ausfeilung, die letzte rhetorische Zubereitung. Hier und da wird noch auf Hochglanz poliert oder ein »Licht aufgesetzt«. Achten wir besonders auf ausgewogene Proportionen der einzelnen Redeteile. Haben wir nicht »im Eifer des Gefechts« einem Tatbestand zu viel Gewicht beigemessen? Ist ein anderer dagegen zu kurz gekommen? Man suche etwas Abstand zu gewinnen und versetze sich noch einmal in die Lage der Hörer, besonders aber in die der Gegner. Überprüfen wir die Beweisführung, die Übergänge, die Kernsätze.

»Drei Viertel meiner ganzen literarischen Tätigkeit ist überhaupt Korrigieren und Feilen gewesen. Und vielleicht ist drei Viertel noch zu wenig gesagt« (Fontane). Vor allem stellt man bei der Gesamtkontrolle fest, daß dies und jenes doch nebensächlich oder überflüssig ist.

Endgültige Stichwortfassung

Der Schriftsteller Hans Magnus Enzensberger sagt einmal: »Intensive Arbeit verkürzt immer. Alle Bücher, außer Wörterbüchern, sind zu lang.« Auch viele Reden sind einfach zu lang und weitschweifig. Erich Kästner fordert »Präzision«, wenn er schreibt:

»Wer was zu sagen hat, hat keine Eile,
er läßt sich Zeit und sagt's in *einer* Zeile.«

Hier taucht die Frage auf, ob denn nicht *ein* Stichwortkonzept genügt. Die Erfahrung aber zeigt, daß bei sorgfältiger Vorbereitungsarbeit die erste Stichwortfassung durch Streichungen und Zusätze oft schwer lesbar ist. Auf dem Podium gleicht so mancher Redner einem kurzsichtigen Apotheker, der mühsam das

Rezept des Arztes entziffert. Die Rede stockt, weil der Vortragende sich in dem Gewirr seiner Notizen nicht zurechtfindet.

Das zweite Stichwortkonzept sollte sorgfältig verfaßt, übersichtlich geordnet, und (auch bei schlechter Beleuchtung!) lesbar sein. Je mehr Erfahrung man als Redner hat, desto gedrängter wird das Stichwortkonzept schließlich ausfallen. Manchmal braucht man dann nur noch eine Gedächtnisstütze, zum Beispiel die Grundgliederung der einzelnen Redeteile. Aufschlußreich ist es immer wieder, einen Blick in die Werkstatt bedeutender Redner zu tun.

Ilse von Niebelschütz schreibt über den Nachlaß Wolf von Niebelschütz': »Aus den letzten Jahren existieren zu den Reden nur noch Stichworte auf kleinen Blocks, *mitunter ein zentraler Satz, auf den es ihm besonders ankam, das übrige formulierte er frei während des Sprechens*. Da ihm die Sprache in vollendeter Leichtigkeit und Präzision zu Gebote stand, konnte er sich so, während er sprach, auf das jeweilige Aufnahmevermögen des Publikums einstellen; aber aus diesen Stichworten hinterdrein den gehaltenen Vortrag in seiner damaligen Lebendigkeit und sprachlichen Schönheit rekonstruieren zu wollen, ist unmöglich.« – Vorliegende Stichworte geben in jedem Falle das Gefühl der Sicherheit, selbst wenn man meint, auf ein Konzept gar nicht angewiesen zu sein. Es kann sein, daß wir während des Vortragens auch nur selten in das Manuskript sehen. Um so besser dann.

Die gedächtnismäßige Aneignung sei mehr ein »Inwendig-Lernen« als ein »Auswendig-Lernen«. Folgende Technik bewährt sich gut:

1. Wir prägen uns die Grundgedanken (und Zwecksätze) ein.
2. Wir machen uns mit dem Grundriß (Gliederung) vertraut.
3. Wir prägen uns Teil für Teil des (sorgfältig geschriebenen) Stichwortkonzepts ein. (Mehrfaches Lesen; Übung in der Wortausgestaltung.)

Man nutze seine Zeit aus. Es gibt viele »tote« Stunden und Minuten: wenn wir warten müssen, mit der Bahn fahren usw. Es ist die beste Konzentrationsübung, die Rede quasi im *Zeitraffer* an sich vorüberziehen zu lassen.

Der letzte Arbeitsgang der Vorbereitung ist die *Redeprobe*. Der Improvisation muß in der Regel ein gewisser Spielraum gewährt werden. (Durch »Übervorbereitung« kann man auch allen Saft aus der Rede herausdrücken!) Nie erstarrt die Rede zu endgültiger Prägung. Sie bleibt sozusagen im Aggregatzustand. Stellen wir uns eindringlich Vortragsraum und Hörerschaft vor.

Es gibt keine rhetorische Vollkaskoversicherung. Zwei letzte Sicherheitsvorkehrungen zur rhetorischen »Unfallverhütung« seien aber noch mitgeteilt:

1. Rollen Sie in Gedanken die Rede einmal von rückwärts auf. (Man sieht dann die Folgerungen oder Ergebnisse seiner Aussagen immer wieder von den Voraussetzungen her. Die Verknüpfung wird eindringlicher.)
2. Halten Sie die Rede einmal »stumm«, »in Gedanken«, ohne die Lippen zu bewegen!

Sind diese Konzentrationsübungen auch noch gelungen, dann hat man die besten Sicherungen für das Podium eingebaut. Das im vorstehenden Abschnitt über die »Technik der Vorbereitung« Gesagte kann nicht nur für die Rede, sondern in abgewandelter Form auch für jede schriftliche Ausarbeitung von Nutzen sein. (Vgl. den späteren Abschnitt »Redestil – Schreibstil«.) »Gute Vorbereitung ist halbe Vollendung«, meint Carnegie. Im übrigen werden wir zum Abschluß der Vorbereitung den Zettelkasten noch einmal durchsehen; oft genug finden wir noch eine wichtige Einzelheit, die man einbauen kann.

Nun wird mancher Leser vielleicht fragen: Wird hier in puncto Vorbereitung nicht zu viel verlangt? Habe ich denn als Redner immer so viel Zeit, alle diese Arbeitsgänge vorzunehmen? Ich möchte antworten: In der Regel sollte man, besonders bei größeren Reden, so oder ähnlich verfahren, wie ich es hier beschrieben habe. Bei den vielen und oft kurzfristig anzufertigenden kleinen Sachberichten des Redealltags kann man das Vorbereitungssystem natürlich vereinfachen: Stoffsammlung – Stichworte – Einleitung – Schluß – kurzes Überfliegen des Ganzen; und dann wird die Rede gehalten. Grundsätzlich aber gilt, daß wir die sorgfältige Vorbereitung den Hörern schuldig sind. Sie wollen uns zuhören; sie schenken uns ihre Zeit; wir dürfen sie nicht enttäuschen. Man darf allerdings die Zuhörer nicht merken lassen, wie mühsam die Vorbereitung vielleicht war. Einer Primaballerina sieht man bei ihrem Spitzentanz auch nicht an, wieviel Anstrengung und wieviele Übungsstunden es sie gekostet hat, scheinbar mühelos dahinschweben zu können.

Die gute *Stegreifrede* ist die höchste Stufe der Redekunst. Sie ist aber nicht jedem gegeben. Oft ist die Improvisation ungeordnet und ungezügelt, sie ist »direktionsloser Mitteilungsdrang« (Gerathewohl). Selbst ein Cicero sprach *nur* vorbereitet. Er hatte seine Reden sogar so ausgefeilt, daß er sie bei einer plötzlichen Situationsänderung *nicht* hielt. Das erklärt die Tatsache, daß wir eine Anzahl hervorragender Reden von ihm besitzen, die nie gehalten wurden. Professor Carlo Schmid mußte einmal eine Rede improvisieren. Es wurde eine sehr gute Rede. »Selten habe ich eine so wirkungsvolle Rede gehört«, sagte ihm einer seiner Gegner, »ich glaube, kein Mensch im Saale ahnte, was Sie sagen würden.«

»Ganz recht – kein Mensch«, entgegnete Schmid, »selbst ich nicht.«

Pastor Harms hatte sich ausnahmsweise auf eine Predigt nicht vorbereitet, sondern sich ganz auf die Eingebung des Heiligen Geistes verlassen. Diese blieb aber aus, und Claus Harms kam ins Stottern. Nach der Predigt meinte er entsetzt: »Als ich auf die Eingebung wartete, hörte ich nur eine innere Stimme sagen: Claus, du bis fuhl wesen! (= Claus, du bist faul gewesen!) Nie wieder ohne Vorbereitung!«

Ein kleiner Hinweis noch für Tagungen und Kongresse: Oft steht ein Kongreßredner vor der peinlichen Situation, seinen Vortrag aus allgemeinem Zeitmangel kürzen zu müssen. Er überlege sich am besten immer *zwei* Fassungen des Referates, eine längere, eine kürzere. Schwer ist es meistens, aus dem Stegreif zu kürzen. Wir hören dann das Gestammel und Gestöhne des Vortragenden, der wegen der vorgeschrittenen Zeit leider nicht alles bringen kann. Ein allgemeiner Katzenjammer ergreift die Versammlung, und die gestutzte Rede kommt gar nicht zur Wirkung.

Wenn auf Tagungen mehrere Redner aufeinander folgen, so tut man gut daran, sich kurz über Inhalt und Dauer der anderen Referate zu orientieren.

In diesem Zusammenhang sei darauf hingewiesen, daß die Zuhörer es dankbar begrüßen, wenn ihnen eine maschinenschriftliche Kurzfassung des Vortrages ausgehändigt wird, damit sie wesentliche Punkte noch einmal in Ruhe nachlesen können. Es empfiehlt sich oft, stichwortartig einige Thesen aufzustellen, die die Schlüsselgedanken enthalten, den Zuhörern vorliegen und die Grundlagen bilden für die dem Vortrag folgende Diskussion. Diese sehr fruchtbringende Arbeitstechnik wird heute in zunehmendem Maße praktiziert, nicht nur bei Tagungen und Konferenzen, sondern auch bei sonstigen Vorträgen und Reden.

2.2.2 Dokument (1805/06)

Heinrich von Kleist: Über die allmähliche Verfertigung der Gedanken beim Reden. An Rühle von Lilienstern.

Wenn du etwas wissen willst und es durch Meditation nicht finden kannst, so rate ich dir, mein lieber, sinnreicher Freund, mit dem nächsten Bekannten, der dir aufstößt, darüber zu sprechen. Es braucht nicht eben ein scharfdenkender Kopf zu sein, auch meine ich es nicht so, als ob du ihn darum befragen solltest, nein! Vielmehr sollst du es ihm selber allererst erzählen. Ich sehe dich zwar große Augen machen und mir antworten, man habe dir in früheren Jahren den Rat gegeben, von nichts zu sprechen, als nur von Dingen, die du bereits verstehst. Damals aber sprachst du wahrscheinlich mit dem Vorwitz, *andere,* ich will, daß du aus der verständigen Absicht sprechest: *dich* zu belehren, und so könnten, für verschiedene Fälle verschieden, beide Klugheitsregeln vielleicht gut nebeneinander bestehen. Der Franzose sagt: l'appétit vient en mangeant, und dieser Erfahrungssatz bleibt wahr, wenn man ihn parodiert und sagt: l'idée vient en parlant. Oft sitze ich an meinem Geschäftstisch über den Akten und erforsche in einer verwickelten Streitsache den Gesichtspunkt, aus welchem sie wohl zu beurteilen sein möchte. Ich pflege dann gewöhnlich ins Licht zu sehen, als in den hellsten Punkt, bei dem Bestreben, in welchem mein innerstes Wesen begriffen ist, sich aufzuklären. Oder ich suche, wenn mir eine algebraische Aufgabe vorkommt, den ersten Ansatz, die Gleichung, die die gegebenen Verhältnisse ausdrückt und aus welcher sich die Auflösung nachher durch die Rechnung leicht ergibt. Und siehe da, wenn ich mit meiner Schwester davon rede, welche hinter mir sitzt und arbeitet, so erfahre ich, was ich durch ein vielleicht stundenlanges Brüten nicht herausgebracht haben würde. Nicht, als ob sie es mir im eigentlichen Sinne *sagte;* denn sie kennt weder das Gesetzbuch, noch hat sie den Euler oder Kästner studiert. Auch nicht, als ob sie mich durch geschickte Fragen auf den Punkt hinführte, auf welchen es ankommt, wenn schon dies letzte häufig der Fall sein mag. Aber weil ich doch irgendeine dunkle Vorstellung habe, die mit dem, was ich suche, von fern in einiger Verbindung steht, so prägt, wenn ich nur dreist damit den Anfang mache, das Gemüt, während die Rede fortschreitet, in der Notwendigkeit, dem Anfang nun auch ein Ende zu finden, jene verworrene Vorstellung zur völligen Deutlichkeit aus, dergestalt, daß die Erkenntnis zu meinem Erstaunen mit der Periode fertig ist. Ich mische unartikulierte Töne ein, ziehe die Verbindungswörter in die Länge, gebrauche auch wohl eine Apposition, wo sie nicht nötig wäre, und bediene mich anderer, die Rede ausdehnender Kunstgriffe, zur Fabrikation meiner Idee auf der Werkstätte der Vernunft die gehörige Zeit zu gewinnen. Dabei ist mir nichts heilsamer als eine Bewegung meiner Schwester, als ob sie mich unterbrechen wollte; denn mein ohnehin schon angestrengtes Gemüt wird durch diesen Versuch von außen, ihm die Rede, in deren Besitz es sich befindet, zu entreißen, nur noch mehr erregt und in seiner Fähigkeit, wie ein großer General, wenn die Umstände drängen, noch um einen Grad höher gespannt. In diesem Sinne begreife ich, von welchem Nutzen Molière seine Magd sein konnte; denn wenn er derselben, wie er vorgibt, ein Urteil zutraute, das das seinige berichtigen konnte, so ist dies eine Bescheidenheit, an deren Dasein in seiner Brust ich nicht glaube. Es liegt ein sonderbarer Quell der Begeisterung für denjenigen, der spricht, in einem menschlichen Antlitz, das ihm gegenübersteht; und ein Blick, der uns einen halbausgedrückten Gedanken schon als begriffen ankündigt, schenkt uns oft den Ausdruck für die ganze andere Hälfte desselben. Ich glaube, daß mancher große Redner in dem Augenblick, da er den Mund aufmachte, noch nicht wußte, was er sagen würde. Aber die Überzeugung, daß er die ihm nötige Gedankenfülle schon aus den Umständen und der daraus resultierenden Erregung seines Gemüts schöpfen würde, machte ihn dreist genug, den Anfang, auf gutes Glück hin, zu setzen. Mir fällt jener »Donnerkeil« des Mirabeau ein, mit welchem er den Zeremonienmeister abfertigte, der nach Aufhebung der letzten monarchischen Sitzung des Königs am 23ten Juni, in welcher dieser den Ständen auseinanderzugehen anbefohlen hatte, in den Sitzungssaal, in welchem die Stände noch verweilten, zurückkehrte und sie befragte, ob sie den Befehl des Königs vernommen hätten? »Ja«, antwortete Mirabeau, »wir haben des Königs Befehl vernommen« – ich bin gewiß, daß er bei diesem humanen Anfang noch nicht an die Bajonette dachte, mit welchen er schloß: »ja, mein Herr«, wiederholte er, »wir haben ihn vernommen.« – Man sieht, daß er noch gar nicht recht weiß, was er will. »Doch was berechtigt Sie« – fuhr er fort, und nun plötzlich geht ihm ein Quell ungeheurer Vorstellungen auf – »uns hier Befehle anzudeuten? Wir sind die Repräsentanten der Nation.« – Das war es, was er brauchte: »Die Nation gibt Befehle und empfängt keine« – um sich gleich auf den Gipfel der Vermessenheit zu schwingen. »Und damit ich mich Ihnen ganz deutlich erkläre«, – und erst jetzo findet er, was den ganzen Widerstand, zu welchem seine Seele gerüstet dasteht, ausdrückt: »so sagen Sie Ihrem Könige, daß wir unsere Plätze anders nicht, als auf die Gewalt der Bajonette verlassen werden.« – Worauf er sich, selbstzufrieden, auf einen Stuhl niedersetzte. – Wenn man an den Zeremonienmeister denkt, so kann man sich ihn bei diesem Auftritt nicht anders als in einem völligen Geistesbankerott vorstellen; nach einem ähnlichen Gesetz, nach welchem in einem Körper, der von dem elektrischen Zustand Null ist, wenn er in eines elektrisierten Körpers Atmosphäre kommt, plötzlich die entgegengesetzte Elektrizität erweckt wird.

Und wic in dem elektrisierten dadurch, nach einer Wechselwirkung, der ihm inwohnende Elektrizitäts-Grad wieder verstärkt wird, so ging unseres Redners Mut bei der Vernichtung seines Gegners zur verwegensten Begeisterung über. Vielleicht, daß es auf diese Art zuletzt das Zucken einer Oberlippe war, oder ein zweideutiges Spiel an der Manschette, was in Frankreich den Umsturz der Ordnung der Dinge bewirkte. Man liest, daß Mirabeau, sobald der Zeremonienmeister sich entfernt hatte, aufstand und vorschlug: 1. sich sogleich als Nationalversammlung und 2. als unverletzlich zu konstituieren. Denn dadurch, daß er sich, einer Kleistischen Flasche gleich, entladen hatte, war er nun wieder neutral geworden und gab, von der Verwegenheit zurückgekehrt, plötzlich der Furcht vor dem Chatelet und der Vorsicht Raum. –

Das ist eine merkwürdige Übereinstimmung zwischen den Erscheinungen der physischen und moralischen Welt, welche sich, wenn man sie verfolgen wollte, auch noch in den Nebenumständen bewähren würde. Doch ich verlasse mein Gleichnis und kehre zur Sache zurück. Auch Lafontaine gibt in seiner Fabel: Les animaux malades de la peste, wo der Fuchs dem Löwen eine Apologie zu halten gezwungen ist, ohne zu wissen, wo er den Stoff dazu hernehmen soll, ein merkwürdiges Beispiel von einer allmählichen Verfertigung des Gedankens aus einem in der Not hingesetzten Anfang. Man kennt diese Fabel. Die Pest herrscht im Tierreich, der Löwe versammelt die Großen desselben und eröffnet ihnen, daß dem Himmel, wenn er besänftigt werden solle, ein Opfer fallen müsse. Viele Sünder seien im Volke, der Tod des größeten müsse die übrigen vom Untergang retten. Sie möchten ihm daher ihre Vergehungen aufrichtig bekennen. Er für sein Teil gestehe, daß er im Drange des Hungers manchem Schafe den Garaus gemacht; auch dem Hunde, wenn er ihm zu nahe gekommen; ja, es sei ihm in leckerhaften Augenblicken zugestoßen, daß er den Schäfer gefressen. Wenn niemand sich größerer Schwachheiten schuldig gemacht habe, so sei er bereit, zu sterben. »Sire«, sagt der Fuchs, der das Ungewitter von sich ableiten will, »Sie sind zu großmütig. Ihr edler Eifer führt Sie zu weit. Was ist es, ein Schaf zu erwürgen? Oder einen Hund, diese nichtswürdige Bestie? Und quant au berger«, fährt er fort, denn dies ist der Hauptpunkt: »on peut dire«, obschon er noch nicht weiß, was, »qu'il méritoit tout mal«; auf gut Glück; und somit ist er verwickelt; »étant«; eine schlechte Phrase, die ihm aber Zeit verschafft: »de ces gens là«, und nun erst findet er den Gedanken, der ihn aus der Not reißt: »qui sur les animaux se font un chimérique empire.« Und jetzt beweist er, daß der Esel, der blutdürstigste! (der alle Kräuter anfrißt), das zweckmäßigste Opfer sei, worauf alle über ihn herfallen und ihn zerreißen. – Ein solches Reden ist ein wahrhaftes lautes Denken. Die Reihen der Vorstellungen und ihrer Bezeichnungen gehen nebeneinander fort, und die Gemütsakten für eins und das andere kongruieren.

Die Sprache ist alsdann keine Fessel, etwa wie ein Hemmschuh an dem Rade des Geistes, sondern wie ein zweites mit ihm parallel fortlaufendes Rad an seiner Achse. Etwas ganz anderes ist es, wenn der Geist, schon vor aller Rede, mit dem Gedanken fertig ist. Denn dann muß er bei seiner bloßen Ausdrückung zurückbleiben, und dies Geschäft, weit entfernt ihn zu erregen, hat vielmehr keine andere Wirkung, als ihn von seiner Erregung abzuspannen. Wenn daher eine Vorstellung verworren ausgedrückt wird, so folgt der Schluß noch gar nicht, daß sie auch verworren gedacht worden sei; vielmehr könnte es leicht sein, daß die verworrenst ausgedrückten gerade am deutlichsten gedacht werden. Man sieht oft in einer Gesellschaft, wo durch ein lebhaftes Gespräch eine kontinuierliche Befruchtung der Gemüter mit Ideen im Werke ist, Leute, die sich, weil sie sich der Sprache nicht mächtig fühlen, sonst in der Regel zurückgezogen halten, plötzlich mit einer zuckenden Bewegung aufflammen, die Sprache an sich reißen und etwas Unverständliches zur Welt bringen. Ja, sie scheinen, wenn sie nun die Aufmerksamkeit aller auf sich gezogen haben, durch ein verlegenes Gebärdenspiel anzudeuten, daß sie selbst nicht mehr recht wissen, was sie haben sagen sollen. Es ist wahrscheinlich, daß diese Leute etwas recht Treffendes und sehr deutlich gedacht haben. Aber der plötzliche Geschäftswechsel, der Übergang ihres Geistes vom Denken zum

Ausdrücken schlug die ganze Erregung desselben, die zur Festhaltung des Gedankens notwendig wie zum Hervorbringen erforderlich war, wieder nieder. In solchen Fällen ist es um so unerläßlicher, daß uns die Sprache mit Leichtigkeit zur Hand sei, um dasjenige, was wir gleichzeitig gedacht haben und doch nicht gleichzeitig von uns geben können, wenigstens so schnell als möglich aufeinander folgen zu lassen. Und überhaupt wird jeder, der bei gleicher Deutlichkeit geschwinder als sein Gegner spricht, einen Vorteil über ihn haben, weil er gleichsam mehr Truppen als er ins Feld führt. Wie notwendig eine gewisse Erregung des Gemüts ist, auch selbst nur, um Vorstellungen, die wir schon gehabt haben, wieder zu erzeugen, sieht man oft, wenn offene und unterrichtete Köpfe examiniert werden, und man ihnen ohne vorhergegangene Einladung Fragen vorlegt, wie diese: was ist der Staat? oder: was ist das Eigentum? oder dergleichen. Wenn diese jungen Leute sich in einer Gesellschaft befunden hätten, wo man sich vom Staat oder vom Eigentum schon eine Zeitlang unterhalten hätte, so würden sie vielleicht mit Leichtigkeit durch Vergleichung, Absonderung und Zusammenfassung der Begriffe die Definition gefunden haben. Hier aber, wo diese Vorbereitung des Gemüts gänzlich fehlt, sieht man sie stocken, und nur ein unverständiger Examinator wird daraus schließen, daß sie nicht *wissen*. Denn nicht *wir* wissen, es ist allererst ein gewisser *Zustand* unsrer, welcher weiß.

Nur ganz gemeine Geister, Leute, die, was der Staat sei, gestern auswendig gelernt und morgen schon wieder vergessen haben, werden hier mit der Antwort bei der Hand sein. Vielleicht gibt es überhaupt keine schlechtere Gelegenheit, sich von einer vorteilhaften Seite zu zeigen als gerade ein öffentliches Examen. Abgerechnet, daß es schon widerwärtig und das Zartgefühl verletzend ist und daß es reizt, sich stetig zu zeigen, welch solch ein gelehrter Roßkamm uns nach den Kenntnissen sieht, um uns, je nachdem es fünf oder sechs sind, zu kaufen oder wieder abtreten zu lassen; es ist so schwer, auf ein menschliches Gemüt zu spielen und ihm seinen eigentümlichen Laut abzulocken, es verstimmt sich so leicht unter ungeschickten Händen, daß selbst der geübteste Menschenkenner, der in der Hebammenkunst der Gedanken, wie Kant sie nennt, auf das meisterhafteste bewandert wäre, hier noch wegen der Unbekanntschaft mit seinem Sechswöchner, Mißgriffe tun könnte. Was übrigens solchen jungen Leuten, auch selbst den unwissendsten noch, in den meisten Fällen ein gutes Zeugnis verschafft, ist der Umstand, daß die Gemüter der Examinatoren, wenn die Prüfung öffentlich geschieht, selbst zu sehr befangen sind, um ein freies Urteil fällen zu können. Denn nicht nur fühlen sie häufig die Unanständigkeit dieses ganzen Verfahrens, man würde sich schon schämen, von jemandem, daß er seine Geldbörse vor uns ausschütte, zu fordern, viel weniger, seine Seele – sondern ihr eigener Verstand muß hier eine gefährliche Musterung passieren, und sie mögen oft ihrem Gott danken, wenn sie selbst aus dem Examen gehen können, ohne sich Blößen, schmachvoller vielleicht als der eben von der Universität kommende Jüngling, begeben zu haben, den sie examinierten.

(Quelle: H. v. Kleists sämtliche Werke, 2. Bd., Stuttgart u. Berlin o. J., S. 285–291)

3. Das Gefüge der Rede

3.1 Allgemeine Hinweise

3.1.1 Geschichtliche Anmerkung

Der Begriff »Rhetorik« stammt aus dem Griechischen (rhetoriké téchne) und umfaßt das Bedeutungsfeld Redelehre – Redekunst – Redefähigkeit. »In dieser Bedeutung meint ›Rhetorik‹ das – bewußte oder unbewußte – Beherrschen der ... Regeln und Techniken in den verschiedenen Formen konkreter Sprachverwendung durch ein sprechendes Individuum« (Kopperschmidt, Allg. Rhetorik, S. 13).

Rhetorik ist eines der ältesten Bildungsfächer. Schon in der Antike hatte die Redekunst eine bedeutende Stellung: Demosthenes hielt aufrüttelnde Reden gegen Philipp von Mazedonien. (Daher noch heute der Ausdruck »Philippika«.) Als Philipp diese Reden später las, war er sehr beeindruckt, so daß er ausgerufen haben soll: »Ich glaube, wenn ich diese Rede damals mitgehört hätte, würde ich gegen mich selbst gestimmt haben.«

Die Praxis zeigte aber schon damals den ganzen Umfang rednerischer Möglichkeiten: von der echten, dem Mitmenschen dienenden Rede bis zur selbstgefällig-artistischen, unwahrhaftigen Sophisterei.

Selbst Cicero war doch bei allem Glanz des Redenkönnens ein Gesinnungsvirtuose, der kaum als Vorbild dienen kann. Redner standen zu allen Zeiten im wechselnden Urteil der öffentlichen Meinung. *Alle* zu überzeugen, vermochten selbst die besten Rhetoren nicht. Man denke nur daran, daß weder Demosthenes noch Cicero eines natürlichen Todes gestorben sind.

Die Blütezeit der griechischen Rhetorik währte etwa die Zeit von fünf Generationen, und nur in Athen kam der Redekunst ein geschichtliches Gewicht zu.

Die Schulen der Antike und der Renaissance lehrten eine Fülle von Regeln über Gefüge und Vortrag der Rede. Marcus Fabius

Quintilianus (ca. 35–100 n. Chr.) war der berühmteste Rhetorik-Lehrer in Rom. Sein Anspruch an den Redner war sehr hoch. Er forderte sorgfältige Erziehung und umfassende Bildung als Grundlage. Von den vielen Kunstgriffen (Redefiguren), die gelehrt wurden, ist ein Teil heute noch beherzigenswert (siehe Kapitel »Rhetorische Darstellungsmittel«). Wir sind heute ebenso skeptisch gegenüber einer Rede mit schöngeistig-ästhetischem Selbstzweck (wie bei Protagoras z. B.) wie gegenüber einem mitreißenden demagogischen Pathos (wie bei Hitler und Goebbels z. B.). Feingedrechselte Phrasen, Zierat rhetorischer Nippfigürchen, überladenen Stil, blendendes Virtuosentum: alle diese Elemente sollten wir entschieden ablehnen, da sie zur Unsachlichkeit verführen.

Seit dem Mittelalter gab es wieder Zeiten der Hochblüte in der Redekunst. Ein Weg führt von den Bettelmönchen über Savonarola zu Luther. In neuerer Zeit gewann die Rede im englischen Parlament des 18. Jahrhunderts und seit der Französischen Revolution an Bedeutung. (Im Pariser Konvent zogen allerdings manche Redner ihr Konzept aus der rechten Tasche, während sie in der linken »vorsorglich« die entgegengesetzte Rede bereithielten. Sie hängten ihr Mäntelchen nach dem Winde.)

Der Einfluß der Rhetorik auf die Dichtkunst war viele Jahrhunderte hindurch sehr groß. Wir wissen z. B., daß noch Racine, der berühmte französische Bühnendichter des 17. Jahrhunderts, die ganze »Institutio oratoria« des Quintilian durchstudierte und sich viele Hefte mit Auszügen anlegte.

Wohl in keinem Parlament hat die Rede so große Bedeutung gehabt wie im englischen, und zwar schon seit der Renaissance. Die Reihe großer Redner führt über Pitt, Fox, Sheridan, Gladstone, Lloyd George, Churchill und Bevan bis ins 20. Jahrhundert. England ist auch heute noch in viel stärkerem Maße als z. B. Deutschland das Land der Reden und Debattierklubs.

Der englische Historiker Lord Acton hat einmal halb spöttisch, halb anerkennend geäußert, manche Nationen erlägen dem Zauber der Beredsamkeit, die Deutschen jedoch »dem Charme einer guten Verwaltung«.

Doch auch die deutsche Parlamentsgeschichte hat eine Anzahl eindrucksvoller Redner aufzuweisen. Im 19. Jahrhundert übertraf ein Eugen Richter Bismarck noch an Brillanz. Im Bundestag waren z. B. Schumacher, Arndt, Heinemann, Erler und Schmidt auf seiten der SPD, Adenauer, Kiesinger, Gerstenmaier, von Guttenberg und Strauß auf seiten der CDU/CSU und Dehler bei der FDP bemerkenswerte Redner und Debattierer.

Aufschlußreich ist es, z. B. die Reden eines Bismarck, Lloyd George, Briand, Churchill, Heuss miteinander zu vergleichen. Jeder hatte einen eigenen Stil, und doch bedachten sie alle einige Grundsätze wie Anschaulichkeit, Logik, Steigerung usw., die im folgenden näher beschrieben werden.

Die Geschichte der Rhetorik kann in diesem Buch nur gestreift werden. Verwiesen sei auf die ausführliche Darstellung im »Historischen Teil« des 1986 erschienenen »Grundrisses der Rhetorik« von Ueding/Steinbrink.

Heute wird Rhetorik zwar oft in Kursen (Wirtschaftsvereinigungen; Volkshochschulen; Parteiseminaren u. a.) pragmatisch gelehrt, als wissenschaftlich betriebenes Hochschulfach ist es aber nur an der Universität Tübingen etabliert. Josef Kopperschmidt beklagt in seiner bemerkenswerten, aber in schwieriger wissenschaftlicher Diktion abgefaßten »Allgemeinen Rhetorik« (1976^2), daß der »modernen Rhetorik« »nur ein reduktionistisches Rhetorik-Verständnis« zugrunde liege. Damit ist gemeint, daß der umfassende Bildungs- und Theorie-Anspruch der antiken Rhetorik weitgehend fallengelassen wurde zugunsten einer rein pragmatischen, praxisorientierten Redelehre, die »Problemverengungen« in Kauf nimmt. Kopperschmidt legt dagegen einen idealtypischen Entwurf vor, der die heutige Redepraxis kaum einbezieht, wohl aber ein »normatives Regelsystem«, eine »Grammatik des vernünftigen Redens« zu erstellen versucht.

Die Geschichte der Rhetorik lehrt, daß es beim Gefüge der Rede sehr darauf ankommt, Redeinhalt und -form in Einklang zu bringen.

Die Kombination »gute Form – schlechter Inhalt« (Sophisten als Beispiel) ist ebenso verfehlt wie jene andere: »guter Inhalt –

schlechte Form« (z. B. sind Fichtes tiefschürfende »Reden an die Deutsche Nation« in Form und Stil so schwerfällig, daß Jakob Grimm sich vornahm, sie erst einmal ins Deutsche zu übertragen. Manche wissenschaftlichen Beiträge zur Rhetorik heute hätten gewiß auch einen Jakob Grimm nötig . . .)

3.1.2 Thema

Es ist oftmals schwieriger, ein allgemeines Thema zu behandeln als ein spezielles, da im ersten Falle die Gefahr der Weitschweifigkeit, Plattheit, Oberflächlichkeit und Verallgemeinerung besteht. Oftmals ist die Aufgabe zu weit gefaßt. Es gilt, das Redethema scharf zu umreißen: es darf nicht zu weit, aber auch nicht zu eng oder falsch akzentuiert sein.

Regel 1: Prüfen wir jedes Wort des Themas genau auf seinen Sinn hin.

Regel 2: Überlegen wir nach der ersten Stichwortfassung, ob nicht doch vieles notiert ist, was den Rahmen der gesteckten Aufgabe sprengt.

Die Formulierung des Themas sollte anziehend sein, ohne marktschreierisch zu wirken. Ein Hauptteil kann durch einen Untertitel ergänzt werden. Starke Werbekraft hat eine Fragestellung. Allerdings sollte man gestellte Fragen dann auch eindeutig beantworten.

Besser als der Titel »Die Machtergreifung des Nationalsozialismus« wirkt z. B. die Frage: »Wie kam Hitler an die Macht?«

Wichtig ist vor allem, daß sich der Titel mit dem Redeinhalt deckt. Der Zuhörer muß wissen, was ihn erwartet. Die Ankündigung eines Vortrages darf deshalb nicht mißverständlich oder zu allgemein gehalten sein. So wurde einmal ein sehr allgemein angekündigter »Abend mit Hermann Hesse« dem Dichter zum Verhängnis. (Er beschreibt das sehr amüsant in seiner Erzählung »Der Autorenabend«. Die erschienenen Kleinstädter, literarisch unbedarft, hatten sich ganz und gar auf »Sachen zum Totlachen« eingestellt oder vermuteten, Hermann Hesse würde ihnen zumindest Schnadahüpfl zur Biermusik singen. Aber es gab »ka

Gaudi«, sondern Novellen und Gedichte. In kürzester Zeit war der Saal fast leer.)

Höchst erstaunt war auch ein Professor der Atomphysik, daß zu seinem hochwissenschaftlichen Vortrag über »Kosmische Strahlen« *nur* Frauen erschienen waren. Auf einem Werbeplakat hatte gestanden »Kosmetische Strahlen«.

3.1.3 Grundlagen des Redeinhalts

Ganz allgemein werden wir in der Regel die folgenden *zehn Grundlagen* bedenken, die eine gute Rede charakterisieren: *Sachlichkeit, Klarheit, Anschaulichkeit, Zielsätzigkeit, Steigerung, Wiederholung, Überraschung, (verschiedene) Sinndichte, Beschränkung* (Kürze) und nicht zuletzt *Humor* (und seine weitere Verwandtschaft wie Witz und Ironie).

Sachlichkeit

Sachlichkeit bedeutet zunächst ein höchstmögliches Maß an Wahrhaftigkeit und Objektivität. Jedem Redner sei empfohlen, die tiefschürfenden und doch allgemeinverständlichen Ausführungen zu lesen, die Karl Jaspers über Wahrheit, Sophistik und Wesen der Mitteilung macht, und zwar in seinem Buche »Von der Wahrheit« (Band I, 1947). Sachlichkeit bedeutet ferner angemessene, sachgerechte Verbindung von Redeinhalt und Formulierung, was einen eleganten Faltenwurf nicht ausschließt. Wir bevorzugen heute, im Gegensatz zur antiken Rhetorik, »Sachlichkeit, die keine Goldleisten braucht und keine gedrechselten Pfeiler« (Naumann). Pathos ist sehr oft nur Falschgeld des Gefühls. Gefühls*betont* wird man nur dann reden, wenn es angebracht ist; wenn es echtes Bedürfnis ist, persönliche und herzliche Anteilnahme auszudrücken oder zu wecken. Man wird nicht mit Pathos über Käsepreise oder Kakteenzucht reden. Kein Redner wird sich einbilden dürfen, er sei *absolut* sachlich und wahrhaftig. Wir alle sind immer wieder dem Irrtum unterworfen; wir mögen uns noch so sehr bemühen, ihn zu vermeiden. Unser Wissen, und selbst das gründlichste, bleibt Stückwerk. Zur Sachlichkeit gehört außerdem, daß ich dem Hörer klarmache, was sachliche Feststellung von Fakten und Zusammenhängen und was jeweils persönliche Meinung und Wertung ist (z. B. Sachfeststellung: Hamburg liegt an der Elbe. Werturteil: Hamburg ist eine der schönsten deutschen Städte).

Klarheit

Schon eine alte Regel besagt, daß der Redner sich nicht nur so ausdrücken soll, daß es möglich ist, ihn zu verstehen, sondern so, daß es unmöglich ist, ihn nicht zu verstehen. Der Redner muß durch Klarheit und Schärfe der Diktion jedem Mißverständnis vorbeugen. (Moltke sagte 1870 zu seinen Offizieren: »Ein Befehl, der mißverstanden werden kann, wird auch stets mißverstanden.« Das trifft ebenso für die Aussagen in einer Rede zu.) Theodor Heuss pflegte seine Redeentwürfe noch einmal durchzusehen, um Formulierungen zu vereinfachen, falls sie ihm zu hochgestochen erschienen. Er nannte diesen Vorgang das »Entheussen«, wie seine Nichte Hanna Frielinghaus in ihren Heuss-Anekdoten berichtet. Nicht selten allerdings gehört die Unklarheit auch zum »System« des Redners. Leider. Mancher schweigt oder drückt sich unklar aus, weil er seine wahre Meinung verbergen möchte. Friedrich Naumann spricht (1914) von »Ballast abwerfen«: »Abgeworfen muß alles werden, was nicht in den übersichtlichen Gedankengang paßt, mag es noch so nett sein. Abgeschnitten werden muß, was für die Hörenden zu schwer ist. Dabei darf man nicht gefühlvoll sein gegen seine eigenen Liebhabereien. Der Redner redet ja nicht für sich, sondern für andere.«

Unverständlichkeit ist nicht gleichzusetzen mit Tiefgründigkeit. Ironisch »empfiehlt« Paul Heyse:

»Lernt darum den Kunstgriff üben, der euch den Erfolg verbriefe, müßt das seichte Wasser trüben, daß man glaubt, es habe Tiefe.«

Viele Mißverständnisse entstehen durch den Begriffswirrwarr. Manche Worte und Begriffe sind vieldeutig – machen wir sie eindeutig: durch Definition.

Ein Beispiel für die Vieldeutigkeit von Wörtern: Der Begriff

»Demokratie« wird in West- und Ost-Deutschland (»Volksdemokratie«) verschieden verstanden. Wenn in einer Diskussion nicht jeder Partner seine Definition vorlegt, so bleibt eine weitere Erörterung von Fragen von vornherein unfruchtbar, da der Grundsatz ungeklärt ist.

Manches Mißverständnis beruht auf dem Gebrauch von Worten mit mehrfacher Bedeutung. (Ein besonders treffendes Beispiel kennen wir aus dem letzten Weltkrieg: Der englische Minister Anthony Eden wehrte während einer Rundfunkansprache die ihn umringenden Fotografen ärgerlich ab mit den Worten: »Don't shoot, please!«, was natürlich heißen sollte: »Schießen Sie nicht ausgerechnet jetzt ihre Bilder, wo ich mit großer Konzentration reden muß.« Am folgenden Morgen wußte der deutsche Rundfunk frohlockend zu berichten, daß auf Eden, den englischen Kriegsminister, ein Attentat verübt worden sei. – Wir werden immer wieder feststellen: bei Mehrdeutigkeit der Worte wählen wir unwillkürlich jene Bedeutung, die unserem Wunschdenken entspricht.) Wesentlich für die Klarheit der Rede ist selbstverständlich die Logik. Wir achten auf logische Verknüpfung der Einzelheiten und Gründe ebenso wie auf kristallene Klarheit des Ausdrucks.

Leider lassen die rhetorischen Leistungen vieler Hochschullehrer Wünsche offen, was Klarheit und Verständlichkeit betrifft. (Die Vorlesungen eines berühmten Rigaer Chemikers blieben den Studenten unverständlich. Er sprach so umständlich, verwirrt, leise und undeutlich, daß die Hörer schier verzweifelten. Sein Nachfolger dagegen war ein brillanter Redner und Pädagoge. Nach seiner ersten Vorlesung lief ein polnischer Student zu seinem Kommilitonen: »Ihr müßt herren neie Professor; da geht Chemie in Kopf wie mit Schaufel!«)

Wie es der berühmte Göttinger Mathematikprofessor Abraham Gotthelf Kästner (1719–1800) verstand, bei aller Unverständlichkeit seines Vortrages sich doch die Gunst seiner Zuhörer zu erhalten, schildert der Student J. B. Hermann in einem Brief an Jean Paul. Kästner ist »ein Mann von altem Schrot und Korn. Sein Vortrag wird von keinem gelobt, weil er für die, welche schon Mathematik verstehen, gar zu weitläufig und für Anfänger zu schwer wäre; die Ursache hievon ist, weil er alles, was vorausgehört, um einen arithmetischen oder geometrischen Satz zu verstehen, mit der strengen Beweismethode darstellt und so fortgeht, wobey er freylich ermüdend werden muß. Daß er aber dieses selbst einsieht und doch der mathematischen Methode keine Form einer schön unterhaltenden Lectüre geben kann, so sorgt er fleißig dafür, daß eine Menge Bücher auf dem Tisch liegen, woran sich alle Gattungen von Zuhörern die Langeweile bei seinem so notwendigen Vortrag vertreiben können (!), z. B. Fabelbücher mit Kupfern, Reisebeschreibungen, den Virgil mit Holzschnitten und vieles dergleichen mehr . . .«

Anschaulichkeit

»Die Anschauung ist das Fundament aller Erkenntnis«, so steht es im 9. Brief »Wie Gertrud ihre Kinder lehrt« von Pestalozzi geschrieben. Das ist nicht nur für Kinder gültig, sondern auch für Erwachsene.

In treffender, aber wenig anschaulicher Weise bestimmt der Philosoph Kant die Bedeutung der Anschauung: »Gedanken ohne Inhalt sind leer, Anschauungen ohne Begriffe sind blind. Daher ist es ebenso notwendig, seine Begriffe sinnlich zu machen, d. h. ihnen den Gegenstand in der Anschauung beizufügen, als seine Anschauung sich verständlich zu machen, d. h. sie unter Begriffe zu bringen.« Engländer z. B. neigen zu sehr anschaulicher Redeweise; sie bringen Bilder, Vergleiche, Handlungsrede usw. »Ein weiteres Mittel, sich dem Zuhörer bekannt und vertraut zu machen, sind Streiflichter, die er hier und da in der Rede kurz auf sich selbst fallen läßt. Die Darstellung in der Erlebnisform, der persönlich gebundenen Anekdote, ist in der Rhetorik britischer Staatsmänner ganz allgemein beliebt. Man mag zu einem gewissen Teil darin auch ein Eingehen auf das außerordentliche Interesse der britischen Öffentlichkeit an persönlichen Dingen und Vorgängen erblicken« (Hugo Fischer).

Franzosen lieben mehr die kristallene Klarheit der Rationalität. Wir Deutschen sind in unserer Redeweise durchweg schwerfälliger und abstrakter als unsere westlichen Nachbarn.

(Der Ästhetiker Vischer veranschaulicht in amüsanter Weise das Wesen der verschiedenen Sprachen. Er meint, Französisch sei wie Likör und Biskuit, Italienisch wie Rotwein und Orangen, das Holländische sei »ganz Hering« und das Deutsche wie gutes Roggenbrot und Bier.)

Das Bestreben vieler deutscher Redner geht ganz offenbar dahin: »Wie sage ich es bis zur Grenze des Unverständlichen hin entlegen, hochgestochen und schwierig?« (Weller). In einer guten und wirkungsvollen Rede wird aber begriffliches und anschauliches Denken miteinander verknüpft. Eine Rede aus dürren Worten und blutarmen Sätzen wirkt nüchtern und fade wie ungesalzene Suppe. In der Regel führt man von der Anschauung (Bild, Vergleich, Erzählung usw.) zum Begriff. Abstrakte Begrifflichkeit ohne anschauliches Fundament bleibt selten haften. (Der polnische Politiker Cyrankiewicz wandte sich 1956 gegen die Stalinisten, die den wachsenden Mißständen nicht auf den Grund gingen, sondern nur Einzelpersonen dafür verantwortlich machten. Er sagte: »Wenn jemand Angst vor der Malaria hat, so soll er nicht die einzelnen Mücken fangen, sondern die Sümpfe trockenlegen.«)

Anschaulich sind auch charakteristische Einzelheiten, abstrakt dagegen summarische Zusammenfassungen. Vor allem sollte man Zahlen einkleiden. Keiner kann ein Dutzend Zahlen ohne weiteres im Gedächtnis behalten; leichter ist es aber, wenn sie anschaulich gemacht werden. »Obgleich man nicht bei der ermüdenden Aufzählung kleinster Einzelheiten verweilen soll, ist eine Rede ohne gewisse Einzelheiten wirkungslos und matt«, stellt Hamilton fest. Mit den Mitteln anschaulicher Ausdrucksweise kann man selbst den sprödesten und langweiligsten Stoff auflokkern und lebendig machen. Auch für den Redner gilt das Rezept Voltaires: »Ein tüchtiger Koch kann auch aus der zähesten Schuhsohle noch ein schmackhaftes Gericht bereiten.«

Zielsätzigkeit

Man bedenke stets, was im Kernpunkt erreicht werden soll. Jede Rede, besonders aber die Meinungsrede, gipfelt in einem

Zielsatz bzw. in wenigen Grundgedanken. Zielsätze und Grundgedanken sollten mehrfach wiederkehren, und zwar in gleicher wie in veränderter Formulierung. Ziel- und Schlüsselsätze müssen einprägsam formuliert werden.

In *einer* Rede nicht zu viel wollen! »Ein Gedanke, der sich einprägt, ist besser als fünfzig, die zu einem Ohr hinein und zum anderen hinausgehen. Lieber *einen* tüchtigen Nagel fest einschlagen, als ein paar Dutzend Reißnägelchen lose hineinstecken, daß man sie in der nächsten Stunde wieder herausziehen kann« (Spurgeon).

(Dialog nach einem Vortrag: »Wie lange hat der Redner gesprochen?« »Zwei Stunden.« »Und worüber hat er gesprochen?« »Das hat er nicht gesagt . . .«)

Jede Rede sollte einige »purpurne« Stellen enthalten, die dem Hörer im Gedächtnis haften. Die Wirkung jeder guten Rede darf sich nicht im Augenblick erschöpfen: sie muß nachschwingen. Beschränken wir uns auf das Wichtige, Charakteristische und lassen wir alles Nebensächliche beiseite. Man streiche alles, was der Hauptwirkung abträglich ist. Nichts ist unwirksamer als eine erdrückende Gedankenfracht, die der Zuhörer nicht verarbeiten kann. Non multa, sed multum dicere = nicht vieles, aber viel sagen.

Steigerung

Man bringe nicht einfach Tatsache auf Tatsache, Gedankengang auf Gedankengang, sondern lege die Rede auf Steigerung hin an. Sorgen wir für Spannung und Höhepunkte; widmen wir ihnen bei der Ausarbeitung besondere Aufmerksamkeit: Höhepunkte müssen gut »vorformuliert« sein. Die Steigerung in der Rede soll innerlich-organisch sein, nicht äußerlich und beifallheischend. Die Steigerung gibt der Rede erst Format. Anzustreben ist ein großer Spannungsbogen von der Einleitung bis zum Schluß.

Der französische Sozialistenführer Jean Jaurès sprach derart mitreißend, daß selbst die Stenographen einmal vergaßen, mitzuschreiben.

Was aber kann man tun, wenn man sich beim Anhören einer Rede langweilt? Chruschtschow weiß Rat. Als er 1964 Dänemark besuchte, befestigte er ein winziges Rundfunkgerät am Jakkenaufschlag des dänischen Ministerpräsidenten Krag und steckte ihm die Membrane in die Ohren. Krag hörte Musik. Chruschtschow: »Das ist eine gute Sache, wenn man sich bei offiziellen Feierlichkeiten während der Reden langweilt.« Krag schlagfertig: »Dennoch möchte ich das Gerät nicht benutzen, wenn Sie heute abend sprechen.«

Wiederholung

Der Wiederholung von Grundgedanken kommt große Bedeutung zu, da sie eine Befestigung des Inhalts im Hörer bewirkt. Eine Rede muß wie ein Edelstein sein, den man bei der Betrachtung langsam in der Hand dreht, der dabei sein Wesen beibehält und nur in der Erscheinung (= Variation der Grundgedanken) wechselt. Wir müssen bedenken, daß wir als Redner oft sehr viele Mühe und Arbeit verwandt haben, um Einzelheiten und Zusammenhänge zu klären, die wir jetzt in der Rede vermitteln wollen. Den Hörern muten wir zu, alles in *einer* Stunde zu verkraften. Dabei müssen wir ihnen helfen, indem wir uns nicht nur anschaulich ausdrücken, sondern indem wir das Wesentliche mehrfach wiederholen. Eine geschickte Wiederholung senkt die Gedankenfracht tiefer in den Hörer hinein.

Überraschung

Merkmal eines psychologisch geschickten Redestils ist eine sinnvolle, aber doch für die Zuhörer überraschende und unkonventionelle Verknüpfung von Einzelheiten. Wir stellen z. B. eine Tatsache in einen Zusammenhang, in dem sie gewöhnlich nicht gesehen wird. Überraschungen sind Spannungsmomente. Verwechseln wir aber den Überraschungseffekt nicht mit der Sensationsmache. Eine Serie von überpointierten »Schocks« wirkt auf die meisten Zuhörer abstoßend.

Sinndichte

Man achte darauf, daß die Rede verschiedene Sinndichte aufweist. Ein ständig auf engem Raum zusammengefaßter und vielleicht dazu noch schwieriger Stoff wird vom Zuhörer nicht aufgenommen. (Man hüte sich besonders vor einer »gutgemeinten« Fülle von Zahlenangaben!)

Die Aufmerksamkeit des Hörers muß sich immer wieder erholen können. Wir wechseln daher in der Diktion: einmal straff, dann wieder aufgelockert. Auf keinen Fall darf *jeder* Satz mit »schwerer Kost« belastet werden. Die Rede wird leicht zu einer Sammlung von Denksportaufgaben. Die Gefahr ist immer groß, daß man komplizierte Dinge zu konzentriert bringt. Was für mich nach vielleicht langwierigem Überlegen klar ist, ist vom Zuhörer nicht so schnell nachvollziehbar.

Beschränkung (Kürze der Rede)

Dieses ist ein besonders wichtiges Kapitel. »Das Geheimnis zu langweilen besteht darin, *alles* zu sagen« (Voltaire). In einem Vortrag werden wir unser Thema nie ganz erschöpfen können – erschöpfen können wir nur unsere Zuhörer. Luthers Rat an einen jungen Prediger lautet: »Steig nauf, tu's Maul auf, hör bald wieder auf! Denn man kann den Leuten in einer Viertelstunde weit mehr predigen, als sie in 10 Jahren tun werden. Wenn du vernimmst, daß die Leute am liebsten und emsigsten zuhören, so beschließe deine Predigt alsbald. So hast du auf eine andere Zeit wieder Zuhörer.« Luther lehnte die Rhetorik ab, soweit sie »ein Ding fein nach der Länge mit Worten weitläufig zu schmücken« trachte. Er wehrte sich vor allem gegen die weitschweifige Schönrederei und meinte in einer Tischrede: »Wenn man rhetorisiert und viel Worte machet ohne Fundament, da nichts hinter ist, so ists nur ein geschmückt Ding, und geschnitzter und gemaleter Götze.«

Den Unterschied zwischen einer knappen, prägnanten Dialektik und einer weitausgesponnenen Rhetorik macht Luther einmal an folgendem Beispiel deutlich: »Dialectica spricht: Gib mir zu essen, Rhetorika spricht: Ich bin heitt den ganzen tag schwerlich gangen, bin muhet, krank, hungrig etc. hab nichts gessen; lieber, gib mir doch ein stuckh fleisch, ein gutten pratten, ein gutt humpen bir gib mir trinckhen.«

Mark Twain erzählt, daß ihm einmal eine Missionspredigt so gut gefiel, daß er sich vornahm, einen Dollar zu spenden. Die Predigt dauerte eine Stunde und Mark Twain »ermäßigte« darauf seinen Obulus im Geist auf einen halben Dollar. Die Predigt dauerte eineinhalb Stunden, und er beschloß, nichts mehr zu geben. Als der Pfarrer nach zwei Stunden endlich zum Schluß kam, nahm Mark Twain einen Dollar vom Spendenteller, um sich für den Zeitverlust zu entschädigen.

Im Altertum waren die Spartaner Feinde jeder Weitschweifigkeit. Ein Bote aus einer fremden Stadt, in der Hungersnot herrschte, bat einmal langatmig um einen Sack voll Getreide. Die Spartaner erteilten ihm eine Abfuhr: »Wir haben den Anfang deiner Rede vergessen und darum das Ende nicht verstanden.« Ein zweiter Bote zeigte darauf den leeren Sack vor und sagte nur: »Ihr seht es: er ist leer; bitte tut etwas hinein.« Die Spartaner erfüllten den Wunsch, aber nicht ohne die Belehrung: »Fasse dich nächstes Mal kürzer. Daß der Sack leer ist, sehen wir. Daß du darum Füllung begehrst, brauchst du nicht zu erwähnen.

Hüte dich vor der Weitschweifigkeit!«

Dieser letzte Satz gilt auch heute noch. »Um knapp sein zu können, muß man Fülle besitzen. Diese Fülle aber entsteht nur durch die geduldige Besinnlichkeit, die die Vorfahren Meditation nannten« (Naumann). »Wahre Beredsamkeit besteht darin, alles zu sagen, was notwendig ist – aber wirklich nur das zu sagen, was notwendig ist« (Rochefoucauld in seinen »Maximes«). Weitschweifigkeit ist oft gleichbedeutend mit Langweiligkeit. Die vernichtendste Redekritik, die ich kenne, umfaßt nur einen Satz: »Der Vortrag begann um acht, als ich um elf auf die Uhr sah, war es halb neun.«

Ein langweiliger Redner wird zu keiner Zeit und in keinem Lande geschätzt. »Lieber Freund«, sagte ein politischer Gegner spöttisch zu dem überaus schweigsamen Shaftesbury (1671–1713), »Sie tun ja in keiner Parlamentssitzung den Mund auf!« »Sie irren, lieber Freund«, entgegnete Shaftesbury seelenruhig, »sobald *Sie* sprechen, muß ich gähnen.«

Aus Argentinien wird berichtet (1962), daß der Politiker Luis Miguel einen Arzt zum Duell auf schwere Säbel gefordert habe. Grund: Miguel erfuhr, daß der Medizinmann seinen Patienten die Lektüre seiner Reden als Schlafmittel verordnet hatte.

Ein britischer Premierminister hatte beim Anhören einer langweiligen Rede die Augen geschlossen. Der Redner: »Mir scheint, der ehrenwerte Premierminister ist eingeschlafen.« Dieser öffnete langsam ein Auge und stöhnte: »Ich wollte, ich wäre es wirklich.«

Auch heute gibt es in manchen Ländern die Narkose durch Dauerredner. Auf dem Parteitag der Democrazia Christiana im Januar 1962 in Neapel hielt der Parteisekretär Moro eine Rede von sechs Stunden. Marathonreden sind auch in den Ostblockstaaten keineswegs selten.

Der deutsche Rekordinhaber im »Langstreckenreden« dürfte der Abgeordnete Antrick sein; er verwirklichte 1911 im Reichstag den »Achtstundentag« des Redners, wurde aber weit übertroffen von seinem österreichischen Kollegen Lecher, der den Wiener Reichstag einmal 14 Stunden lang ohne Punkt und Komma im schönsten Wienerisch in Grund und Boden redete. Um weiteren Rekordversuchen vorzubeugen, führte man schließlich die beschränkte Redezeit ein. Man sagt wohl scherzhaft: ein Redner darf über alles reden, nur nicht über eine Stunde.

Heinrich Heine reimte einmal:

»Gott gab uns nur *einen* Mund,
weil *zwei* Mäuler ungesund.
Mit dem einen Munde schon
schwatzt zuviel der Erdensohn.«

Und der Evangelist Matthäus hat eine Drohung parat: Er zitiert Christi Rede mit den Pharisäern. »Ich sage euch aber, daß die Menschen müssen Rechenschaft geben am jüngsten Gericht von einem jeglichen unnützen Wort, das sie geredet haben« (Matth. 12, Vers 36).

Es läßt sich vieles kürzer und eindringlicher sagen, als wir an-

nehmen. Eine Rede soll kein Buch ersetzen. Wir pfropfen leicht zuviel in die Rede hinein. Eine zu lange Rede beruht nicht immer auf angeborener Weitschweifigkeit des Redners, sondern sehr oft auf mangelnder Vorbereitung. »Dieser Brief ist länger geworden als üblich, weil mir die Zeit fehlte, ihn kürzer zu fassen«, gesteht Pascal einmal einem Freunde. Für »Brief« könnte man oft auch »Rede« sagen.

Und man denke bei der Abfassung einer Rede an die alte Theaterweisheit der Regisseure: Was gestrichen ist, kann nicht durchfallen.

»Fasse dich kurz!«, so steht in Telefonzellen geschrieben. Man sollte diese Aufforderung auch in Vortragssälen anbringen – und beherzigen.

Humor, Witz, Ironie

Der Dominikanerpater Rochus Spieker schreibt, daß sich manche Menschen »mit Ernst umhängen wie mit einem falschen Bart«, und er fährt fort: »Ein Bonmot, das mit Ballettfüßchen durch ein Gespräch huscht, kann mehr Geist und Herz gekostet haben als manche verschnörkelte Phrase, die heiligste Werte als Kulisse bemüht. Ein Witz kann tiefer erleuchten als tragisches Getue. Ein lächelnd hingeworfener Satz kann lautlos weinen. Freilich: Das zu begreifen, fällt uns Deutschen besonders schwer. Und so werden wir wohl weiterhin die Weisheit hinter den falschen Bärten suchen.«

Spieker hat völlig recht: wir bemühen uns oftmals zu einseitig mittels zerfurchter Stirn und mittels krampfhaften Ernstes um die Lösung von Problemen. Von Trauerreden abgesehen, ist es geradezu notwendig, daß die Hörer hin und wieder herzhaft lachen oder schmunzeln können. Humor und Witz wirken belebend und lockern auf, wenn sie nicht zu gesucht erscheinen. Humor und Witz sind besonders dann anzuwenden, wenn in der Rede eine anstrengende Wegstrecke hinter uns liegt. Nach schwierigen Passagen muß den Hörern Gelegenheit gegeben werden, zu verschnaufen, »wobei sowohl die innerlich lösende Aufmunterung als auch die äußerlich erfrischende Wirkung durch vermehrten

Sauerstoffumsatz beim befreienden Lachen wichtig ist« (Endres). »Lachen ist ein Ausdruck relativer Behaglichkeit« (Busch). Es gibt z. B. kaum ein Protokoll von Bismarcks Reden, in dem nicht einige Male »Heiterkeit des Auditoriums« vermerkt ist.

Der gemüthaft begründete Humor erreicht zweifellos tiefere Regionen als der intellektuelle Witz. »Witz beweist nicht mehr als scharfen Geist, Humor ist seelischer Überschuß. Witz schneidet, Humor bindet« (Wilhelm Pinder). Ludwig Reiners beschreibt den Unterschied von Witz und Humor folgendermaßen: »Der Witz lacht, der Humor lächelt. Der Witz ist geistreich, der Humor liebevoll. Der Witz funkelt, der Humor strahlt. Der Witz entlarvt die Unzulänglichkeit der Welt, der Humor hilft uns über sie hinweg.«

Bittere Wahrheiten lassen sich humorvoll besser servieren als trocken und sachlich. Eine Anekdote kann einen Menschen anschaulicher und treffender charakterisieren als eine ganze Biographie. »Aus drei Anekdoten ist es möglich, das Bild eines Menschen zu geben« (Nietzsche). Nur wird man eine Anekdote nicht einfach irgendwo in die Rede einstreuen, wie man es oft erlebt, sondern man muß sie schon überlegt in eine Redesituation einplanen. Auch die Pointe muß sorgfältig ausgefeilt werden.

Nicht selten bringt auch der unfreiwillige Witz den Reiz eines heiteren Moments. Vor allem sorgt dafür eine mißverständliche Ausdrucksweise. Zwei kleine Beispiele aus jüngerer Zeit:

Der Bundespostminister Stücklen rief im Bundestag unter allgemeiner Heiterkeit aus: »Die ledigen Postbeamtinnen liegen mir ganz besonders am Herzen.«

Der Kulturpolitiker Paul Mikat im Düsseldorfer Landtag in einer Rede über Schulprobleme: »Die Junggesellen haben bekanntlich keine Kinder . . .« Lachen der Abgeordneten. Mikat: »Meine Herren, Sie lachen zu früh, ich will weiter sagen . . . auf Schulen zu schicken!«

Auch im parlamentarischen Leben mildert der Witz viele Spannungen. »Nicht wahr, Herr Renner, wenn Sie zur Macht kommen, dann werden Sie mich aufhängen lassen«, sagte Dr.

Adenauer einmal zu dem bekannten Kommunisten. Darauf dieser: »Gewiß, Herr Adenauer – aber mit viel Respekt.«

Klirrende Ironie, verletzender Spott und beißender Sarkasmus sind nicht immer angebracht. Wer kennt sie nicht, diese nachlässig hingeworfenen Halbsätze, die die Freunde zum Lachen und die Gegner zur Raserei bringen? »Herr Minister, ich habe soeben Ihre Rede gehört, doch nun mal Spaß beiseite . . .«; oder (aus dem Plädoyer eines Anwalts vor Gericht): ». . . selbst wenn wir von jeder Logik absehen und nur die Meinung des Herrn Staatsanwalts in Betracht ziehen . . .« Da rief ein Politiker seinem Gegner zu: »Wenn Sie mir zustimmen, habe ich immer das Gefühl, etwas Falsches gesagt zu haben . . .« Das alles kann sehr geistreich sein, wirkt aber auch manchmal zerstörend, weil man leicht von der sachlichen Grundlage abgelenkt wird.

Wie eine erfrischende Brise wirkt aber die spontane Schlagfertigkeit.«

Ironie und Spott sind besonders dann wirksam, wenn sich der Redner selbst mit einschließt. Einen Witz auf eigene Kosten machen heißt souverän wirken. (Z. B. ist die Erzählung einer komischen oder peinlichen Situation, in der man sich befunden hat, für die Zuhörer erheiternd. Für so etwas hat jeder ein Ohr.)

Bei vielen Reden ist die Beweisführung ein wesentliches Element. In meiner »Schule der Debatte« (s. Lit.-Verz.) habe ich diesen Fragenkreis ausführlich behandelt. Es sei empfohlen, im Zusammenhang mit den »Grundlagen des Redeinhalts« dort die Kapitel »Grundfragen der Beweisführung und Argumentationsplanung« (3.1) und »Argumentationstechniken« (3.2) durchzusehen.

3.1.4 Redestil – Schreibstil

Ein alter Spruch lautet:

»Das ist ein widriges Gebrechen,
wenn Menschen wie die Bücher sprechen,
doch gut zu lesen sind für jeden
die Bücher, die wie Menschen reden.«

Das Neuhochdeutsche war in seinen Anfängen eine Schriftsprache und keine Redesprache. Ein uns heute manchmal schauderhaft erscheinender Kanzleistil, grenzenlos unterwürfig, geschraubt, schwülstig, unnatürlich. Das hat auf die Redesprache zeitweise sehr abgefärbt – nicht zu ihrem Vorteil. »Man kann sich nie genug vor Augen halten, daß die Rede die eigentliche ursprüngliche Sprache und die Schrift ein Behelf ist, die Vergänglichkeit des Sprachschalls zu überwinden« (Christian Winkler).

Der englische Parlamentarier Fox pflegte seine Freunde zu fragen, wenn diese seine im Druck erschienenen Reden gelesen hatten: »Liest sich die Rede gut? Dann war es eine schlechte Rede!«

»Manche bewundernd angehörte Rede, lesen wir sie am Tage danach in der Zeitung oder im Parlamentsprotokoll, zerfällt in Asche des Vergessens« (Heinz Kühn). Karl Marx z. B. war ein Schreiber von großer Gedankenschärfe, aber kein guter Redner. Die »Schreibe« kann sinndichter angelegt sein; man kann notfalls zurückschlagen, das Lesen wiederholen. »Eine Rede ist keine Schreibe«; kurz und bündig sagt das der Ästhetiker F. Th. Vischer. Eine Rede ist kein oratorischer Aufsatz, denn sie wirkt nicht nur durch Inhalt und Form, sondern auch durch die Art ihres Vortrages. Sie erzeugt Wechselwirkungen zwischen Redner und Hörer; sie ist für einen bestimmten Augenblick geschaffen und richtet sich an eine bestimmte Zuhörerschaft. Eine bloß geschriebene Rede wirkt wie ein nur *erzähltes* Mittagessen.

Folgende Übersicht deutet einige Unterschiede zwischen Rede- und Schreibstil an.

Rede	»Schreibe«
1. Wirkung durch Inhalt und Vortrag	Wirkung nur durch Inhalt
2. Beschränkung auf Tatsachen- und Gedankenauswahl.	Möglichst vollständig und abgerundet.
3. Stichwortfassung mit Variationsmöglichkeit. (Raum gelassen für spontane Einfälle; nur besonders prägnante Wendungen festgelegt.)	Einmalig und wörtlich festgelegt; stilistisch bis ins letzte ausgefeilt.
4. Mehr Wiederholung und Zusammenfassung als beim Schriftsatz, da nicht »nachschlagbar« für Zuhörer. Zeitgebundenheit: einmaliger Vollzug.	Straffer in der Diktion, weniger Wiederholung und Zusammenfassung, da nachschlagbar. Leser verfügt über »Schreibe«, da diese nicht an Zeit und Einmaligkeit gebunden.
5. Wendet sich in erster Linie an eine bestimmte Gemeinschaft.	Wendet sich in erster Linie an unbestimmte Einzelpersonen.

(Im übrigen: Der Schreibstil wird heute eher etwas vom Redestil übernehmen als umgekehrt. Der spontane, flüssige und lebendige Redestil kann sich befruchtend auf den oft trockenen und unlebendigen Schreibstil auswirken.)

3.2 Zur Gliederung (Grundriß der Rede)

Johann Gottfried Herder schreibt (in seinem 45. theologischen Brief): »Alle Fehler verzeihe ich gern, nur die Fehler der Disposition nicht.« Und Schopenhauer stellt fest: ». . . wenige schreiben, wie ein Architekt baut, der zuvor seinen Plan entworfen und bis ins einzelne durchdacht hat; vielmehr die meisten nur so, *wie man Domino spielt.*« Genauso ist es. Beim Domino-Spiel legt man die Steine dort an, wo es gerade im Augenblick paßt, ohne daß man das entstehende Gebilde als Ganzes übersieht. Viele Redner verfahren auch so mit ihren Redeteilen. Leider.

Keiner baut ein Haus ohne Plan. Keiner baue eine Rede ohne Gliederung. – Eine Rede sollte keine Summe von Einzelteilen bleiben, sondern gegliedert sein.

Wir unterscheiden zwei Ebenen der Gliederung: den Grundriß (Grundgliederung) und die Einzelgliederung. Es gilt für die Rede das gleiche, was Rudolf Engelhardt in seinem »Vergnüglichen Prüfungsbrevier« (Essen 1962) von Büchern sagt: »Bücher mit wenig Abschnitten sind wie schlecht durchlüftete Zimmer. Sie verursachen Atembeschwerden.« Und: »Sie haben den Hochmutsteufel in sich. Ich, der Autor, habe es nicht nötig, Rücksicht auf meine Leser zu nehmen.«

Schon während wir den Stoff sammeln und auswählen, setzen wir mit einer »Großfahndung« nach der besten Gliederung ein. Diese wird selten beim erstenmal zu Erfolg führen. Man überlege ständig Möglichkeiten der Verbesserung. Es gibt kein Schema, das für alle Reden paßt. Einige Grundsätze für den Aufbau sind aber zwingend:

Der Aufbau der Einzelteile muß

a) logisch richtig und psychologisch geschickt,
b) überschaubar,
c) auf Steigerung bedacht sein.

Die bekannte Dreiteilung des Grundrisses *Einleitung – Hauptteil – Schluß* bewährt sich auch bei der Rede. Die Einleitung ist zugleich Einstimmung auf die Hörerschaft. Das Kernstück bildet der Hauptteil (Hauptthema und »Schlüsselgedanken«; Erläuterung, Beispiel, Folgerung, Beweis). Der Schluß enthält Überblick, Höhepunkt, Ausklang.

Wir tragen zwar nicht, wie man es im Altertum tat, mechanische »Gliederungsgerüste« (Weller) an den Stoff heran, doch als sehr brauchbar erweist sich in vielen Fällen der Meinungsrede folgender Grundriß (in Anlehnung an R. Wittsack).

Einleitung und Hauptteil müssen Antwort geben auf folgende vier Fragen:

Einleitung: 1. Warum spreche ich?
Hauptteil: 2. Wie sind die Zustände (»Was war, was ist?«)
3. Was müßte statt dessen sein?

4. Wie können die herrschenden Zustände geändert werden?

Der Schluß enthält die Aufforderung zur Tat: den vom Redner gewiesenen Weg zu gehen und so die Zustände zu ändern.

Man lege sich bei der Gliederung immer wieder Rechenschaft ab über die beste Wirkungsmöglichkeit der Kerngedanken. Sind mehrere da, so widmen wir jedem einzelnen einen Redeabschnitt, ehe wir sie miteinander verknüpfen. (Rousseau meint, nur einen Liebesbrief dürfe man beginnen, ohne zu wissen, was man eigentlich sagen wolle; man könne ihn dann auch schließen, ohne zu wissen, was man gesagt hat. –) Wir setzen die einzelnen Teile der Rede voneinander ab, doch sollten die Übergänge nicht zu plötzlich erfolgen. Bei zusammenhängenden Teilen wird man sich um eine geschmeidige Überleitung bemühen. Bei vielen Themen ist der Zuhörer dankbar, wenn wir ihm mitteilen, welche Unterteilung wir vornehmen wollen. Quintilian sagt, daß solche Ankündigungen wie Meilensteine wirken, die dem Wanderer anzeigen, wieviel ihm noch bevorsteht.

Man bedenke: Der hohe Wirkungsgrad der Rede hängt sehr von einer geschickten Gliederung ab.

»Das Schaffen selbst ist eitel Bewegung;
das stümpert sich leicht zu jeder Frist –
allein der Plan, die Überlegung:
das zeigt allein erst,
wer ein Meister ist« (Heine).

3.3 Zum Sprachstil (Formulierung)

3.3.1 Allgemeines

Der Chemiker Wilhelm Ostwald hat einmal die Sprache mit einem Transportmittel verglichen. Er schreibt: »Die Sprache ist ein Verkehrsmittel; so wie die Eisenbahn die Güter von Leipzig nach Dresden fährt, so transportiert die Sprache die Gedanken von einem Kopf zum anderen.« Dieser Vergleich erscheint treffend; besonders für die Redesprache, die ja niemals ästhetischer Selbstzweck ist, sondern stets im Dienste der Tatsachen- und Gedankenvermittlung steht.

Der allgemeine Redestil (Wortwahl, Satzbildung) sollte möglichst klar, übersichtlich, geschmeidig und »flüssig« sein. Er wird in der Regel keinen literarischen Ansprüchen genügen wollen, aber doch ebensowenig ins Vulgärdeutsch abgleiten. Die rechte Redesprache entspricht aber auch nicht dem braven, richtigen und doch so »lackierten« Deutsch vieler Schulaufsätze. Sehr beliebt ist heutzutage eine Art *gehobener Plauderstil*, der oft sehr angebracht ist, besonders bei volkstümlichen Vorträgen und Reden im kleinen Rahmen. So wichtig es ist, den »flüssigen« Redestil anzustreben: er muß dem jeweiligen Inhalt angemessen sein. Manchem eleganten Rhetoriker möchte man das gleiche sagen, was Gottfried Keller einem jungen Romanschriftsteller entgegenhielt, als dieser um ein Urteil aus berufenem Munde bat: »Mein Herr, Ihr Stil ist *flüssig*, Ihr Buch aber ist *überflüssig*.«

Gerade der allgemeine Sprachstil aber läßt sich auch nicht annähernd vollständig in Regeln fassen. Hier ist vieles Auffassungssache. Und doch gibt es einige Stilmittel, deren Beurteilung (gut, brauchbar, schlecht) wohl als verbindlich gelten darf und von denen im folgenden gehandelt werden soll. Im übrigen läßt gerade der allgemeine Sprachstil dem Redner weiten Spielraum. Nach vielem »Training» wird man einen ganz persönlichen Redestil entwickelt haben. Nichts wäre greulicher, als wenn alle Redeschüler schließlich einen Einheitsstil sprechen würden. Jeder Redner wird seine persönliche Note gewinnen. »Der Stil ist die Physiognomie des Geistes. Sie ist untrüglicher als die des Leibes«, schreibt Schopenhauer, und er fährt fort: »Fremden Stil nachahmen, heißt eine Maske tragen.«

3.3.2 Zum Wortstil

»Am Anfang schuf Gott Himmel und Erde. Und die Erde war wüst und leer, und es war finster auf der Tiefe; und der Geist Gottes schwebte auf dem Wasser.« So plastisch übersetzt Luther den Anfang der Bibel. Was würden wir sagen, hätte er die Schaffung der Erde etwa folgendermaßen geschildert, umständlich und voll starrer Substantive: »Am Anfang erfolgte seitens Gottes sowohl die Erschaffung des Himmels als auch die der Erde. Die letztere war ihrerseits eine Wüste und Leere, und es hat auf derselben Finsternis gewaltet, und über den Flüssigkeiten fand eine Schwebung der Geistigkeit Gottes statt.«

Besonders wir Deutschen leiden an Hauptwörterkrankheit und Verbenarmut. Das Hauptwort bringt oft Erstarrung, das Zeitwort dagegen ist bewegend und geschmeidig. Lösen wir verbal auf, wo es möglich ist.

Das Amts- und Paragraphendeutsch ist auch heute noch schwülstig und überladen. Ludwig Reiners hat spaßeshalber den berühmten Cäsar-Ausspruch »Ich kam, sah und siegte« in waschechtes Bürokratendeutsch übertragen: »Nach Erreichung der hiesigen Örtlichkeiten und Besichtigung derselben war mir die Erringung des Sieges möglich.« Im Urtext finden wir: drei Verben, kein Hauptwort – anschaulich, treffend, prägnant. Im Amtsdeutsch dagegen stehen: ein totes Verb, fünf Hauptwörter – abstrakt, verwaschen, langatmig.

Heute wird kaum noch etwa »bewiesen«, sondern alles »unter Beweis gestellt«. Wir sagen besser »durchführen« statt »zur Durchführung kommen«, »wegfallen« statt »in Wegfall kommen«, »vorschlagen« statt »in Vorschlag bringen«. Warum muß es immer wieder heißen: »Von seiten der Regierung ist die Anordnung getroffen worden . . . statt »Die Regierung hat angeordnet . . .?« Das ist doch kürzer, klarer, verständlicher.

Die »Substantivitis« ist eine deutsche Sprachseuche. Zuerst bläst man ein Zeitwort substantivisch auf, man macht aus »angreifen« »in Angriff nehmen«, und dann kleistern wir kraft der schier unbegrenzten Klebe- und Bindefähigkeit deutscher Wörter die »Inangriffnahme« zusammen. So wird aus »in Augenscheinnehmen« das Ungetüm »Inaugenscheinnahme«.

Krebsartig wuchern solche Gebilde. Weshalb muß es heißen: »Bei Unterbleiben der sofortigen Inangriffnahme des Schulbaus wird der Stadt großer Schaden erwachsen?« Warum nicht statt dessen: »Beginnt die Stadt nicht sofort mit dem Schulbau, so wird ihr das schaden.«

Ich habe es einmal erlebt, wie auf einer Sitzung ein Referent die Stellungnahme eines Verwaltungsbeamten vorlas, der sich besonders gewählt hatte ausdrücken wollen: »Das Schreiben der jungen Dame hat folgende Beinhaltung . . .« (Be-Inhaltung!) Das wäre nicht passiert, hätte dort schlicht und klar gestanden: »Das Schreiben enthält folgendes . . .« Es gibt z. B. eine »Bekanntmachung betreffs Schwerentflammbarmachung von Bühnendekorationen«.

Die ständige »Verungung« ist grausam. Besser als »in Beantwortung der Frage« ist »die Antwort auf die Frage«.

Ich habe nur ein paar Beispiele genommen, um deutlich zu machen, daß die gespreizte Ausdrucksweise im Geschäfts- und Juristendeutsch kein Vorbild für den Redner sein kann. Voller Ironie schreibt Reiners: »Bringe möglichst viele Hauptwörter auf -ung, -heit, -keit in Anwendung. Der Stil gewinnt so eine prachtvolle Klangformung und ist plumper Verständlichkeit nicht so ausgesetzt. ›Der Fall ist verwickelt‹ – so ein Satz ist ein gemeines Umgangsdeutsch. ›Der Fall liegt in hohem Maße verwickelt‹ ist etwas besser. Ganz richtig muß es aber heißen: ›Die Lagerung des Falles ist eine hochgradig verwickelte.‹«

Vulgärdeutsch ist nicht zu empfehlen. Kein Prediger wird sagen, Jesus habe »enorm viel geleistet«. Manche Wörter und Bilder sind abgenutzt. Gerade der Redner neigt gerne zu feststehenden Formeln wie »den Standpunkt vertreten«, »in Erwägung ziehen«, »die brennende Frage« usw.

Die ehemalige Alterspräsidentin des Bundestages, Elisabeth Lüders, schickte ihren Kollegen einmal als Neujahrsgruß folgende Mahnung: »Ein ›Team‹ von politischen ›Managern‹ saß beim ›Round-table‹-Gespräch zusammen, um durch ihren ›Einsatz‹ aus der ›Sicht echter Verantwortung‹ einen ›globalen‹ Plan zu ›aktivieren‹, durch den ihre ›zutiefst‹ empfundenen Interessen keine ›Verschlechterung erfahren‹, sondern so ›verankert‹ – wenn nötig, ›geistig zementiert‹, noch besser ›betoniert‹ – würden, daß sie ›letzten Endes‹ auf allen ›Ebenen‹ durch neuzufassende ›Integration‹ zur ›Lösung gebracht‹ werden, und alle das überwältigende ›Erlebnis‹ supranationaler ›Verbundenheit‹ im Zeichen allseitiger ›Betreuung‹ erfahren können, die allein wirklich ›konstruktive Konzeptionen‹ zur ›Erfüllung bringen‹ kann, die also nicht mehr auf dem nationalen ›Sektor‹ vereinzelt ›im Raum stehen‹, sondern auch ›aus der Optik‹ eines geordneten ›time management‹ in ›einmaliger Gesamtschau‹ allen ›zur Verdeutlichung bringen‹, daß es höchste Zeit ist, im neuen Jahr wieder Deutsch zu lernen. – Guten Erfolg ›in betreff‹ Deutsch wünsche ich allen Fraktions-, Partei-, Parlaments- und Ressortdeutschen.«

Weit verbreitet ist der Schlagwort-Gebrauch. Erich Drach meint: »Das Schlagwort ist notwendiges Werkzeug des rednerischen Handwerks. Die Tatsache, daß es unbegründet mißbraucht werden kann, hebt seine Notwendigkeit nicht auf.« Ein Schlagwort kann, wie so oft, eine Phrase sein: ein Schlagwort kann aber auch ein rhetorischer *Knüller* sein, dem in prägnanter, zündender Form ein unvergleichlich treffender Gedanke zugrunde liegt. Viele Schlagworte von guter oder böser Wirkung sind in die Geschichte eingegangen. Bismarcks Schlagwort vom »ehrlichen Makler« zwischen den Mächten ebenso wie Bethmann Hollwegs Ausspruch vom »Fetzen Papier«, womit er 1914 den Neutralitätsvertrag mit Belgien bezeichnete. Dieser Ausspruch wurde von Lloyd George (in einer Rede) zum wirkungsvollsten Schlagwort des Ersten Weltkriegs gemünzt; es hat Deutschland ungezählte Feinde gemacht. Auch der deutsche Kaiser Wilhelm II. (ein begabter, aber unbeherrschter Redner) hatte durch seine säbelrasselnd im Affekt dahergeredeten Schlagwörter im Ausland viel böses Blut gestiftet (»Unsere Zukunft liegt auf dem Wasser« usw.). Ich will mit diesen wenigen Beispielen nur sagen, wie leicht Schlagworte zu verhängnisvollen Parolen werden können. So ist es nicht nur in der großen Politik, sondern auch in jedem kleinen Wirkungsbereich. Gebetsmühlenhafte Formelsprache bestimmt heute manche ideologisch ausgeprägte Rede.

Leider werden oft viele unbestimmte Schwammwörter gebraucht wie »prima«, »nett« oder »Sache«, »Ding«. Man suche sinnverwandte Wörter (Synonyma), die klarer und auch abwechslungsreicher sind. Man hüte sich vor allzu vielen schmükkenden Beiwörtern. Andererseits wirken viele Hauptwörter ohne attributive Zusätze kahl und trocken. Bedenken wir, daß es viele Worte mit tendenziösem Gefühlswert gibt. Es ist ein Unterschied, ob man eine »Weisheit ausspricht« oder eine »Weisheit verzapft«; ob man Frau, Dame oder Frauenzimmer sagt. (Die Einladung zu einem Militär-Festabend lautete: »Herzlich eingeladen sind die Offiziere mit ihren Gemahlinnen, die Unteroffiziere mit ihren Gattinnen, die Mannschaften mit ihren Frauen.«) »Antlitz«, »Gesicht«, »Visage« bezeichnen den gleichen Körperteil. Doch welch ein Unterschied in der Bedeutung. Keiner wird vom »Antlitz des Verbrechers« und von »Schillers Visage« sprechen.

Mark Twain sagt einmal: »Der Unterschied zwischen dem richtigen Wort und dem beinah richtigen Wort ist der gleiche wie der zwischen dem Blitz und dem Glühwürmchen.« (Statt der Formulierung: »Auf sämtlichen Bergen weht kein Wind mehr«, wählte Goethe doch lieber »Über allen Gipfeln ist Ruh«.)

Ein ausländischer Gesandter stöhnte seinem Chef gegenüber, die deutsche Sprache sei reichlich schwierig; oft bedeuteten zwei verschiedene Wörter das gleiche: speisen – essen, schlagen – hauen, springen – hüpfen, senden – schicken. Der Minister antwortete, das Deutsche sei noch viel komplizierter, als der Herr Gesandte annehme: »Die Volksmenge ißt – aber sie speist nicht; die Uhr schlägt – aber sie haut nicht; die Tasse springt, aber sie hüpft nicht – und Sie sind ein Gesandter, aber kein geschickter!«

Wählt man seine Worte nicht sorgfältig, so verursacht man unwillkürlich Mißverständnisse und Streitereien. Es gibt so viele mehrdeutige Wörter; »auf manchen, wie Form, Idealismus ... lagert der Staub jahrhundertealter Theorien und Irrtümer, sie sind verschleimt und verfilzt, und es ist kaum möglich, all den wirren Bedeutungsverästelungen ... nachzuspüren. Hier blüht der Weizen nicht nur für alle unklaren Geister, die gern im dicksten Gedankennebel herumtappen, sondern ebenso für alle Sophisten und Rabulisten, die im Trüben fischen möchten« (Erdmann).

Der Gebrauch von Superlativen nutzt sich sehr schnell ab. (Übrigens fordert er leicht zum Widerspruch heraus, wie auch Bismarck bemerkt.)

Vorsicht mit Wortabkürzungen. Im Dschungel des heutigen Abkürzungswesens finden sich viele Hörer nur schwer zurecht. Der Aküfi (Abkürzungsfimmel) treibt überall Blüten. Wer versteht denn schon ein Kauderwelsch wie das folgende Zitat aus einem Vortrag: »In der MEGA finden wir die Grundlagen des Histomat und des Diamat.« (MEGA = Marx-Engels-Gesamtausgabe; Histomat = historischer Materialismus; Diamat = dialektischer Materialismus.)

(Vor einigen Jahren stellten Meinungsforscher bei einer Umfrage fest, daß 98% der Erwachsenen in der Bundesrepublik die Abkürzung DIAMAT nicht identifizieren konnten. Einzelne hielten Diamat für ein Gerät zur Bearbeitung von Edelsteinen, wie man in H. Ingensands »Die Ideologie des Sowjetkommunismus« nachlesen kann.)

Flickwörter und Verlegenheitslaute (a, öh, ne) sind beim Redner immer startbereit. Mitunter schleichen sich ganze Legionen davon ein: »nicht wahr?«, »natürlich«, »nich«, »tja« usw. Kein Redner kann sie ganz unterdrücken, aber jeder sollte sich daraufhin doch kontrollieren lassen.

Wie oft hört man in Fernsehinterviews die grammatikalisch verfehlte Wendung: »Ich *würde* sagen . . .«

Wortwiederholungen in unmittelbarer Folge wirken ungelenk. Wie oft hören wir Sätze wie den folgenden: »Als Beispiel möchte ich einmal folgendes Beispiel bringen: zum Beispiel das Beispiel England . . .«

Wir besitzen einen großen passiven Wortschatz, den wir verstehen, doch einen weit kleineren aktiven, den wir benutzen.

Fremdwörter

Philipp von Zesen, ein berühmter Sprachgelehrter des 17. Jahrhunderts, wollte alle Fremdwörter ausmerzen und durch Neuwörter ersetzen. Für »Vater« sagte er »Pflanzherr«, für »Fenster«: »Tageleuchter«, für »Schornstein«: »Dachschnauber«, für »Kloster«: »Jungfernzwinger«. Besonders wirklichkeitsnahe gelang ihm die Eindeutschung des Wortes »Pistole« mit »Meuchelpuffer«. Kein Mensch sagt heute, wie es Campe so gern hat haben wollen: »Ich will mich mal bemorgenländern«, statt »Ich will mich mal orientieren«. Auch sein Ausdruck »Dörrleiche« für »Mumie« hat sich nicht durchgesetzt. Manche Fremdwörter sind eben nur sehr umständlich zu verdeutschen.

Das meint auch Schopenhauer, wenn er schreibt: »Für einige Begriffe findet sich bloß in *einer* Sprache ein Wort, welches alsdann in die andere übergeht: so das lateinische Affekt, das französische naiv, das englische gentleman und viele andere. Bisweilen auch drückt eine fremde Sprache einen Begriff mit einer Nuance aus, welche unsere eigene ihm nicht gibt und mit der wir ihn gerade jetzt denken. Dann wird jeder, dem es um einen genauen Ausdruck seiner Gedanken zu tun ist, das Fremdwort gebrauchen, ohne sich um das Gebilde pedantischer Puristen zu kehren.«

Mit viel Temperament äußert sich auch Jakob Grimm. »Über das Pedantische in der deutschen Sprache« (Kleine Schriften 1): »Deutschland pflegt einen Schwarm von Puristen zu erzeugen, die sich gleich Fliegen an den Rand unserer Sprache setzen und mit dünnen Fühlhörnern sie betasten. Ginge es nach ihnen, . . . so würde unsere Rede bald von schauderhaften Zusammensetzungen für einfache und natürliche fremde Wörter wimmeln; das wohllautende *Omnibus* muß ihnen jetzt unerträglich scheinen, und statt auf die naheliegende Verdeutschung durch den Dativ Pluralis »allen« zu geraten, wird ein steifstelliges *Allwagen, Gemeinwagen, Allheitfuhrwerk* oder was weiß ich sonst für ein geradebrechtes Wort vorgefahren.«

Wir lächeln heute über die verunglückten Bemühungen verkrampfter Deutschwortverfechter. Und doch verdanken wir einem Manne wie Zesen u. a. die folgenden Wörter, die sich bewährt haben: Gewissensfreiheit, Leidenschaft, Vertrag, Verfasser, Trauerspiel, Lehrling.

Wir stellen fest, daß sich von den Vorschlägen des »Allgemeinen Deutschen Sprachvereins« Ende des 19. Jahrhunderts viele

Verdeutschungen durchgesetzt haben bzw. daß die Begriffe heute nebeneinander bestehen: z. B. Dialekt – Mundart; Billet – Fahrkarte; Aeroplan – Flugzeug; Defizit – Fehlbetrag; Dekret – Verfügung; Kapazität – Fassungsvermögen; absolut – unbedingt. Andererseits gibt es Beispiele für Übertragungen, die heute nur Heiterkeit auslösen können, auch wenn sie noch so trefflich gelungen sind wie im Falle »Beamtenherrlichkeit« für »Bürokratie«. Ferner z. B.: Taille – Mittelleibschnüre; Sauce – Mehlfleischsaftdicke; Klavierfuge – Tastenhackbrettonfluchtwerk.

Als Grundsatz für moderne Redner sei empfohlen: Verzichte auf Fremdwörter, wenn diese *leicht* durch ein deutsches Wort zu ersetzen sind. Für »Prinzip« z. B. gibt es eine Fülle von Übersetzungsmöglichkeiten, die viel besser das bezeichnen, was jeweils gemeint ist: Grundgedanke – Grundlage – Regel – Kern – Inbegriff – Leitsatz. Für »momentan« bieten sich an: augenblicklich – zur Zeit – gerade – jetzt – vorläufig – flüchtig u. a. Könnte man nicht auch für »intensiv«, »eindringlich« und für »degradieren« »herabwürdigen« sagen?

Zu Recht sagt man: Fremdwörter sind Glückssache. Sogar in doppelter Hinsicht. Glückssache ist es einmal, ob man sie richtig gebraucht, zum anderen, ob sie der Hörer versteht. Es gibt viele Fremdwörter, die längst eingebaut sind in unser Sprachgefüge. Besonders als Fachausdrücke haben sie eine Art Hausrecht bei uns erworben. Der Redner muß sich fragen, ob er, der Hörer, die benutzten Fachausdrücke auch versteht. Man wird lieber einen Begriff zuviel erläutern als einen zuwenig, die Zuhörer schalten sonst ab. Als negative Beispiele führe ich Fernsehsendungen im April/Mai 1986 an, in denen Naturwissenschaftler im Zusammenhang mit dem sowjetischen Reaktor-Unglück die deutsche Bevölkerung über drohende Gefahren aufklären sollten. Zumeist blieb die gewünschte Verständlichkeit auf der Strecke: es »wimmelte« von Fachbegriffen, die gar nicht, nur unzureichend oder viel zu rasch erklärt wurden. Manche Fremdwörter erschienen dabei leicht übersetzbar, doch man sagte stets für »Sicherheitshülle«: »Containment«, für »Vorbeugung« »Prophylaxe«; und der Spinat, der Boden oder ganze Regionen waren »kontaminiert« – statt von Radioaktivität »befallen«, was jeder verstanden hätte.

Fremdwörter lassen sich zwar nicht immer vermeiden, sie sollten aber nicht die Sprache durchwuchern.

In einer kulturkritischen Betrachtung stellte Rudolf Ibel zwei Dutzend Modewörter zusammen, und das ergab dann folgendes Kauderwelsch (»Welt am Sonntag«, 24.9.61): »Der Trend zur Managerkrankheit ist mehr als ein Slogan. Die Sucht nach Prosperity ohne Fair-play, der Run nach Publicity und Public Relations, der Turn von Parties zu Festivals, last not least die Roundtable-Gespräche, um immer up to date zu sein – dieser dauernde Streß macht uns zuletzt k.o. und groggy. Kein Hobby, kein Gag und kein Swimming-pool macht uns arme Teufel wieder fit, ermöglicht unser Comeback . . .«

Die Hauptregel bei der Wortwahl lautet: schlicht, treffend, anschaulich und abwechslungsreich. »Sorgt dafür, daß ihr für den Wagen eurer Gedanken auch ein gutes Gespann von Worten habt« (Spurgeon).

Das Geheimnis des guten Redners: »Man brauche gewöhnliche Worte – und sage ungewöhnliche Dinge« (Tucholsky).

3.3.3 Zum Satzstil

Was ist eigentlich ein Satz? In der Sprachwissenschaft finden wir Hunderte von Definitionen. »Satz ist die sprachliche Bezeichnung für einen durch Stellungnahme, d.h. Fixierung gekennzeichneten ein- oder mehrgliedrigen Denkinhalt« (Moritz Regula).

Der Sprachwissenschaftler Richard Meyer gibt folgende interessante Erklärung: »Unter *Satz* verstehen wir ein ohne alle weitere Beihilfe verdeutlichendes Mittel vollkommen verständliches Stück menschlicher Rede. Wir stellen an den Satz keinerlei spezielle syntaktische Forderungen: ein bloßer Ausruf wie ›Feuer!‹, ein eingliedriger Fragesetz wie ›tot?‹, eine unvollständige Androhung wie ›Euch werde ich –‹ genügt vollkommen den Ansprüchen an Gemeinverständlichkeit.«

Für den Redner ist neben dem Denkinhalt seiner Sätze zunächst einmal die Satzlänge von Bedeutung.

Insgesamt sollten mehr kürzere Sätze als längere vorkommen. Schachtelsätze sind nicht überhörbar. Viele Nebensätze werden zu Nebelsätzen, d. h. sie haben durch ihre Länge die Wirkung einer Art geistigen Sperrnebels. Ein Satz wie der folgende ist auch gedruckt schwer überschaubar. Würde er gesprochen, so wäre er fast unverständlich: »Derjenige, der denjenigen, der den Wegweiser, der an der Brücke, die auf dem Weg, der nach Soltau führt, liegt, steht, umgeworfen, anzeigt, erhält eine Belohnung.« (Amtliche Bekanntmachung aus einer Tageszeitung.) Schachtelsätze erfordern vom Hörer eine Art Hindernisrennen. Jeder Satzteil wird zur Hürde, die mühselig genommen werden muß.

Mit Recht verspottet Mark Twain die vielen deutschen Satzungeheuer, in denen die Nebensätze sich umeinanderwinden wie »frischausgegrabene Regenwürmer im Angeleimer«.

Was eine Eisenbahn ist, weiß jeder. Die Definition aber, die das Reichsgericht in einer Entscheidung vom 17. März 1879 gab, ist wert, für alle Zeiten festgehalten zu werden: »Eine Eisenbahn«, so heißt es da, »ist ein Unternehmen, gerichtet auf wiederholte Fortbewegung von Personen oder Sachen über nicht ganz unbedeutende Raumstrecken auf metallener Grundlage, welche durch ihre Konsistenz, Konstruktion und Glätte den Transport größerer Gewichtsmassen bzw. die Erzielung einer verhältnismäßig bedeutenden Schnelligkeit der Transportbewegung zu ermöglichen bestimmt ist und durch diese Eigenart in Verbindung mit den außerdem zur Erzeugung der Transportbewegung benützten Naturkräften – Dampf, Elektrizität, menschlicher oder tierischer Muskeltätigkeit, bei geneigter Ebene der Bahn auch schon durch die eigene Schwere der Transportgefäße und der Ladung und so fort – bei dem Betrieb des Unternehmens auch derselben eine verhältnismäßig gewaltige, je nach den Umständen nur bezweckterweise nützliche oder auch ein Menschenleben vernichtende und menschliche Gesundheit verletzende Wirkung zu erzeugen fähig ist.«

»Welch ein Gedankendrang in den Perioden!« würde Mörike sagen. Die Eisenbahn revanchierte sich folgendermaßen: »Ein Reichsgericht ist eine Einrichtung, welche dem allgemeinen Verständnis entgegenkommen sollende, aber bisweilen durch sich nicht ganz haben vermeiden lassende, nicht ganz unbedeutende bzw. verhältnismäßig gewaltige Fehler im Satzbau auf der schiefen Ebene des durch verschnörkelnde Personen ungenießbar gemachten Kanzleistils herangerollte Definition für das menschliche Sprachgefühl verletzende Wirkung zu erzeugen, fähig sind, liefert.«

Adolf Damaschke bringt in seiner »Volkstümlichen Redekunst« folgendes Beispiel aus dem Vortrag eines Geschichtsprofessors: »Denken Sie, wie schön der Krieger, der die Botschaft, die den Sieg, den die Athener bei Marathon, obwohl sie in der Minderheit waren, erfochten hatten, verkündete, nach Athen brachte, starb.« – Das kann man ein rhetorisches Schlinggewächs nennen. Es wäre schon eine Qual für den Hörer, auch nur halb so lange Sätze anhören zu müssen.

Eine alte Schulregel gilt auch für die Rede:

Neuer Gedanke – neuer Satz! Und möglichst viele Aktiv-Sätze; sie sind packender als Passiv-Sätze! (Einfachster Fall: »Ich erkannte ihn sofort« statt »Er wurde sofort von mir erkannt.«)

Bilden wir statt ständiger Nebensätze in der Rede mehr beiordnende Sätze. (Ludwig Reiners bemerkt schon, daß es im alten Volkslied von den Königskindern auch nicht heißt: »Zwei Königskinder konnten, obwohl sie einander so lieb hatten, nicht zusammenkommen, weil das Wasser viel zu tief war«, sondern: »Es waren zwei Königskinder, die hatten einander so lieb; sie konnten zusammen nicht kommen, das Wasser war viel zu tief.«)

Das alles soll nun keineswegs heißen, daß der Redner einen rhetorischen Asthma-Stil pflegen und lange Sätze strikt vermeiden soll. Bei vielen Rednern finden wir an Höhepunkten *gelegentlich* den *Großsatz*; einen weit ausgesponnenen, doch *mit Zäsuren durchsetzten* Denkzusammenhang, der eine wichtige Aussage enthält. Z. B. »Wir Deutsche können – auch im Interesse unserer Verhandlungsposition – von unseren Verbündeten nicht verlangen, daß sie in einer Frage, in der unser Schicksal so auf dem Spiele steht wie das ihre, für uns Mehrleistungen auf dem Gebiet der Verteidigung erbringen, während wir mit den Händen in der Hosentasche danebenstehen. Das ist ausgeschlossen!« (Fritz Erler vor dem Bundestag, Dezember 1961.) Der Großsatz besteht hier aus sieben Abschnitten. Die rhetorischen Finessen aber sind nun 1., daß der Sinngipfel des Satzes am Schluß nicht farblos und abstrakt bleibt (etwa: »während wir uns an einer Mehrleistung nicht beteiligen«), sondern den plastischen, bildkräftigen Vergleich mit den »Händen in der Hosentasche« bringt. Die 2. Finesse besteht darin, daß als Bekräftigung der Aussage *ein Kurzsatz* folgt. Man soll nie Großsätze häufen.

Romain Rolland notiert in seinen Mémoires über den Redner Jaurès: »Sobald er sich entzündete oder erregte, da nahmen die Perioden eine gewaltige Größe an; sie rollten dahin wie eine rote Kugel; ein Wort sprang hervor, flammend, unerwartet und nagelte seinen Gedankeninhalt in die feindseligsten Geister ein.«

Der bedeutende Redner Briand beschreibt die mögliche Wirkung selbst grammatisch schlechter Sätze (In »Frankreich und Deutschland«):

»Oft liegt weit mehr Eindringlichkeit und Durchschlagskraft in einem Satze, in dem unter der Einwirkung der Erregung, die sich von der Umgebung auf den Redner überträgt, Subjekt, Verbum oder Attribut gegen die Regeln der Grammatik verstoßen, als in manchen formal weit besser ausgearbeiteten und besser abgetönten rhetorischen Satzgebilden.«

Oft kommen bei Großsätzen Satzbrüche (= Anakoluthe) vor. Es ist leichter, Großsätze zu beginnen, als sie abzuschließen. Wenn man sich nicht sehr konzentriert, verliert man leicht den Faden der Satzplanung und schließt anders, als es grammatisch richtig ist. Ein Satzbruch kann auch aus unvollständigen Sätzen bestehen.

Ein interessantes Beispiel für den Satzbruch im Großsatz bietet der englische Staatsmann MacDonald 1924 vor der Übernahme des Regierungsamtes nach dem Wahlsieg der Labour-Party. MacDonald spielt darauf an, daß noch nicht ganz feststeht, ob die

Koalition Labour/Liberale zustande kommen wird. MacDonald ruft seinen jubelnden Anhängern zu: »Wenn wir nun das Amt ausüben – ich bin der letzte, der seine Küken zählt, ehe sie ausgebrütet sind; und die Küken sind noch nicht ausgebrütet, wenn auch die Eier sich normal und den natürlichen Gesetzen der Schöpfung entsprechend zu entwickeln scheinen – wenn sich uns also die Möglichkeit bietet, so werden wir das Amt übernehmen, um zu versuchen, die mannigfachen und erdrückenden Schwierigkeiten zu überwinden, die zum jetzigen Zeitpunkt unsere Nation, Europa und die ganze übrige Welt bedrängen.

Der Satzanfang »wenn wir nun das Amt übernehmen« wird gar nicht weiter ausgeführt; auch nicht nach dem Einschub des humorvollen Vergleichs mit den Küken. MacDonald hat die Übersicht über den Satz verloren, aber das Merkwürdige ist, daß dieser trotz des grammatischen Bruches von einer eindringlichen Wirkung ist, die wesentlich auf den Gegensatz von heiterem Vergleich und folgenden ernsten Zielgedanken zurückzuführen ist (Küken ausbrüten – erdrückende Schwierigkeiten der ganzen Welt überwinden!).

Wir halten fest: Der Redner gewöhne sich einen Stil an, in dem *längere und kürzere Sätze wechseln* und in dem der *Großsatz die Ausnahme* bildet. Er hüte sich vor allem davor, zuviel in *einen* Satz hineinstopfen zu wollen.

»Beim Bandwurmstil sind die Sätze zu lang, man muß sie zerschneiden«, sagt Reiners. Schwer verständlich sind lange Satzgefüge, in denen die wichtigsten Wörter erst am Schluß stehen. Kurze Sätze in griffiger, prägnanter Formulierung haben besonders in der Überzeugungsrede ihren Platz.

Es gibt zwei kleine Kunstgriffe, den Satzstil flüssiger und gradliniger zu machen:

a) Mehr Hauptsätze – weniger Nebensätze!
   (Beispiel: »Dieses Ergebnis, das weitgehend übereinstimmt mit früheren, zeigt uns sehr deutlich . . .«
   Besser: »Dieses Ergebnis stimmt weitgehend mit früheren überein. Es zeigt uns sehr deutlich . . .«)
b) Zeitsätze mit »dann« statt »nachdem«!

(Beispiel: »Nachdem wir zwei Stunden diskutiert hatten, erzielten wir Einigkeit.«
Besser: »Wir diskutierten zwei Stunden lang; dann waren wir uns einig.« Das Semikolon ist die Taille des Sprechsatzes!)

Wir sind heute empfindlich gegen jede Übersteigerung, gegen Pathos und Schwulst.

Ein Naturforscher brachte in einem Vortrag einmal folgenden Satz: »Diese Weltpotenz besitzt an sich die plastische Expansionsfähigkeit einer endlosen evolutionistischen Diversifikation im Detail ihrer Erscheinungen.« Hätte er nicht einfach sagen sollen: »Die Natur bringt endlos viele und verschiedenartige Erscheinungen hervor?«

Der Redner sollte nicht auf Stelzen einherschreiten. Die geschraubte Sprechweise führt zum *Bläh-Stil.*

(Der schlichte Matthias Claudius schätzte Klopstock sehr, aber er sagte einmal: »Wir beide sind völlig verschieden. Wenn Klopstock seinen Hausknecht ruft, klingt das so: ›Du, der du weniger scheinest als ich und dennoch mir gleich bist, nahe dich mir und befreie mich hurtig, dich beugend zum Grunde unserer Mutter Erde, von der bedrängenden Plage des staubüberschütteten Kalbfells.‹ – Ich würde dann nur sagen: ›Jehann, treck mi de Stiewel ut‹!« [= Johann, zieh mir die Stiefel aus!])

Der gute Redner vermeidet alle Unbestimmtheit. Redner, die sich nie festlegen, sondern immer übervorsichtig mit »könnte« und »möchte«, »vielleicht« und »in etwa« operieren, sind ein Greuel. Wilhelm Busch entlarvt diese Art von Rednern mit der ironischen Aufforderung:

»Sage nie: dann soll's geschehen!
Öffne dir ein Hinterpförtchen
durch ›vielleicht‹, das nette Wörtchen,
oder sag: ich will mal sehen . . .«

Oft hört man auch z. B.: »Aufgrund gewisser Erfahrungen (oder Annahmen) entschloß ich mich, . . . »Nennen wir diese Erfahrungen oder Annahmen. Unklarheit entsteht oft, wenn man nicht weiß, auf welches der voraufgegangenen Hauptwörter sich die nachfolgenden persönlichen Fürwörter beziehen. (Wegen einer Tollwutepidemie gab ein Bürgermeister folgendes bekannt: »Wer seinen Hund frei herumlaufen läßt, der wird erschossen.« Der Gemeinderat kritisierte bei der nächsten Sitzung diese mißverständliche Formulierung, ohne allerdings eine bessere vorzuschlagen. Am Tage darauf brütete der Bürgermeister eine Korrektur aus. Alle Unklarheit ward »beseitigt«. Der Satz hieß nunmehr: »Wer seinen Hund frei herumlaufen läßt, der wird erschossen, der Hund.«)

So gut und elegant oft zugespitzte Formulierungen wirken mögen: ständige Überpointierung stimmt den Zuhörer schließlich skeptisch; sie führt zu reserviertem Verhalten. (Geistreich, aber überspitzt und zynisch war die Formulierung eines Literaten: »Politik, das ist die Kunst, Geld von den Reichen und Stimmzettel von den Armen zu ergattern – unter dem Vorwande, jeden der beiden vor dem anderen zu schützen.«)

Es gibt viele Eigenarten, die den Zuhörer stören könnten (z. B. Überpointierung; schwülstigen Satzbau, überflüssige Wiederholung der Satzteile).

Fehler, die man bei anderen feststellt, begeht man oft selbst und merkt es nicht. (Bismarck erzählt, wie er mit seinem Studienfreund einem Göttinger Tabakhändler die ständigen Wiederholungen austreiben wollte. Die beiden ahmten den Kaufmann eines Tages nach: »Wir hätten gern, wir hätten gern, Tabak, Tabak, hundert Gramm, hundert Gramm, zu zwanzig Kreuzer, zu zwanzig Kreuzer . . .« Und sie unterhielten sich nach dem Kauf, nach dem Kauf noch eine Zeitlang, eine Zeitlang mit dem Kaufmann, mit dem Kaufmann. Als sie den Laden verlassen hatten, meinte der Händler kopfschüttelnd zu seiner Frau: »Na so was, na so was. Komische Leute, komische Leute, sagen jedes Wort zweimal, sagen jedes Wort zweimal!« –)

»Ein guter Ausdruck ist fast soviel wert wie ein guter Gedanke« (Lichtenberg).

Ich fasse das Wichtigste zusammen: Am besten reden wir in Sätzen, die *überhörbar* und dadurch verständlich sind. Längere und kürzere wechseln ab. Wir bevorzugen die Aktiv-Sätze. »Den Stil verbessern – das heißt den Gedanken verbessern und nichts weiter« (Nietzsche).

3.4 Rhetorische Darstellungsmittel

Wurden in den letzten Kapiteln die allgemeinen Grundlagen der Rede erörtert, so bringt der folgende Abschnitt eine Auswahl besonderer rhetorischer Darstellungsmittel, die für das Gefüge der Rede von Bedeutung sind.

Diese Zusammenstellung ist das Ergebnis vieler Analysen von Reden aus verschiedenen Epochen unter dem Gesichtspunkt: Welche Mittel sind in der *modernen* Rhetorik von Bedeutung? Im Altertum gab es Tausende von rhetorischen Darstellungsmitteln, die man »Redefiguren« nannte. Die alten Theoretiker konnten sich gar nicht genug damit tun, alle nur denkbaren Figuren in höchst gelehrten Kompendien zusammenzustellen. (Heinrich Lausberg hat den riesigen Irrgarten der antiken Rhetorik systematisch durchforstet und das Ergebnis übersichtlich vorgelegt, in seinem »Handbuch der literarischen Rhetorik«.)

Rhetorische Mittel dienen vor allem dem Zweck, den Zuhörern den Redeinhalt anschaulich, spannend und eindringlich darzubieten und somit die Wirkung der Aussage zu steigern.

»Redefiguren heißen Sätze und Satzformationen, die, zu typischer Gestalt geworden, sich identisch wiederholen. Es sind die schlagenden Sätze, die sich aufzwingen. Sie sind unumgänglich, um die Mitteilung zu verkürzen, schnell zu erinnern« (Karl Jaspers).

Zu bedenken ist:

a) Die angeführten Mittel sind sehr unterschiedlich im Wert und daher in verschieden starkem Grade anzuwenden (z. B. *Vergleich* häufiger als *Übertreibung*).
b) Diese Mittel stellen Möglichkeiten dar, die keineswegs alle in jeder Rede vorkommen müssen.
c) Viele Mittel sind eng miteinander verwandt, auch wenn sie der

Systematik wegen getrennt angeführt werden (z. B. bewirkt die *Kette* eine *Steigerung*; das *Bild* ist im Grunde eine Sonderform des *Vergleichs*).

Übersicht

Rhetorische Mittel	*Wirkungsakzent*
1. Beispiel, Einzelheit 2. Vergleich 3. Bild (Metapher), Bildreihe 4. Erzählung (Narratio)	anschaulich
5. Wiederholung 6. Verdeutlichung 7. Raffung 8. Ausruf 9. Zitat 10. Kreuzstellung (Chiasmus)	eindringlich
11. Steigerung (Klimax) 12. Gegensatz (Antithese) 13. Kette 14. Vorhalt 15. Überraschung (Sustentio) 16. Ankündigung	spannend
17. Wortspiel 18. Anspielung (Allusion) 19. Umschreibung (Paraphrase) 20. Übertreibung (Hyperbel) 21. Scheinwiderspruch	ästhetisch, anschaulich
22. Einschub 23. Vorgriff oder Einwandvorausnahme (Prolepsis)f 24. Scheinfrage (rhet. Frage) 25. Mitverstehen (Synekdoche)	kommunikativ (= Zuhörer einbeziehend)

Die wichtigste Regel lautet:

Alles Abstrakte anschaulich machen durch treffende Vergleiche und Beispiele, durch Bilder und eingefügte Kurzerzählungen. Ist das Bildungsniveau des Zuhörerkreises niedrig, so muß die Rede ganz besonders anschaulich sein. »Gleichnisse sind von großem Wert, sofern sie ein unbekanntes Verhältnis auf ein bekanntes zurückführen« (Schopenhauer).

Die gute Rede wird spannungerzeugende Wechsel bringen: vorwärtsdrängend – verweilend, ernst – heiter, logisch aufbauend – gemüthaft bilderreich.

Wir fahnden nach guten *Vergleichen* und *Beispielen*: Sie schaffen Klarheit, da sie an Bekanntes anknüpfen, und eben dieses Bekannte dient als Brücke der Verständigung. Vor allem sollten Begriffe und Zahlen anschaulich gemacht werden.

Zu den eindringlichsten Stellen der Bibel zählen diejenigen, in denen Gleichnisse erzählt werden. Wir behalten alles leichter, sobald es durch gut gewählte, prägnante Gleichnisse und Vergleiche verdeutlicht wird. Einige Beispiele mögen die Bedeutung des Vergleichs belegen:

a) Es wird die Mitteilung, daß das riesige Südwestafrika nur rd. 1,1 Mill. Einwohner hat, durch den Vergleich: »Das ist noch nicht einmal die Einwohnerzahl Hamburgs« dem Hörer anschaulich.
b) Daß der Kongo 2,3 Millionen qkm groß ist und 14 Millionen Einwohner hat, besagt wenig. Aber ein Vergleich mit der Bundesrepublik macht die Proportionen deutlich: Der Kongo ist zehnmal größer als Westdeutschland und hat doch nur weniger als ¼ der westdeutschen Bevölkerung.
c) Der Verkehrsrichter einer Kleinstadt machte einem Angeklagten die Tatsache, daß es im letzten Jahre 16000 Verkehrstote gegeben hat, dadurch eindringlich, daß er zu ihm sagte: »Machen Sie sich einmal klar: In jedem Jahr wird in Deutschland eine Stadt wie die unsere ausgerottet, nur weil eben viele Menschen genauso leichtsinnig handeln wie Sie!«
d) Auf dem Lehrerkongreß in Wiesbaden 1962 prangerte Professor Heinrich Rodenstein die deutsche Kulturpolitik an, die es

nicht fertigbringe, den Bedarf an Lehrernachwuchs zu decken. Im Schnellverfahren ausgebildete Hilfslehrkräfte einzustellen, sei keine Lösung. Rodenstein griff zu drastischen Vergleichen: Die Notmaßnahmen »zeugen von bestürzender Hilflosigkeit und Kurzsichtigkeit. In keinem anderen ernstgenommenen Berufe wäre so etwas möglich. Können Sie sich etwa vorstellen, daß die Bundeswehr eine unvollständige Panzerdivision durch einige Dorffeuerwehren auffüllt? Oder daß sie fehlende Waffen auch nur vorübergehend durch die Vorderlader aus dem Heimatmuseum ersetzt? (Steigerung durch Vergleichskette; rhetorische Fragen.) Für die Bundeswehr tut man wie selbstverständlich das Richtige: (Doppelpunkt!) Man legt die Milliarden auf den Tisch. Sind denn im Lande des Wirtschaftswunders die Milliarden etwa nicht da, um dem unsere Gegenwart und unsere Zukunft würgenden Lehrermangel ein Ende zu machen?«

Es gibt neben solchen weitausholenden Vergleichen auch die kurz in einen Satz eingestreuten Vergleiche. Eindringlicher als der Satz: »Sie sagen es einmal so und dann wieder anders«, ist doch z. B.: »Sie schwanken ja wie ein Rohr im Winde.«

Weitere Beispiele:

Der englische Politiker Attlee verglich die Wahlen im Osten mit einem »Rennen mit nur *einem* Pferd. Der Sieger steht von vornherein fest.«

»Wie verwelkte Blätter liegen unsere wirtschaftlichen Unternehmungen am Boden« (Franklin Roosevelt, Radiorede 4. März 1933).

Als ein deutscher Ministerpräsident einen unbequemen Politiker zum Minister berufen hatte, erklärte er schmunzelnd: »In das Regierungsgespann ist ein schwieriges Pferd eingereiht worden. Mit dem neuen Gespann werde ich vorsichtig fahren müssen.«

Dem Vergleich kommt nur selten Beweiskraft zu. Doch wegen seiner Anschaulichkeit und häufig auch Witzigkeit wird er gern benutzt. Die Presse ist geradezu »süchtig«, solche Redefiguren als attraktive Farbtupfer den Lesern zu vermitteln. Die Aschermittwochreden von 1986 bieten dafür treffende Beispiele, wobei die Übertreibungen der Redner bildhaft deutlich werden:

Der CSU-Chef Strauß behauptete, für Johannes Rau sei das »Kanzleramt und das Kanzlerhemd um drei Halskragennummern zu groß«; der bayerische SPD-Chef Hiersemann äußerte über Norbert Blüm, dieser sei ein »Karnevalsjeck vom Rhein, der für die Vertretung von Arbeitnehmerinteressen genauso ungeeignet sei wie eine Schildkröte zum Stabhochsprung«; der FDP-Minister Bangemann bezeichnete das bayerische Parlament ohne FDP als »Ministerpräsidenten-Verehrungsverein, in dem die SPD für die CSU die Gesangbücher festhält«.

Immer wieder kann man feststellen: Gerade der heitere Vergleich bleibt besonders haften. Molotow hatte geäußert, die Deutschen hätten zu wählen zwischen europäischer Verteidigungsgemeinschaft und Friedensvertrag. Dazu der Berliner Abgeordnete Ernst Lemmer im Bundestag: »Diese Entscheidung mutet mich an wie die Aufforderung, zu wählen zwischen Hose und Jacke, wobei die Sicherheit die Hose, der Friedensvertrag die Jacke wäre. Nun, ich kann zur Not ohne Jacke, nicht aber ohne Hose herumlaufen!«

Ein Verkehrsexperte wollte deutlich machen, daß der Straßenbau mit der zunehmenden Motorisierung nicht Schritt halten könne und wählte folgenden Vergleich:

»Es ist wie der Wettlauf zwischen Hasen (Straßenbahn) und Igel (Motorisierung). Der Igel ruft immer: Ich bin schon da!«

Drastisch formulierte Rudolf Augstein in einer Rede vor dem Rhein-Ruhr-Klub: »Jeder weiß, daß ein wirtschaftlicher Boykott noch nie in Friedenszeiten funktioniert hat, weil der Geschäftspartner sich wie *ein Maulwurf* durch jedes Embargo ans Ziel wühlt.«

Lloyd George war einer der großen Redner unseres Jahrhunderts. Er war humorvoll, schlagfertig und vor allem – instinktsicher. Im September 1914 trat er in einer großen Versammlung vor die Hörer und fragte sie, ob Papierfetzen im Britischen Weltreich etwas zu bedeuten hätten oder ob man jedes Papier ohne weiteres zerreißen dürfe? Die Spannung im Saale stieg, weil keiner wußte, worauf der Redner hinauswollte. Von einem Zuhörer der ersten Reihe ließ er sich eine schmutzige Pfundnote geben, hielt diese hoch und rief: »Der deutsche Kanzler hat den Neutralitätsvertrag mit Belgien einen ›Fetzen Papier‹ (Scrap of paper) genannt. Was ist diese Pfundnote hier? Papier – nichts mehr! Verbrennt es, zerreißt es. Was ist es schon wert? Ein Fetzen Papier! Und doch – was steht dahinter? Der Kredit des ganzen Britischen Weltreichs!« Dieser Vergleich entfachte im Saale einen Sturm der Entrüstung gegen Deutschland. Das Schlagwort vom »Scrap of paper« ging wie ein Lauffeuer um die Welt.

Zum Schluß dieses Abschnitts sei ein Pressebericht gebracht, der einen Vortrag des Heidelberger Astronomie-Professors Kienle wiedergibt. Der Forscher veranschaulicht in einem umfassenden Vergleichs-Modell das Ausmaß des Universums. Die Dimensionen eines schwer vorstellbaren Zusammenhanges werden auf diese Weise deutlich: Um die nächste Umgebung der Sonne bis zu einer Entfernung von 16 Lichtjahren veranschaulichen zu können, benötigt man laut Prof. Kienle einen Kuppelraum von 155 Kilometern Radius. Würde man als Mittelpunkt zum Beispiel Bonn annehmen, so lägen ihre Grenzen etwa bei Nimwegen und Münster im Norden, Kassel im Osten, Worms im Süden und Namur im Westen.

In dieser riesigen Kuppel müßten 60 Stecknadelköpfe verteilt werden. Die Entfernung von einem Stecknadelkopf zum anderen würde rund 50 Kilometer betragen. Wollte man von einem Stern zum anderen einen Boten losschicken, der so schnell wäre wie das Licht, also in der Sekunde 300 000 Kilometer zurücklegte, so könnte das in Kienles Modell nur eine extrem langsame Schnecke sein. Sie würde sich von dem einen Stecknadelkopf zum anderen, der 50 Kilometer entfernt wäre, mit einem »Tempo« von zwölf Millimetern in der Stunde oder knapp einem Meter in drei Tagen auf die Reise machen.

Angenommen, die Schnecke wäre in der Tat so vermessen, sich auf eine 50 Kilometer lange Reise im Modell zu begeben; die nächste Nadel würde sie nie erreichen. Wenn sie in einem Jahr mühsam knapp 120 Meter zurückgelegt hätte, wäre der Stecknadelkopf schon rund 60 Zentimeter von seinem ursprünglichen Standpunkt abgewichen. Das entspricht – relativ – der den Sternen eigenen Bewegung.

Vorausgesetzt, die Superschnecke würde über 400 Jahre alt und legte in diesem Zeitraum die 50 Kilometer tatsächlich zurück, so hätte sich der angestrebte Stecknadelkopf schon wieder um fast 300 Meter entfernt – eine Strecke, für die die Schnecke wiederum zweieinhalb Jahre benötigen würde.

Was sich in Prof. Kienles Modell so extrem langsam fortbewegt, müßte im Weltraum mit der unvorstellbaren Geschwindigkeit des Lichtes daherrasen, also mit 300 000 Kilometern in der Sekunde. In der Stunde wären das über 1 000 000 000 Kilometer. Die Raumschiffe legen aber noch nicht einmal den 33tausendsten Teil dieser Strecke in der Stunde zurück. Bei dem heutigen Stand der Kenntnisse und Möglichkeiten erscheint es daher ausgeschlossen, daß die Menschheit jemals den Weltraum erobern wird. Doch ist schon vieles, was lange Zeit für völlig unmöglich gehalten wurde, eines Tages Wirklichkeit geworden.

Bild (Metapher), Bildreihe

»Jede Sprache ist Bildersprache« (Busch). Das Bild ist eine Sonderform des Vergleichs. Wieder wird das Unbekannte mit dem Bekannten verknüpft. Die »zwei Dinge sind in irgendeiner Beziehung ähnlich« (Kilian), wenn ich für »Leidenschaft« »Glut« sage, für »Zuflucht« »Hafen« oder von einem »Herz aus Stein« spreche. Bilder aus der Sportwelt z. B. sind heute sehr beliebt: »Der Minister schoß ein Selbsttor«, sagt man, um hiermit auszudrücken: Er setzte alle Energie bei seinem Vorhaben ein und erreichte doch das Gegenteil von dem, was er wollte. – »Der bildhafte Ausdruck ist ein Lieblingsmittel von Churchills Rhetorik, das er immer dann walten läßt, wenn er *zum Gefühl* seiner Hörer spricht« (Hildegard Gauger).

Man sucht nach guten Bildern, die das Wesen einer Aussage verdeutlichen können. Womit kann ich das, was ich mitteilen will, vergleichen? Welche bildhafte Umschreibung ist möglich? Sicherlich kann man Bilder nicht künstlich züchten. Sie fließen uns nur dann zu, wenn wir uns angewöhnen, alles im Leben, Menschen und Gegenstände, scharf zu beobachten und anschaulich zu überdenken. Packende Bilder bleiben beim Zuhörer haften – abstrakte Denkaussagen meistens nicht.

Der ehemalige Bundeskanzler Kiesinger verfügte über eine sehr bildreiche Sprache: »Das Haushaltssicherungsgesetz war eine Krücke, die nur über die Schwierigkeiten eines einzigen Jahres hinweghalf.« Oder: »Wir sind in einen ganz langen Tunnel gefahren, in dem wir so bald kein Licht sehen werden.«

Noch einige weitere Beispiele:

Die Anhänger des Generals de Gaulle betrachteten während und nach der deutschen Besetzung Frankreichs Marschall Pétain als Verräter, weil er angeblich vor Hitler in die Knie gegangen sei; weil er angeblich völlig versagt habe. Als François-Poncet der Nachfolger Pétains in der Académie Française wurde, hielt er eine meisterhafte Rede, um die Anhänger de Gaulles mit denen Pétains zu versöhnen. Poncet meinte, *beide* Politiker seien nötig gewesen, um Frankreich zu helfen. De Gaulle habe von außen weitergekämpft, derweil Pétain durch das taktische Geschick des scheinbaren Einlenkens Frankreich vor dem Ruin bewahren konnte. Wie eine Leitlinie zogen sich zwei Bilder durch die Rede: De Gaulle – das Schwert, Pétain – der Schild Frankreichs. Wer ohne Vorurteil denke, sagte Poncet, müsse feststellen, daß »der Schild Frankreichs geholfen hat, das zu erreichen, was der strahlende Blitz des Schwertes entschied«.

»Die Massen können nur in Bildern denken und lassen sich nur durch Bilder beeinflussen«, schrieb schon 1895 der französische Psychologe Le Bon.

Bismarck schloß eine (berühmt gewordene) Reichstagsrede mit der Aufforderung: »Meine Herren! Arbeiten wir rasch. Setzen wir Deutschland sozusagen in den Sattel. Reiten wird es schon können!« – Wirkungsvoller als die Aussage: »Herr Schulze wird doch nicht seine Konkurrenz fördern wollen!« ist doch die bildhafte Umschreibung: »Mir ist noch kein Metzger begegnet, der für vegetarische Kost plädierte.«

Mit Bildern kann man vieles anschaulich machen, *beweisen* aber kann man damit nichts. Da hat Erdmann völlig recht, wenn er schreibt: »Niemals wird mit einem Bilde etwas bewiesen, und es ist unsinnig, zu glauben, daß, wenn zwei Dinge sich in *einer* Hinsicht gleichen, sie sich auch in einer anderen oder gar in jeder Hinsicht gleichen müßten. Aber das wird gerade willig geglaubt, und darum ist es so leicht, durch schlagkräftige Analogien das Falscheste einleuchtend zu machen.«

Bildbruch

Gute treffende Bilder sind immer wirkungsvoll. Nur vermeide man die *schiefen*. So mancher Redner möchte bildkräftig sein und stolpert dabei dann von einem Bild in ein anderes, das auch nicht die geringste Beziehung zum vorhergehenden hat. Ein paar Beispiele aus dieser Bildbruch-Praxis mögen das deutlich machen.

»Der Zahn der Zeit hat schon manche Träne getrocknet«, so endeten die trostreichen Worte eines Grabredners. In einem Reisebericht über Asien hieß es: »In der Stadt Hongkong findet sich ein Schmutz, der sich gewaschen hat.« Artistische Fähigkeiten muß man vermuten bei jemandem, von dem behauptet wird, daß er »sein krankes Bein auf die leichte Schulter nimmt«. Eine Charakterisierung Dantes gipfelte in dem Satz: »Dante war ein Mann, der mit einem Fuß noch im Mittelalter stand, während er mit dem anderen die Morgenröte einer neuen Zeit begrüßte.« Man stelle sich das einmal plastisch vor.

Den folgenden Bilder-Cocktail entnahm Fritz Gerathewohl einer Predigt: »Das bescheidene Veilchen blüht am glänzendsten, wenn die Hammerschläge des Schicksals es auf dem Amboß des Herzens zu leuchtenden Strahlen erwecken.« Diese Sentenz wurde nun auch noch mit markiger Stimme herausgedonnert.

In den Reden Wilhelms II. findet man nicht selten Stellen wie diese: »Eines Ozeans von Druckerschwärze bedient er sich, um die Wege zu verschleiern, die klar zutage liegen.« Das Züricher Parlament staunte nicht schlecht über die Erfindung einer neuen Mehrzweckwaffe, als ein Abgeordneter einen Ratsbeschluß folgendermaßen kritisierte: »Meine Herren, hier handelt es sich um ein zweischneidiges Schwert, bei dem der Schuß hinten hinausgeht«; und das Protokoll einer deutschen Landtagssitzung verzeichnet folgenden Diskussionsbeitrag: »In diese Zustände werde ich mit dem scharfen Messer der Kritik hineinleuchten.« – Einst forderte der Abgeordnete Graf Bethusy den Deutschen Reichstag auf, »den Strom der Zeit bei der Stirnlocke zu fassen«. Zweifellos ein schwieriger Handgriff.

Keiner ist gegen einen Bildbruch gefeit. Das Schlimme ist, daß sehr ernst Gemeintes sofort ins Lächerliche gezogen wird. Der Schaden ist kaum zu beheben.

Amüsant, daß selbst einem so hervorragenden Meister der Sprache wie Herder ein Bildbruch unterläuft; ausgerechnet in einer Rede »Von den Ursachen des gesunkenen Geschmacks«. Herder schildert den Verfall der Redekunst bei den Griechen mit den Worten: »Als die Freiheit der Griechen sank, war auch ihr (= der Redekunst) *Feuer* dahin; in Demosthenes war es, wie in der letzten Not, eine *auflodernde Flamme* gewesen. Die Redekunst *kroch* in Schulen oder enge Gerichtsschranken. Sie *krümmte* sich im Staube und *verstummte*.« Hoppla – eben noch war die Redekunst »Feuer« und »Flamme«, dann kommt die staunenerregende Verwandlung der Flamme in ein Kriechtier; dieses »krümmt sich« – und »verstummt«.

Kurzerzählungen

Kleine Erlebnisberichte, eine eingeflochtene Anekdote; alles dies bietet Abwechslung und Anschaulichkeit. Günstig sind Einzelheiten und wörtliche Rede. »Zuweilen ziehen reiche Leute wenig Glück aus ihrem hohen Einkommen.« Der Satz bleibt abstrakt, wenn er nicht eingekleidet wird. Zum Beispiel: »Der alte Rockefeller verdiente in der Woche mehr als 1 Million Dollar, konnte aber für sein Essen nur 5 Dollar ausgeben, da er krank war und von Gemüsebrei und Kartoffelpüree leben mußte.«

Jede wirklich gute Rede enthält etwas Handlung. Es braucht nicht immer eine Erlebnisschilderung zu sein, man kann auch einen Gedankengang in ein Zwiegespräch kleiden. Direkte Rede wirkt immer lebendig. Nehmen wir den Satz: »Er sagte, daß er vorher mit Herrn Meyer sprechen wolle.« – Besser ist: »Er sagte: ›Ich werde vorher mit Herrn Meyer sprechen‹.« Lebendig klingt auch alles, was wir aus der Vergangenheit herausnehmen und im

Präsens schildern. Nicht: »Vor drei Jahren passierte folgendes: Ich kam aus dem Rathaus und traf Herrn Schulze . . .«, sondern: »Es liegt drei Jahre zurück. Ich komme aus dem Rathaus und treffe Herrn Schulze . . .« Situationen, die in der Gegenwart geschildert werden, wirken plastischer und unmittelbarer.

Oftmals bleibt von einer Rede die packende Schilderung einer Begebenheit am längsten im Gedächtnis.

Lloyd George wußte wie wenige um die Wirkung personifizierender dialogischer Gestaltung, als er in seiner berühmten Queen's-Hall-Rede 1914 auf eindrucksvoll vereinfachende Weise die internationale Lage beschrieb. (Dieser Abschnitt sei einmal im Original wiedergegeben): »Poor little Belgium said: ›I do not require the French army corps, I have the word of the Kaiser‹ . . . Serbia said to Austria: ›If any officers of mine have been guilty, I will dismiss them‹ . . . Then came Russia's turn. She has a special interest in Serbia. Germany knew it, and she turned round to Russia and said: ›I insist that you shall stand by with your arms folded whilst Austria is strangling your little brother to death! What answer did the Russian slav give? He gave only answer that becomes a man. He turned to Austria and said: ›You lay hands on that little fellow, and I will tear your ramshackle Empire limb from limb! And he is doing it.‹«

Auch gut gewählte Anekdoten und andere heitere Einschübe sind immer wirkungssicher. Eine Anekdote ist eine unbeglaubigte Erzählung, in der eine hübsche Pointe und ein Körnchen Wahrheit stecken. Die gute Anekdote muß man hören oder erzählen, gelesen oder geschrieben wirkt sie nur halb so gut. Sigismund von Radecki hat einen treffenden Vergleich: »Die erzählte Anekdote unterscheidet sich von der geschriebenen wie ein schaukelnder Falter vom aufgespießten unter Glas.«

Wiederholung

Besondere Bedeutung kommt der Wiederholung zu. Sie ruft in Erinnerung, sie verankert die Kernaussage tiefer, sie sorgt für Eindringlichkeit. Der Hörer muß ja immer wieder neue Gedanken aufnehmen und ist dabei auf die gliedernde Funktion der

Wiederholung angewiesen. »Die Wiederholung dient der Vereindringlichung, die meist affektbetont ist« (Lausberg).

Es gibt viele Hauptarten:

a) Wörtliche Wiederholung (besonders bei Ausrufen und Kernsätzen angebracht). Ein Beispiel: Churchill sagt in einer Ansprache während des Krieges (19. Mai 1940) nicht einfach: »We shall win this war«, wir werden diesen Krieg gewinnen, sondern er wiederholt mehrfach das gewichtigere Wort »conquer« (besiegen, erobern). Er ist der Meinung, daß die Barbarei über die ganze Welt kommt, wenn England den Krieg nicht gewinnen sollte: ». . . unless we *conquer*, as *conquer* we must, as *conquer* we shall!«

Die alte rhetorische Figur der Geminatio, der *Wortverdoppelung* spielt in der Meinungsrede eine besondere Rolle. Wortverdoppelung bedeutet hier Wortverstärkung: »Keiner, keiner hat das Recht dazu!« oder mit zwischengefügten Worten: »*Keiner*, aber auch *keiner* hat das Recht dazu!«

Vom häufigen Gebrauch der wörtlichen Wiederholung ist abzuraten: es besteht die Gefahr des formelhaften Einpeitschens, dessen sich Demagogen bedienen. Le Bon stellt fest: »Wiederholtes wirkt oft wie bewiesene Wahrheit.«

b) Variierte Wiederholung (denselben Inhalt in neuer Wortausgestaltung. Je anspruchsvoller die Hörerschaft, desto mehr variieren!).

c) Teilwiederholung (s. auch Raffung).
(Z. B.: »Ich werfe den Gegnern erstens vor, . . . ich werfe ihnen zweitens vor, . . .«). Oft werden, wie hier, die Anfangsworte eines Satzes oder Satzteiles wiederholt (Figur Anaphora).

Ein typisches Beispiel für die Anaphora finden wir in der Rede des Senators Edward Kennedy bei der Trauerfeier für seinen ermordeten Bruder Robert Kennedy (8. 6. 1968): »*Er sah* Unrecht und versuchte es zu beseitigen. *Er sah* Leiden und versuchte sie zu lindern. *Er sah* Krieg und versuchte, ihn zu beenden.«

Kurt Schumacher 1950 in Berlin: »*Das Wesen des Staates* ist nicht die Regierung, und *das Wesen des Staates* ist nicht die Opposition. Das *Wesen des Staates* ist die Regierung *und* die Opposition.«

Gelegentlich werden auch die Schlußworte eines Satzes wiederholt (Figur: Epiphora).

d) Erweiternde Wiederholung. Sie bedeutet eine besondere Steigerung, bei Satzwiederholung mit Einflechtung eines neuen Wortes: »Wir Jüngeren, die wir diese Zeit nicht miterlebt haben, nicht *bewußt* miterlebt haben, sind doch der Meinung, daß« usw.

»In unserer Zeit kann es keine Sicherheit der UdSSR ohne Sicherheit der USA, keine Sicherheit der Länder des Warschauer Vertrags ohne Sicherheit der NATO-Länder geben« (Michail Gorbatschow).

Cicero begnügt sich nicht damit, zu sagen: »Alle hassen Dich, Piso.« Er erweitert, untergliedert: »Der Senat haßt Dich, . . . die römischen Ritter ertragen Deinen Anblick nicht, . . . das römische Volk wünscht Deinen Untergang, . . . ganz Italien flucht Dir . . .« (s. auch Verdeutlichung).

Noch ein Beispiel aus unserer Zeit: »Nehmen Sie bitte diese unsere Haltung in dieser Sache ernst. *Dann*, nur *dann, dann* aber auch gewiß wird es möglich sein, gemeinsame Lösungen zu finden, die unser Volk und unser Staat für den Fall der Not braucht.« (Georg Leber zur Notstandsgesetzgebung, Bundestag 24. Januar 1963.)

Eine kleine Dosis Wiederholung wirkt aufmunternd, eine zu große aber einschläfernd oder enttäuschend.

»Kunst ist es, die Wiederholung so zu gestalten, als ob sie eine Erstgeburt wäre (Naumann).

(Die Wiederholung darf nicht so sein, wie wenn einem der schier endlose Zug des Volkes beim Krönungsmarsch in Schillers »Jungfrau von Orleans« imponiert, bis man enttäuscht feststellt: Ach, das sind ja immer wieder die gleichen Leute, die da über die Bühne schweifen –.)

Verdeutlichung

Die Verdeutlichung ist eine besondere Form der Wiederholung, und zwar der erweiternden Wiederholung. Der Ausdruck, den man ursprünglich gewählt hat, erscheint zu schwach. Man nimmt den Ausdruck u. U. zurück, man verbessert ihn, man verdeutlicht ihn, weswegen die alten Rhetoriker diese Figur auch correctio nannten. Zum Beispiel: »Ich habe Herrn Meyer gebeten, die Akten zu suchen; nein, ich habe ihn nicht nur gebeten: ich habe es ihm dringend ans Herz gelegt, ich habe ihn aufgefordert, die Akten endlich herbeizuschaffen . . .«

Raffung

Darunter verstehen wir eine zusammenfassende Wiederholung in wenigen prägnanten Sätzen. Sie bietet dem Hörer kurze Orientierung über das bisher Gesagte, z. B. ehe man zu einem neuen Teil übergeht.

Ausruf

Er ist besonders in der Meinungsrede angebracht. Er wendet sich eindringlich an die Zuhörer und ist meistens kurz und prägnant: »Denken wir daran!«; »Das dürfen wir nicht dulden!« Man verwende Ausrufe nicht zu häufig. Die Wirkung nutzt sich ab. Ausrufe seien eindringlich und nicht aufdringlich.

Zitat

Manche Redner pflegen ihre Reden mit vielen Zitaten auszuschmücken. Sie können unmöglich schließen, ehe sie nicht ihren »Schiller« an den Mann gebracht haben. In Reden ist Sparsamkeit mit Zitaten angebracht, seien es Dichterworte, seien es Quellenbelege.

Vor sechzig Jahren war es der Politiker Fürst Bülow, der bei seinen Reden mit (möglichen und unmöglichen!) Zitaten en gros handelte und deswegen in Witzblättern nur mit Büchmanns »Geflügelten Worten« in der Hand karikiert wurde. Im Bundestag reihte Professor Carlo Schmid in seinen Reden oftmals Zitat an Zitat; er tat es aber in geistvoller Weise. Zitate, besonders Quellenbelege, d. h. Angabe der Herkunft des Zitats, sind in wissenschaftlichen Vorlesungen notwendig; in öffentlichen Vorträgen sollte man sie nur sparsam bringen. Sie zerreißen den Fluß der Rede und ermüden den Hörer. George B. Shaw hörte sich eines Tages den langatmigen Vortrag eines Geschichtsprofessors an.

Der Gelehrte zitierte ununterbrochen und führte einen Quellenbeleg nach dem anderen an, ohne zu bemerken, daß die Hörer ob solcher Behandlungsweise des historischen Stoffes Gähnkrämpfe bekamen. Als Shaw nach seiner Meinung über den Vortrag befragt wurde, sagte er mit beißendem Spott: »Sonderbar, sehr sonderbar – so viele Quellen! Und dennoch so trocken . . .«

Zweischneidig ist die Anwendung von Sprichwörtern. Das Sprichwort ist eine Wahrheit aus Kautschuk. Es gibt da sehr viele gegensätzliche Aussagen, die ein Gegner vielleicht später ins Feld führt. (»Wer wagt, gewinnt« – »Eile mit Weile«; »Wer einmal lügt, dem glaubt man nicht, und wenn er auch die Wahrheit spricht« – »Einmal ist keinmal«.) Gute Zitate und treffende Bonmots können jede Rede würzen. Der Bankier Fürstenberg war in seinen Vorträgen unaufhörlich am »würzen« und hatte die Devise: »Lieber einen guten Freund verlieren als ein Bonmot verschlucken.«

Kreuzstellung (Chiasmus)

Kreuzstellung heißt eine kreuzweise Stellung in der Anordnung von vier Satzgliedern: »Diese Pläne zu machen ist leicht, aber schwer sind sie durchzuführen.« Die Kreuzstellung wirkt eindringlich und abwechslungsreich.

Steigerung (Klimax)

Es gibt verschiedene Möglichkeiten der Steigerung: Im großen gesehen müssen sich die Aussagen zum Schluß hin steigern. Im kleinen ist eine Steigerung auch schon in *einem* Satz möglich: »Gut wäre es, dies würde schon heute geschehen; am besten ist es, Sie geben mir sogleich Vollmacht zum Handeln.« Auch Wiederholungen können Steigerungen bringen.

Gegensatz (Antithese)

Wie bei Bild und Vergleich kommt es hier darauf an, einen Gedankengang zu verdeutlichen. Der Gegensatz muß *einleuchten*, aber für den Zuhörer etwas Überraschendes haben.

Wie die Schatten im Gemälde, so hebt der Gegensatz in der Rede das Beabsichtigte deutlich hervor:

a) Zählen wir Vor- und Nachteile auf: Wie war es damals, wie ist es heute? Was ist »der langen Rede kurzer Sinn?«
b) »Pläne zu machen ist leicht, sie durchzuführen ist schwer.«
c) Der amerikanische Politiker Nixon erhielt den größten Beifall, als er in einer Rede erklärte: »Chruschtschow hat uns Amerikanern zugerufen: ›Eure Enkel werden Kommunisten sein!‹ Wir antworteten darauf: ›Im Gegenteil, Mr. Chruschtschow, wir hoffen: Ihre Enkel werden in Freiheit leben!‹«
d) »Wir müssen einen *kühlen* Kopf und ein *heißes* Herz haben« (Adenauer).
e) Der Ankläger Hausner gebrauchte im Jerusalemer Prozeß gegen den SS-Schergen Eichmann die folgende eindringliche Antithese: »Die anderen Völker zählten im Krieg ihre Verluste. Wir zählten die Überlebenden.«

»Begriffspaare wie Vorteil – Nachteil, Schein – Wirklichkeit, Absicht – Ergebnis, Theorie – Praxis, Einzelner – Gemeinschaft, Mehrheit – Minderheit, Wort – Tat, Positiv – Negativ, Naturrecht – Gesetz, Wunschziel – Erreichbarkeit, Sache – Mensch, Innenpolitik – Außenpolitik ermöglichen schlechthin, jeden Stoffhaufen zu gliedern« (Drach). Zu vermeiden ist aber die Überspitzung: sie wirkt leicht abstoßend. Man wird am besten jede alternative Aufgliederung durch eine Vor- und Nachzäsur herausheben: ». . . – oder aber: . . .« ». . . – andererseits: . . .«

Ein paar Beispiele für Antithesen aus neuerer Zeit: »Eine Koalition ist weniger als eine gemeinsame Partei, aber mehr als eine Interessengemeinschaft zur Erwerbung von Ämtern« (F. J. Strauß).

Karl Schiller hat die einprägsame und darum viel zitierte Formel gefunden: »Soviel Wettbewerb wie möglich und soviel Staat wie nötig.«

Gustav Heinemann sagte einmal: »Die einzige Chance, daß die Israelis vergessen, was ihnen geschah, ist, daß wir nicht vergessen, was ihnen geschah.«

»Soweit es in unserer Macht liegt, soll alles geschehen, damit Spannungen nicht verschärft, sondern abgebaut werden, damit zwischen den Völkern in Ost und West nicht Mißtrauen, sondern

Vertrauen wächst.« Ebenso wie dieser Abschnitt einer Rede Brandts (Bundestag, 30. 5. 1968) kann auch der folgende als Musterbeispiel für eine Kette von Antithesen gelten.

Aus der Rede Präsident Johnsons vor dem demokratischen Parteikonvent in Atlantic City, der ihn und Senator Hubert H. Humphrey zu Spitzenkandidaten für die Präsidentschaftswahlen 1964 nominierte:

»Ich verspreche keine leichten Antworten, aber ich gelobe Festigkeit, die Freiheit zu verteidigen, Stärke, um diese Festigkeit zu stützen, und ein beständiges geduldiges Bemühen, die Welt zum Frieden zu bewegen. Der wahre Mut im nuklearen Zeitalter zeigt sich in der Suche nach dem Frieden.

Unsere Nation ist stärker als die vereinte Macht aller Nationen in allen Kriegen in der Geschichte dieses Planeten zusammen, und unsere Überlegenheit ist noch im Wachsen! In der Welt von heute ist kein Platz für Schwächen, aber ebensowenig für Tollkühnheit. Wir dürfen nicht vorschnell die Kernwaffen einsetzen, da sie uns alle vernichten würden. Als einziger Weg bleibt uns nur, uns mit unserem ganzen Verstand und unserem ganzen Willen die Sicherheit, doppelte Sicherheit zu schaffen, daß diese Waffen niemals angewendet werden. Nicht Waffen schaffen den Frieden, sondern Menschen. Der Friede kommt nicht durch die Stärke allein, sondern durch Weisheit, Geduld und Mäßigung.

Jedermann sollte imstande sein, seinen Beruf zu finden, seine Kinder zu erziehen, bei Wahlen mitzustimmen, und jeder sollte nach seinen persönlichen Verdiensten beurteilt werden. Das ist der feste Wille unserer Partei und unseres Volkes. Solange ich Präsident bin, werden alle vor dem Gesetz gleich sein.«

Der demokratische US-Präsidentschaftskandidat Adlai Stevenson äußerte einmal: »Wenn die Republikaner aufhören werden, Lügen über uns zu erzählen, werden wir aufhören, über sie die Wahrheit zu sagen.«

Kette

Die Kette ist ein häufig angewandtes Wirkungsmittel. Hierbei greift ein Gedankenglied in das andere, bis das letzte Glied der

Gedankenkette erst den vollen Sinn klärt. Einfachster Fall: »Wir folgen dir, weil wir dir glauben; wir glauben dir, weil wir dich kennen.« Oder: »Wer Berlin hat, hat Deutschland; wer Deutschland hat, hat Europa!« Oder: »Es geht an die Arbeit! Arbeit im Dienst der Mitbürger.«

Vorhalt (= Verzögerung)

Wir erwecken gelegentlich die Neugier des Hörers, indem wir nicht sofort alle Trümpfe ausspielen; indem nicht sofort die Lösung des Knotens vorgenommen wird, sondern ein *retardierendes Moment* eingefügt ist (z. B. nur eine erste Andeutung der Lösung oder Begründung). So spannt der Redner die Hörer auf die Folter. Man ist gespannt im Saal: was wird nun wohl kommen?

Überraschung (Sustentio)

Der Redner kann gelegentlich (!) auch einmal überraschende Wendungen bringen. Sie erzeugen Spannung. In einer Diskussion sagte ein Sprecher: »Wir haben es gehört: Herr X, dieser brave Mann, denkt an sich selbst – *bis* zuletzt.« Bismarck überraschte seine Gegner mit dem Halbsatz: »Auch ich bin für Abschaffung der Todesstrafe –«; um dann fortzufahren: »Aber ich bin dafür, daß die Mörder damit den Anfang machen!«

Überraschung in Serienherstellung aber wird zu billiger Effekthascherei. Nicht selten kommt es vor, daß die Redefigur »Überraschung« auf ironische Weise aufgelöst wird. Im Reichstag hatte Goebbels (23. 2. 1932) die SPD eine »Partei der Deserteure« genannt. Darauf antwortete Kurt Schumacher: »Und wenn wir irgendwas beim Nationalsozialismus anerkennen, dann ist es die Anerkennung, daß ihm zum erstenmal in der deutschen Politik – die restlose Mobilisierung der menschlichen Dummheit gelungen ist.«

Ankündigung

Sie schafft beim Zuhörer erhöhte Erwartung. Etwa: »Ich will es Ihnen genau erklären.« – »Ich möchte das an einem Beispiel deutlich machen: ». . . – Sie werden staunen, welche Gründe es dafür gibt: . . .«

Wortspiel

Als Helmut Kohl von einer Münchner Faschingsgesellschaft den Valentinsorden verliehen bekam, sagte er u. a.: »Männer sind wie Kohl. Am besten sind sie leicht abgebrüht zu genießen.«

Wortspiele sind witzig und spritzig. Sie können aber auch schnell zum Selbstzweck werden. Einem Conférencier steht es gut an, dem Redner aber nicht immer. Ein Wortspiel mit Tiefgang wird vom Zuhörer gern aufgenommen.

Heuss bietet ein gutes Beispiel (1954 in Berlin): »Wir wollen nicht den Menschen verstaatlichen, sondern den Staat vermenschlichen.« Oder: »*Kleine* Schritte sind besser als *keine* Schritte« (Willy Brandt).

Der amerikanische Präsident Kennedy schloß eine Rede mit den Worten: »Wir fürchten keine Verhandlungen, aber wir werden niemals aus Furcht verhandeln.« Solche Sätze gehen durch die Weltpresse. Solche Sätze bleiben auch im Gedächtnis haften.

Churchill bedankte sich im Kriege bei seinen Jagdfliegern für die Abwehr der deutschen Bomber mit den Worten: »Never in the field of human conflict was *so much* owed by *so many* to *so few*« (Niemals in der Geschichte menschlicher Auseinandersetzungen haben *so viele so wenigen so viel* zu danken gehabt). Jedes Wortspiel lebt von dem Beziehungsreichtum der Sprache. Lessings Urteil war scharf: »Was ist pöbelhafter als Wortspiele?«, rief er aus. Folglich muß dieser Sprachmeister sich selbst zum Pöbel gezählt haben, denn gerade er hat so manches schöne Wortspiel geprägt. Z. B. sagte Lessing über eine Dame, die ein sehr schlechtes Deutsch redete: »Solange sie mich nicht ansprach, sprach sie mich an. Als sie mich aber dann ansprach, sprach sie mich *nicht* mehr an.«

Anspielung (Allusion)

Die Anspielung ist oftmals eine prägnante Art, etwas anschaulich zu machen. »De Gaulle ist kein Hitler.« Jeder weiß, was gemeint ist. Eine andere Form der Anspielung ist es, wenn Sie die Hörer wissen lassen, daß Sie bestimmte (unwesentliche oder allgemein bekannte) Tatbestände nur erwähnen, nicht aber ausführlich besprechen sollen. (Figur der Praeterition = Übergehung.)

»Ich brauche Ihnen nicht näher zu erläutern, welches die Folgen dieser Vorgänge sein werden . . .«; Auf die sonstigen Gründe, z. B. . . ., will ich gar nicht mehr näher eingehen.« Bei der Anspielung ist der »Mitdenkreiz« beim Zuhörer wichtig. Es erfolgt eine indirekte Aussage, z. B. »Sie wissen schon, worauf ich hinauswill«. Der Redner bezieht den Hörer mit ein, indem er z. B. ein allseitiges »Augurenlächeln« zeigt.

Am Schluß einer Parteitagsrede (1984) rief die Delegierte Annette Borns dem Ministerpräsidenten Rau, der gerade Vater geworden war, zu: »Ich hoffe, daß du jedes Mal, wenn deine kleine Tochter kräht, daran erinnert wirst, daß in deiner sozialdemokratischen Landesregierung keine Frau an führender Stelle tätig ist« (Heiterkeit und Beifall). Der irische Prediger Jonathan Swift (1667–1745) war ein wegen boshafter Anspielungen gefürchteter Kanzelredner. »Geliebte Gemeinde«, begann er einmal, »es gibt drei Arten von verwerflichem Stolz, nämlich Stolz auf die Geburt, Stolz auf Reichtümer und Stolz auf Talente. Über die dritte Sünde werde ich mich nicht weiter auslassen, da unter euch niemand ist, der sie auf dem Gewissen haben dürfte.«

Umschreibung (Paraphrase)

Wir meinen hiermit die indirekte Mitteilung, die oft ein ästhetisches Moment enthält. Wir sagen zum Beispiel: »Im Land, wo die Zitronen blühen« und meinen: »In Italien«. Polemisch werden Intellektuelle manchmal »Eierköpfe« genannt: »Das haben gewiß wieder Eierköpfe ausgetüftelt.«

Übertreibung (Hyperbel)

Sie muß erkennbar sein, sonst ist es unredlich, sie zu gebrauchen. Übertreibung macht anschaulich, sagt man. »Kann ich Armeen aus der Erde stampfen?« Das wird kaum jemand erwarten, und doch legt diese Frage sehr anschaulich eine Situation dar. – »Da war die Hölle los!« Zweifellos übertrieben. »Wir haben in der Bundesrepublik beinahe für jedes Kanonenboot einen Admiral, aber wir haben noch nicht einmal für jede Botschaft einen Kulturattaché!« (Bundestag, Juni 1960.) Im letzten Satz sind die rhetorischen Mittel gehäuft: Vergleich, Gegensatz, Übertreibung.

Durch Pointierung wird mancher Redner das Wesentliche noch einmal zusammenfassen. Den Zwiespalt der Franzosen in ihrer Stellung zur deutschen Wiederaufrüstung machte Friedrich Sieburg in einer Diskussion durch folgende Formulierung deutlich: »Die Franzosen wären mit einer deutschen Bundeswehr schon einverstanden. Aber sie möchten am liebsten eine deutsche Armee, die kleiner ist als ihre eigene, jedoch größer als die der Sowjetunion.«

Lloyd George verscherzte sich die Sympathien immer mehr, je älter er wurde, da er den Bogen allzu oft überspannte, überspitzt und maßlos wurde – und damit schließlich instinktlos. Schließlich war er nach vier Jahrzehnten politischer Arbeit fast ohne Gefolgschaft.

Scheinwiderspruch (Paradox)

Der Scheinwiderspruch ist eine besondere Art des Wortspiels: »Weniger wäre mehr.« »Dieser Politiker war schon ein toter Mann, als er noch lebte.« Die Gegensätze widersprechen sich nur scheinbar, da die Wörter auf verschiedenartige Grundlagen bezogen sind. Der Scheinwiderspruch stellt eine bewußt zugespitzte Formulierung dar. Beispiele: »Wo nicht mehr kritisiert wird, ist etwas nicht in Ordnung.« »Ein beredtes Schweigen.« »Die einsame Masse.« »Keine Antwort ist auch eine Antwort.«

Einschub (oder Einflechtung)

Einschub nennen wir eine Bemerkung, die nur ganz nebenher gemacht wird und oft die Zuhörer einbezieht (». . . aber vielleicht teilen Sie meine Ansicht noch immer nicht; dann will ich Ihnen weitere Belege bringen . . .«). Der Einschub ist oftmals eine spannungerregende Ankündigung. »Überlegen wir uns doch, welches die Folgerung ist: . . .« »Wenn ich Ihnen meine Meinung dazu sagen soll: . . .«

Ein wichtiges Wirkungsmittel ist das *»Nebenhersagen«*: eine kleine Zwischenbemerkung, ein kurzer Kommentar, ein witziger Seitenhieb, nur so hingeworfen.

Vorgriff (= Einwandvorausnahme; Prolepsis)

(Siehe auch unter »Argumentationstechniken« in meiner »Schule der Debatte«.) Wir überlegen, welche Einwände vom gegnerischen Standpunkt aus gemacht werden könnten und beziehen diese in unsere Rede bereits mit ein, wobei wir anschließend die Widerlegung vornehmen.

Scheinfrage (rhetorische Frage)

Auf eine rhetorische Frage wird keine Antwort erwartet. Die Scheinfrage soll nur anregen; oder meine Aussage soll vom Hörer stumm bestätigt werden. »Dürfen wir so etwas gutheißen?« »Sind wir uns darin nicht alle einig?« (Man muß schon recht naiv sein, um solche Fragen nicht richtig zu verstehen, wie es einmal passierte. Wie aus einem Munde antwortete ein Brautpaar auf die rhetorische Frage in der Trauungsrede: »Kann man in der heutigen Zeit noch fröhlich sein?« ganz frohgemut: »Aber ja doch:« –)

Man hüte sich übrigens vor fragendem Füllsel wie: »nicht?«, »nicht wahr?« usw.

Mitverstehen (Synekdoche)

Darunter verstehen wir eine verkürzende Ausdrucksweise, bei der man bei den Hörern voraussetzt, daß sie verstehen, was gemeint ist. Zum Beispiel »in Bonn hat man beschlossen«, statt »die Mehrheit des Bundestages hat beschlossen« – »Karlsruhe greift scharf durch« statt »der Bundesgerichtshof . . .« »Das Weiße Haus ist da anderer Meinung als der Kreml.« –

Der Redner muß einplanen, was die Hörer wissen und mitdenken. Die Zuhörer müssen selbständig den Zielgedanken finden.

Zum Beispiel: Vor sechzig Jahren gebrauchte die linksradikale Rosa Luxemburg dieses Darstellungsmittel, als sie sich über die angebliche Rechtsabweichung des Sozialdemokraten August Bebel empörte. Sie rief in den Saal: »Der Genosse Bebel hört nur noch auf dem *rechten* Ohr!« Die Hörer verstanden, was gemeint war.

Stalin bringt in einer Kriegsrede (6. November 1941) in geschickter Weise eine Synekdoche: »Die deutschen Landräuber wollen den Vernichtungskrieg gegen die Völker der Sowjetunion. Nun wohl, wenn die Deutschen einen Vernichtungskrieg wollen, so werden sie ihn bekommen.« (Stürmischer, lang anhaltender Beifall.) Es wird nichts direkt gesagt, sondern hier wird nur der Gegensatz zur deutschen Vorstellung von der Vernichtung angedeutet – der Hörer denkt weiter und findet selbst den Zielgedanken: Nicht die Sowjetunion – Deutschland wird vernichtet werden. Hätte Stalin statt dessen einfach gesagt: »Wir werden die Deutschen vernichten«, so wäre die Wirkung dieser Aussage längst nicht so groß gewesen.

Bedenken wir, daß alle hier aufgezählten rhetorischen Mittel vielfältig miteinander verknüpft und ineinander gefügt sind. Man wird sie im einzelnen nicht zu häufig verwenden, sie könnten sich abnutzen. Das wichtigste bleibt: darauf zu achten, anschaulich, spannend und eindringlich zu sein.

Die angeführten Darstellungsmittel können dabei gute Dienste leisten. Manche dieser Figuren wendet man unbewußt schon an; man kann aber bei der Vorbereitung nicht umhin, dieses Mittel auch *bewußt* in das Gefüge der Rede einzubauen, soll die Rede gut und wirksam sein. Diese Techniken steigern unbedingt die Wirkungskraft der Rede. Dieser oder jener unter den Lesern mag vielleicht einwenden, daß man das »Formale« und das »Technische« bei der Rede doch nicht *über*betonen solle. Überbetonen wollen wir es auch nicht. Wir sollten die Techniken aber auch nicht unterschätzen und eine Rede nur mit »Gefühl und Wellenschlag« konzipieren. Rednerische Mittel müssen ganz im Dienste der Aussage stehen.

3.5 Einleitung – Schluß

3.5.1 Einleitung

Einleitung ist zugleich Einstimmung. Naumann spricht vergleichsweise vom »Stimmen der Instrumente«. Wie es einen Blickfang gibt, so gibt es auch einen *Hör*fang, sagt Weller. Es kommt vor allem darauf an, ein gutes Verhältnis zu den Hörern zu gewinnen. Der Redner wird Kontakt aufnehmen und Aufmerksamkeit erzeugen. Die Einleitung ist erster Brückenschlag vom Redner zum Hörer. »Die Einleitung hat zwei Aufgaben; die Denkgemeinschaft von Redner und Hörer herzustellen und, wie der Name sagt, in die Sache einzuleiten« (Winkler). Soweit das Grundsätzliche. Es gibt eine Fülle von Möglichkeiten, diese Gedankengänge in die Praxis umzusetzen. Vier Techniken für eine gute und wirkungsvolle Einleitung möchte ich empfehlen, wobei der zweiten (auch möglich in Verbindung mit der ersten) wohl die größte Bedeutung zukommt. Diese Einleitungs-Techniken bezeichne ich als

1. Vorspann-Technik
2. Aufhänger-Technik
3. Denkreiz-Technik
4. Direkt-Technik

Die Vorspann-Technik

Die Vorspann-Technik ist ganz darauf abgestellt, ein sehr persönliches Verhältnis zu den Hörern zu gewinnen; mit ihnen *warm* zu werden. Ein paar wirklich herzliche Worte erleichtern das. Man fragt sich: was empfinden wohl diese Hörer? Wie kann ich eine Denkgemeinschaft, mehr noch: eine Fühlgemeinschaft herstellen und Vertrauen erwecken? Der römische Redelehrer Quintilian nennt dieses Bemühen captatio benevolentiae: Erlangen des Wohlwollens. Diese captatio benevolentiae sei schlicht, klar und für jedermann verständlich; sie sei persönlich und versöhnlich gehalten.

Das Musterbeispiel einer geschickten, aber hier zwielichtigen captatio finden wir in Shakespeares »Julius Cäsar«: die Rede des Marcus Antonius. – Schiller läßt in Wallensteins Lager den Kapuziner ausrufen: »Heissa, juchei, dudeldumdei; da geht's ja hoch her, bin auch dabei.« So täuscht dieser vor, auch so ein fröhlicher Leichtfuß zu sein, denn nur dann wird man ihm zuhören wollen. Ganz langsam geht der Kapuziner dann im Verlaufe seiner Rede zum Angriff über: er wettert gegen das liederliche Leben der Soldateska.

Der Hörer will sich persönlich angesprochen fühlen. Der Diplomat Paul Schmidt berichtet über den französischen Politiker Briand: »Als Redner war Briand ein vollendeter Meister. Er sprach völlig ungekünstelt, er kannte keine Rednerpose, *jeder im Saal hatte zunächst das Gefühl, als wenn sich Briand mit ihm persönlich unterhielte* . . . Allmählich verließ Briand seinen *Konversationston*, er erwärmte sich, seine Stimme nahm immer mehr jenen volltönenden, dunklen Klang an, der seine Zuhörer oft veranlaßte, sie mit einem Cello zu vergleichen.«

Sehr beliebt ist auch der heitere Vorspann, sogar bei ernsten Vorträgen. Wie Luther es ausdrückt: »Die Zuhörer lustig machen, daß sie gern mit Willen hernach hören, was gepredigt wird.«

Ein paar persönliche Bemerkungen – das Schildern einer kleinen Begebenheit auf der Fahrt zur Versammlung – kurzes Eingehen auf Hörerkreis, Ort oder Begrüßungsredner: das alles kann dazu beitragen, daß das Eis schmilzt. Und dann sollte der Redner nicht vergessen, was Abraham Lincoln schon festgestellt hat: »Wir sind allesamt für Komplimente empfänglich.« Ein kleines Kompliment wirkt Wunder. Nur nicht zu dick auftragen.

Eugen Roth begann eine Dichterlesung in Wien mit einer gereimten Entschuldigung für seine Erkältung. Er sagte:

»Was ich noch ganz gesund gereimt
das klingt, fürcht ich, jetzt sehr verschleimt.«

Die Folge war, daß die Hörer schmunzelten und die verschleimte Darbietung gern in Kauf nahmen. Wenn alle einmal gelacht haben, so hat man jene ungezwungene Annäherung geschaffen, die so wichtig ist. Die Steifheit ist verflogen, ein freundliches Klima eingezogen.

»Lloyd George liebt die einleitenden Anknüpfungen an äußere Umstände des Versammlungsorts. Seine Freude über den Anblick großer Kundgebungen behält er nicht gern für sich.« (Hugo Fischer).

Auch Helmut Schmidt beginnt, wo es nur irgend möglich ist, mit einem persönlichen Erlebnis, das an Ort und bekannte Personen anknüpft.

Als Hans-Dietrich Genscher sein Amt als Außenminister angetreten hatte, fehlte ihm noch die Routine, sich fließend englisch auszudrücken. Er erntete Verständnis und Schmunzeln, als er im Ausland eine Rede (auf englisch) mit den Worten begann: »Ladies and gentlemen! Mit der englischen Sprache verhält es sich bei mir wie mit meiner Frau: ich liebe sie – aber ich beherrsche sie nicht.«

Auch Johannes Rau spielte kürzlich in Washington auf seine Sprachkenntnis an und meinte in seinem Redevorspann, in einem Nebensatz: »Ich hoffe, daß mein Englisch Sie nicht verletzt.«

Eines kurzen Vorspanns bediente sich auch der französische Ministerpräsident Mendès-France in seiner Rundfunkrede vom 7. 8. 1954: »In dieser ersten Augustwoche sind viele von Ihnen in den Ferien. Sie werden es mir nicht verübeln, wenn ich für wenige Augenblicke diese Erholungszeit unterbreche, um zu Ihnen über schwerwiegende Probleme zu sprechen, die tatsächlich Sie alle angehen.« (S. U. F. Müller: Discours Français, Ebenhausen 1957)

Nach dem im Plauderstil gehaltenen Vorspann findet der Politiker hier eine geschickte Überleitung zum Thema, in Form einer Ankündigung.

Günter Grass hielt 1965 einige viel beachtete Wahlreden (Vgl. G. Grass, Über das Selbstverständliche, Neuwied 1968). Das folgende Beispiel zeigt, wie Grass nach einem bilderreichen Vorspann (bestehend aus rhetorischen Fragen und Einwandvorausnahmen!) zur Überleitung zum Hauptthema kommt: »Bürger der Stadt Lübeck. Ich klage an! Mit welchem Recht? Worauf fußend? Welch windschiefe Planke ist meine Basis?

Es kommt jemand daher und hat einen verdächtigen Beruf: Er

schreibt erfundene und dennoch verdächtig wahre Geschichten. Also jemand, der mit der Phantasie Arm in Arm geht, kurzum ein Schriftsteller. Poet, Dichter, Erzähler – was immer sie wollen, denn nicht einmal seinen Beruf vermag er genau anzugeben –, er also, der Querulant, Intellektuelle und Pinscher – so reich ist unsere Sprache an Schimpfworten –, er kommt daher, klagt einerseits an und rät andererseits, die SPD zu wählen.

Er empfiehlt eine Partei, die seinem beruflichen Klima seinem Hang zu Überspitzungen und Wortspielen wenig bietet; denn sie, die von mir geschätzte SPD, ist zwar bildungsbeflissen, aber ziemlich amusisch. Gründlich plant sie, doch Spontaneität ist ihr fremd. Immens fleißig und solide, wie wir sie kennen, ist die SPD der politischen Phantasie nüchtern geratenes Kind.«

Vorspann heißt also: Vor die Sachaussage ist eine captatio benevolentiae gespannt. Das folgende Beispiel eines solchen Vorspanns enthält wesentliche Merkmale einer guten Einstimmung. Zu Anfang steht ein *Schmunzelerreger*, es folgen Anrede und Dank; die Freude, sprechen zu dürfen, wird kundgetan. Es schließen sich an: Bezugnahme auf den Ort der Rede, Hinwendung zu einzelnem, Kompliment für alle, persönliche Erinnerung.

Es handelt sich um den Anfang der Rede, die André François-Poncet 1950 (2. Juni) vor deutschen und französischen Bürgermeistern hielt.

»Also, programmäßig komme ich nach den Pastetchen an die Reihe, und solange Sie mich nicht angehört haben, bekommen Sie keinen zweiten Gang. Sie sind so gewissermaßen in meiner Macht . . .« (Schmunzelerreger im Plauderton!) »Herr Bundespräsident, meine Herren Oberbürgermeister, Messieurs les Maires de France!« (Anrede in Rangordnung; Oberbürgermeister und Maires sind zwar ranggleich, aber als Franzose zitiert er die Deutschen natürlich zuerst, ehe er sich seinen Landsleuten zuwendet.) »Mit Dank und Freude habe ich die an mich gerichtete Einladung angenommen, dem Abschluß Ihrer Tagung deutscher Oberbürgermeister und französischer Maires beizuwohnen und bei dieser Gelegenheit Stuttgart wiederzusehen« (Dank; Freude, sprechen zu dürfen). »Offen gesagt, kann ich mich einer gewissen Rührung nicht erwehren, wenn ich meines ersten Aufenthaltes in den Mauern Ihrer Stadt gedenke« (Bezugnahme auf den Ort). »Herr Bundespräsident weiß, daß ich etwas sentimental veranlagt bin« (Hinwendung zu einzelnem). »Aber wo könnte man es besser verstehen als in Schwaben!« (Kompliment). »Nahezu ein halbes Jahrhundert ist seitdem verflossen. 1902 war ich hierhergekommen, als junger Penäler . . .« (persönliche Erinnerung folgt). So geht François-Poncet langsam über zum eigentlichen Gegenstand seiner Rede: die deutsch-französische Verständigung, die ihm am Herzen lag und für die er in vielen Reden warb. Charakteristisch für den guten Redner ist, daß er hier einen Sektor der Verständigung auswählt, der eben dieses Gremium besonders interessiert: die deutsch-französische Zusammenarbeit in Verwaltungsfragen.

Ein Meister des heiteren Vorspanns war auch Bundespräsident Theodor Heuss. »Über die Bewertung der modernen Technik« ist der Titel der Festrede, die Professor Heuss anläßlich des 100. Geburtstages des bedeutenden Ingenieurs (und Begründers des Deutschen Museums) Oskar von Miller hielt (7. Mai 1955 in München). Der Vorspann hier besteht aus einer »Atmosphäre« schaffenden Kette von Schmunzelerregern. Er enthält gleiche Elemente wie der Vorspann von François-Poncet: den leisen Humor, Bezugnahme auf die Situation, Hinwendung zum Einladenden usw. Anschaulich und plastisch wirkt der Redner besonders dadurch, daß er ein kleines Zwiegespräch einstreut. Heuss begann so (wobei sich seine sonore Stimme wie immer scharf an der unteren Schallgrenze bewegte): »Eine der großartigsten Begabungen des Oskar von Miller war: er verstand es, über Menschen zu verfügen. (Hier finden wir ein gutes Beispiel für das von mir empfohlene Doppelpunkt-Sprechen.) Otto Meyer, sein Adept und guter Folger, verfügt über den Bundespräsidenten. (Heiterkeit im Saal.) Vor zwei Jahren ist es ihm mißlungen: da sollte ich das 50-Jahr-Jubiläum des Deutschen Museums bestreiten, weil ich kurz zuvor dem Germanischen National-Museum zum 100jährigen Jubiläum die Festrede gehalten. Und die beiden gehörten doch zusammen!

Otto Meyer beruhigte sich und stellte seine Fallen: Der Heuss entwischt mir doch nicht! Er äugte auf den nahenden, drohenden 100. Geburtstag, und den mitzufeiern war ich bei meiner Liebe für den herrlichen Mann sehr gern bereit. – ›Wer wird denn reden?‹ ›Natürlich Sie.‹ Dieses ›natürlich‹ konnte der Gewinn-Technik von Miller entliehen sein. ›Aber ich habe doch 1950 schon mich bemüht, den Miller darzustellen.‹ ›Ach, reden Sie, was Sie wollen – es wird Ihnen schon etwas einfallen.‹ Die Zuversicht hatte etwas Rührendes, befreit mich aber nicht aus der prekären Situation: die Rede auf und über Miller, die heute sozusagen ›fällig‹ ist, wurde vor fünf Jahren an der gleichen Stelle gehalten . . .« Und jetzt leitet der Redner langsam zum Thema über, das er ganz klar präzisiert und das zeigt, daß er sich in der besagten ersten Miller-Rede keineswegs verausgabt hat: Heuss bringt Miller unter einem neuen Blickwinkel. »Randbemerkungen . . . zu dem unsere Gegenwart so bedrängenden Problem der *Bewertung der Technik* schlechthin, mit dem Versuch, Millers vermutliche Haltung zu diesem Komplex auszuleuchten oder, wie man so schön sagt, einzublenden . . .«

Und es sei nun auch hier eingeblendet: das Geheimnis guter Redner, denselben Stoff immer wieder neu und packend darzustellen, besteht darin, daß sie immer wieder neue Blickwinkel aufspüren, daß sie immer wieder neue Zusammenhänge entdekken.

Die Aufhänger-Technik

Der Vorspann ist nur eine Art atmosphärischer Eisbrecher; er ist mit dem eigentlichen Redeinhalt nur sehr lose verknüpft. Der *Aufhänger* dagegen soll schlaglichtartig eine Situation darstellen oder das zu behandelnde Problem beleuchten, er soll in wesentlicher Beziehung zum Redeinhalt stehen. Die kleine Begebenheit, der Vergleich, das persönliche Erlebnis, die Anekdote, die überraschende Fragestellung: das sind Möglichkeiten, die weitere Rede daran aufzuhängen.

a) Kleine Begebenheit. Schon der große Prediger Berthold von Regensburg (13. Jh.) wandte diese Technik an. »Diese besondere Rede-Eröffnung wirkt bei einer Zuhörerschaft, die weniger

Übung im abstrakten Denken als Erfahrung im lebendigen Mitfühlen besitzt: die Rede-Eröffnung durch das Erzählen einer kleinen Geschichte, die ihrerseits gleichnishaft zu dem Thema der Predigt führt« (Irmgard Weithase).

Ein Historiker begann seinen Vortrag über das Verhältnis der Alliierten zum geschlagenen Deutschland von 1918 und 1945 mit der Schilderung folgender kleinen aufschlußreichen Episode: »Als Winston Churchill 1945 auf dem Londoner Flughafen das Flugzeug bestieg, das ihn zur Potsdamer Konferenz bringen sollte, fragte ihn ein prominenter Journalist in großer Sorge: ›Herr Premierminister, werden die Alliierten in Potsdam auch nicht wieder die gleichen Fehler machen wie in Versailles?‹ Da entgegnete Churchill in weiser Voraussicht, schmunzelnd und ohne die Zigarre aus dem Mund zu nehmen: ›Sie können ganz sicher sein: wir werden die *gleichen Fehler* nicht noch einmal machen – *aber dafür andere* . . .!‹« – Der Redner hatte durch diese einleitende Handlungsrede die gespannte Aufmerksamkeit der Hörer gewonnen und zugleich einen guten Anknüpfungspunkt für seine weiteren Ausführungen.

b) Vergleich. Dr. Eugen Gerstenmaier hielt 1948 (10. Sept.) in Flensburg eine Rede unter dem Titel: »Christus über die Zäune hinweg«. Er begann folgendermaßen: »In einem Grenzland kennt man die Bedeutung der Grenze. Unvergleichlich viel tiefer als im Binnenland ist im Grenzland das Gefühl dafür ausgebildet, daß die Bewegungsmöglichkeit des Menschen beschränkt ist, daß sich das Leben des einzelnen in einem Zusammenhang vollzieht, der von anderen Zusammenhängen unterschieden ist. Wir nennen einen solchen Lebenszusammenhang ein Volk . . .« Der spätere Bundestagspräsident geht hier aus von einer Situation, in der die Flensburger leben, deren Spannung ihnen vertraut ist: Grenzland. Von diesem Vergleich als Ausgangspunkt entwickelt er nun seine Ansicht von Wesen und Erscheinungsformen der Grenze und stellt einen überzeugenden Sinnbezug zum Redethema her, das er ausführt, und wobei er in klaren, alternativen Zielsätzen mündet, wie z. B. »Die Kirche darf nicht vor Grenzen kapitulieren . . ., denn Jesus Christus ist der Heiland der Welt und nicht nur der Heiland einer bestimmten Menschengruppe, eines Stammes oder einer Bildungsschicht . . .«

Anknüpfen kann man auch an ein aktuelles Ereignis. Der Vergleich dient immer dazu, eine gemeinsame Grundlage für Redner und Hörer herzustellen. Gespannte Aufmerksamkeit ist die Folge.

c) Persönliches Erlebnis. Einen guten Aufhänger haben Sie auch, wenn Sie ein kleines persönliches Erlebnis anschaulich erzählen. Sie erwecken stets Neugier und Spannung. Eine Rede über »Aufgabe und Grenze der Toleranz« (»Woche der Brüderlichkeit«, München, 6. März 1955) begann Dr. Gerstenmaier mit einer Erzählung, die ich mit ein paar rhetorischen Erläuterungen (in Klammern) versehe: »Vor einiger Zeit gab es in einer der kleinen Weinstuben Straßburgs eine lange Debatte. (Ausgangspunkt fixiert: wann, wo, was.) Sie wurde mit ruhiger Nachdenklichkeit, zuweilen aber auch leidenschaftlich heftig geführt. (Außer dem Gegensatz »ruhig – leidenschaftlich« noch die rhetorische Figur des Vorhalts, der auch den folgenden Satz bestimmt. Spannung wird erzeugt durch Verzögerung; der Hörer weiß schon, *wie* debattiert wird, aber noch nicht, *worüber*.)

Das Gespräch war aus der Tagespolitik heraus unversehens an eine jener Grundsatzfragen geraten, die da und dort in der Welt, besonders aber in Deutschland, immer wieder mit Leidenschaft erörtert werden. Wie weit soll die Toleranz gehen? Wie weit muß sie gehen? Wo sind ihre besonderen Aufgaben und ihre unverrückbaren Grenzen in unserer Zeit? (Kombination der Figuren, Fragekette und Verdeutlichung.) Einer der Punkte, an denen sich das Gespräch entzündet hatte, war die Frage der Konfessionsschule (Beispiel). Sie sei eine Kriegserklärung an die Toleranz (Vergleich) im staatlichen und gesellschaftlichen Zusammenleben, denn (es folgt die Begründung) sie erziehe die Kinder von vornherein zur Intoleranz, mindestens aber zum Unverständnis des anderen. Das war die nachdrücklich vertretene Meinung eines vertriebenen Sudetendeutschen. Nicht weniger nachdrücklich sagte ein westfälischer Katholik dagegen (Gegensatz), daß in jedem freiheitlich geordneten Staat die Eltern das Recht haben müßten, darüber zu entscheiden, wie ihre Kinder erzogen würden, und daß es keiner Staatsinstanz zukomme, aus Gründen staatlicher Zweckmäßigkeit dieses Recht anzutasten oder einzuschränken (Gegenargumentation). Weder der Sudetendeutsche noch der Westfale berührten auch nur mit einem einzigen Wort die Frage der gegenseitigen Toleranz der Konfession. Daß religiöse Toleranz geübt werden müsse, daß insbesondere die großen Konfessionen sich gegenseitig tolerieren, ja respektieren müßten (Verdeutlichung), war beiden so selbstverständlich, daß darüber kein Wort fiel. Ich glaube, daß darin etwas Kennzeichnendes für die geistige und gesellschaftliche Entwicklung zum Ausdruck gekommen ist . . .« (In wenigen anschaulichen Sätzen hat der Redner erzählend einen Problemkreis geöffnet, den er im folgenden näher behandelt, wobei er den zitierten Satz als Überleitung benutzt.)

d) Die Anekdote soll nicht nur ein Schmunzelerreger sein, sondern sie muß gleichzeitig eine treffende Pointe in bezug auf das Thema enthalten, ähnlich der »kleinen Begebenheit«. Wählen Sie eine Anekdote, von der Sie annehmen können, daß sie wenig oder gar nicht bekannt ist. Man kann, von Grabreden abgesehen, auch fast jede ernste Rede mit solch einem geistreichen und witzigen Aufhänger beginnen. Der spätere Ernst des Redners hebt sich dann von seiner heiteren Einleitung oft eindrucksvoll ab. So führte in einem Vortrag über »das Wesen des Verrats« eine Anekdote auf heitere und doch hintergründige Weise mitten in die Problematik hinein: Beim Wiener Kongreß 1815 empörte sich Zar Alexander über den König von Sachsen. Er tobte: »Der König ist ein erbärmlicher Verräter und nichts weiter!« »Sire«, entgegnete Talleyrand und spielte auf Tilsit an, wo Alexander sich sehr gut mit Napoleon vertragen hatte, »Verrat ist nur eine Frage des Datums.«

e) Überraschende Frage. Man kann auch einmal mit einer die Hörer überraschenden Frage beginnen. Ein Vortrag über das Fürstentum Liechtenstein begann so: »Meine Damen und Herren, ist Ihnen bekannt, daß die Preußen den längsten Krieg ihrer Geschichte mit dem kleinen Liechtenstein geführt haben? Der

Kriegszustand des Jahres 1866 dauert im Grunde genommen heute noch an . . .« (Zur Erklärung: Liechtensteins »Heer«, eine halbe Kompanie stark, wollte damals Österreich verstärken, kam aber bis Kriegsende über den nächsten Alpenpaß nicht hinaus und kehrte sogar, wohl als einzige Armee der Welt, mit Verstärkung aus dem Felde zurück, in das heimatliche Vaduz. Unterwegs hatten sich nämlich ein paar Landstreicher der Armee angeschlossen. Die sonst so ordnungsliebenden Preußen vergaßen glatt, mit Liechtenstein einen Friedensvertrag zu schließen . . .)

Wenn ich auch Vorspann und Aufhänger als Einleitungstechniken einen bevorzugten Platz einräume, so möchte ich doch davor warnen, sie krampfhaft an den Haaren herbeizuziehen. Wenn mir kein guter Vorspann oder Aufhänger einfällt, dann ist es besser, sich mit weniger kunstvollen Techniken wie den beiden folgenden zu begnügen, die ich kurz streifen will.

Denkreiz-Technik

An den Anfang der Rede kann man einen Denkreiz stellen, besonders bei anspruchsvollen Hörern. Das heißt, man wirft ein Problem oder ein Bündel von Problemen auf; man stellt sich und die Hörer vor Fragen, die man dann im Hauptteil näher behandelt. Der spätere Bundeskanzler Kiesinger begann seinen Vortrag über »die Prognosen des Grafen Alexis de Tocqueville am Beginn des industriellen Zeitalters« (Karlsruhe, 3. Dez. 1960) mit einer Fragenkette und anschließenden Behauptung, die sofort die Neugier der Hörer weckte und somit Denkreiz-Spannung erzeugte: »Wo stehen wir? Wohin treibt unsere Welt? Was können und müssen wir tun, um die Entwicklung so zu lenken, wie wir sie um des Menschen, des Menschlichen, der Menschheit willen wünschen müssen? Solche Fragen unserer Generation fast bis zum Überdruß vertraut, wurden zuerst vor hundertzwanzig Jahren von dem Grafen Alexis de Tocqueville mit leidenschaftlicher Eindringlichkeit gestellt und mit einer für uns verblüffenden Aktualität beantwortet.« Diese Denkreiz-Technik soll den Hörer zur Mitarbeit, zum Mitdenken zwingen. Offen gestellte Fragen zu Anfang oder auch das Vertreten einer Auffassung, die man später dann noch widerlegt: das erregt eine Spannung im Hörer. Dieser geht den Weg mit.

Direkt-Technik

Eine vierte Möglichkeit bietet die Direkt-Technik. Wir gehen sogleich in medias res: mitten in die Sache, ohne jeden Schnörkel. Wir verzichten auf jede eigentliche Einleitung. Wir sagen kurz den Anlaß unserer Ausführungen, kommen schnell vom Allgemeinen zum Besonderen und beginnen mit dem Thema. Diese Technik ist nüchtern, kühl und direkt und eignet sich vor allem für die tausendfältigen kleinen Sachberichte, die man immer wieder zu geben hat: vor Vorgesetzten wie Mitarbeitern, wenn die Zeit knapp bemessen ist.

Auch in der politischen Kampfrede kann man sofort mit einer offenen Kampfansage aufkreuzen. Eine feste, offenbar durch nichts zu erschütternde Überzeugung wird kundgetan. Wir bringen sofort einen »Knüller«, der Freunde und Neutrale mitreißt, während der Gegner immerhin Respekt bekommt.

Es gibt eine Fülle von Möglichkeiten für eine gute Einleitung. Zu welcher wir uns auch entschließen werden, es sei empfohlen, folgendes zu bedenken:

a) Die Einleitung darf nicht zu lang sein. Wenn der Tisch gedeckt wird, steigert das den Appetit; dieser vergeht aber, wenn zu umständlich gedeckt wird.

b) Mit bewährter Ironie schreibt Kurt Tucholsky in seinen »Ratschlägen für einen schlechten Redner« über die Einleitung: »Fang nie mit dem Anfang an, sondern immer drei Meilen vor dem Anfang! Etwa so: ›Meine Damen und Herren! Bevor ich zum Thema des heutigen Abends komme, lassen Sie mich Ihnen kurz . . .‹ Hier hast du schon so ziemlich alles, was einen schönen Anfang macht: Eine steife Anrede, den Anfang vor dem Anfang, die Ankündigung, daß und was du zu sprechen beabsichtigst, und das Wörtchen ›kurz‹. So gewinnst du im Nu die Herzen und die Ohren der Zuhörer.«

Vor allem geschichtliche Einleitungen sind oft zu langatmig. Gerade wir Deutschen neigen dazu, zu Beginn erst einmal jedes

Problem bis in die Urgeschichte menschlicher Wesen zurückzuverfolgen. In einem Buche mag das manchmal angebracht sein, in der Rede nicht. Deshalb beginne man einen Vortrag über die heutige Getreideeinfuhr nicht unbedingt mit der Darstellung der Agrarpolitik Karls des Großen. – Wilhelm von Humboldt geißelt einmal die chronische Weitschweifigkeit eines Geschichtslehrers mit den Worten: »Wenn man ihn Geschichte vortragen hört, wünscht man Adam zu sein, wo die Geschichte noch ganz kurz war.« Aber diese Rede-Krankheit der »Historitis« findet man offenbar auch nicht nur bei den Deutschen. Z. B. hielt Chamberlain im Völkerbund der zwanziger Jahre dem damaligen litauischen Ministerpräsidenten Woldemaras vor, daß er seine patriotischen Reden stets »mit der Erschaffung der Welt und den ersten Litauern im Paradies« beginnen ließe. – Boshaft, wie Churchill sein konnte, warf er seinem Gegner Mc Donald bereits nach dessen allzu ausführlicher Rede-Einleitung vor: »Wir wissen, daß kein anderer so wie er die Gabe besitzt, die größte Menge Wörter in die kleinste Menge Gedanken zu pressen.«

c) »Er sagt es klar und angenehm, was erstens, zweitens und drittens käm'« (Busch).

Thomas Carlyle hat gefordert, alle Schriftsteller, die Bücher ohne Inhaltsverzeichnis schreiben, müßten gehängt werden. Man sollte gewiß eine Strafe fordern auch für Redner, deren Reden sich nicht mit dem angekündigten Titel decken oder die jede Inhaltsübersicht unterlassen. Irgendwann in der Einleitung sollte der Redner kurz auf seine Gliederung hinweisen. Z. B.: »Ich werde folgende Fragen behandeln . . .«, oder: »Ich werde mein Thema in drei Teilen durchführen, nämlich 1. . . ., 2. . . ., 3. . . .« – Friedrich Naumann rät dringend, zu Beginn zu sagen, was man eigentlich will, »damit die Versammelten sich nicht vorkommen wie Wanderer im Nebel«.

d) Bei vielen Rednern ist es geradezu eine Manie, mit einem *Wenn*-Satz zu beginnen. – »Wenn mir heute die Ehre zuteil wird, zu Ihnen über den Ahnenkult bei den Eskimos sprechen zu dürfen, so möchte ich das nicht tun, ohne zuvor . . .« usw. usw.

Man hüte sich vor dem ewigen *wenn* genauso wie vor Schwulst und stocksteifer Überhöflichkeit.

3.5.2 Schluß

Wie vor ein paar tausend Jahren, so gilt auch heute noch das, was Sokrates im Gespräch mit Phaidros ausführt. Sokrates: »Über den Schluß der Rede sind sie alle einer Meinung, nur daß ihn einige zusammenfassende Wiederholung, andere wieder anders nennen.« Phaidros: »Daß man zum Schluß die Zuhörer an alles Gesagte in kurzem Überblick erinnern soll, das meinst du?« Sokrates: »Das meine ich.«

Eine zusammenfassende Wiederholung ist wichtig, aber der Schluß wird nicht nur eine Wiederholung bringen. Die Hauptgedanken der Rede werden vielmehr gesteigert und verdichtet. Wir formulieren den Schluß einprägsam: ein knappes Bild, eine leicht verständliche Formel, ein prägnanter Zwecksatz. Besonders die Kernsätze müssen kristallklar sein. Beim Anhören des Schlusses muß auch dem letzten Hörer deutlich werden, was gemeint ist. Ein Zerflattern ist nicht mehr gestattet. Bei einem Sachbericht sollte der Schluß endgültige Klarheit bringen, bei der Überzeugungsrede der Schluß ein Tatziel haben. Er ist ein Aufruf an die Hörer, ein Ansporn. Die Überzeugungsrede bezweckt ja, daß die Zuhörer in einer bestimmten Weise handeln sollen. Um diesen Zweck zu erreichen, sollte der Schluß besonders eindringlich nachwirken. *Ein* Gedanke soll herrschen, bündig und überzeugend hingesetzt. Alles vorher Gesagte ist nur auf dieses Tatziel hin ausgerichtet. Durch einen matten Schluß kann die Wirkung einer ganzen Rede verpuffen.

Danton setzte die folgende wuchtige Antithese an den Schluß seiner Rede: »Jetzt ist der Augenblick, den großen und letzten Eid zu schwören, daß wir uns alle dem Tode weihen oder die Tyrannen vernichten wollen.«

Nochmals zitiere ich Bismarcks markante Schlußsätze: »Arbeiten wir rasch: Setzen wir Deutschland sozusagen in den Sattel: Reiten wird es schon können!«

Viele Redner unserer Zeit bringen wohl gute und auch wirkungsvolle Höhepunkte zum Schluß, sie versäumen es aber, das Wesentliche ihrer Aussagen vorher bündig und unüberhörbar zusammenzufassen.

Ganz allgemein finden wir, daß selbst bei guten Rednern die einzelnen Aussagen viel zu sehr aneinandergereiht statt miteinander verknüpft werden.

Wie die Einleitung, so muß auch der Schluß besonders sorgfältig ausgefeilt werden. Der Schluß bleibt beim Hörer am ehesten haften. »Das einzige, das die Hörer sicher mitnehmen aus der Redewelt ins Leben hinüber, ist der Schluß. Schon weil beim Voraufgehenden immer eines das andere überdeckt: Wort legt sich auf Wort, Bild auf Bild, und ein Gedanke überquert den anderen; der Schluß aber bleibt unbedeckt« (Uve Jens Kruse). Die letzten Worte wirken oft am längsten nach. Wir legen den Schlußsatz oder auch die letzten Sätze am besten wörtlich fest. Der routinierte Redner wird sich gelegentlich zwei oder drei mögliche Schlußwendungen überlegen. Je nachdem, wie die Rede gelaufen ist, wird er sich für diese oder jene, für die mildere oder die schärfere Wendung entscheiden. Also: der Schluß sollte vorformuliert sein. Wenn uns beim Halten der Rede im Augenblick, aus der Stimmung heraus noch ein besserer Schluß einfällt – gut: Abändern kann man immer noch.

Wichtig ist es, den Schluß klar abzusetzen vom Hauptteil, z. B. mit einer einleitenden Wendung wie »Ich fasse zusammen« oder »Ich komme zum Schluß«. – Gut ist es, irgendwie an die Einleitung anzuknüpfen. So kann man den Vortrag abrunden. In der Musik ist es so, daß der Schlußakt die Ergänzung zum Auftakt bringt. Der Schlußsatz wird sich oft direkt an die Hörer wenden; er muß richtungsweisend sein. Viel benutzt wird der *Mögeschluß*. Er sei dem Anfänger als stehende Redewendung für jeden Notfall empfohlen: »Möge der heutige Abend dazu beitragen . . .«, »Möge die Einsicht wachsen . . .«, »Möge es uns gelingen . . .« Ein freundlicher Dank an die Hörer kann folgen.

Die folgenden Beispiele zeigen, wie bedeutende Redner unserer Zeit einen Schluß gestalten.

Der österreichische Außenminister Kreisky schloß seine Rede vor dem polnischen Institut für internationale Angelegenheiten (Warschau, 2. 3. 1960) mit den Sätzen: »Und so möchte ich meine Betrachtungen mit der Hoffnung schließen (*Ankündigung*), daß es den für das Schicksal der Völker Verantwortlichen gelingen wird, auf die bange Frage Einsteins, ›ob wir der Menschheit ein Ende bereiten oder den Krieg verhindern sollen‹ (*Zitat mit Antithese*), die richtige Antwort zu finden. Ich glaube, daß es Wege gibt, dieser Generation den Krieg zu ersparen. Wenn das durch unsere gemeinsamen Anstrengungen möglich wird (*Willensappell*), warum sollte es dann nicht einer späteren Generation gelingen, den Frieden zu verwirklichen? (*Antithese Krieg – Frieden; rhetorische Frage*) Ihr wird es dann überlassen sein, zu entscheiden, welche von den Werken, die wir heute mit den Mitteln der Koexistenz verwahren und entwickeln, über die Schwelle eines neuen Zeitalters getragen werden (*Bild*). (Jetzt folgt der Kernsatz; er enthält in der zugespitzten Alternative die Zusammenfassung der vorherigen Ausführungen mit klarer Stellungnahme.) Die einen glauben, daß es vor allem die Verteilung der Güterfülle sein wird, die neue Formen des menschlichen Zusammenlebens vorbereiten wird, die anderen – an deren Seite ich mich stelle – glauben, daß es letzten Endes die Verwirklichung der Idee der *Freiheit* in allen Bereichen des gesellschaftlichen Lebens sein wird. Sie werden daher verstehen (*Hinwendung zum Hörer*), daß auf mich eine Antwort großen Eindruck gemacht hat, die Benedetto Croce auf die Frage gab, ob denn der Freiheit die Zukunft gehöre. Er erwiderte: ›Etwas viel Besseres – die Ewigkeit‹« (*Schlußzitat*).

Als zweites Beispiel führe ich die Schlußsätze der ergreifenden Rede an, die Theodor Heuss 1952 anläßlich der Weihe des Mahnmals im ehemaligen Konzentrationslager Belsen hielt: »Da steht der Obelisk, da steht die Wand mit den vielsprachigen Inschriften. Sie sind Stein, kalter Stein, Saxa loquuntur, Steine können sprechen. Es kommt auf den einzelnen, es kommt auf dich an, daß du ihre Sprache, daß du diese ihre besondere Sprache verstehst, um deinetwillen, um unser aller willen!«

Diese Worte sind sehr eindringlich, ohne jeden pathetischen Überschwang. Zu Beginn stehen drei kurze Sätze, gemeißelt wie der Stein, von dem die Rede ist. Der erste und zweite Satz beschreiben nur, was *ist*. Der dritte und vierte: was *bedeutet* das? Der ausgeweitete Schlußsatz bringt den Übergang vom Objekt Mahnmal zum Hörer; er schafft die Beziehung Mahnmal – Verpflichtung des Menschen in der Zukunft. Besonders eindringlich wirkt hier die indirekte Aussage, das Mitverstehen: es wird nicht direkt gesagt, was die Steine hier dem Menschen sagen. Nach allen Worten, die dem Schluß vorangegangen sind, ist jedem Hörer deutlich, was Heuss meint mit ihrer »besonderen Sprache«. Das Ergebnis der Rede wird dem Hörer nicht aufgedrängt; ihm wird in würdiger Weise nahegelegt, die Schlüsse selbst zu ziehen. Jeder einzelne fühlt sich angesprochen. – Im übrigen finden wir in den wenigen Sätzen ein vielfältiges Ineinanderhaken rhetorischer Mittel.

1. Satz: Anaphora (»da steht – da steht«); Verdeutlichung (Obelisk – Wand mit den vielsprachigen Inschriften).
2. Satz: Erweiternde Wiederholung. Geminatio nannten das die antiken Rhetoriker: Stein – kalter Stein.
3. Satz: Zitat mit Übersetzung. (Die Übersetzung ist wichtig, damit auch »Nicht-Lateiner« den Sinn verstehen.)
4. Satz: Anaphora (»Es kommt . . . es kommt . . .«, »daß du . . . daß du . . .«), Verdeutlichung durch Individualisierung (»auf den einzelnen – auf *dich*«), Verdeutlichung durch erweiternde Wiederholung (»ihre Sprache – *diese* ihre *besondere Sprache*«), Epiphora (zweimal »um . . . willen«).

Festhalten möchte ich: auch dieses Beispiel zeigt, daß an Höhepunkten der Rede die rhetorischen Mittel geballt werden müssen.

Die nachstehenden Sätze bilden den Schluß einer Rede, die François-Poncet einmal in Münster hielt (27. 4. 1954). Dieser Schluß bringt eine eindringliche Zusammenfassung vorausgehender Gedankengänge. Das Wesen der Demokratie wird noch einmal anschaulich und prägnant geschildert. Viele rhetorische Figuren kommen vor: Vergleich (»Wenn ich mich betrachte . . .«),

Bild (»Schlüssel zum Glück«), Verdeutlichung (»Bürgersinn – Gefühl für Verantwortung . . .«), Zitat, Ausruf, Wiederholung u. a. Der Gipfelpunkt liegt in den Ausrufen: »Nichts Überschwengliches! Keine Extreme: Maß halten!« Der Schlußsatz bringt noch einen tieflotenden und alles überhöhenden Gedanken, der sich unweigerlich in das Gedächtnis der Hörer eingräbt: »Die Geduld . . . ist eine besondere Form der Kraft.« – Der ganze Schluß lautet: »Geben wir uns keinen Illusionen hin! Es ist sehr schwer, eine Demokratie in die richtige Bahn zu lenken und gegen die Gefahren zu sichern, die aus ihr selbst entstammen. Sie stellt die schwierigste aller Regierungsformen dar. An den einzelnen richtet sie die höchsten Anforderungen im staatlichen Zusammenleben. Sie verlangt sehr viel Bürgersinn, sehr viel Gefühl für Verantwortung von jedem Individuum. Aber immerhin, wenn man die Demokratie mit anderen Regierungsformen vergleichen will, dann kommt man zu den Worten, die ein kluger Mann von sich selbst sagte: ›Wenn ich mich aber mit anderen vergleiche, fange ich an, Achtung vor mir selbst zu haben!‹ Von den Alten ist uns über das Christentum eine Lehre überkommen. Ich habe sie in lateinischer Sprache auf den Knauf des Degens, den ich als Mitglied der Académie Française zu tragen habe, eingravieren lassen: ›Ne quid nimis‹. Nichts Überschwengliches! Keine Extreme: Maß halten: In dieser Formel, so glaube ich, liegt eine tiefe Weisheit, vielleicht sogar ein Schlüssel zum Glück.

Patientia, die Geduld, ist zwar keine Kardinaltugend, aber nur deshalb nicht, weil sie nichts anderes ist als eine besondere Form der Kraft« (s. Poncet »Zu Deutschen gesprochen«, S. 21).

Wirkungsvoll ist es immer, am Schluß der Rede einen allgemeinen Ausblick zu geben und das besondere Redethema in einen übergeordneten Zusammenhang einzubetten. Vom besonderen Thema der Rede wird man oft zu allgemeineren Auswirkungen auf die Zukunft kommen.

In einer Meinungsrede ist es ein guter Schluß, wenn die Zuhörer sich mit dem Redner identifizieren können. Der umgekehrte Fall, genausogut, liegt in der Rede des Präsidenten Kennedy in

Berlin vor (1963). *Er* identifizierte sich mit ihnen, mit Anspielung auf die klassische Wendung »ich bin ein Römer«: »Alle freien Menschen, wo immer sie leben mögen, sind Bürger dieser Stadt Westberlin, und deshalb bin ich als freier Mann stolz darauf, sagen zu können: Ich bin ein Berliner!« Daß er den (von seinem Berater Sorensen ausgedachten) Schlußsatz auch noch auf Deutsch ausrief, verstärkte noch den Eindruck.

Möchte man zum Schluß ein Zitat bringen, so muß geprüft werden, ob es wirklich dahin paßt. Zitate müssen sehr treffend sein. Allzu oft wirken sie, aus dem ursprünglichen Zusammenhang gerissen, in der neuen Umgebung und als Schlußwirkung recht kümmerlich und aufgesetzt. Ein gut gewähltes und nicht abgegriffenes Zitat kann einen feierlichen Höhepunkt bilden.

Manche Redner empfehlen, am Ende der Meinungsrede Wärme zu Glut werden zu lassen. Man hüte sich aber, hier wie an jeder anderen Stelle der Rede, mit antiquiertem Pathos aufzuwarten, wie wir es manchmal erleben. Die Zeiten sind (glücklicherweise) vorbei, da Redner die Massen mit einem flammenden Appell auf die Barrikaden hetzten. Pathetisches Getue steht heute nur noch jenen Demagogen an, die einen nationalistischen Nachholbedarf befriedigen oder einer utopischen Zwangsbeglükkung der Menschheit das Wort reden.

Geradezu belustigend wirkt es heute, wenn z. B. selbstverherrlichende Gebrauchslyrik aus der Zeit um 1900 zelebriert wird, wie es noch vor einigen Jahren am Schluß einer Vereinsversammlung geschah. Der Redner spielte, in bester Absicht freilich, auf die Vielseitigkeit der Vereinsarbeit an, indem er in ekstatischem Tonfall ausrief: »Und so stehen wir auch heute noch zu dem Leitspruch unserer Altvorderen, der da hieß:

›Turner, Sänger und die Schützen
sind des Deutschen Reiches Stützen.
Am besten aber dient dem Reich,
wer turnt und singt und schießt zugleich!‹«

Der Redner wird nicht mit der Rede aufhören, sondern sie mit einem Höhepunkt abschließen. Er sollte nicht weggehen, sondern einen *Abgang machen*. Gelegentlich erlebt man es, daß eine

Redestelle unerwartet gut zündet. Man wollte eigentlich noch einiges mehr sagen, unterläßt das aber und schließt mit diesem unvermuteten Höhepunkt.

Zwei Fehler werden leicht gemacht:

Einmal hört der Redner plötzlich auf, quasi, ohne Lebewohl zu sagen; ein andermal nimmt er eine halbe Stunde lang Abschied. Er kann einfach nicht zu Ende kommen, denn manche Menschen können nur schwer aufhören, wenn sie fertig sind. Der geistige Händedruck schmerzt schließlich. Nicht sagen: »Ich komme zum Schluß« und dann nicht danach handeln. »Ein Ende ohne Schluß ist nicht gut, aber ein Schluß ohne Ende ist entsetzlich« (Patocka). Die vorgesehene Zeit ist längst überschritten; die Rede wird lang und länger, mit ihr werden es die Gesichter der Zuhörer und man kann die stumme Frage hören: »Na, wann ist endlich Schluß?«

Mit ironischem Augenzwinkern empfiehlt Tucholsky: »Kündige den Schluß deiner Rede lange vorher an, damit die Hörer vor Freude nicht einen Schlaganfall bekommen. Kündige den Schluß an, und dann beginne deine Rede von vorn und rede noch eine halbe Stunde. Dies kann man mehrere Male wiederholen.« – Die sarkastische Antwort der Spartaner auf die ermüdende Rede des Gesandten von Samos lautete: »Den Anfang Eurer Rede haben wir vergessen, die Mitte haben wir überhört, und nur das Ende hat uns erfreut.«

Das Goethewort: »Daß du nicht enden kannst, das macht dich groß« ist nicht auf den Redner gemünzt. Er bringe nicht statt Schlußwendungen Schlußwindungen. Er schließe, wenn das Publikum noch mehr hören möchte. (Es darf einem nicht ergehen wie dem Sänger, von dem es in der Kritik hieß: »Er wollte noch gern eine Zugabe bringen, aber das Publikum zog es vor, den Saal zu verlassen.« Man kann es ja nicht wie der rheinische Pfarrer Johannes Harff machen, der sich nicht scheute, während der Predigt persönlichen Kontakt mit seinen Hörern aufzunehmen und dabei im schönsten Dialekt kundtat: »Herr Schmitz, wenn Se de Uhr jetzt noch emal erausziehn, dann predije isch jarantiert noch zehn Minuten länger:« . . .)

In der Bremer Bürgerschaft tritt ein Abgeordneter, von dem man lange Reden gewöhnt ist und der soeben eine lange Rede gehalten hatte, erneut ans Rednerpult. Es gibt verzweifelte Gesichter. Doch der Abgeordnete erklärt: »Herr Präsident, meine Damen und Herren! Wenn ich jetzt noch einmal das Rednerpult betrete, so geschieht es nicht, weil ich eine weitere Rede zu halten gedenke. Ich habe hier vorhin meine Brille liegengelassen.« Die Spannung des Hauses löst sich in schallende Heiterkeit auf. Es ist ein schlechtes Zeichen, wenn die Zuhörer während des Vortrages auf die Uhr sehen. Peinlich aber wird es für Sie, wenn jemand die Uhr ans Ohr hält, weil er vermutet, sie sei stehengeblieben. Die herbeste Kritik fand ich einmal in einer Zeitung: »Der Vortrag begann um 8. Als ich gegen 1/2 11 auf die Uhr sah, war es 1/2 9.«

Als höchstes Lob ist anzusehen, wenn uns nach der Rede jemand sagt: »Ich hätte noch stundenlang zuhören können.«

Die Situation treffend, kurz und sehr persönlich, war der Redeschluß, den die Bundestagspräsidentin Annemarie Renger bei ihrer Amtsübernahme wählte (13. 12. 1972): »Meine Damen und Herren, die Politik ist, wie man so sagt, ein hartes Geschäft (*Vergleich*). Wer wüßte das nicht! Aber muß eigentlich bei diesem Geschäft der Spaß ganz aufhören? (*Rhetorische Frage*) (Heiterkeit und Beifall) Lassen wir es bei aller Härte und bei allem Ernst (*Anaphora*) menschlich zugehen! Zur Glaubwürdigkeit unserer Arbeit gehört auch unsere eigene Menschlichkeit mit allen Fehlern und Schwächen, die wir nun einmal haben, und die Toleranz, eine Grundvoraussetzung der Demokratie, bedeutet nicht nur Duldsamkeit und Versöhnlichkeit, sondern auch Nachsicht.« (Lebhafter Beifall)

3.6 Redebeispiele mit Analysen

Die folgenden Ausschnitte aus bedeutenden Reden unseres Jahrhunderts sollen zeigen, daß die in den vorigen Kapiteln beschriebenen Grundlagen und Darstellungsmittel der Rede vielfältig miteinander verflochten werden. Die Beispiele sind verschiedenen Bereichen der Rede entnommen. Wir könnten sie beliebig vermehren. Jeder Ausschnitt hat ein eigenes Gepräge, und doch sind es immer wieder dieselben Stilmittel, die die gute Rhetorik unserer Tage bestimmen. Es sei empfohlen, öfter vollständige Reden zu lesen, auf die hier aus Raumgründen verzichtet werden muß. Man kann vieles aus ihnen lernen, was Gliederung, Steigerung, Einleitung, Schluß usw. betrifft. Hier handelt es sich um das *Gefüge* der Rede. Die Wirkung der Rede hängt aber auch wesentlich davon ab, in welcher Weise der Wortlaut vorgetragen wird.

1. *Aus Victor Adlers Rede »Kriegsgefahr und Pressefreiheit«.*

(Quelle: Hans Patocka, »Die Kunst der Rede«, Wien 1951, Seite 159 ff.)

Der österreichische Sozialdemokrat Victor Adler warnte schon Jahre vor dem 1. Weltkrieg vor der Kriegshetze.

Der folgende Ausschnitt ist der Rede entnommen, die er in Favoriten vor der Wiener Arbeiterschaft hielt (28. 11. 1912). In dieser Rede wendet er sich gegen alle diejenigen, die jede wirkliche oder auch nur angebliche Provokation Serbiens ausnutzen, um Österreich zum Krieg aufzuputschen. Alle möglichen Mittel der Rhetorik und Dialektik werden aufgeboten, um die von tiefer Verantwortung getragene eigene Überzeugung zu übermitteln. Diese Hetzer »wollen uns (Sozialdemokraten) als Verräter des Vaterlandes brandmarken, die ›Patrioten‹! (*Ironische Wendung*) Wenn Patriotismus überhaupt etwas heißt, dann heißt es Liebe zum Volk. Diejenigen, die dafür arbeiten, daß das Volk *nicht* hineingehetzt wird in einen ungeheuerlichen Krieg, sind Patrioten (*Umwertung* des Begriffs ›Patriot‹), und nicht etwa jene (folgt *Gegensatz*), die leichtfertig und frivol mit dem Säbel scheppern (*Bild*), den *sie* niemals führen werden«. An dieser Stelle der Rede kamen Zurufe »Pfui Reichspost«, womit auf die (später widerrufene!) Meldung dieser Zeitung angespielt wurde, ein österreichischer Konsul sei von Serben angegriffen worden. Adler nimmt die Zwischenrufe in geschickter Weise auf: »Ja, die

›Reichspost‹, ja natürlich, die Herren haben Courage (*Überraschung*) – aber nur mit der Tinte (*ironische Wendung in Form der Umschreibung*). Aber sie sollen einmal unter jene gehen, an die der Ruf kommen wird, wenn mobilisiert werden sollte. Das sind nicht feige Menschen, das sind Menschen, die den größten Mut und die größte Ausdauer aufbringen müssen (*Gegensatz*), um ihr Leben mit ihrer Familie durchzuschlagen. Das sind Menschen, die gewohnt sind, für ihre Überzeugung einzutreten, und die bereit sind, ihr Leben einzusetzen, wenn es um die Sache des Volkes geht (*Steigerung*). Die Herren tun, als ob wir die Friedenswinsler wären, wie sie uns nennen, als ob (*Anaphora*) wir feige wären und sie hätten die Courage (*Gegensatz; Verdeutlichung*), die Courage, euch Arbeiter ins Feuer (*Umschreibung*) zu schikken!« (*Umwertung des Begriffs Courage*) – (In den nächsten Sätzen finden wir ein Musterbeispiel für das plötzliche Umschlagen von schneidendem Sarkasmus in tiefen, bitteren Ernst, wobei Adler nicht mehr als einzelner spricht, sondern sich zum Anwalt der Überzeugung seiner Zuhörer macht. »Nicht *ich* will«: »*Wir* wollen . . .« Er nimmt die Versammlungsregungen auf und formuliert das, was die anderen mehr oder weniger klar denken und fühlen. Diese Technik ist ein bestimmendes Merkmal der Agitationsrede!) »Wenn die Herren durchaus Blut sehen wollen, dann mögen sie sich zur Ader lassen, es wird den wohlbeleibten Herren ganz nützlich sein! Wir wollen keinen Krieg! (*Ausruf*) Darum sind wir nicht gleichgültig gegen das Schicksal unserer Völker und nicht einmal gleichgültig gegen die Ehre dieses Landes (*Einwandvornahme*; Begründung folgt). Aber unterscheiden wir genau. Da soll der Konsul Prochaska angegriffen worden sein. Es ist viel darüber gelogen worden und wird vielleicht in der nächsten Zeit noch mehr gelogen werden. Wenn es aber wahr ist, daß ihm an den Leib gegangen wurde, dann sind wir durchaus dafür, die Serben zur Rechenschaft zu ziehen. (Es folgte der Kernsatz:) Aber wegen einer Ehrenbeleidigung muß nicht das Blut von Hunderttausenden fließen. (Es folgt *Vergleichstechnik*:) Und wenn man für den Herrn Prochaska eintritt, dann trete man auch ein für jene Staatsbürger Österreichs, die in Amerika niedergeschossen werden wie tolle Hunde (*Vergleich*), die in Preußen herumgehetzt werden (zwei *Beispiele*), ohne daß unser Auswärtiges Amt einen Finger rührt (*Bild*). Aber freilich, das sind nur ›Untertanen‹, während so ein Konsul ein Stück Staat ist (*Gegensatz; ironische Wendung*). Jedes Haar auf seinem Haupte bedeutet schon die Ehre des Staates (*Übertreibung*). Über Proletarier, da macht man keine Vorstellungen. Wenn's geht, gut, wenn's nicht geht, auch gut (*Gegensatz*). Von Proletariern hat man ja genug. Wir sind sehr empfindlich für die Ehre unseres Landes in diesem Punkt, und unzählige Male haben wir unsere Stimme erhoben, aber man hat uns nicht gehört« (*Umschreibung*).

2. *Aus Philipp Scheidemanns Rede gegen den Versailler Vertrag* (Nationalversammlung 1919)

(Quelle: Sonderband des Deutschen Geschichtskalenders: Vom Waffenstillstand zum Frieden. Leipzig 1920, S. 497 ff.)

Der deutsche Reichsministerpräsident Philipp Scheidemann (SPD) schließt seine flammende Protestrede gegen den Versailler Vertrag mit folgenden eindringlichen Worten: »Wir wissen es und wollen es ehrlich sagen (*Verdeutlichung*: wissen – ehrlich sagen), daß dieser kommende Friede für uns eine Marter (*Gegensatz*) sein wird. Wir weichen nicht um Fadenbreite (*Bild*) von dem zurück, was unsere Pflicht ist, was wir zugesagt haben, was wir (*Anaphora*) ertragen müssen (*Verdeutlichung*: Pflicht – zugesagt – ertragen. Argumentationsmäßig wird im folgenden die *Einschränkungstechnik* gebraucht: Ja – aber!). Aber nur ein Vertrag, der gehalten werden kann, der uns am Leben hält, der uns (*Anaphora*) das Leben als einziges Kapital zur Arbeit und Wiedergutmachung läßt (*Verdeutlichung*), nur ein solcher Vertrag (*erweiternde Wiederholung*) kann Deutschland wieder aufbauen. Nicht der Krieg, sondern der verhaßte, kasteiende Arbeitsfriede (*Gegensatz*) wird das Stahlbad (*Bild*) für unser aufs tiefste geschwächtes Volk sein. Der Arbeitsfriede (*Wiederholung*) ist unser Ziel und unsere Hoffnung! (*Ausruf*) Durch ihn können wir den berechtigten Forderungen unserer Gegner (*Einwandvorausnahme*) gerecht werden, durch ihn allein aber auch können wir unser Volk wieder zur völligen Gesundung führen.

Wir müssen von unseren Niederlagen und Krankheiten (*Bild*) gesunden, ebenso wie unsere Gegner von den Krankheiten des Sieges. (*Gegensatz*. Der vorstehende Satz ist der Höhepunkt des Ganzen: alles, was vorher gesagt wurde, wird hier in einem plastischen Gegensatz zusammengefaßt.) Heute sieht es fast so aus, als sei das blutige Schlachtfeld von der Nordsee bis zur schweizerischen Grenze (*anschauliche Einzelheit*) noch einmal in Versailles lebendig geworden. Wir kämpfen nicht mehr, wir wollen den Frieden! (*Gegensatz, Ausruf*) Wir wenden uns schaudernd von jenem Mord: wir wissen, wehe denen, die den Krieg heraufbeschworen haben! (*Ausruf*) Aber dreimal wehe denen, welche heute den wahrhaftigen Frieden verzögern um nur einen Tag!« (*Steigerung*)

3. *Aus Aristide Briands Rede vor dem Völkerbund.*

(Quelle: Paul Schmidt, »Statist auf diplomatischer Bühne«, 1950, S. 118/119.)

1926 wurde Deutschland in den Völkerbund aufgenommen. An diesem ehrwürdigen Tag voller (trügerischer!) Hoffnung führt der Franzose Briand in einer ebenso tiefgründigen wie brillanten Rede u. a. aus:

»Was bedeutet nun dieser heutige Tag für Deutschland und für Frankreich? (*Rhetorische Frage*) Das will ich Ihnen sagen (*Einschub*): Es ist jetzt Schluß mit jener langen Reihe schmerzlicher und blutiger Auseinandersetzungen, die die Seiten unserer Geschichte beflecken (*Bild*); es ist Schluß (*Anaphora*) mit dem Krieg zwischen uns, Schluß mit den langen Trauerschleiern (*Bild*). Keine Kriege, keine brutalen Gewaltlösungen (*Verdeutlichung*) soll es von jetzt ab mehr geben! (*Ausruf*) Ich weiß, daß Meinungsverschiedenheiten zwischen unseren Ländern auch heute noch bestehen (*Vorgriff = Einwandvorausnahme*), aber in Zukunft (*Gegensatz*) werden wir sie genauso wie die Einzelpersonen vor dem Richterstuhl (*Vergleich*) in Ordnung bringen.

Deshalb sage ich (*Folgerung*): fort mit den Gewehren, den Maschinengewehren, den Kanonen! (*Beispiel; Ausruf*) Freie Bahn (*Bild*) für die Versöhnung, die Schiedsgerichtsbarkeit und den Frieden!« (*Verdeutlichung; Ausruf*)

Schon diese wenigen Sätze weisen mehr als ein Dutzend verschiedene rhetorische Figuren auf und zeigen die anschauliche und eindringliche Ausdrucksweise Briands. Dieses Beispiel bringt den Höhepunkt in den beiden packenden Kurzsätzen des Schlusses. Allgemein stellen wir immer wieder fest: bei Höhepunkten bedienen sich gute Redner entweder des unvollständigen, ausrufartigen Kurzsatzes (Briand, Scheidemann u. a.) oder aber des weitausgesponnenen Großsatzes (siehe z. B. Heuss' Schlußsatz).

4. *Aus Albert Schweitzers Festrede zum 100. Todestag Goethes, gehalten am 22. März 1932 in Frankfurt am Main.*

(Quelle: Edgar Neis, Wie gestaltet man Vorträge und Reden? Hollfeld 1963.)

Albert Schweitzer beginnt diese sehr eindrucksvolle Rede mit einem »Aufhänger«, mit einer im historischen Präsens erzählten Begebenheit, die medias in res führt. In der Überleitung zum Hauptteil seiner Ausführungen zieht er die widrigen Umstände der aktuellen Gegenwart in seine tiefschürfenden Betrachtungen mit ein. Es wird somit schon in der Einleitung deutlich, daß es Schweitzer darauf ankommt, im Hauptteil seiner Rede die Gegenwartsbedeutung des Dichters herauszustellen. Der Zuhörer wird darauf vorbereitet und schon anfangs in eine innere Spannung versetzt.

»Hundert Jahre sind's her, da fragt Goethe, der sich ein Genesender wähnt, als er sich an diesem Tage um neun Uhr morgens in dem Lehnstuhl aufrichtet, in dem er die Nacht verbracht hat, welches Datum man schreibe. Als er vernimmt, daß es der 22. März sei, sagt er: »Also hat der Frühling begonnen, und wir können uns um so eher erholen . . .« Die Freude, daß die Frühlingssonne am Himmel steht, erfüllt ihn, den Sonnenanbeter, ganz.

Wo sich dann seine Gedanken schon zu verwirren beginnen, bittet er, für einen Augenblick wieder bei Besinnung, daß man einen geschlossen gebliebenen Laden öffne, damit mehr Licht hereinkäme. Ehe die neue Frühlingssonne die Mittagshöhe erreicht hat, ist er in das Reich des ewigen Lichts eingegangen. (Man beachte, wie hier das in der Erzählung vorkommende »Licht« symbolisch überhöht wird und in Beziehung steht zum »ewigen Licht«).

Der hundertsten Wiederkehr des Todestages ihres größten Sohnes (*Umschreibung*) gedenkt die Stadt Frankfurt in herrlichstem Frühlingssonnenschein (Anspielung auf die »Frühlingssonne« in der Erzählung) – und in der größten Not, die sie und Goethes Volk jemals gekannt haben (starke Spannung durch den plötzlichen Gegensatz). Arbeitslosigkeit, Hunger und Verzweiflung sind das Los so vieler Bewohner der Stadt und des Reiches (*Beispiele*, Einzelheiten zur Verdeutlichung des voranstehenden Satzes). Wer wagt die Last von Sorge um die Existenz zu ermessen, die durch uns, die wir uns zu dieser Feier zusammengefunden, in dies Haus hineingetragen worden ist! (*Ausruf*) Mit der materiellen Existenz ist die geistige bedroht! (*Ausruf, Kette*) So groß sind die Not und die Sorge, in die dieser Tag fällt, daß die Frage aufkommen konnte, ob man ihn nicht in der Stille vorübergehen lassen sollte (*Einwandvorausnahme*). Im Faust steht die Antwort (*Ankündigung*). Dort gibt der noch unter dem Eindruck des Schlachtgetümmels stehende Kaiser die Erlaubnis zu dem vom Erzkämmerer erbetenen Feste mit den Worten:

»Zwar fühl' ich mich zu ernst,
auf Festlichkeit zu sinnen.
Doch sei's.«

(*Vergleich als Begründung*) So sei's.

Doch mit einem eigentümlichen Zwiespalt im Gemüt feiern wir heute Goethe. (Der Redner artikuliert hier und im folgenden, was sicherlich viele seiner Zuhörer im Innern bewegt.) Stolz vergegenwärtigen wir uns das Unverlierbare und Unentwertbare, das uns in ihm und in seinem Werke gegeben ist. Zugleich aber können wir nicht anders als uns fragen, ob er uns nicht ein Fremder (*Bild*) geworden, weil die Zeit, in die sein Leben und Schaffen fiel, die Nöte und Probleme der unseren noch nicht kannte. Geht nicht die Helligkeit, die von ihm ausstrahlt, über das finstere Tal (*bildhafter Gegensatz*), in dem wir uns befinden, hinaus, in kommende Zeiten hinein, die wieder auf der Höhe der seinigen liegen werden?« (*Rhetorische Frage*)

5. *Aus Franklin D. Roosevelts Rede zum Amtsantritt als Präsident der USA.*

(Quelle: Paul Lang, Deutschsprachiges Arbeitsbuch, Band 2, 1952, S. 210ff.)

Roosevelt übernahm die Präsidentschaft zu einem Zeitpunkt, da die wirtschaftliche Lage der USA katastrophal war. In seiner Radiorede vom 4. März 1933 beschönigte er nichts, er machte vielmehr den Amerikanern den Ernst der Situation deutlich und gab unverblümt die Gründe für das Versagen der Wirtschaft an. Er vergaß aber nicht, neben der Ankündigung der notwendigen Maßnahmen der Nation neuen Mut zu machen. Das alles tat er gründlich, anschaulich und für jeden verständlich. Es lohnt sich, einmal die ganze Rede zu lesen. Der Anfang sei hier mitgeteilt:

»Der heutige Tag ist für unser Land ein weihevoller Tag, und sicherlich erwarten von mir alle Amerikaner, daß ich anläßlich meines Amtsantrittes als Präsident mit der Offenherzigkeit und Entschiedenheit zu Ihnen spreche, welche die gegenwärtige Lage unseres Volkes erfordert.« (Schon dieser erste Satz zeigt, daß sich der Redner ganz in die Lage seiner Hörer versetzt hat. Was wollen diese hören? Eine klare, offene, entschiedene Meinung des Präsidenten. Mit dieser Ankündigung, die im folgenden Satz noch gesteigert ist, erzeugt Roosevelt nicht nur Spannung, sondern auch Wohlwollen: captatio benevolentiae.)

»Jetzt vor allem ist es Zeit, die Wahrheit zu sagen, die *ganze* Wahrheit (*erweiternde Wiederholung*), unverhohlen und kühn (*Steigerung* gegenüber dem ersten Satz). Auch brauchen wir die Aufrichtigkeit nicht zu scheuen, wenn wir die Verhältnisse in unserm Land betrachten. Diese große Nation wird durchhalten, wie sie durchgehalten hat; sie wird wieder aufleben und aufs neue gedeihen (*Steigerung*). So laßt mich euch vor allem andern meinen festen Glauben bekräftigen, daß das, was wir zu *befürchten* haben, die *Furcht* ist (*Wortspiel*) – die anonyme, sinnlose, ungerechtfertigte Furcht (*erweiternde Wiederholung*), welche die so notwendigen Anstrengungen lähmt, durch die wir den Rückzug in einen Triumph (*Gegensatz*) verwandeln können.«

6. *Aus Carl Goerdelers Ansprache an seine Leipziger Mitarbeiter* (31. März 1937).

(Quelle: Das Buch deutscher Reden und Rufe, 1956, S. 492 ff.)

Carl Goerdeler ist einer der führenden Widerstandskämpfer gegen die Hitler-Diktatur. Als er 1937 als Oberbürgermeister von Leipzig zurücktritt, hält er seinen Mitarbeitern eine Abschiedsrede, die ein Musterbeispiel ist: schlicht, warmherzig, eindringlich. Man spürt, daß Goerdeler betrübt ist, aber er wird mit keinem Wort sentimental. Der Redner verwendet gar nicht einmal so viele rhetorische Figuren; es sind einfach Grundhaltung und Aufbau, die diese Ansprache so eindringlich machen. Der im folgenden angeführte Schluß enthält wesentliche Elemente der rechten Abschiedsrede. Die Folge hier: Bedeutung der geleisteten Arbeit; Schwere des Abschieds; persönliches Verhalten; Anerkennung der Mitarbeiter ohne Überschwang; Dank; gute Wünsche für Arbeit und persönliches Wohlergehen.

»Die wesentlichen Aufgaben einer großen Stadt liegen doch auf den Gebieten, die es uns gestatten, den Menschen zu helfen, sie zu fördern, ihnen immer mehr Freude an einem geordneten und immer schöner werdenden Gemeinwesen zu ermöglichen (*Steigerung*). Dieser Teil unserer Arbeit ist der, den unsere Seele sucht und der unsere Seele allein befriedigt (*Verdeutlichung*). Seien Sie immer gerecht und seien Sie immer (*Anaphora*) hilfsbereit! (*Ausruf*) Dann dienen Sie dieser Stadt am besten. Dann wird mein Amtsnachfolger ebenso stolz auf die Gefolgschaft der Stadt Leipzig sein, wie ich es sein durfte.

Der Abschied von der Stadt und vom Amte wird mir schwer. Ich habe das den Beigeordneten und Ratsherren schon gesagt;

ich brauche es hier nicht wieder zu sagen (*Mitverstehen*). Aber auch der Abschied von Ihnen geht mir zu Herzen. Manchen habe ich fernergestanden, vielen habe ich nähertreten können (*Gegensatz*). Darauf kommt es nicht an. Das ist in einer so vielköpfigen Verwaltung unvermeidlich. Aber ich habe mich bemüht, Ihnen in Gerechtigkeit in entscheidenden Fragen Ihres und der Stadt Daseins stets gleich nahezustehen und in den Angelegenheiten des einzelnen gerecht zu wägen und gerecht zu entscheiden. Sie haben mir durch Vertrauen und Pflichterfüllung eine Arbeit, der mein ganzes Herz galt, leicht und schön gemacht. Dafür danke ich ihnen von Herzen. Ich wünsche Ihnen allen weiter gesegnetes Wirken für diese schöne Stadt, ich wünsche (*Anaphora*) Ihnen Gesundheit und Glück im Frieden Ihrer Familie.«

7. *Aus Winston Churchills Antrittsrede im Unterhaus nach der Ernennung zum Premierminister.*

(Quelle: W. Churchill, Reden 1938–1940; 1946, Band 1, S. 318ff.)

Schonungslos offen spricht Churchill (am 13. Mai 1940) davon, wie hart und erbarmungslos der Krieg werden wird. Viele rhetorische Mittel bietet er auf, als er vom englischen Volk fordert, entschlossen Widerstand zu leisten:

»Ich möchte dem Hause dasselbe sagen, was ich den Mitgliedern dieser Regierung gesagt habe (Ankündigung als *Einschub*): Ich habe nichts zu bieten als Blut, Mühsal, Tränen und Schweiß. (Drastische *Beispiele. Churchill* begnügt sich nicht mit allgemeinen Wendungen wie etwa »es wird hart werden«, sondern er nennt Einzelheiten, deren Bedeutung jedem deutlich ist: Blut, Mühsal, Tränen, Schweiß.) Wir haben eine Prüfung von der allerschwersten Art vor uns. Wir haben (*Anaphora*) viele, viele (*Wiederholung*) lange Monate des Kampfes und des Leidens (*Verdeutlichung*) vor uns. Sie werden fragen: Was ist unsere Politik? (*Rhetorische Frage*). Ich erwidere: Unsere Politik ist, Krieg zu führen, zu Wasser, zu Lande und zur Luft (*Verdeutlichung*), mit all unserer Macht und mit aller Kraft, die Gott uns verleihen kann: (*Gegensatz*) Krieg zu führen (*Wiederholung*) gegen eine ungeheuerliche Tyrannei, die in dem finsteren, trübseligen Katalog des menschlichen Verbrechens unübertroffen bleibt (*Charakterisierung des Feindes*). Das ist unsere Politik! (*Ausruf als* Bekräftigung, *Kreuzstellung* zum Beginn des vorigen Satzes: Unsere Politik ist . . . – das ist unsere Politik.) Sie fragen: Was ist unser Ziel? (*Rhetorische Frage*) Ich kann es mit einem Wort nennen: Sieg – Sieg um jeden Preis, Sieg trotz allem Schrecken, Sieg, wie lang und beschwerlich der Weg dahin auch sein mag (*Erweiternde Wiederholung als Steigerung*); denn ohne Sieg gibt es kein Weiterleben (*Gegensatz*). Möge man darüber im klaren sein (*Einschub*): kein Weiterleben für das britische Weltreich; kein Weiterleben (*Anaphora*) für den jahrhundertealten Drang und Impuls des Menschengeschlechts (*Steigerung*), seinem Ziel zuzustreben. Ich übernehme meine Aufgabe voll Energie und Hoffnung und bin überzeugt, daß es nicht geduldet werden wird, daß unsere Sache Schiffbruch (*Bild*) erleide. (Es folgt der Aufruf zur Tat:) So fühle ich mich in diesem Augenblick berechtigt, die Hilfe aller zu fordern, und ich rufe: (Hier steht zum achten Male in diesem kurzen Abschnitt der Doppelpunkt als Spannungselement!) Kommt denn, laßt uns gemeinsam vorwärtsschreiten mit vereinter Kraft!«

In anschaulicher und eindringlicher Weise, mit suggestiver Kraft vermittelt Churchill hier seine Überzeugung und seine Hoffnung.

8. *Aus der Weihnachtsansprache 1943 von Papst Pius XII.*

(Quelle: Wolfgang Müller, »Große Reden aus drei Jahrtausenden«, 1952, Seite 381 ff.)

Mit beschwörenden Worten wendet sich der Papst an die kriegführenden Völker. Er verurteilt nicht nur den brutalen Krieg, er analysiert auch kristallklar die Situation der verweltlichten Menschheit, die Gott nicht mehr im Regimente wähnt. In immer neuen Antithesen macht er das deutlich:

»Jene, die das Heil der Gesellschaft vom Mechanismus des Weltmarktes erwarteten, wurden so enttäuscht, weil sie nicht die Herren und Beherrscher, sondern die Sklaven (*Gegensatz*) der materiellen Reichtümer geworden waren, denen sie gedient hatten; sie lösten sie los vom höheren Ziel des Menschen und machten sie zum Selbstzweck ... Der Abfall vom göttlichen Wort, durch das alle Dinge geschaffen wurden, hat den Menschen zum Abfall vom Geist geführt (*Kette*); so daß es für ihn schwierig wurde, Ideale und hohe geistige und sittliche Ziele zu verfolgen. Während auf diese Weise die vom geistigen Leben abgefallene Wissenschaft sich einbildete, mit der Leugnung Gottes volle Freiheit und Selbständigkeit errungen zu haben, sieht sie sich heute gestraft mit einer Dienstbarkeit, wie sie nie demütigender war (*Gegensatz*) ... Was jener Wissenschaft Freiheit schien, war Bindung in Demütigung und Erniedrigung (*Raffung*); und entthront (*bildhaft*) wie sie ist, wird diese Wissenschaft die ursprüngliche Würde nur wieder gewinnen durch die Rückkehr zum ewigen Wort, dem so töricht verlassenen und vergessenen Quell (*Bild*) der Weisheit (*Verdeutlichung von »ewiges Wort«*).«

9. *Aus Wolf von Niebelschütz' Vortrag über Eduard Mörike, 1947.*

(Quelle: W. v. Niebelschütz, »Freies Spiel des Geistes«, Reden und Essays, 1961, S. 65 ff.)

Der 1960 verstorbene Wolf von Niebelschütz war nicht nur ein bedeutender Schriftsteller, sondern auch ein vorzüglicher Redner, der in seinen Vorträgen sprachliche Brillanz mit inhaltlicher Tiefe zu verbinden wußte, wie es in so vollkommenem Maße selten ist. In der Einleitung seines Mörike-Vortrages stellt er sich ganz und gar auf die Hörer ein. Geschickt verknüpft er die Vorspann-Technik mit der Denkreiz-Technik. Die Fülle der auftauchenden Bilder, Vergleiche und Antithesen führt den Hörer zu spannungsvoller Erwartung: Wie wird der Vortragende Mörikes Gedichte deuten? »Ich spreche, wie das Plakat Ihnen lakonisch sagt, über Eduard Mörike. Der Mann ist mehr als siebzig Jahre tot: ein schönes Zeichen also, daß sein bloßer Name Sie bewegen konnte, sich hier zu versammeln! Denn dieser Name gilt wiederum so viel nicht, als daß er die Menge verlockte (*captatio benevolentiae*). Es muß demnach in Ihnen, die Sie dennoch gekommen sind, ein Begriff Mörike leben, eine geistige Vorstellung dessen, was er bedeutete (*Verdeutlichung*) – und das ist einerseits wohl das Höchste, was man vor der Nachwelt erreichen kann, andererseits (*Gegensatz*: einerseits – andererseits) für die Nachwelt das einzige, wovon zu sprechen sich lohnt: nicht das gewesene Dasein, sondern das bleibende (*Gegensatz*). Von dem gewesenen sind die Umrisse geläufig, mehr brauchte es nicht, vielleicht nur vage, aber doch bekannt, und so wissen Sie, daß es kaum ein Dichterleben gibt, welches weniger Sensationen aufwiese, keinen Genie-Rausch, keine tragischen Konflikte (*Beispiele*). Er war alles andere als eine effektvolle Persönlichkeit, ein Mensch wie wir, wenig beachtet, durchaus ein Bürger, ein braver unauffälliger Untertan seines Kgl. Württembergischen Vaterlandes (*Verdeutlichung*). Soll ich Ihnen also erzählen, wann und wo und unter welchen Auspizien er dieses oder jenes Werk schrieb? (*Rhetorische Frage*) Jede Literaturgeschichte informiert Sie besser: chronologisch geordnet, systematisch, analytisch, indezent mit allen niederziehenden Einzelheiten, sachlich und unbeteiligt (*Verdeutlichung*). Sie dagegen *sind* beteiligt (*Gegensatz*: unbeteiligt – beteiligt), sonst wären Sie zu Hause geblieben und hätten das Wissenswerte auf kürzerem Wege nachgeschlagen. Sie lieben Mörike, wie ich es tue, Sie wollen Lebendiges hören. (Der Redner versetzt sich immer wieder in die Lage der Hörer. Er fragt für sie. Er nimmt sie mit in die Rede hinein). Ist es nicht so? (*Rhetorische Frage*) Ich spreche über das, was an Mörike ewig ist: seine Gedichte. Oder, mit anderen Worten: über das Phänomen des Leisen (*Verdeutlichung*). Und dies in unserer lauten Zeit! (*Gegensatz als Ausruf*) Unserer zänkischen aufgeregten Gegenwart, voll Hysterie und Brutalität! (*Steigerung:* laute Zeit – zänkisch, aufgeregte Gegenwart – Hysterie und Brutalität.) Sollte man nicht denken, daß sie das Laute als ein ihr Wesensgemäßes empfindet? (*Rhetorische Frage;* kommt mehrmals noch) daß sie an Atonalitäten sich freut, an Disharmonien und Diskrepanzen, Schreiendem und Beklemmendem, an Trommeln, Tuba, Posaunen (*Beispiel als Verdeutlichung*) und ähnlich wundervollem Lärm (*Ironie*), von dem man nicht einmal weiß, wohin er noch ferner sich steigern oder ob er gelegentlich aufhören will? Es könnte sein, daß dergleichen Donner (*Bild*) am Eigentlichen ganz bedeutend vorbeigeht. Wie wäre andernfalls ein Mörike möglich gewesen? Man glaube nicht, daß seine Umwelt so idyllisch war, wie seine Verse uns das vorspiegeln! (*Überraschung*) 1804, als er geboren wurde, setzte der General Bonaparte die französische Republik außer Kurs, eines der folgenreichsten Daten der Weltgeschichte, 1805 überfuhr er Österreich, 1806 Preußen, 1808 Spanien, 1809 abermals Österreich, 1812 Rußland, 1813 schlug man sich bei Leipzig, 1815 bei Waterloo, auf dem Wiener Kongreß bereits drohten die Alliierten einander mit Krieg, Serbien erhob sich gegen den Sultan, in Griechenland brach der Aufstand aus, in Italien putschten die Carbonari, in Petersburg die Dekabristen, Rußland überfiel die Türkei (Fülle von *Beispielen* als Belege) – und auf den Fildern oberhalb Stuttgart schrieb ein schwäbischer Pfarrvikar ›das uralt alte Schlummerlied‹.

Vom Tage,
Vom heute gewesenen Tage (*Gegensatz; Zitat*).

Darf ich Ihnen, nach der Art Hebels im ›Bergwerk zu Falun‹, diese Liste noch fortsetzen? Sie werden staunen, was alles in ein Menschenleben hineingeht an blutrünstigen Ereignissen und wie pervers die Menschheit veranlagt ist, daß sie sich immer an dem vom Blute Triefenden berauschen muß (*Umschreibung*). Was ist bei diesem ganzen Morden herausgekommen? Das Völkerglück? Der Völkerfriede? Eine auch nur halbwegs erträgliche Regierungsform? (*Fragekette*) Und doch gab es einen Frieden, wenn auch auf ganz anderer Basis, einen Frieden (*Wiederholung*) immerhin, den hundert hochgerüstete Staaten in hundert Jahren nicht haben brechen können: Mörikes Gedichte« (*Gegensatz*).

10. *Aus Hermann Ehlers' Vortrag »Die Demokratie im neuen Deutschland«.*

(Quelle: H. Ehlers, »Um dem Vaterland zu dienen«, 1955, S. 19 ff.)

Der 1954 verstorbene Präsident des Deutschen Bundestages, Ehlers (CDU), hält am 24. 11. 1952 einen Vortrag vor der

Schwedisch-Deutschen Gesellschaft in Stockholm, in dem er in tiefgründiger Weise die politische Situation Deutschlands beleuchtet. Ein kleiner Ausschnitt soll die rhetorischen Mittel aufzeigen, deren sich der Redner bedient, um wirksam zu werden:

Nach 1945 »hat niemand, der die Dinge vernünftig sah und der mit offenen Augen und Ohren die politische Entwicklung der Welt verfolgte (*Verdeutlichung:* Dinge sehen – mit offenen Augen usw. Entwicklung verfolgen), leugnen können, daß gegenüber dem Hitler-System die westliche Demokratie (*Gegensatz*) ein ganz außergewöhnlich großes Maß an Vorzügen hat. Aber es hat sich doch gezeigt (jetzt folgt, wie bei Scheidemann, die *Einschränkung:* Ja – aber . . .), daß man die Demokratie bei allen ihren guten Eigenschaften nicht ohne weiteres als eine Exportware (*Vergleich*) betrachten kann. Es ist nicht ganz zweckmäßig zu meinen, daß man bestimmte, in anderen Ländern unter anderen Verhältnissen (*Verdeutlichung*) gewachsene Formen einem Volke, das aus einer ganz anderen Geschichte herauskommt, einfach überstülpen (*Vergleich*) kann. Die schwedische, die englische und die amerikanische Demokratie haben ihre sehr beachtlichen und in die Augen fallenden (*Bild*) Unterschiede; und ich glaube, daß auch die deutsche Demokratie ihre eigene Prägung wird haben müssen, wenn sie eine echte und im Volk verwurzelte Demokratie sein soll (*Folgerung*). Wir haben auf diesem Gebiet einem gewissen Sendungsbewußtsein gegenübergestanden; und ein politisches Sendungsbewußtsein ist eine gefährliche Angelegenheit« (*Mitverstehen*, denn die Hörer wissen, was gemeint ist: Hitlers Diktatur nebst einem Anspruch, die Herrenrasse zu verkörpern).

11. *Aus Gustav Heinemanns Rede »Deutschland und die Weltpolitik«.*

(Quelle: G. Heinemann, »Im Schnittpunkt der Zeit«, 1957, S. 117).

Der Ausschnitt einer Rede (Stuttgart-Cannstatt, 28. 10. 1954) aus der Zeit der Auseinandersetzung um die westdeutsche Wiederbewaffnung kann als Beispiel für deduktive Beweisführung auf engstem Raum gelten. Zu Anfang steht eine These, dann folgen Tatsachen samt Folgerung:

»Wir müssen aufhören, Westeuropa-Armee *und* Wiedervereinigung zu fordern! (*These, Ausruf*) Westeuropa-Armee heißt Atlantikpakt, Atlantikpakt heißt Aufmarsch gegen die Sowjetunion (*Kette*). Die Sowjetunion ist aber nicht dumm genug (*ironische Wendung*), auch nur einen Quadratmeter von Deutschland (*anschaulich* durch *Übertreibung*) zu räumen, um ihn dem atlantischen Aufmarsch zur Verfügung zu stellen. Der Westen (*Umschreibung*) ist ja auch nicht dumm genug, das Entgegengesetzte zu tun (*Gegensatz*); auch die Franzosen, Engländer und Amerikaner räumen nichts von Deutschland, um es einer sowjetischen Aufrüstung gegen den Westen zur Verfügung zu stellen (*Verdeutlichung*). Die Folgerung muß sein, daß wir nach *beiden* Seiten hin eine Gewähr für die Nachbarn bieten, daß wir ihnen keine *neue* (folgt *Mitverstehen,* Anspielung auf deutsche Angriffe in den Weltkriegen!) militärische Gefahr bereiten, wenn sie uns wieder zusammenkommen lassen.«

12. *Aus Eugen Gerstenmaiers Rede »Naturschutz ist Pflicht«* (gehalten auf der Jahrestagung der Arbeitsgemeinschaft Deutscher Beauftragter für Naturschutz und Landschaftspflege, 11. Juli 1956).

(Quelle: E. Gerstenmaier, Reden und Aufsätze, Band 2, 1962, S. 190 ff.)

Im Schlußteil seiner Rede faßt Dr. Gerstenmaier das Wesentliche zusammen. Das Ganze ist ein Thema mit Variationen: »Naturschutz ist Pflicht«, dieser Ausspruch kehrt immer wieder und wird nach allen Seiten hin ausgelegt und verdeutlicht.

»Warum soll der kleine Garten, auch der oft belächelte Schrebergarten (*Beispiel*) nicht eine neue, große Bedeutung für Millionen Städter und Industriearbeiter gewinnen? (*Rhetorische Frage*) Das Leben wird öde, der erstrebte Gewinn an Freizeit und Freiheit geht in leerer Langeweile verloren (*Gegensatz und Verdeutlichung*), wenn nicht die gewachsene Gemeinschaft, das Reich des

Geistes und die Kraft und Schönheit der unverbildeten Natur (*Beispiele*) uns innewerden lassen, was es heißt, Mensch zu sein.

Naturschutz ist Pflicht – in unserer Zeit Pflicht in einem intensiven Sinn, selbst dann, wenn man – was weder sein kann noch darf (*Einschub*) – von allem absähe, was das heraufgezogene Atomzeitalter verlangt.

Naturschutz ist Pflicht (*Wiederholung*) – Pflicht jedes Menschen (*Kette*), der ein wahrhaft menschliches Leben führen will – Pflicht jedes (*Anaphora*) Staates, der das menschenwürdige Leben seines Volkes schützen will. –

Pflicht der ganzen kulturbewußten Menschheit, die vor der gemeinsamen Aufgabe steht, Milliarden Nachgeborenen Boden und Brot zu erhalten! (*Steigerung*: Mensch – Staat – Menschheit.)

Naturschutz ist Pflicht (*Wiederholung*) – eine strenge, männliche, aber auch eine große und schöne Pflicht!« (*Ausruf*)

13. *Aus Präsident Kennedys Rede bei den Promotionsfeiern der American University in Washington (Juni 1963).*

(Quelle: »Die Welt«, 10. 6. 1963).

Kennedy beginnt seine Rede mit einem Zitat, das er zu einem situationsbezogenen Vorspann ausweitet. Nachdem er die Zuhörer zuerst im Plauderton angesprochen hat, kommt er durch eine geschickte Überleitung zum eigentlichen Thema, indem er das Wort »Unwissenheit« aus dem Vorspann wieder aufnimmt und in Beziehung setzt zum Zielbegriff »Frieden«.

Kennedy beginnt:

»›Es gibt wenige irdische Dinge, die schöner sind als eine Universität‹ (*Zitat*), schrieb John Masefield in seiner Würdigung der englischen Universitäten – und seine Worte haben hier in gleicher Weise Gültigkeit (*Vergleich*). Er bezog sich damit nicht auf die Türme und Spitzen, nicht auf die (*Anaphora*) Grünanlagen des Universitätsgeländes und auf die efeubewachsenen Wände (*bildhafte Verdeutlichung*). (*Folgt Gegensatz:*) Er bewunderte die großartige Schönheit der Universität, weil sie, wie er sagte, ein Platz ist, wo diejenigen, die die Unwissenheit hassen, nach Wissen (*Gegensatz*) streben können, wo diejenigen (*Anaphora*), die die Wahrheit sehen, danach streben können (*Steigerung:* nicht nur Wissen, sondern Wahrheit), auch andere sehend zu machen. (Der vorstehende Großsatz ist ganz auf Steigerung hin angelegt. Der nun folgende Satz ist der klassische Fall eines rhetorischen Vorhalts, einer Verzögerung des Kernwortes, auf das alles abzielt: Weltfrieden. Die Spannung des Zuhörers wird gesteigert: Worauf will der Redner hinaus? Welches ist sein Thema? Was ist denn das »wichtigste Thema auf Erden«, über das Unwissenheit herrscht?)

Ich habe daher diesen Zeitpunkt und diesen Ort gewählt, um ein Thema zu erörtern, über das zu oft Unwissenheit herrscht und bei dem die Wahrheit (Wiederholung von Unwissenheit und Wahrheit als Anknüpfung) zu selten gesehen wird – und doch (*Gegensatz*) ist es eines der wichtigsten Themen auf Erden (*Ankündigung*): der Weltfrieden. Welche Art Frieden meine ich? (*Rhet. Frage*) Nach welcher Art Frieden streben wir? (*Erweiternde Wiederholung*) Nicht nach einer Pax Americana (*Gegensatz als Vorgriff*), die der Welt durch amerikanische Kriegswaffen (*Beispiel*) aufgezwungen wird. Nicht nach (*Anaphora*) dem Frieden des Grabes (*Bild*) oder der Sicherheit des Sklaven (*bildhafter Vergleich*). Ich spreche hier von dem echten Frieden – jenem Frieden, der das Leben auf Erden lebenswert macht, jenem Frieden (*Anaphora*), der Menschen und Nationen befähigt, zu wachsen und zu hoffen und ein besseres Leben für ihre Kinder aufzubauen (*Steigerung und Verdeutlichung*). Nicht nur ein Friede für Amerikaner, sondern ein Friede für alle Menschen (*Gegensatz*). Nicht nur (*Anaphora*) Frieden in unserer Generation, sondern Frieden für alle Zeiten!« (*Ausruf*; erweiternde Wiederholung als Steigerung; Höhepunkt).

Im letzten Abschnitt kommt nicht weniger als 11mal das Wort »Frieden« vor, in immer neue Zusammenhänge eingebettet und daher bewußtseinsprägend für die Zuhörer.

14. *Aus Willy Brandts Rede »Bewährung der parlamentarischen Demokratie und des mündigen Bürgers« im Bundestag am 30. Mai 1968.*

(Quelle: Bulletin des Presse- und Informationsamtes der Bundesregierung, Nr. 68, Bonn 31. 5. 1968)

Im Mittelteil dieser gewichtigen, sehr ernsten und tieflotenden Rede befaßt sich der Außenminister u. a. mit der Frage des Mißtrauens in der Jugend. Mit klaren, einfachen, doch nicht simplen Formulierungen leuchtet der Redner den Hintergrund des Problems an. Dabei verbindet er in souveräner Weise kritische Bemerkungen mit selbstkritischen. Nicht eben selten empfindet man Bundestagsreden als bloßes Abspulen aalglatter Deklamationen. Beim Anhören dieser Rede jedoch spürte man das im Augenblick des Vortrags vorhandene bohrende Ringen des Redners um Wahrhaftigkeit und Verständlich-Machen.

»Wir sind, meine sehr verehrten Damen und Herren (*Einschub der Anrede*, dient der neuen Fühlungsnahme mit den *Zuhörern*), Zeugen (*Bild*) einer erregenden, manchmal anstrengenden Unruhe der jungen Generation, die inzwischen über alle nationalen Grenzen hinausgewachsen ist. Sie findet in jedem Land andere Anlässe des Protestes. Zum Teil ist sie von dem Aufbegehren gegen das Gefühl getragen, der einzelne Mensch könnte zum manipulierten Rädchen (*Bild*) in einer alles beherrschenden Technisierung unserer Welt werden. Sie lehnt ab, sich von Erfahrung leiten zu lassen, die für sie Geschichte ist. Sie sucht nach Maßstäben und Werten, die über Wohlstandskategorien hinausgehen. Sie möchte Technik in den Dienst ihres noch unformulierten Willens stellen. (Die letzten beiden Sätze bilden einen Gegensatz zu den vorigen. Was will die Jugend nicht – was will sie?)

Ich sympathisiere mit dieser Strömung in der jungen Generation (*Die Identifikation des Redners*). Das weiß man (*Anspielung*). Ich wünsche, daß sie ihren Idealen näherkommen möge, als andere imstande waren, im Laufe jüngerer deutscher Geschichte die Ideale ihrer Jugend zu verwirklichen (*Gegensatz*).

Aber jedenfalls können wir doch sicher unbestreitbar feststellen – ich sage auch dies noch besonders nach Osten (*Einschub*; Anspielung auf Unruhen z. B. in Warschau; Mitverstehen der Zuhörer) –, daß die junge Generation in Deutschland mit allem, was in ihr sich rührt, nicht wesentlich anders reagiert als die Jugend anderer Länder auch! (*Ausruf*). In dieser Beziehung gibt es keine Isolierung (*Verdeutlichung*), und das ist dann immerhin noch gut so. Die demokratische Empfindlichkeit vieler in unserem Volk hat sich als leicht ansprechbar erwiesen. Das ist auch gut. (*Es folgt die Einschränkung:*) Doch gehöre ich zu denen, die meinen, daß wir uns fragen müssen, was in unserem Staat nicht stimmt, noch nicht stimmt (*erweiternde Wiederholung als Steigerung*), wenn zuweilen ganze Gruppen von tiefem Mißtrauen erfüllt sind, wenn man dem Wort des anderen nicht mehr glaubt, wenn alle allen alles (*Wortspiel als Satzhöhepunkt!*) – oder auch nur viele vielen vieles (*Wortspielvariante; Einschränkung als Prolepsis*) – zutrauen. (Ein Großsatz, auf Steigerung hin angelegt).

Ich deutete es aus meiner Sicht der Dinge schon an: (*Ankündigung; Doppelpunkt-Sprechen!*) Der Angelpunkt vielen Streites, der um diesen Komplex (gemeint sind die Notstandsgesetze) bis zur Erschöpfung geführt worden ist, heißt Mißtrauen. Das ist gar nicht so verwunderlich. Denn wir Deutschen tragen nun einmal an der Last einer Geschichte (*Bild*), die uns schwere Prüfungen auferlegt hat, aber im tiefsten Sinne nicht Vergangenheit geworden ist.

Nach zwei Geschichtskatastrophen im Laufe eines halben Jahrhunderts sind wir allzumal gebrannte Kinder (*Bild*), Erinnerungen verfolgen und quälen uns (*Anspielung als Verdeutlichung*). Wir sind von den Ereignissen zu tief geprägt, als daß wir Vergangenes ganz vergangen (*Scheinwiderspruch*) sein lassen könnten. So kommt es – auch bei dem, was uns hier bis in die letzten Stunden miteinander beschäftigt hat (*Anspielung als Einschub*) –, daß düstere Schatten (*Bild*) des Schlimmen und Bösen auf uns lasten, daß wir Tabus und Traumata mit uns herumtragen (*Verdeutlichung*). Wir geben uns redliche Mühe, die Wiederkehr dessen, was so verhängnisvoll war, zu vermeiden, und lassen uns dabei zuweilen den Blick für nüchterne Realitäten trüben (*Bild;*

Gegensatz). Wir sind in unserem Denken und Handeln eingeengt, nicht immer wirklich frei (*Gegensatz*). Es fehlt oft das rechte Augenmaß (*Bild*). Wäre es anders, hätten diese Vorsorgegesetze nicht so viele Emotionen auslösen können (*Begründung*).

Beinahe fragt man sich, wie man noch überzeugen soll, wo nicht mehr, wo längst nicht mehr (*Erweiternde Wiederholung*) zugehört wird. Wie soll denjenigen, die zu ihrer Verantwortung stehen, geglaubt werden, wenn der Buchstabe des Gesetzes (*Bild*) die nachweisbare Verbindlichkeit des Schwarz auf Weiß (*Bild*) verliert? (*Rhet. Frage*). Wir sollten freilich auch nicht die Frage überhören – sie andern und uns selbst stellen (*Einschub*) –, ob in den zurückliegenden Jahren die Grundsätze der Machtkontrolle und der Wahrhaftigkeit in staatlichen Angelegenheiten (*Beispiele*) hoch genug gehalten worden sind, um Schule machen zu können.«

15. *Aus Richard v. Weizsäckers Rede »Der 8. Mai 1945 – 40 Jahre danach«.*

(Quelle: R. v. Weizsäcker, »Von Deutschland aus«, Berlin 1985, S. 13ff.)

Selten dürfte die Ansprache eines deutschen Politikers weltweit solche Beachtung gefunden haben wie die des Bundespräsidenten vom 8. Mai 1985 bei einer Gedenkfeier von Bundestag und Bundesrat im Plenarsaal des Bundestages. Diese Rede ist nach Inhalt und Form ungemein beeindruckend und wird hoffentlich als zeitgeistiges Resümee der 1980er Jahre in die Geschichte eingehen.

Hier wird bewiesen, daß hoher moralischer Anspruch und geistiges Niveau einerseits und prägnante Darstellung und Allgemeinverständlichkeit andererseits sich nicht ausschließen. Der Bundespräsident hat vier Monate lang intensiv an Konzeption und Formulierung gearbeitet. Er führte dabei zahlreiche Gespräche mit Vertretern von Parteien und anderen gesellschaftlichen Gruppen.

Die Rede ist auf einer Schallplatte erschienen und verdiente es, genauer und umfangreicher analysiert zu werden, als es in diesem Rahmen hier möglich ist. (Vertrieb der Schallplatte »Die Rede«: Hanseatische Tonträger Vertriebsges. m. b. H., Großer Kamp 3a, 2000 Hamburg-Barsbüttel, Best.-Nr. 6623614)

»Es war nicht allein die brillante Analyse der Ursachen, die zum Krieg, zur systematischen Ausrottung von Menschen, zur Vertreibung ganzer Völkerstämme und schließlich zur Teilung Europas führten, die dieses enorme Echo auslöste. Es waren der Mut und die schonungslose Offenheit, mit denen das Staatsoberhaupt der Bundesrepublik sich mit Vergangenheit und Gegenwart auseinandersetzte und die daraus zu ziehenden Konsequenzen hervorhob: Verständigung statt Forderung, Versöhnung statt Rechtsanspruch. Eine historische Mahnung, die vor allem die Jugend ermutigen soll, neue Wege der Verständigung zwischen den Völkern zu beschreiten.« (Text der Plattenhülle)

Die folgenden Ausschnitte können den Gesamtzusammenhang der Rede nur bruchstückhaft deutlich machen:

». . . Der 8. Mai ist ein Tag der Erinnerung. Erinnern heißt, eines Geschehens so ehrlich und rein zu gedenken, daß es zu einem Teil des eigenen Innern wird (*Verdeutlichung*) . . . Wir gedenken insbesondere der sechs Millionen Juden, die in deutschen Konzentrationslagern ermordet wurden (*Beispiel*). Wir gedenken (*Anaphora; noch mehrfach später*) aller Völker, die im Krieg gelitten haben, vor allem der unsäglich vielen Bürger der Sowjetunion und der Polen, die ihr Leben verloren haben (*Steigerung durch Herausheben anhand von Beispielen*)

. . . Neben dem unübersehbaren großen Heer der Toten (*Bild*) erhebt sich ein Gebirge menschlichen Leids (*Bild*),

Leid um die Toten,
Leid durch Verwundung und Verkrüppelung,
Leid durch unmenschliche Zwangssterilisierung,
Leid in Bombennächten,
Leid durch Flucht und Vertreibung, durch Vergewaltigung und Plünderung, durch Zwangsarbeit, durch Unrecht und Folter, durch Hunger und Not,
Leid durch Angst vor Verhaftung und Tod,
Leid durch Verlust all dessen, woran man irrend geglaubt und

wofür man gearbeitet hatte« (Dieser Großsatz wirkt eindringlich durch die anschauliche Aufzählung und durch stetige Wiederholung des Wortes »Leid«)

». . . Während des Krieges hat das nationalsozialistische Regime viele Völker gequält und geschändet. Am Ende blieb nur noch ein Volk übrig, um gequält, geknechtet und geschändet (*Wiederholung* und *Erweiterung*) zu werden: (*Doppelpunkt-Sprechen*) das eigene, das deutsche Volk (*Verdeutlichende Wiederholung*). Immer wieder hat Hitler ausgesprochen: (*Doppelpunkt*) wenn das deutsche Volk schon nicht fähig sei, in diesem Krieg zu siegen, dann möge es eben untergehen (*Zitat*). Die anderen Völker wurden zunächst Opfer eines von Deutschland ausgehenden Krieges, bevor wir selbst zu Opfern unseres eigenen Krieges wurden (*Gegensatz*).

. . . Gewaltverzicht heute heißt (*Ankündigung*), den Menschen dort, wo sie das Schicksal nach dem 8. Mai hingetrieben hat und wo sie nun seit Jahrzehnten leben, eine dauerhafte, politisch unangefochtene Sicherheit für ihre Zukunft zu geben. (*Es folgt Verdeutlichung*) Dies heißt, den widerstreitenden Rechtsansprüchen das Verständigungsgebot überzuordnen. Darin liegt der eigentliche, der menschliche Beitrag zu einer europäischen Friedensordnung, der von uns ausgehen kann . . .«

(Der Schluß faßt in eindringlichen Kernsätzen den Sinn der Rede zusammen. Appellative Kurzsätze herrschen vor; Steigerungen erfolgen, Verdeutlichungen in Gegensätzen)

»Wir lernen aus unserer eigenen Geschichte, wozu der Mensch fähig ist. Deshalb dürfen wir uns nicht einbilden, wir seien nun als Menschen anders und besser geworden. Es gibt keine endgültig errungene moralische Vollkommenheit – für niemanden und kein Land! Wir haben als Menschen gelernt, wir bleiben als Menschen gefährdet. Aber wir haben die Kraft, Gefährdungen immer von neuem zu überwinden.

Hitler hat stets damit gearbeitet, Vorurteile, Feindschaften und Haß zu schüren. Die Bitte an die jungen Menschen lautet: Lassen Sie sich nicht hineintreiben in Feindschaft und Haß

gegen andere Menschen,

gegen Russen und Amerikaner,
gegen Juden oder Türken,
gegen Alternative oder Konservative,
gegen Schwarz oder Weiß.

Lernen Sie, miteinander zu leben, nicht gegeneinander. Lassen Sie auch uns als demokratisch gewählte Politiker dies immer wieder beherzigen und ein Beispiel geben. Ehren wir die Freiheit. Arbeiten wir für den Frieden. Halten wir uns an das Recht.

Dienen wir unseren inneren Maßstäben der Gerechtigkeit. Schauen wir am heutigen 8. Mai, so gut wir es können, der Wahrheit ins Auge.«

Die hier angeführten Redeausschnitte (die man noch viel genauer analysieren könnte!) geben natürlich keinen Eindruck von der geschlossenen Ganzheit der Rede. Erstaunlich aber ist wohl, daß diese wenigen Beispiele zeigen, wie sehr sich, bei aller Eigenart im einzelnen, die rhetorischen Darstellungsmittel gleichen. Es ist kaum ein Abschnitt dabei, der nicht Bild, Wiederholung, Verdeutlichung, Ausruf und Gegensatz als Figuren enthält. Jeder Redeschüler tut gut daran, immer wieder Reden zu analysieren. Er kann sogar einzelne Redeabschnitte als Übungsstoff verwenden (Stichwortauszug anfertigen – Rede halten). Die Handhabung der wesentlichen Darstellungsmittel muß dem Lernenden schließlich in Fleisch und Blut übergehen.

3.7 Die Gelegenheitsrede

Bei vielen Gelegenheiten werden Reden gehalten, die ein besonderes Gepräge abseits von Meinungsrede und Sachvortrag haben. Diese Reden wenden sich mehr an das Gefühl als an den Verstand. Die vier Hauptformen der Gelegenheitsrede sind:

1. Rahmenrede (Begrüßung, Dank u. a.)
2. Trauerrede
3. Festrede
4. Geselligkeitsrede

Es kommt darauf an, die Grundstimmung der versammelten

Gemeinschaft aufzuspüren und in Worte zu fassen. Mehr noch als bei allen anderen Reden fragt man sich: Was bewegt diese Menschen, die hier zusammenkommen? Oft sind ernste Ansprachen aber von *weihevoller* Verlogenheit und Übertreibung, wenn es gilt, einen Menschen zu feiern (Fest- und Grabreden!). Auch tiefe Empfindung kann sehr schlicht ausgedrückt werden.

Die Gelegenheitsrede wird leider oft zur Verlegenheitsrede. Man muß den richtigen Augenblick aufspüren. Werden Sie sehr plötzlich aufgefordert, ein paar Worte zu sagen, so erschrecken Sie nicht, sondern fassen Sie sich. Aber kurz! Es kann einem bei plötzlich anfallenden Reden so ergehen, wie Kierkegaard in »Furcht und Zittern« schreibt, »daß man nicht weiß, was man sagen soll, sondern nur, daß man etwas sagen soll.«

Je kürzer und prägnanter die Rede, desto besser. Jeder Satz muß »sitzen«. Greifen Sie einen aus vielen möglichen Punkten heraus, den Sie dann näher ausführen.

Jeder, der Menschen zu führen hat, steht mit seinen Schülern oder Mitarbeitern im Gespräch. Er wird bei vielen Gelegenheiten überzcugend sprechen müssen: Er gibt Anweisungen, hält seine Mitarbeiter auf dem laufenden über Ereignisse und Pläne; er regt an, lobt, fragt nach der Meinung der anderen und kritisiert. Das sogenannte Betriebsklima hängt weitgehend davon ab, wie der jeweilige Leiter seine rednerischen Alltagsaufgaben im Umgang mit den Menschen bewältigt.

Es gibt viele Sammlungen sogenannter Musterreden. Reden, die man sozusagen von der Stange bezieht, wirken aber oft sehr unpersönlich und schablonenhaft. Gerade die Gelegenheitsrede krankt meistens daran, daß sie in Inhalt und Form sehr starr bleibt. In den Mustersammlungen finden wir die Rede für jede Gelegenheit, von der Begrüßung eines Staatsoberhauptes bis zur Eröffnung einer Kaninchenausstellung. Wenn man auch vor jeder Schablonisierung warnen muß, nützlich kann die Durchsicht solcher vorgedruckten Reden schon sein. In der vielen Spreu findet man Weizenkörner. Diesen oder jenen Gedanken kann man gewiß einmal verwenden. Es wird aber doch der Ehrgeiz jedes Redners sein, bei der anfallenden Gelegenheit nicht irgendeine, sondern *seine* Rede zu halten.

Für die Gelegenheitsreden kann man sich eine besondere Sammlung von gediegenen Gedanken und Zitaten anlegen, damit man sich (bei der erfahrungsgemäß kurzen Zeit der Vorbereitung!) nicht mit abgenutzten Allerweltsgedanken und -zitaten zu begnügen braucht. Schlichte, aber sinnhaltige Zitate sind die besten. Eine Ansprache zur Hauseinweihung kann man z. B. beschließen mit Manfred Hausmanns Sinnspruch:

»In der Welt ein Haus,
im Haus eine Welt,
und Welt und Haus in gnädiger Hand.«

Eine Totenfeier endet z. B. mit den schlichten Versen von Matthias Claudius:

»Der Mensch lebt und bestehet nur eine kleine Zeit,
und alle Welt vergehet mit ihrer Herrlichkeit.
Es ist nur einer ewig und an allen Enden,
und wir in seinen Händen.«

3.7.1 Die Rahmenrede

Darunter verstehen wir eine Rede, die nicht im Mittelpunkt einer Veranstaltung steht, sondern die den Rahmen bildet. Dazu zählt die Eröffnungsansprache, die Begrüßungs- und Dankrede.

Bei Begrüßungsansprachen sollte der Grundsatz gelten, den Betreffenden kurz (und persönlich gehalten!) einzuführen und das Lob auf die Vortragenden nicht zu übertreiben. Nicht jeden als einen der größten Gelehrten des Jahrhunderts feiern! Den Begrüßten sind überschwengliche Tiraden von Superlativen peinlich.

(Eine amüsante Fehlleistung vollbrachte ein süddeutscher Landrat bei der Begrüßung Ludwig Erhards: »So geben Sie, verehrter Herr Bundeskanzler, uns heute die Ehre, *sich* sprechen zu hören.«

Die Neigung mancher Honoratioren, bei jeder sich bietenden

Gelegenheit die Eröffnungsrede halten zu wollen, wurde vom Wiener Volksmund unter Anspielung auf einen redseligen Bundespräsidenten wie folgt karikiert: Der betreffende Politiker sei bei Bekanntwerden eines Großbrandes schleunigst zur Unglücksstätte geeilt und habe dem Volk und der Feuerwehr feierlich verkündet: »Hiermit erkläre ich die Feuersbrunst für eröffnet!«)

Ein häufig vorkommender Fehler ist es, das Thema des Redners in der Begrüßung schon vorwegzunehmen. Man sollte es aber nur nennen und mit ein paar Sätzen umreißen. Auf keinen Fall dürfen wir dem Hauptredner die Pointen stehlen. Manche Begrüßungsredner haben den »Rivalitätskomplex« (Weller). Sie halten einen Vortrag, um den Hörern zu zeigen: Glaubt nur nicht, daß ich von der Sache keine Ahnung habe . . . Der Hauptreferent ist danach u. U. in der mißlichen Lage, Teile seiner Rede ändern zu müssen. In der Begrüßungsansprache ist die Beachtung der nachstehenden Reihenfolge zu empfehlen:

a) Versammlung eröffnen und Zuhörer begrüßen.

Zu vermeiden sind stereotvpe Redewendungen wie »Es ist mir eine besondere Ehre« usw. Überlegen wir vorher, ob bei der Begrüßung etwa vorhandene Prominenz besonders hervorgehoben werden muß, den Minister oder den Bürgermeister.

(Bei der Vollversammlung 1966 des Bayrischen Städteverbandes in Nürnberg forderte dessen wiedergewählter Vorsitzender, der damalige Münchner Oberbürgermeister Vogel einige der versammelten Journalisten zu spitzen Bemerkungen heraus, als er in seiner halbstündigen Begrüßungsrede mehrere Dutzend Gäste aus Politik, Verwaltung und Wirtschaft namentlich willkommen hieß. Am Schluß seiner reichhaltigen Gästeliste angelangt, entschuldigte sich Vogel mit der Bemerkung, es sei nicht schlimm, jemanden zu begrüßen, der nicht erschienen sei. Um aber allen gerecht zu werden, wolle er es wie die Athener halten, die einen Tempel der unbekannten Gottheit errichtet hätten, und an dieser Stelle auch den »unbekannten Gast« begrüßen.)

Ein nicht auszurottender Unsinn ist die Begrüßungsfloskel:

»Ich danke Ihnen, daß Sie so zahlreich erschienen sind« – dabei kann doch jeder nur als einzelner erscheinen oder wegbleiben.

b) Den oder die Referenten begrüßen oder vorstellen.

Der Einführungsredner hat eine Vermittlungsfunktion. In seinem Beitrag »Vom erwartungsgemäßen Entzücken des Einführungsredners« stellt Manfred Beetz (s. Lit.verz.) fest: »Der Vermittler definiert einen kognitiven und sozialen Rahmen für den folgenden Kommunikationsprozeß zwischen Redner und Publikum . . . Die durch Titel und Namen des Referenten auf der schriftlichen Vorankündigung geweckten Erwartungen hat der Einführungsredner zu präzisieren, das Vorwissen der Hörer zu aktualisieren, eventuell auch Neues in Aussicht zu stellen.«

Es wurde schon gesagt, daß man auf das Thema des Referenten nicht näher eingehen darf. Wohl aber sollte der Begrüßungsredner etwas zur Person des Redners sagen, vielleicht in launiger Weise. In der Kürze liegt die Würze. Eine humorvolle Wendung, ein hübscher Einfall – das schafft Atmosphäre.

In einem ostfriesischen Bauerndorf hielt der niedersächsische Ministerpräsident Kopf seine wohl kürzeste Wahlrede, als er vor dem Hauptredner Ollenhauer zur Einleitung nur meinte (in heimischer Mundart): »Wi stoht dorvör un möht dordör!« (»Wir stehen davor und müssen da hindurch!«) Heiterkeit und Beifall – das Eis war gebrochen.

c) Dem Referenten das Wort erteilen.

Zum Abschluß der Versammlung gilt es auch wieder, drei Punkte zu bedenken:

a) Dank an den Redner.

Auch hier bringen wir nicht abgegriffene Redewendungen wie »der Beifall wird Ihnen gezeigt haben . . .« Schlichte, sachliche und doch herzliche Worte sind das richtige.

b) Den Dank kurz begründen.

In *wenigen* Sätzen wird das Wesentliche des gehörten Vortrages gewürdigt.

c) Die Hörerschaft verabschieden.

3.7.2 *Die Trauerrede*

Hier ist nicht die Ansprache des Pfarrers gemeint, sondern die des Freundes am Grabe. Die kirchliche Trauerrede rückt heute immer mehr von einer gewissen Verherrlichung des Verstorbenen ab und stellt das Wort der Bibel mit seinem Anspruch und seinem Trost in den Vordergrund. Die Freundesrede am Grabe sei würdig und schlicht. Hier werden aber stärker als in der Pfarrerrede die Fragen beantwortet werden: Was war er uns? Was bedeutet er uns heute? Der alte lateinische Spruch gilt hier: »De mortuis nihil nisi bene« (»Über Tote sagt man nichts, wenn nicht Gutes«). Die schlichte Würdigung des Verstorbenen ohne jede Überschwenglichkeit ist die beste. Hier ist zum Schluß ein Bibelvers oder ein Dichterspruch am Platze.

3.7.3 *Die Festrede*

Sie ist kein nüchterner Sachbericht, sondern eine gefühlsbetonte Ansprache, die sich auf die jeweilige festliche Gelegenheit bezieht und die feierliche Stimmung verstärken soll. Die Festrede soll nicht von gefrorener Feierlichkeit sein, sondern die Herzen der Hörer erwärmen. Bei der Vorbereitung fragen wir uns in besonderem Maße: Was bewegt in dieser Feierstunde die Zuhörer? Die Festrede ist besonders eindringlich, wenn sie einen Hauch von Poesie besitzt.

Für die Jubiläumsrede zu Ehren eines verdienten Mitarbeiters sei einmal eine Gliederungsmöglichkeit vorgeschlagen: Begrüßung; Anlaß der Rede; markante Punkte im Lebenslauf des Jubilars; sein Wesen knapp skizzieren; gute Seiten hervorkehren, ein Beispiel dafür; wenn möglich, persönliches Erlebnis, das charakteristisch ist; seine Bedeutung für die Firma (z. B.) würdigen (event. Dank); gute Wünsche für die Zukunft.

Nicht selten findet man ein »Sich-fest-reden« bei Festreden. Vor allem dann, wenn eine ganze Serie von Gratulanten auftaucht, kann das Fest zur Qual für die Zuhörer werden. Beim 5. Festredner sind nur noch kurze und möglichst amüsante Passagen gefragt.

Bei einem seiner Alters-Geburtstage stellte Konrad Adenauer befriedigt fest: »Ich habe heute so viele schöne Reden gehört – aber ich habe sie ja auch verdient.«

3.7.4 Die Geselligkeitsrede

Die Geselligkeitsrede hat vielfältige Formen. Sie umfaßt ebenso Trinkspruch, Hochzeitsansprache, Damenrede wie die Rede-Einlage des Chefs bei Betriebsfeiern, für die es (nach Biehle) folgende Punkte zu beachten gilt:

1. Begrüßung und Hinweis auf den Sinn der Veranstaltung.
2. Rückblick auf die geleistete Arbeit, gewürzt durch die Erwähnung irgendeines witzigen Vorkommnisses.
3. Hoffnung auf weitere Zusammenarbeit.
4. Ankündigung des Programms und Wünsche für frohe Stunden.

Das alles kann in wenigen, schwungvollen Sätzen geschehen.

Auch Tischreden wollen sorgfältig vorbereitet sein, wenn sie zünden sollen. Man hüte sich vor epischer Breite. So manchem gutmeinenden Tischredner gelingt es, die heiße und üppige Hochzeitssuppe in kalte und fade zu verwandeln. Sehr zum Leidwesen der Gäste, die so etwas kaum verzeihen.

Der Komponist Humperdinck wurde bei einem Festessen aufgefordert, zwischen zwei Gängen eine Rede zu halten. Er stand auf, blickte freundlich in die Runde, räusperte sich, rieb sich die Hände und – setzte sich wieder. Da sagte einer der Gäste, das sei die beste Rede gewesen, die er je gehört habe.

Was man auch an launigen Worten für gesellige Gelegenheiten finden mag: nie zu lange reden.

In irgendeinem Negerparlament soll es Brauch gewesen sein, daß ein Redner nur so lange das Wort behalten durfte, wie er auf einem Bein stehen konnte. (Zur Nachahmung empfohlen bei manchen Feierrednern in unseren Breiten.) Daß man bei einer Gelegenheitsrede auch einmal das ausdrücken kann, was die Zuhörer *nicht* empfinden, zeigt das folgende Beispiel. Man muß so etwas nur hinreichend geistvoll darbieten:

Der Regisseur Fritz Kortner hatte Gäste. Es wurde sehr spät, aber keiner machte Anstalten zu gehen. Da erhob der müde, verzweifelte Hausherr sein Glas zu einem Trinkspruch: »Nun bitte ich meine lieben Gäste, auf mein Wohl die Wohnung zu leeren . . .«

4. Der Vortrag der Rede

(Die »Rede halten«)

»Allein der Vortrag macht des Redners Glück.« (Goethe, Faust)

Das Eigenartige der Rede besteht darin, daß sie nicht nur durch das Gefüge ihrer Worte wirkt, sondern auch durch die Art und Weise, wie diese Worte vorgetragen werden (Tonfall, -stärke, -höhe usw.). Entscheidend ist nicht allein, *was* gesagt wird, mitentscheidend ist vielmehr, *wie* etwas gesagt wird. Nehmen wir ein einfaches Beispiel:

Ein »Nein« kann flehentlich, bestimmt, zögernd, gleichgültig oder herrisch gesprochen werden. Jedesmal wirkt es anders. In einem Buche müssen viele Worte die *Gefühlshülle* des Gesprochenen zu umschreiben suchen. Hier fehlt der personale Atem. Es ist aber nicht nur die Gefühlswirkung des gesprochenen Wortes, die das Wesen der Rede mitbestimmt; da spielen noch eine ganze Reihe von Faktoren mit: das Auftreten des Redners; der Raum, in dem die Rede gehalten wird; die Zuhörerschaft selbst und vieles andere, das im folgenden behandelt werden soll.

Die Rede wirkt durch *Gefüge* und *Vortrag*.

Das darf man nie vergessen. Nietzsche stellt fest: »Das Verständlichste an der Sprache ist nicht das Wort selber, sondern Ton, Stärke, Modulation, Tempo, mit denen eine Reihe von Worten gesprochen wird – kurz, die Musik hinter dieser Leidenschaft: alles das also, was nicht geschrieben werden kann.« Und zu Recht meint Rochefoucauld: »Es ist oft ebensoviel Beredsamkeit im Ton der Stimme, in den Augen und in der ganzen Atmosphäre, die ein Redner um sich verbreitet, wie in der Wahl seiner Worte.« Schließlich macht Lichtenberg die Wichtigkeit des guten Vortrages in folgender Weise deutlich: »Wieviel in der Welt auf den Vortrag ankommt, kann man schon daraus sehen, daß Kaffee aus Weingläsern getrunken ein sehr elendes Getränk ist; oder Fleisch bei Tische mit der Schere geschnitten, oder gar, wie ich einmal gesehen habe, Butterbrot mit einem alten, wiewohl sehr reinen Schermesser geschmiert – wem wollte das wohl behagen?« Halten wir also fest: Rede-Inhalt und Rede-Vortrag müssen einander entsprechen. Der gute Redner hat eine Fülle von Einzelheiten zu bedenken.

4.1 Redner und Raum

4.1.1 Raumfrage

Wenn irgend möglich, sollte der Redner den Raum, in dem er sprechen will, vorher kennenlernen. Jeder Raum hat seine Eigenart und Atmosphäre, auf die sich der Vortragende einstellen muß. Die vorherige Einstellung auf den Raum versäumte Gustav Stresemann, als er 1926 seine berühmt gewordene Rede zum Eintritt Deutschlands in den Völkerbund hielt. Er hätte seiner Rede noch größere Durchschlagskraft sichern können, wenn er die akustischen Eigenarten des Völkerbundpalastes besser berücksichtigt hätte, bemerkt sein Dolmetscher Paul Schmidt.

Ein kleiner Hinweis noch: Das Erscheinen des Redners vor den Zuhörern soll den *Reiz des Neuen* haben. Deshalb rate ich jedem Redner, sich nicht allzu lange vor seiner Rede im Saale aufzuhalten.

Die Raumfrage muß vom Veranstalter sorgfältig erwogen werden. Ist der Raum geeignet? Ist er zu groß, zu klein? Hat er eine ausreichende Akustik.« Vor 40 Leuten in einer Gaststube zu sprechen, die damit dicht gefüllt ist, bedeutet für den guten Redner mehr Befriedigung, als vor 400 Zuhörern in einer Stadthalle, die 2000 Plätze hat« (Heinz Kühn). Es ist besser, wenn ein kleiner Raum voll besetzt wird, als wenn ein großer halb leer bleibt. Eine Vielzahl einsam im Raum verstreuter Hörer läßt keine richtige Atmosphäre aufkommen. Besser ist es dann noch, die Hörer sitzen dichtgedrängt wie Hühner auf der Stange. Schaffen Sie die Zuhörerdichte durch eine freundliche Aufforderung an die Hinterbänkler, nach vorn zu kommen. (»Im Theater sind vorn die teuersten Plätze.«) Sind nun aber in einem großen Saal nur ein paar Stuhlreihen besetzt, so darf man nicht seine Enttäuschung über den schlechten Besuch fühlen lassen. »Man darf nie die Erschienenen für die Fernbleibenden strafen« (Naumann). Im Gegenteil, man muß die *kleine* Schar der Hörer besonders freundlich ansprechen.

Der Redner ist ein Frischluft-Fanatiker. Der Tabaksqualm liegt oft wie ein Gebirgsmassiv über den Köpfen der Leute. Stikkige und verbrauchte Luft wird schnell unerträglich. Man sorge dafür, daß der Raum gut gelüftet ist und eine ausreichende, aber keine grelle Beleuchtung aufweist. Schwer ist es, in einem Raume Begeisterung zu entfachen, in dem es düster ist und triste wie in alten Katakomben.

Kontakt mit dem Publikum kann sich nur einstellen, wenn alle Hörer den Redner sehen können. Achten Sie darauf, daß nicht allzuweit entfernt eine Rückwand steht, die Sie akustisch stützt. (Eine offene Bühne z. B. verschlingt zu viel Schall.) Ein erhöhter Holzfußboden stärkt die Resonanz. Besonders, wenn der Redner ungünstig postiert ist, z. B. mitten im Saal, trifft das zu, was Naumann sagt: »Es gibt Versammlungssäle, die geradezu als Kraftausbraucher zu bezeichnen sind.« In großen Vortragsräumen lauern zwei Gefahren: entweder der *Schallschluck* oder der *Nachhall*. Im ersten Falle wird besonders auffällig das dumpfe, auslautende *e* verschluckt: in »dies*e* Silb*e*«. Artikulieren Sie dann besonders deutlich und lassen Sie die Nebensilben nicht fallen.

Im Falle des Nachhalls müssen Sie das Tempo verlangsamen. Den Nachhall finden wir besonders bei hohen oder vielfach aufgegliederten Räumen.

Herbert Biehle macht auf etwas sehr Wichtiges aufmerksam: Im quadratischen Raum spricht der Redner am besten von einer Ecke aus, da sich alle Zuhörer dann innerhalb des Schallkegels befinden.

Die Technik bietet heute viele Hilfsmittel, um die Raumakustik zu verbessern. Dennoch gelingt es nur selten, einem Raum die ideale Akustik zu vermitteln.

Auf dem Kongreß des Internationalen PEN-Clubs in London treffen sich Schriftsteller aus aller Welt. Der Saal hat eine derart schlechte Akustik, daß man die Redner schon in der dritten Stuhlreihe nicht mehr verstehen kann. Da macht der Präsident des Deutschen PEN-Zentrums, Erich Kästner, aus der Not eine Tugend und bemerkt hintergründig: »Wirklich ein idealer Raum für Schriftsteller-Zusammenkünfte. Jeder versteht hier nur sich selbst und kein Mensch das, was die anderen sagen.«

4.1.2 Die Rede im Freien

Das Reden ist heute eine Art Hallensport geworden. Geredet wird im geschlossenen Raum, von Ausnahmen abgesehen. Das war nicht immer so. Die Predigten Jesu, die Volksreden der Athener, die Bekehrungsappelle der mittelalterlichen Mönche: Sie fanden fast immer im Freien statt. Auch in den kühleren Zonen war das so. Berthold von Regensburg predigte vor über 60000 Zuhörern auf einem Feld bei Glatz in Schlesien. Der berühmte englische Kanzelredner Spurgeon (1834–1892) bedauert, daß die Verkündigung des Evangeliums geradezu eingemauert sei. Er schreibt, in der Bibel steht: »Gehet hin in alle Welt und predigt das Evangelium allen, die erschaffen sind« (Markus 16, 15). Statt dessen wird dieses Gebot so wenig befolgt, daß man denken könne, es heiße: »Gehe in deine eigene Kirche und predige das Evangelium den paar Kreaturen, die hereinkommen.«

Heute ist die Rede im Freien selten. Bei Missionsfesten, Sänger- und Turnfesten oder bei Feierstunden kommt sie gelegentlich vor, ebenso bei Massenkundgebungen. Zu beachten ist dann folgendes:

1. muß der Platz günstig gelegen sein; die Windrichtung muß einkalkuliert werden. Gegen den Wind zu sprechen ist allzu mühsam;
2. muß aus akustischen Gründen nicht weit vom Rednerpodium eine natürliche (Waldrand z. B.) oder künstliche Rückwand stehen;
3. soll der Redner langsamer sprechen, als er es im Saale tun würde. Nicht schreien, aber mit Resonanz und Nachdruck reden;

4. wird die Rede im Freien kein nüchterner Sachbericht sein, sondern Meinungsrede, die sich stärker an das Gefühl als an den Verstand wendet.

4.1.3 Das Rednerpult

Oft steht das Pult in zu weitem Abstand von der Hörerschaft, z. B. auf einer Bühne. Herunter von der Bühne – hinein in den Saal! Viele Rednerpulte sind zu klobig. Sie wirken wie eine Absperrung, wie eine Barrikade zwischen Redner und Hörer. Man muß sich oft mit solchen Riesengestellen von Anno 1900 begnügen, rege aber immer wieder an, doch schlichte und zweckmäßige Pulte anzuschaffen.

Der Redner kontrolliere, ob für ausreichende Beleuchtung gesorgt ist. Am besten ist eine Pultlampe, die die Lesefläche erhellt. Jedes Pult soll eine Unterleiste haben, damit die Notitzblätter des Redners nicht herunterfallen und im Segelflug durch den Raum gleiten.

Ist kein Pult vorhanden, sollte man sich ein behelfsmäßiges beschaffen, um das Stichwortkonzept in Sichthöhe bringen zu können. Schon ein einfacher Kasten erfüllt diesen Zweck. Es ist mißlich, muß man sich immer wieder zum Konzept hinabbeugen.

4.1.4 Gebrauch des Mikrophons

Wenn es irgend geht, soll der Redner ohne Mikrophon auskommen. Das ist bei einem Saal mit 300–400 Plätzen durchaus noch möglich! Das Mikrophon verzerrt leicht den Ton und hemmt die Unmittelbarkeit der Redewirkung. Oft gibt es ein unschönes Echo.

Gebrauchen Sie aber doch einen Lautsprecher, so achten Sie darauf, daß Sie einen einigermaßen gleichbleibenden Abstand vom Mikrophon bewahren. 20–30 cm ist in der Regel die beste Entfernung. Gut ist es, wenn mehrere Mikrophone vorhanden sind, in Abständen voneinander aufgestellt. Man braucht dann nicht wie angenagelt dazustehen.

Ein letztes hierzu: Sprechen Sie nicht zu laut ins Mikrophon. Auch dann nicht, wenn Sie einen Donner polemischer Breitseiten entfachen möchten. Den besorgen die Lautsprecher schon. Diese wittern aber Konkurrenz, wenn Sie zu schreien beginnen, und dann sorgen sie dafür, daß Ihre Stimme so lärmt, daß Sie keiner versteht. Lautsprecher sind empfindlich, man soll sie »nicht erzürnen«, meint Paul Schmidt.

4.1.5 Handhabung der Unterlagen

Kleine Äußerlichkeiten sind immer wieder zu bedenken. Vor der Rede feststellen: Sind die Stichworte sorgfältig geordnet? Ist alles Beweismaterial vorhanden? Es erweist sich nun als günstig, die Stichwort-Blätter nur *einseitig* beschrieben zu haben. Das lästige Umblättern entfällt. Man legt die erledigten Blätter unauffällig zur Seite. Legen wir die Uhr zwecks Zeitkontrolle auf das Pult. Manche Redner legen sich Zettel hin mit Aufschriften wie: Langsam sprechen! Deutlich sprechen! Zuhörer ansehen! Ruhig stehen!

4.2 Redner und Hörer

4.2.1 Grundhaltung

»Jede Rede gleicht der Belagerung der Seele des Hörers« (Chrysostomos, um 400 n. Chr.).

Jeder gute Redner muß von dem Grundsatz ausgehen, daß er der Diener seiner Hörer ist, daß er für die Mitmenschen da ist und nicht diese für ihn. Er wird Überheblichkeit ebenso meiden wie falsche Bescheidenheit. Von oben herab reden wirkt immer unsympathisch. Kühle im Verhalten erweckt leicht den Eindruck, als sei »der Betreffende nicht ehrlich und mit dem Herzen bei der Sache« (Rother).

»Für gewöhnlich behandeln die Hörer den Redner sogar besser, als er es verdient, und sie sind schon dankbar und zufrieden, wenn er nur halbwegs vernünftig redet« (Casson).

Ein guter Redner wird nicht mit erhobenem Zeigefinger schulmeistern. Er wird vielmehr als freundlicher Ratgeber wirken. Ein guter Redner wird Fachmann *sein* auf seinem Gebiet, aber nicht immer den Fachmann *herauskehren*.

Immer wieder erleben wir es, daß dem Nur-Fachmann der Blick für Zusammenhänge fehlt. Er sieht nur sein Spezialgebiet. Es ist aber wesentlich, daß der Hörer über die Einzeldinge hinaus größere Zusammenhänge erkennen kann. (Ein wahrer Kern liegt in der überspitzten Definition des »Experten«: Ein Experte ist ein Mann, der immer mehr über immer weniger weiß, bis er schließlich alles über gar nichts weiß.)

Daß der Redner seine Hörer achtet, ist selbstverständlich. Sollte man nicht dankbar sein, wenn Menschen gekommen sind, nur um zuzuhören? Am besten läßt sich *das richtige Auftreten des Redners* umschreiben mit den Worten: *selbstbewußt und doch bescheiden, leidenschaftlich und doch gezügelt.*

Überheblich zu sein ist schlechthin dumm. Nichts verärgert die Zuhörer so sehr. (Nur in der Debatte wird man den Arroganten gelegentlich mit seinen eigenen Waffen schlagen müssen!) Sonst aber gilt der Spruch von Wilhelm Busch: »Wie klein ist das, was einer ist, wenn man's an seinem Dünkel mißt.«

Man erinnert sich an das weise Wort Montaignes, welches besagt, daß wir auch auf den höchsten Stelzen noch immer mit unseren Beinen laufen und auf dem höchsten Thron noch immer mit unserem Gesäß sitzen.

Jede Rede ist Ausdruck der Gesamtpersönlichkeit. Sie müssen als Redner die Aufmerksamkeit und das Vertrauen der Hörer gewinnen und erhalten. Der Zuhörer hat ein sehr feines Empfinden dafür, ob der Vortragende voll und ganz hinter seinen Aussagen steht. Ehrlichkeit ist die Grundlage für verantwortliches Reden. Sie müssen den Hörer fesseln; die Rede muß unter die Haut gehen. Ob das gelingt, hängt nicht nur davon ab, *was* Sie sagen. Es kommt auch darauf an, *wie* Sie auftreten, *wie* Sie die Hörer ansprechen.

Die äußere (wie innere) Haltung sei frisch, elastisch und gespannt, aber nicht verkrampft. Einem abgespannten, müde wirkenden Redner nimmt man die beste Rede nicht ab.

4.2.2 Tonfall

Es heißt »der Ton macht die Musik«.

Den richtigen Tonfall zu haben ist äußerst wichtig. *Der Tonfall ist die Klimaanlage für den Raum der Seele.* Der Tonfall kann die Atmosphäre erwärmen, abkühlen, ja, zu Eis erstarren lassen. Ein kalter oder gereizter Tonfall läßt die menschlichen Beziehungen verdorren. Auch im Vortragssaal. Die Stimmung sinkt unter den Gefrierpunkt. Die Hörer bekommen seelische Frostschäden. Ungünstig wirkt auch die herrische Befehlsstimme. Es begegnen uns auch heute noch zackige Redner, deren Stimme so klingt, als wolle sie knarrende Türen im Spukschloß nachahmen. Aber auch ein salbungsvoller Tonfall gehört zum Rauschebart von Anno dazumal. Vergessen wir nicht: in »Stimmung« steckt das Wort »Stimme«! Sprechen wir stets mit klangvoller Stimme; nicht ausdruckslos – einförmig – ohne Teilnahme. Passen wir die Stimme dem jeweiligen Redegegenstand an. Es gibt Menschen, die im gleichen Tonfall gratulieren und kondolieren.

Humor und Ironie liegen oft weniger im Wortlaut als im Tonfall.

Der gleiche Inhalt einer Rede, ja die gleiche Formulierung schon wirkt völlig verschieden, je nachdem, *wie* der Vortrag ausfällt.

Eine einzige Zäsur, eine winzige Betonung kann die Wirkung eindringlich machen oder verpuffen lassen. Wichtig ist, die Pointe »herauszuschälen«, nicht nur in treffender Formulierung, sondern auch im richtigen Tonfall.

4.2.3 Redebeginn

Fangen Sie nicht sofort an zu sprechen, wenn Sie gerade erst das Podium betreten haben. Gut ist es, die Hörer freundlich, aber bestimmt mit den Augen zu *sammeln*. Dieser *Augengriff* ist die erste Kontaktaufnahme Redner-Hörer. Sie müssen gleich zu Beginn eine gewisse Wärme ausstrahlen. Der erste gute Eindruck, den der Hörer von Ihnen hat, ist oft entscheidend. Manche Redner beginnen betont leise, um die Zuhörer zur Aufmerksamkeit zu zwingen. Redelehrer des Altertums empfehlen sogar, die ersten Sätze zögernd und scheinbar unsicher vorzubringen, um auf diese Art Spannung und dadurch die Sammlung zu erreichen.

Wichtig ist, daß Sie unmittelbar vor Beginn einen starken Redewunsch haben und daß Sie die Freude beherrscht, den Hörern nun endlich Ihre Gedanken mitteilen zu dürfen.

Die »Selbsteinstimmung« zu Beginn ist äußerst wichtig. Eine Ausstrahlung auf die Hörer wird nur dem gelingen, der vom Thema buchstäblich ergriffen ist.

Eine genaue Beobachtung heutiger Redepraxis im Parlament bietet Jürgen Sandow in seiner Dissertation über die Bundestagsrhetorik. Über Wehners Bundestagsrede vom 30. 6. 1960 berichtet er: » Wehner beginnt seine Ausführungen mit leiser Stimme, tief über die Pultplatte gebeugt in das Mikrophon sprechend. Die legere Haltung und der leichte, gefällige Plauderton entsprechen sich.

. . . Dabei scheint er keine drei Worte lang sein Publikum – und insbesondere die Abgeordneten der Koalition, an die er sich verbal und körperlich immer wieder wendet! – aus den Augen zu lassen.«

4.2.4 Die Anrede

Luther begann seine berühmte Rede auf dem Reichstag zu Worms mit den Worten: »Allerdurchlauchtigster Großmächtiger Kaiser, Durchlauchtigste Fürsten, Gnädigste und Gnädige Herren!« In dieser Anrede reiht sich Superlativ an Superlativ, wie es sich damals für Untertanen untertänigst geziemte.

Noch um das Jahr 1800 herum war für die Mitglieder des württembergischen Landtags folgende Anrede vorgeschrieben: »Hochwürdige, achtbare, wohlgeborene, insonderheit großgünstige, hochzuverehrende Herren!« Einen solchen Katalog formeller Schmeicheleien anhören zu müssen, wäre für uns heute unerträglich. Wie die Rede selbst, so ist auch die Anrede in den letzten Jahrzehnten schlichter, schmuckloser, sachlicher geworden.

Die Anrede ist der erste Brückenschlag des Redners zum Hörer hin. Diese Kontaktaufnahme Redner-Hörer wird in jedem Falle höflich und freundlich, aber je nach der Situation vertraulich oder distanziert sein. Die neutrale Allerweltsanrede »Meine Damen und Herren!« wird am meisten benutzt. Das ist immer korrekt, aber doch etwas farblos. Die Anrede sollte möglichst auf den jeweiligen Hörerkreis abgestimmt sein. »Liebe Mitarbeiter«, »verehrte Freunde«, »liebe Heimatfreunde«, »liebe Kollegen«; das sind einige Möglichkeiten, die sich anbieten und die Abwechslung schaffen. »Meine lieben Landsleute«, so beginnt der Bundespräsident viele Ansprachen.

Wenn man die Zuhörerschaft nicht kennt, so ist es übertrieben, diese »sehr zu verehren«. Die Anrede soll respektvoll, aber nicht unterwürfig sein. »Hochzuverehrende Anwesende«: das klingt gestelzt und unglaubwürdig. Überhaupt ist das vielgebrauchte »verehrte Anwesende« reichlich blaß. Sind die Zuhörer denn nur »anwesend«? Das von Friedrich Naumann empfohlene »geehrte Versammlung« erscheint mir weit besser zu sein.

Herausragende Persönlichkeiten werden in der Rangfolge vorweg angesprochen, z. B. »Herr Minister, Herr Landrat, meine Damen und Herren!« Sind viele Honoratioren da, die Sie einzeln begrüßen wollen, so tun Sie gut daran, die Reihenfolge kurz zu notieren, auf daß Sie niemanden vergessen. Vergessen zu werden: darauf reagieren die meisten hochgradig empfindlich!

Man kann die Anrede auch in den ersten Satz einschieben, wie das Beispiel von Peter Nellen (M. d. B.) zeigt: »Selbst auf die Gefahr hin, Sie zu befremden, meine Damen und Herren, muß ich Sie bitten . . .«

Die Anrede gehört nicht nur an den Anfang. Man sollte sie auch hin und wieder in die Rede einflechten. Besonders an eindringlichen Stellen dient sie der besseren Fühlung mit den Hörern. Im Laufe des Vortrages sollte man die Anrede auch einmal variieren.

Merkt man, daß man mit den Hörern warm geworden ist, wird die Anrede nicht mehr so distanziert zu sein brauchen, ohne daß man etwa plump-vertraulich werden sollte. Die Anrede ganz in den Dienst des Kontaktes mit der Hörerschaft zu stellen, dazu gehört einige Erfahrung und etwas Fingerspitzengefühl.

Warnen möchte ich nur noch vor allem leutseligen Getue. »Meine lieben jungen Freunde!« Das ist oft zu hören, wirkt etwas erhaben und hochmütig, von oben herab, und wird vom »lieben jungen Freund« zu Recht übel vermerkt. Originelle Anreden aber erregen meistens Wohlwollen oder gar Heiterkeit, so als der Abgeordnete Kanka seine wenigen anwesenden Kollegen in der letzten Bundestagssitzung vor den Ferien einmal mit den Worten begrüßte: »Hochgeschätzte Hinterbliebene aus diesem Hohen Haus, die sich noch nicht auf- und davongemacht haben.«

4.2.5 Wechselwirkung Redner-Hörer

Mit Wechselwirkung bezeichnen wir die *sensorischen Rückwirkungen* der Rede auf den Redner. Sehr treffend umschreibt Friedrich Naumann das Wesen der Rede: »Die Rede ist eine Zwiesprache, bei der einer spricht und die anderen hörend mitreden.«

Eine Art *Versammlungselektrizität* muß da sein. Nicht ohne Grund spricht man von »zündenden« Reden. Der Funke springt über vom Redner zum Hörer – und umgekehrt. Es muß ein Stromkreis entstehen vom Redner zum Hörer und wieder zurück. Der Redner muß eine Aufnahmefähigkeit für Versammlungsregungen haben; er darf sich aber nicht vom Saal wegspülen lassen.

Anders ausgedrückt: der Redner gleicht einem Streichholz. Er muß sich an der Reibfläche Publikum entzünden können. Wenn die Hörer merken, daß der Vortragende mit dem Herzen bei der Sache ist, werden sie leichter mitgehen. Man spürt es dem Verhalten (Gesichtsausdruck, Körperhaltung, gespannte Stille) der Hörer sehr bald an, ob sie bereit sind, den Redner zu tragen.

Ausdruck sensorischer Rückwirkung ist vor allem der *Beifall.* Beifall ermuntert den Redner und macht ihn sicher. Beifall erfrischt die Atmosphäre wie ein Mairegen. Beifall beschwingt wie ein Rückenwind.

Immer wieder können wir beobachten, wie gute Redner nicht warten, bis der Applaus völlig abgeklungen ist. Sie machen eine Pause – auch mitten im Satz – wenn die Ovation einsetzt und sprechen dann in den *letzten* Teil des Beifalls hinein weiter (wobei sie oftmals die letzten Worte wiederholen, weil sie im einsetzenden Beifall untergingen). So wird den Hörern die Möglichkeit genommen, sich ganz zu verausgaben im Ausdruck ihrer Zustimmung. Sie werden bei nächst passender Gelegenheit um so leichter geneigt sein, zu klatschen, weil sie eben ein Ventil brauchen, um die *aufsteigende Freude* körperlich abzureagieren.

Wenn Paul Schmidt die Reden großer Staatsmänner übersetzte, nahm er sich vor, »dafür zu sorgen, daß bei dieser oder jener Stelle der Übersetzung applaudiert würde«. Er fährt fort: »Ich habe mir dann oft damit geholfen, daß ich hinter solchen Stellen besonders lange Pausen machte und innerlich den Zuhörern zurief: Wollt ihr wohl klatschen! – was auch meistens half!«

So wohltuend Beifall wirkt, man sollte sich hüten, ihn zu überschätzen. Beifallheischende Redner sind manchmal unverantwortlich oberflächlich. Applaus ist nicht immer ein Maßstab, weder für die Güte der Rede noch für die Güte der Hörerschaft. Das wußte auch der Feldherr Phokion (402–318 v. Chr.), denn als ihm die Athener auf einer Volksversammlung einmal mächtig Beifall spendeten, wandte er sich betreten an seine Freunde: »Habe ich etwas Dummes gesagt?« (Der umjubelte Phokion mußte übrigens nach der athenischen Niederlage als Makedonenfreund den Giftbecher nehmen.)

Applaus kann verschiedene Gründe haben. Einmal veranstalten die Hörer nur eine Wiederbelebungsübung, um infolge unbequemen Sitzens eingeschlafene Gliedmaßen zu wecken; ein andermal applaudieren sie aus echter Zustimmung, die aus dem Herzen kommt. Zum dritten: Beifall als Geste höflicher Gefälligkeit, so wie es Busch in folgendem Vierzeiler festhält:

»Die Welt ist höflich und gesellig
und eh man dich beleidigt,
sagt wohl ein jeder leicht, was dir gefällig,
denn keiner ist beeidigt.«

4.2.6 Zusammensetzung der Hörerschaft

Von entscheidender Bedeutung für die Redewirkung ist, daß Sie sich bei der Vorbereitung vergewissern, vor welchem Hörerkreis Sie sprechen werden. Sie müssen sich ja auf die Hörer einstellen und dürfen diese weder unter- noch überfordern. »Die Schwierigkeit für den Redner besteht also einmal in der Abschätzung der geistigen Fassungskraft seiner Hörer, sodann darin, daß er auf der Stufe, die ihm der schwächste Hörer vorschreibt, dennoch ein gewisses Höhenmaß innehält« (Christian Winkler). Was mir als Vortragendem klar ist, ist dem Hörer noch lange nicht deutlich. Ich muß es ihm ermöglichen, meinen in oft langwieriger Arbeit gefundenen Weg zum Ergebnis leicht nachzuvollziehen. Vielleicht habe ich mich wochenlang gequält, bis ich den Vortrag fertig hatte – und nun verlange ich vom Hörer, daß er das Ganze in wenigen Minuten richtig aufnimmt und verarbeitet. Ich darf es ihm nicht zu schwer machen.

Jedem Mißverständnis muß ich vorbeugen. Es gibt das sarkastische Wort eines erfahrenen Referenten: »Die Zuhörer teilen sich in zwei Gruppen: in eine, die nicht zuhört, und in die andere, die das meiste falsch versteht.« Das ist sicherlich weit übertrieben – aber ein Körnchen Wahrheit steckt darin.

Erwähnenswert ist noch folgendes: Die Erfahrung zeigt, daß der Eindruck einer Rede oft von einem winzigen Detail abhängt. Ein einziger falscher *Zungenschlag*, eine einzige unglückliche Wendung oder ein nebensächliches Beiwort können die günstige Wirkung einschränken oder gar aufheben. Deswegen kann man seine Rede gar nicht sorgfältig genug auf die *Nuancierung hin abhorchen* und durchkontrollieren.

Es ist durchweg leichter, zu einer gleichförmigen (=homogenen) Zuhörerschaft zu sprechen (Laien, Fachleute; Studenten, Kollegen; Menschen gleicher politischer Einstellung u. a.). Ein gleichartiger Hörerkreis bringt eben gleichartige Voraussetzungen mit.

Vor ungleichförmiger (=heterogener) Hörerschaft zu sprechen ist schwieriger. Es ist nicht leicht, Laien wie Fachleuten gleichzeitig gerecht zu werden. Das Bildungsgefälle ist zu groß. Wenn so verschiedene Voraussetzungen gegeben sind, muß man möglichst allen Gruppen *etwas* bieten. Denken Sie auch an einzelne, besonders an prominente Zuhörer, von denen Sie wissen, daß sie kommen werden. Was muß diesem und jenem gesagt werden? – Direkt oder indirekt. Schon bei der Vorbereitung muß man sich ständig »innerlich von den Hörern begleitet« sehen (Gerathewohl). Wenden Sie sich aber eher den Laien zu, besonders wenn diese die Mehrheit bilden. Intellektuelle Feinkost ist nicht jedermanns Sache. Viel zu wenige Redner können sich umstellen auf verschiedenartige Hörerkreise. So manchem, der die akademische Prunkrede beherrscht, fehlt die volkstümliche Sprache, um auch andernorts wirken zu können.

Bismarck z. B. war ein glänzender Parlamentsredner. Aber vor Volksversammlungen ist er kaum vorstellbar. Ein Mann wie Lloyd George dagegen war in allen Sätteln gerecht. Er sprach im Parlament brillant und dialektisch, vor Gelehrtengremien gelehrt, vor dem Volke besonders anschaulich, witzig und derb.

Eine wahre Kunst bewundern wir bei manchem Redner, der in allgemein verständlicher Form auch dem Fachmann etwas Neues und Bemerkenswertes zu sagen hat.

Wichtig ist, das voraussichtliche Niveau der Hörer zu bestimmen und sich mit der Rede darauf einzurichten. Fragen Sie also immer: Wer sitzt mir gegenüber? Wie viele werden es wohl sein? Was erwarten sie von mir? Welche Voraussetzungen sind gegeben?

Naumann weist auf die Unterschiede in der Behandlung einer Versammlung durch den Redner hin, je nachdem, in welcher Gegend er spricht. »Nach Norden nimmt nicht nur die äußere Beweglichkeit der Versammlung ab, sondern auch die Schnelligkeit der Zunge. Man muß aber dort mindestens ebensoviel in wenigen Worten zu sagen wissen.«

4.2.7 Zuhörerposition

»Stelle dich auf deine Hörer ein. Überlege, was ihre Aufmerksamkeit am meisten fesselt, was sie am liebsten hören, was ihre angenehmsten Erinnerungen beschwört, und spiele auf Dinge an, die sie kennen« (Hamilton).

Besonders bei der Meinungsrede muß man sich immer in die Lage der Zuhörer hineinversetzen. Das ist die entscheidende Voraussetzung, um bei den Hörern anzukommen. Henry Ford hat den Weg zum Erfolg so beschrieben: »Den Standpunkt des anderen verstehen und die Dinge mit seinen Augen ansehen.« Ich muß mich als Redner nicht nur in die Lage des Gegenübers hinein*denken*, sondern auch hinein*fühlen*. Das ist nicht immer einfach. Wo stehen diese Menschen, die mir zuhören werden? Wie denken sie, wie fühlen sie, was wissen sie, was *möchten* sie hören, und was *muß* ich ihnen sagen? Ist das, was ich ausführen werde, den Hörern völlig neu? Oder renne ich offene Türen ein? Sind in einer politischen Versammlung voraussichtlich viele Gegner da? Wenn ich mir diese und ähnliche Fragen so gut es geht beantworte, dann werde ich auch eine größere Bereitschaft zur Zustimmung vorfinden.

Es gibt die Anekdote von jenem biederen Bürger, der sich vornimmt, endlich einmal ein vernünftiges Buch zu lesen. Und da fällt ihm ausgerechnet Immanuel Kants »Kritik der reinen Vernunft« in die Hände. Nach drei Minuten klappt er das Buch wieder zu und meint kopfschüttelnd: »Mensch – Kant, deine Sorgen möcht' ich haben!«

Wie Kant hier, so kann es auch dem Redner ergehen. Was er sagt, mag gut und richtig sein, aber es interessiert den Hörer nicht. Interesse aber hat der Hörer immer an Tatsachen und Gedanken, die auch ihn selbst betreffen. Sie werden stets ein offenes Ohr finden, wenn Sie etwas klären, was das Leben Ihres Gegenübers beeinflußt. Zeigen Sie dem Hörer, wo sich nur die Möglichkeit bietet: »*Tua* res agitur!« (sagten die alten Römer). *Deine* Angelegenheiten werden hier behandelt!

Sind Sie mutmaßlich der gleichen Meinung wie die Hörerschaft, so kommt es darauf an, eben diese Meinung zu bestärken. Sie müssen diese Meinung aus einer oft verschwommenen Sympathie-Vorstellung des Hörers in dessen helles Bewußtsein heben und sie ganz exakt präzisieren und transparent machen. Sind Sie aber mutmaßlich anderer Meinung als die Hörerschaft, so kommt es darauf an, deren Meinung *behutsam* zu ändern. Sie tun gut daran, nicht sofort mit der Tür ins Haus zu fallen. Gehen Sie auf die Meinung der Gegner ein und stellen Sie durch ein feingesponnenes Gewebe von Gründen und Beweisen Ihre Meinung als die stichhaltige hin, ohne Ihr Gegenüber zu verletzen. Der Redner ist stets auch Pädagoge. Je weniger man ihm allerdings den Pädagogen anmerkt, desto besser ist es.

Der gute Redner wird oft das artikulieren, was viele denken und fühlen.

Urs Schwarz stellt in seiner Kennedy-Biographie fest: Der Ton von Kennedys Reden »war neu und schien doch vertraut, denn das Beste amerikanischer Tradition war in ihnen lebendig.« »Er verlieh dem Denken und Fühlen von vielen Millionen Menschen Gestalt, denen weder die Gabe noch die Möglichkeiten des Ausdrucks verliehen war.«

Die Erfahrung lehrt, daß man selbst trotz wirklich guter Redeleistung mit zwingender Beweisführung manche Gegner nicht überzeugen kann. Wenn wir diese dann wenigstens nachdenklich stimmen, haben wir immerhin ein Teilziel erreicht. Der Redner darf sich keinen Illusionen hingeben. Mit noch so schlüssiger Logik kommt man längst nicht immer durch. Vor der Einsicht des Hörers türmen sich oft Barrikaden unkontrollierbarer Gefühle und Vorurteile. Die Macht eines tiefverwurzelten Wunschdenkens ist unabsehbar. (S. die psychologische Untersuchung über das Wesen des Vorurteils: G. W. Allport: »The Nature of Prejudice«, Boston 1954.) Versuchen wir, Gefühle und Vorurteile aufzuspüren und, wenn möglich, abzubauen. Viele Entscheidungen werden aus dem Irrationalen heraus gefällt. Und wir Redner sollten uns hier selbst nichts vormachen: wir sind immer wieder stark emotional bestimmt, auch wenn wir uns noch so sehr bemühen, objektiv zu sein. Keiner kann ganz aus seiner Haut heraus.

Nicht jeder äußere Erfolg des Redners ist auch ein innerer und bleibender. Mancher tiefschürfende Vortrag ist leise und äußerlich wenig brillant. Es ist nicht der einzige Maßstab für die Güte einer Rede, daß sich die Zuhörer die Haut von den Händen klatschen. (Siehe auch in meinem Buch »Schule der Debatte« die Kap. 2.4, 2.5)

4.2.8 Zur Massenpsychologie

Es ist eine bekannte Tatsache, daß sich der Mensch in der Masse anders verhält denn als einzelner. Selbst ein ausgeprägter Individualist vermag sich kaum einer Massensuggestion zu entziehen. Wann eine Hörergemeinschaft zur Masse wird, ist von Fall zu Fall verschieden. Die Grenzen sind fließend. Aber: je größer die Zuhörerschaft, desto eher wird sie zur Masse.

Es gibt zwei Grundgesetze, die das Verhalten der Menschen in der Masse bestimmen:

1. Die Masse reagiert leicht auf Gemütsbewegungen.
2. Die Masse zeigt eine geschwächte Urteilskraft.

Die Masse ist ohne Antenne für logische Filigran-Arbeit. Sie will eindeutige, kräftige Urteile. Je größer die Menge ist, desto mehr muß man die Konturen vereinfachen, Wiederholungen bringen, volkstümlicher reden, sich an das Gemeinschaftsgefühl wenden. Der Mensch wird in der Masse »leichtgläubig« (Baschwitz). Er neigt zur Entpersönlichung. Seine Kritikfähigkeit wird gemindert, auf logisch nicht voll faßbare Weise.

Das Unterscheidungsvermögen des Menschen in der Masse ist eingeschränkt. Er neigt zur Schwarz-Weiß-Malerei. Triebhaftes und Irrationales tritt hervor. Gar zu düster aber sieht Franz Grillparzer das Problem, wenn er schreibt: »Erträglich ist der Mensch als einzelner, im Haufen steht die Tierwelt gar zu nah.«

Massenredner laufen stets Gefahr, durch Übertreibungen und zündende Vereinfachung der Probleme zu Schwindlern zu werden. Die Massenrede ist daher auch zu allen Zeiten der Tummelplatz für Demagogen aller Art. Sie machen sich die Massensuggestion zunutze und loten mit dem Appell an unkontrollierbare

Gefühle ihren Willen ins Unterbewußtsein der Menschen – oft genug mit verheerenden Folgen.

Hitler als einer der größten Demagogen der Weltgeschichte hat sich die Massenpsychologie zu eigen gemacht. Er schreibt in »Mein Kampf«: »In einer Massenversammlung ist das Denken ausgeschaltet. Und weil ich diesen Zustand brauche, weil er mir den größten Wirkungsgrad meiner Reden sichert, lasse ich alle in die Versammlungen schicken, wo sie mit zur Masse werden, ob sie wollen oder nicht. ›Intellektuelle‹ und Bürger so gut wie die Arbeiter. Ich mische das Volk. Ich spreche zu ihm als Masse.« – Über den Redner Hitler in den 1920er Jahren urteilt Karl Tschuppig wie folgt: »Eine, wie man in Österreich sagt, ›knödlige‹ Sprache. Dabei dennoch verständlich und selbst im Umkreis eines Radius von 60 Metern vernehmbar . . . Dabei ist seine rhetorische Kunst, die Kunst zu gliedern und aufzubauen, Pointen vorzubereiten, sehr gering. Es fehlt ihr auch die beste Würze: der Humor. Hitler ist ganz humorlos, nur pathetisch. Seine Steigerungen bestehen in der Übersteigerung des Pathos . . . Rhetorisch schwach, gedanklich gleich Null, bleibt an Hitlers Rede als wirksamstes Moment nur seine Fähigkeit, Gefühlsregungen zu übertragen.«

Auch der verantwortungsbewußte Redner wird sich auf die Massensituation einstellen, aber er wird sich im wesentlichen auf die Nutzanwendung folgender Überlegungen beschränken:

a) Je größer die Hörerschaft, desto einfacher muß die Diktion sein (abgesehen von Vorträgen vor reinen Fachgremien).
b) Je größer die Hörerschaft, desto anschaulicher und bildkräftiger muß gesprochen werden.

In der Masse verändert sich der einzelne – und vor der Masse oft genug der Redner. Viele große Redner sind privat sogar scheu und gehemmt. Vor den Zuhörern erkennt man sie dann nicht wieder. Sie reden frei und gelöst, packend und überzeugend. Phyllis Hoir (»I was Churchills Private Secretary«) berichtet, daß Churchill im Einzelgespräch ein wenig lispelte und sehr oft stotterte: auf der Rednertribüne aber, da war er in seinem Element – und Lispeln und Stottern waren wie weggeblasen.

(Das Problem »Zwischenrufe in der Rede« behandle ich in »Schule der Debatte«, Kap. 3.3)

4.2.9 Dokument: Fritz Erler über den Redner Fritz Erler

Am 7. Januar 1965 sendete das Zweite Deutsche Fernsehen ein Interview »Zur Person« des (1967 verstorbenen) Politikers Fritz Erler. Es folgt hier der Einleitungsteil des Dialogs zwischen Günter Gaus und Fritz Erler (Quelle: Fritz Erler, Politik für Deutschland, Stuttgart 1968). Er gibt reichen Aufschluß darüber, wie ein hervorragender Redner seiner Zeit die Funktion der Rede beurteilte. Darüber hinaus ist es interessant, Einblick zu gewinnen in die Praxis des politischen Redekampfes.

Gaus: Herr Erler, Sie gelten als einer der besten Redner in der Debatte des Bundestages. Ein Talent, das Sie als Fraktionsvorsitzender der SPD oft beweisen konnten. Lassen Sie mich mit der Frage anfangen: Für den geübten Redner Fritz Erler, sind für den die rhetorischen Wirkungen, die er erzielt, auskalkuliert und vorausberechnet, oder sind auch Sie abhängig von der Reaktion Ihrer Zuhörerschaft?

Erler: Beides! Die meisten meiner Reden sind ja nicht geschrieben: Ganz selten verlese ich aus besonderen Anlässen einen vorbereiteten Text. Der besondere Anlaß besteht nur darin, daß man auf diese Weise die Sicherheit hat, daß die Presse den Text auch wirklich bringt. Er ist also mehr zur Bequemlichkeit der Journalisten als zur Beruhigung des Redners geschrieben. Im allgemeinen spreche ich nur nach Stichworten. Und das schließt schon eine genaue Berücksichtigung der zu erwartenden Reaktionen des Publikums – sei es des Bundestages oder einer Versammlung oder eines anderen Auditoriums – aus. Aber natürlich weiß man aus langer Erfahrung, welche Passagen eine besondere Aufmerksamkeit bei den Zuhörern finden. Und es ist sicher so, daß die Art des Echos auch den Redner mitträgt. Der Künstler lebt bekanntlich auch vom Applaus – und dies gilt auch für den Redner. Nur muß sich ein politischer Redner davor hüten, dann etwa durch die Zustimmung einer großen Massenversammlung sich fortreißen zu lassen zu Erklärungen, die etwas der Verstandeskontrolle entgleiten.

Gaus: Sind Sie für sich sicher, daß Sie solche Kontrolle niemals aufgeben werden, daß Sie sich immer in der Hand behalten, daß Sie nicht durch Reaktionen des Publikums in Rage geraten können und außer Kontrolle geraten?

Erler: Ich würde sagen, das Wort »niemals« soll man niemals aussprechen. Das ist einfach zu hoch gestochen; eine so hohe Bürgschaft kann niemand übernehmen. Man kann sich nur darum bemühen, sich immer in Kontrolle zu halten. Aber ich weiß z. B., daß bei hitzigen Wortgefechten im Bundestag auch der eine oder andere Zwischenruf mich so erregt, daß meine Antwort darauf nicht immer glücklich ist. Meist ist meine Antwort sehr schnell. Bevor der Fragende den Mund richtig zu hat, ist die Antwort schon heraus; dafür bin ich im Bundestag bekannt und mitunter auch etwas gefürchtet. Aber es gibt natürlich bei dieser Art Fechtweise unter Umständen auch Situationen, wo man unversehens den einen oder anderen Kollegen kränkt, ohne das eigentlich gewollt zu haben. Das tut einem dann hinterher leid. Vor solchen Reaktionen ist niemand sicher. Aber in langjähriger Erfahrung lernt man sich auch auf diesem Gebiete besser zügeln.

Gaus: Diese schnelle Reaktionsfähigkeit, die Sie zum Beispiel beim Anbringen von Zwischenrufen, Zwischenfragen oft bewiesen haben, bereitet Ihnen das Vergnügen?

Erler: Ich muß sagen, ja! Natürlich gibt es Fragen, die so beschaffen sind, daß sie eines gewissen Nachdenkens, bevor man antwortet, bedürfen. Sonst würde man sich den Vorwurf Dr. Adenauers zuziehen, der da gesagt hat: »Bei dem«, ich weiß nicht mehr, wen er meinte, da säße »das Sprechzentrum zu nahe beim Gehirn«. Man muß also schon denken, bevor man spricht. Aber die meisten Zwischenrufe kann man sich ja vorher ausrechnen. Man weiß ungefähr, in welche Stimmung man hineinspricht, ist also nicht ganz unvorbereitet. Es gibt natürlich auch Zwischenrufe, die so genau zur Aufklärung eines Sachverhaltes beitragen oder auffordern, daß man, ehe man den Zwischenruf in der Sache beantwortet, erst ein paar inhaltslose Worte spricht, die einem Zeit zum Nachdenken geben. Das Beliebteste im Bundestage dafür ist die Wiederholung der Anrede »Herr Präsident, meine sehr verehrten Damen und Herren«; dann hat man schon etwas Zeit gewonnen.

Gaus: Herr Erler, um die Anrede zu gebrauchen, in der Sozialdemokratischen Partei, deren stellvertretender Vorsitzender unter Willy Brandt und neben Herbert Wehner Sie sind, in der SPD wird vor allem Ihr scharfer Intellekt gerühmt, mit dem Sie politische Probleme, vor allem außenpolitische und verteidigungspolitische Fragen, durchdenken. Hat dieser scharf ausgeprägte Intellekt zur Folge, daß Sie nach Ihrem eigenen Urteil eher ein Debatter, eher ein Diskutierer mit Argumenten hin und her sind, als ein Versammlungsredner in großen Massenversammlungen, wo etwas anderes als Intellekt verlangt wird?

Erler: Ich ziehe auch ein erhebliches Publikum in große Massenversammlungen. Aber ich glaube nicht, daß ich das bin, was man einen Volkstribunen nennen könnte. Schon in ziemlich früher Jugend hatte ich einmal in Berlin Gelegenheit, den Vortrag einer damaligen sozialdemokratischen Reichstagsabgeordneten, Toni Sender, vor einem Forum junger Menschen einzuführen. Das war sicher sehr sachlich und anständig, was ich da gesagt habe. Aber einer meiner Freunde kam dann zu mir und sagte: »Ein Volksredner wirste nicht!« Damit war zunächst mal dessen Urteil gesprochen. Es hat sich dann nicht ganz so bestätigt, denn inzwischen vermag ich durchaus auch ein großes Publikum zu fesseln. Aber ich glaube, nicht durch das Entfesseln eines stürmischen Gefühlsausbruches, durch das Erzeugen von Begeisterung, sondern mehr durch das Zwingen zum Mitdenken. Wenn ich draußen im Lande auftrete, habe ich natürlich Vorträge zu halten. Oder auch im studentischen Milieu etwas Vorlesungsähnliches zur Einführung einer Diskussion darzubieten. Es ist ganz klar, daß das ein anderer Redestil ist. Aber meine Veranstaltungen sind immer, wenn ich den Presseberichten, die nachher erscheinen, etwas Glauben schenken darf, und dem Echo, das mir sonst in Briefen zukommt, etwas Information, etwas staatsbürgerliche Aufklärung, etwas Anspruchsvolles für den Hörer. Ihn zum Mitdenken und auch zum Mittun zu bewegen, ist sicher dabei ein Motiv. Aber Begeisterungsstürme, glaube ich, habe ich bisher nicht entfesselt.

Gaus: Halten Sie die Tatsache, daß Sie, wie Sie selbst sagen, nicht dazu angetan sind, Begeisterungsstürme hervorzurufen, halten Sie diese Tatsache für einen politischen Mangel?

Erler: Nein, ich halte sie für einen politischen Vorteil. Ich finde, daß es in unserem Lande viele Figuren gegeben hat, die Begeisterungsstürme entfesselten, aber dabei die Kontrolle über sich verloren – aber dann verlieren auch die Begeisterten die Kontrolle. Ich finde, daß es besser ist, wenn man auch seine Zuhörer dazu erzieht, sich in der Kontrolle zu behalten.

4.3 Allgemeine Erfahrungen und Überlegungen

4.3.1 Auftreten des Redners

»Ein Podium ist eine unbarmherzige Sache – da steht der Mensch nackter als im Sonnenbad«, schreibt Tucholsky. Sein Äußeres wird vom Hörer sehr kritisch unter die Lupe genommen. Es ist nicht immer angebracht, burschikos mit wehendem Schlips in die Arena zu treten. Zwar kam Goebbels grundsätzlich eine halbe Stunde zu spät zur Versammlung, um die Spannung zu erhöhen; ich rate aber, diesen Mann auch in dieser Beziehung nicht nachzuahmen. Es ist ungehörig, die Zuhörer auf die »Wartburg« zu versetzen.

Die Grundhaltung ist am besten gespannt und doch locker. Man schaue nicht immer zur Saaldecke hin, als sei am Kronleuchter etwas nicht in Ordnung. Wir sehen die Zuhörer freundlich an und beobachten ihre Reaktion. Man kann aus Mienenspiel und Körperhaltung herauslesen: Zweifel, Anteilnahme, Ablehnung, Zustimmung. (Stirnrunzeln, Kopfbewegung!)

Manche Redner schlürfen alle zehn Minuten Wasser, als machten sie eine Brunnenkur. Das Wasserglas benutze man nur im

Notfall. Es ist ein Irrtum, anzunehmen, ein Schluck Wasser helfe über Heiserkeit hinweg. –

(Hilde Obels-Jünemann schnupperte auf dem Rednerpult des niedersächsischen Landtages an dem leergetrunkenen Wasserglas ihres Vorredners und verkündete: »Ich habe feststellen wollen, ob Whisky drin war, weil ich sonst einige Ausführungen meines Herrn Vorredners unverständlich fände.«)

In einem Raum voll verbrauchter Luft zu sprechen ist äußerst anstrengend. In einer Rauchkammer sollte man nicht vortragen. Der Redner sei vor starkem Tabakgenuß gewarnt. – Es ist gleichgültig, ob wir mit den alten Humanisten das Rauchen definieren als »libido potandi nebulas« = »die Gier, Nebel zu trinken«, oder ob wir es mit modernen Psychologen halten, die von einem infantilen Lutschkomplex sprechen: starkes Rauchen schädigt die Stimme. (Raucherkatarrh!) Ärzte raten Männern, die viel reden müssen, das Rauchen aufzugeben oder wenigstens einzuschränken.

4.3.2 Konzentration

Die Intensität des Sprechens verrät die Spannung des Denkens. Wichtig ist, daß der Schein der Leichtigkeit gewahrt bleibt. (Gelegentlich aber schadet es auch nicht, wenn der Hörer den Redner beim vielleicht stockenden Suchen nach der besten Formulierung erlebt. Auch dies bringt ein Spannungsmoment, das nicht unbedingt etwas mit Verlegenheit zu tun hat.)

»Lästige Gedanken sind wie zudringliche Stechmücken«, so sagt Busch einmal. Es ist eine Frage der Konzentration auf die Hauptsache, ob es einem gelingt, schädliche Nebengedanken auszuschalten. Manche Redner werden von einer Flut der Nebengedanken weggeschwemmt: sie kommen bei jedem Punkt ihres Vortrages unbeabsichtigt vom Hundertsten ins Tausendste. Die Rede zerfasert; dem hilflosen Zuhörer wird sie zum Labyrinth.

In diesem Zusammenhang sei auf die Bedeutung der Improvisation in der Rede hingewiesen. Mitten in der Rede fällt es plötzlich wie Schuppen von den Augen; eine Eingebung taucht auf, eine Erkenntnis wird gewonnen – und aus dem Stegreif formulieren wir sie. Das bekannteste Beispiel für diesen Fall ist der »Donnerkeil« des Mirabeau (23. Juni 1789), der dazu beitrug, die Französische Revolution zu entfachen.

So ist es auch in der alltäglichen Redepraxis gar nicht selten, daß einem die unerwartete Lösung eines Knotens mitten in der Rede einfällt. Damaschke schreibt: »Einzelne Schwierigkeiten, die bei der Vorbereitung quälten und nicht völlig überwindbar schienen, werden oft blitzschnell erleuchtet und geklärt während des Vortrages selbst. Das Wort, das man ausspricht, wirkt nämlich nicht nur nach außen; es wirkt auch nach innen.« Es gehört zu den beglückendsten Erlebnissen des Redners, wenn sich während der Rede das Tor zu neuen Erkenntnissen und Gedankenreihen auftut.

Man kann zwar immer wieder Gedanken einfügen, die nicht im Konzept vorgesehen sind, man muß sich aber *offenhalten* während der Rede; doch darf die Improvisation den Vortrag nicht überwuchern. Bei so manchen Stegreifrednern, denen die Gedanken nur so zufliegen, fehlt der Zusammenhang der Rede. Es geht alles wie Kraut und Rüben durcheinander. Ein Spötter sagte: »Herr X spricht heute zum Thema: ›Was mir gerade alles so einfällt‹.«

Die Regel lautet also: *Wichtige* neu aufkommende Gedanken einflechten – unwichtige Nebengedanken rigoros beiseite lassen. Die Rede wird sonst garantiert zu lang. Professor Bey schreibt über die Rhetorik im Kongreßwesen: »Die feinste captatio benevolentiae für jeden Redner ist die *Unter*schreitung der gewährten Redezeit. Das Gegenteil ist eine Rücksichtslosigkeit gegen alle Beteiligten, vor allem die folgenden Redner. Der Verlauf der Tagung ist in Gefahr durch einen einzelnen, der nicht maßhält.« Und er fährt fort: »Immer lohnt die Probe mit der Stoppuhr, Nurmis Geheimnis.«

4.3.3 Sprechdenken statt ablesen

»Wer sklavisch ans Manuskript gefesselt ist, mag ein guter Vorleser werden, ein guter Redner wird er nie. Der Zuhörer erwartet ein denkendes Sprechen, nicht ein rezitierendes Reden, selbst wenn der Redner gelegentlich über die Satzkonstruktion stolpert oder sein Wortgefüge nicht grammatikalisch korrekt beendet« (Heinz Kühn).

Beherrschung der freien Rede bedeutet Beherrschung des Sprechdenkens. Ein Vortrag ist kein Hersagen eines Aufsatzes. Wir überfliegen während des Sprechens die nächsten Stichworte, starren aber nicht wie gebannt auf das Konzept. Selbst ein bis ins einzelne vorbereitetes Referat muß wie improvisiert wirken.

Man sollte nicht jemanden als Redner ankündigen, der sich nur als mehr oder minder guter Vorleser betätigt. »Man muß die Gesichter der Zuhörer beobachtet haben, wenn ein vermeintlicher Redner das Podium besteigt und zunächst ein schweres Manuskript auf das Pult legt. Man darf sicher sein, daß die Mehrheit der Zuhörer nicht auf die Rede hört, sondern betrübt verfolgt, wie langsam sich das Verhältnis der verlesenen zu den noch nicht verlesenen Manuskriptblättern wandelt« (Dovifat).

Zuhörer haben eine starke Abneigung gegen das Ablesen einer Rede. Ironisch empfiehlt deshalb Tucholsky: »Am besten ist es, du liest deine Rede ab. Das ist sicher, zuverlässig; auch freut es jedermann, wenn der lesende Redner nach jedem vierten Satz mißtrauisch hochblickt, ob auch noch alle da sind.« –

(Der Reichspräsident v. Hindenburg las seine Reden fast immer vom Blatt ab. Dabei geschah einmal folgendes: Er beschloß seine Rede mit »Unser geliebtes deutsches Vaterland, es lebe hoch – hoch« – Seite zu Ende. Pause. Umgeblättert. Hingeschaut. Und dann wurde das einsame dritte »Hoch« ausgerufen, das auf der neuen Seite zu lesen war.)

Wir sollten nicht so tun, als seien die Hörer Analphabeten. Hörer wollen den persönlichen Kontakt des Redners, das Fluidum des augenblicklich formulierten Vortrages. Deshalb wird die Regel lauten: Wir sprechen halbfrei.

Carlo Schmid schreibt über den langjährigen SPD-Vorsitzenden Kurt Schumacher: »Er hatte immer ein Manuskript vor sich liegen, aber ich habe es nie erlebt, daß er abgelesen hätte. Immer sprach er über das Geschriebene hinweg, aus der Eingebung des Augenblicks heraus, aber diese Eingebung war nie freischwebend und war nie unkontrolliert: sie war gewissermaßen die Melodie auf dem Grundakkord, der auf dem Manuskript verzeichnet stand.«

Das ist ein treffender Vergleich: *Melodie auf dem Grundakkord.* Das Stichwortkonzept ist der Akkord, die Wortausgestaltung die Melodie. Eine nur abgelesene Rede wird schwerlich überzeugen. Der CSU-Abgeordnete Dr. Jaeger sagte einmal: »Wer nicht reden kann, gehört so wenig in ein Parlament, wie ein Blinder ins Kino.« Aber selbst bei erfahrenen Politikern ist das Unvermögen verbreitet, Gedanken in freier Rede vorzutragen, wie es z. B. die Geschäftsordnung des Bundestages fordert. Männer an exponierten Stellen mit großer Verantwortung lesen allerdings nur ab, um ganz sicherzugehen, da ein einziges unbedachtes Wort schwere Folgen haben kann. Gegner und Aushorcherkolonnen von Journalisten lauern oft nur darauf, daß dem Redner ein lapsus linguae, ein falscher Zungenschlag unterläuft, um diesen dann gebührend ausschlachten zu können.

Eigentlich brauchten nur Regierungserklärungen, Protokolle und Jahresberichte wörtlich ausformuliert zu werden. Für die wissenschaftliche Vorlesungsreihe sei folgendes zu bedenken gegeben:

1. Jede Einzelvorlesung ist nur Glied in einer Kette, doch ist es rhetorisch günstig, wenn sie auch in sich abgerundet ist.
2. Auch bei wörtlicher Ausarbeitung wird man am besten so frei wie möglich ablesen.
3. Es gilt, von Zeit zu Zeit prägnante Zusammenfassungen zu bieten. Unter Umständen die Inhalte in neuer Wortausgestaltung.
4. Besonders Wichtiges wird wörtlich zitiert; langsam, zum Mitschreiben.
5. Man tut gut daran, nach jedem größeren Abschnitt den Stu-

denten Gelegenheit zu Fragen und zur Diskussion zu geben. Oft sind Studierende in ihrer Aufnahmefähigkeit überfordert, wenn sie – ohne direkte Nachfrage- und Vertiefungsmöglichkeit – 45 oder gar 90 Minuten lang Wissensstoff geboten bekommen.

6. Vorlesungen überlieferter Prägung haben heute nur Sinn, wenn sie von einem persönlichen Fluidum bestimmt sind; ein Merkmal, das bei Büchern in dieser Weise nicht vorhanden sein kann.
(Je freier die Vorlesung gehalten wird, desto besser ist es. Wohl keiner, der eine Vorlesung des Philosophen Ernst Bloch gehört hat, konnte sich der eigentümlichen Faszinationskraft seiner Redeweise entziehen. Das Wesentliche: man spürte den erregenden Geburtsvorgang seiner Formulierung.)

Die Regel wird die freie Rede nach Stichworten sein. Der Redner mit Stichwortkonzept arbeitet wie ein Artist mit Netz: im Notfall kann nichts passieren. Bei einer größeren Rede ganz ohne Stichworte auskommen zu wollen ist gefährlich, selbst für routinierte Redner. Auch das beste Gedächtnis ist manchmal launisch wie eine Primadonna. Auch das beste Gedächtnis verweigert manchmal die Aussage wie ein Zeuge der Verwandtschaft vor Gericht. Was dem Schauspieler der Souffleur ist, ist dem Redner sein Konzept. Ein Souffleur hilft nur in der Not und gibt ein Stichwort. Er ist aber kein Vorsager für schlecht präparierte Darsteller, wie es in einer vernichtenden Kritik über eine Schauspiel-Aufführung hieß: »Gestern abend las uns der Souffleur ein neues Stück vor. Leider wurde er ein paarmal von Personen unterbrochen, die sich auf der Bühne befanden . . .«

Sprechdenken kann man üben. Im Kern ist der Vorgang folgender: Man liest, während man noch den letzten Satz zuende spricht, die nachfolgenden Stichwörter. Es ist ein rasches, vorausschauendes und *raffendes* Lesen, bei dem der Augenkontakt zu den Hörern nur sehr kurz unterbrochen wird. Das Kurzgedächtnis nimmt die Informationen auf, diese werden zu Sätzen ausgeformt, während der Blick wieder auf die Zuhörer gerichtet ist. Der Vortrag soll zwar flüssig sein, doch darf er nicht mit kalter

Perfektion abgespult werden. Wie oft spüren wir jene kaltschnäuzige Routine, mit der die Rede absolviert wird. Die Hörer müssen merken, daß man voll und ganz hinter den Worten steht.

Der Redner bewahre seine Hörer vor rhetorischem Lametta, vor Phrasen, vor leerem Wortschall, vor abgegriffenen Wendungen. Seine Ausführungen seien bestimmt und eindeutig. Viele Redner sind äußerst vorsichtig in ihrer Formulierung. Ihre Sätze sind wie Kautschuk. Sie bringen dehnbare Aussagen. Sie legen sich nicht völlig fest, sondern lassen sich gern ein Hintertürchen offen. Ein vielfaches ›wenn‹ und ›aber‹, ›könnte‹ und ›möchte‹, ›vielleicht‹ und ›in etwa‹ wird leicht zur rhetorischen Seiltänzerei. (Busch meint hier bissig: »Gar mancher Schwierigkeit entweicht man durch das hübsche Wort ›vielleicht‹.«) Der Hörer hat aber ein Anrecht auf eine klare, unverschleierte Rede.

4.3.4 Das Versprechen

Daß man sich einmal verspricht, läßt sich nie ganz vermeiden. Man verbessere sich aber nicht wegen kleiner grammatischer Unrichtigkeiten. Auch dem besten Redner unterlaufen Sprachschnitzer.

Da haben Sie nun aus Versehen gesagt: »Berlin und Hamburg *hat* zusammen über vier Millionen Einwohner.« Damaschke meint zu Recht: »Der verständige Zuhörer möchte dem Redner zurufen: Wir glauben dir ja, daß du weißt, das zwei Subjekte die Mehrzahl bedingen. Und wenn du es nicht weißt, dann ist es uns auch gleichgültig; wir wollen von dir nicht grammatische Übungen, sondern Gedanken! Weiter! «

Hier gilt das, was der Ästhetiker Vischer sagt: »Es kommt auf ein Wärzchen nicht an, wenn nur der Satz rote Backen hat.« Passiert Ihnen wirklich ein schwerwiegender Sprechfehler und lachen die Hörer, so ist das beste Rezept dann: mitlachen.

Das Versprechen rührt meistens daher, daß man nicht ganz konzentriert bei der Sache ist und dann mechanisch zu plappern beginnt.

Ein junger Schauspieler mußte am Schluß eines rührseligen

Stückes auf die Bühne stürzen und in großer Pose den Satz sprechen: »Mit diesem Dolch errett' ich dich!« Er hatte diesen Spruch aber daheim zu Tode memoriert und brachte in der Aufregung eine neue Version: »Mit diesem Rettich erdolch' ich dich!«

Eine ähnliche Wortverdrehung leistete sich der Bundestagsvizepräsident Thomas Dehler (Mai 1962). Mit schallendem Gelächter quittierte das Bonner Parlament den Lapsus: »Ich sitze die Schließung.«

Auf einer Parteiveranstaltung in Witten wollte der Vorsitzende den mit einem doppelten Doktortitel versehenen Redner Gustav Heinemann begrüßen und verhedderte sich in der Aufregung: ». . . und so begrüßen wir unter uns Doktor Gustav Gustav Heinemann.« Ein Spitzname ward geboren: statt »Dr. Dr.« hieß es fortab » Gustav Gustav«. Das Versprechen kann aber auch tiefer liegende Gründe haben, z. B. eine sog. Freudsche Fehlleistung sein. Curt Bondy schildert einen solchen Fall in seiner »Einführung in die Psychologie« (Frankfurt 1967, S. 83f.):

»Der Vorsitzende eines Vereins erfuhr kurz vor Beginn der Mitgliederversammlung, daß der Kassierer erhebliche Summen unterschlagen hatte. Er eröffnete die Versammlung mit den Worten: ›Meine Damen und Herren, ich muß Ihnen leider mitteilen, daß sehr üble Dinge zum *Vorschwein* gekommen sind‹. – Man sah den Redner nur erstaunt an. Als er später darauf aufmerksam gemacht wurde, daß er ›Vorschwein‹ gesagt hatte, konnte er sich dessen nicht entsinnen. Wir können an einem solchen *Ver*sprechen gut darstellen, welcher unbewußte Mechanismus dabei wirksam ist. Im Bewußtsein des Vorsitzenden war ein Konflikt entstanden: Dem Wunsch, einem Ärger Ausdruck zu geben und zu sagen, daß hier eine wirkliche Schweinerei vorgekommen sei, steht die gesellschaftliche Forderung gegenüber, ein Wort wie Schweinerei nicht zu gebrauchen. Als Folge dieses Konfliktes ist nun das Wort ›Schweinerei‹ verdrängt worden. Verdrängt heißt, ins Unbewußte abgeschoben. Der Redner konnte sich nicht mehr daran erinnern. Nach Freud (Psychoanalytiker, 1856–1939) wirkt ein verdrängter Bewußtseinsinhalt im Unbewußten dynamisch weiter: Er ist ›kraftbesetzt‹ und drängt nach Befriedigung. So erklärt sich, daß der Vorsitzende in einer verkleideten, kompromißhaften, ihm nicht erkennbaren Form sich ›verspricht‹.«

Der Sprechfehlerteufel steht seinem Druckfehlerkollegen in nichts nach.

Vor kurzem war im Wetterbericht eines deutschen Senders zu hören: »... in der kommenden Nacht stärkere *Bevölkerungs*zunahme ...«

4.3.5 Besondere Vortragsmittel

Hier ist vor allem die *Zäsur* zu nennen. Es gibt die *Nach-Zäsur* und die *Vor-Zäsur*. Es wird also nach einer Aussprache das Weitersprechen verzögert. Beide stehen im Dienste der Spannung und Steigerung. »Eine Pause machen heißt, nur auskuppeln, nicht den Motor abstellen« (Weller). Aber Pause ist eigentlich nicht der richtige Ausdruck. Eine Pause ist tot und leer, die Zäsur aber ist lebendig, erfüllt.

Die Nach-Zäsur ist eine Art schöpferische Pause nach einer längeren Gedankenreihe. Dem Hörer muß immer wieder Zeit gegeben werden zum Nach-Denken über das Gesagte. Sinn der Pause kann auch ein kurzes Ruhebedürfnis sein. Gewichtige Worte sollen sich auswirken können. Der Hörer braucht eine Denkfrist.

Die Vorzäsur ist eine bewußte Verzögerung und schafft in besonderem Maße Spannung. Viele Redner schließen gelegentlich an einen fertigen Satz ein »und « an – es folgt eine Zäsur –, und dann wird ein neuer Trumpf aufgespielt. Der ungeübte Redner wendet das Wirkungsmittel der Zäsur viel zu selten an, weil er irrtümlich meint, ein solches Stocken zerreiße den Zusammenhang.

Überleitung. Wenn man von einem größeren Abschnitt zum nächsten übergeht, tut man gut daran, sich zwischendurch mit einer persönlichen Bemerkung an die Hörer zu wenden. (Übergänge schaffen!) Z. B. »Vielleicht werden Sie jetzt fragen, welche Bedeutung diese Entwicklung für uns heute hat. Ich will Ihnen meine Meinung dazu sagen ...«

Die Kunst des fließenden Überganges erfordert viel Sorgfalt und

Übung. *Gute Übergänge sind Bindeglieder zwischen den Gedankenkomplexen.*

»Genauso wie das Schweißen zur Herstellung eines Autos notwendig ist und wie durch Nieten die Teile eines Schiffrumpfes zusammengefügt werden, so verbinden gute Übergangssätze die einzelnen Abschnitte Ihrer Rede zu einem gefälligen Ganzen« (Simmons).

Ein plötzliches Umschlagen vom Heiteren zum Ernsten ist ein gutes Wirkungsmittel. Man bedenke, daß die meisten der heiteren, amüsanten Aussagen, die wir machen, doch einen ernsten Hintergrund haben.

Die wichtigsten Möglichkeiten der Steigerung des Vortrags sind: Vorzäsur (das »Doppelpunkt-Sprechen«), Nachzäsur (mit mimischer oder gestischer Unterstreichung die Aussage nachwirken lassen),

Tempo steigern im Satz – Tempo verlangsamen,
lauter werden – leiser werden.

Der Redner sollte immer noch etwas Redestoff in Reserve haben. Manche pflegen recht geschickt anzudeuten, daß sie noch mehr wissen, als sie sagen können. Unangenehm berührt es aber, wenn man mit seinem Wissen protzen will. Ein übler Trick ist es, wenn man die Hörer bewußt überfordert: ». . . Ihnen allen sind die Abhandlungen des Thomas von Aquin über das Naturrecht bekannt« – und keine drei im Saale kennen sie. Es ist unredlich, auf diese Weise bei vielen Hörern einen Minderwertigkeitskomplex zu erzeugen, um die eigene Person ins rechte Licht zu rücken.

4.3.6 Redehemmung (Lampenfieber)

»In Ängsten findet manches statt, was sonst nicht stattgefunden hat« (Busch)

Im Reader's Digest (Januar 1950) findet man die folgende hübsche, wenn auch überspitzte Formulierung: »Das menschliche Gehirn ist eine großartige Sache. Im Augenblick deiner Geburt beginnt es zu arbeiten und hört nicht damit auf, bis du dich erhebst, um eine Rede zu halten.«

– Wir nennen Redehemmung durchweg Lampenfieber. Dieser Ausdruck wurde einst von Schauspielern geprägt, weil sich das besagte Fieber einstellt, wenn man ins Licht der Bühnenscheinwerfer tritt. Redehemmung ist eine sehr »natürliche« Sache. Selbst der redegeübte britische Außenminister Anthony Eden hatte vor jedem Auftritt noch Lampenfieber. Mark Twain berichtet, daß er bei seinem ersten Auftritt als Redner das Gefühl gehabt habe, sein Mund sei mit Baumwolle gepolstert. Disraeli erzählt, er habe vor seiner ersten Rede lieber eine Kavallerie-Attacke reiten wollen als aufs Podium zu steigen.

Bebels Jungfernrede 1864 war ein glatter Mißerfolg. Er hätte vor Scham in den Boden sinken mögen. Vor seiner ersten Rede war dem »Seeteufel« Graf Luckner »blümerant zumute«.

Die Redehemmung beruht zumeist auf einem Mangel an Selbstvertrauen. Man hat »Angst, ohnmächtig der Überzahl preisgegeben« zu sein, wie Weller es ausdrückt. Die Folge ist seelische Verkrampfung und nervliches Versagen. Welche Mittel gibt es nun gegen Lampenfieber?

1. Bereiten wir uns so gründlich wie nur möglich auf die Rede vor.
2. Versetzen wir uns während der Redeprobe ganz in die Situation des Ernstfalles.
3. Bitten wir ein paar gute Freunde, sich vorn im Saal hinzusetzen. Es gibt Sicherheit, wenn man vertraute Gesichter vor sich hat. Josef Weinheber berichtet (»Über Dichterabende«), daß er bei Vorträgen stets so lange *einen* Zuhörer ansah, bis er sich freigesprochen hatte.
4. Wir entspannen uns vor Redebeginn. Ein bißchen Müßiggang oder eine erholsame Beschäftigung, das ist angebracht. Spazierengehen nicht zu vergessen. Aber wenig essen! Zwanzig tiefe Atemzüge kurz vor Beginn wirken beruhigend.
5. Wir bemühen uns, gerade zu Anfang betont langsam und ruhig zu sprechen.

Die Redehemmung ist ein ganz normales Durchgangsstadium für jeden Anfänger. Die Erfahrung lehrt, daß die Lampenfieberkurve langsam, aber stetig sinkt, je mehr man in der Redepraxis steht. Das Lampenfieber vergeht, und bestehen bleibt wohl bei jedem Redner eine gewisse Sprechspannung; und die ist für eine lebendige Sprechweise unbedingt notwendig.

Und jetzt haben sie alles befolgt, wozu ich geraten – und dennoch: Siederot wird der Kopf, die Pulse jagen. »O täte sich doch die Erde auf, mich zu verschlingen.« Sie bleiben in Ihrem Vortrag stecken, mittendrin. Ihre Stichworte treiben zu allem Überfluß noch ein bösartiges Versteckspiel oder wollen sich plötzlich nicht mehr entziffern lassen. Es tritt meistens eine peinliche Stille ein, selbst bei Goethe in seiner berühmten Rede zur Einweihung des Ilmenauer Bergwerks. Die Zuhörer befällt Mitleid und Beklemmung. Manche zeigen vielleicht, wie besonders bei der polemischen Rede, unverhohlene Schadenfreude, so wie sie uns von Wilhelm Busch interpretiert wird:

»Als neulich am Sonntag der Herr Pastor
eine peinliche Pause machte,
weil er den Faden der Rede verlor,
da duckte sich der Küster und lachte.«

Denn oftmals ist es so:

»Der klugen Leute Ungeschick
stimmt uns besonders heiter,
man fühlt doch für den Augenblick
sich auch einmal gescheiter.«

Es gibt also eine mehr oder minder dramatische Pause mit anschließendem wirren Gestammel. Dann fängt man sich – oder auch nicht.

»Das Reden tut dem Menschen gut,
wenn man es nämlich selber tut.
Von Angstprodukten abgesehn,
denn so etwas bekommt nicht schön.« (Busch)

Was soll man aber richtiger tun? Die Situation ist viel harmloser, als sie Ihnen erscheinen will, denn die Hörer wissen ja gar nicht genau, was Sie eigentlich sagen wollten. Sie haben zwei Mittel zur Verfügung, die Ihnen helfen können:

a) Wiederholen Sie mit anderen Worten, was Sie zuletzt gesagt haben. Greifen Sie also den letzten Faden auf oder fassen Sie

den ganzen Abschnitt noch einmal zusammen. Während Sie das tun, kommt zumeist der verlorengegangene Gedanke wieder, wenn er gut vorbereitet war.
Man bricht ruhig mitten im Satz ab, wenn man sich ›verheddert‹ hat und sagt z. B.: »Ich will es mal anders ausdrücken – hoffentlich besser . . .«

b) Sie gehen zu einem neuen Teil über. Sie können das Versäumte manchmal später noch bringen, mit der Wendung: »Übrigens fällt mir noch ein . . .« oder »Hier möchte ich noch einfügen . . .«

4.3.7 Sprechtempo

Der amerikanische Politiker Humphrey z. B. hatte eine unheimlich schnelle Zunge. Die Erfahrung zeigt, daß das Sprechtempo sehr stark persönlichkeitsgebunden und demzufolge oft schwer zu regulieren ist. Manche Menschen sprechen schneller, als sie denken können. »Er redet mich tot« sagt man wohl von einem impulsiven Bekannten, dessen Worte hervorquellen wie Lavamasse.

Der langjährige Bremer Senatspräsident Hans Koschnick ist zwar insgesamt ein guter, wirkungsvoller Redner – doch spricht er oft viel zu hastig. Ein Spötter meinte einmal, er könne z. B. das Wort »Bundesgrenzschutzkaserne« in drei Silben ausdrükken.

Der Abgeordnete Hermann Schmitt-Vockenhausen (»HSV«) »überrundete« im Bundestag der 60er Jahre sogar die Schnellsprecher Strauß und Jaeger; er brachte es auf 320 Silben pro Minute und wurde zum Schrecken der Stenografen. Als er den Stenografentag in Karlsruhe besuchte, meinte er: »Ich will mich eigentlich nur überzeugen, daß die heute auch noch so schnell schreiben können, wie ich rede.«

Viele Redner, besonders die Anfänger unter ihnen, sprechen in der Regel zu schnell. Sprechen wir nicht stets im gleichen Zeitmaß. Wechseln wir das Tempo. *Wichtige Gedanken müssen langsamer und eindringlicher gebracht werden.* Aber auch sonst gilt: variatio delectat – die Veränderung erfreut und belebt. Das Grundtempo der Rede wird man dem jeweiligen Anlaß und Redeinhalt anpassen. Bei einer Feier wird es langsamer und gemessener sein als bei einer Kampfrede. Ferner ist zu bedenken: je größer der Raum ist, desto langsamer muß gesprochen werden, damit die Rede nicht verhallt. Wir sprechen fließend, aber wir spulen unsere Rede nicht in Rekordzeit ab. Glatte Zungenfertigkeit ist noch kein Maß für gute Redekunst.

Der alte Matthias Claudius schreibt an seinen Sohn Johannes einmal: »Wo Worte gar so leicht und behende dahinfahren, da sei auf deiner Hut; denn die Pferde, die einen Wagen mit Gütern hinter sich haben, gehen langsameren Schrittes.« Zu Herzen nehmen kann man sich auch die drastischen und bildkräftigen Hinweise, die Spurgeon in einer Vorlesung seinen Prediger-Kandidaten gab. (In Klammern habe ich die rhetorischen Mittel bezeichnet, die Spurgeon hier anwendet): »*Zu* langsames Reden ist schrecklich und kann lebhafte Zuhörer ganz nervös machen. Wer kann denn einen Redner anhören, der zwei Kilometer in der Stunde kriecht? (Bildhafter Vergleich, rhetorische Frage). Heute ein Wort und morgen eins (Übertreibung) ist ein Gebratenwerden bei langsamem Feuer (Vergleich), das nur für Märtyrer ein Genuß ist (Witz). Aber sehr schnelles Reden, Rennen, Rasen, Toben (metaphorische Steigerung) ist ebenso unverzeilich (Gegensatz zum vorigen). Es kann niemals Eindruck machen (Behauptung), außer vielleicht auf Schwachsinnige, denn (Begründung folgt) anstatt eines geordneten Heeres von Worten (Bild) kommt ein Pöbelhaufen (gegensätzliches Bild) auf uns zu und der Sinn wird vollständig in einem Meer von Tönen ersäuft« (Bild).

4.3.8 Lautstärke

Stentor hieß jener Grieche von Troja, von dem Homer erzählt, er könne lauter rufen als fünfzig wilde Krieger zusammen. Wir sprechen heute noch von der Stentor-Stimme, die aber höchst selten angebracht ist. Die Rede soll keine Lärmattacke auf das Trommelfell sein. Aber sprechen wir immerhin so laut, daß auch der hinten sitzende Zuhörer uns verstehen kann. Man verändere die Lautstärke, je nach Bedeutung der Aussage; aber nur ein wenig.

Es gibt Redner, die die Lautstärke mehr oder minder bewußt demagogisch einsetzen. Die Lautstärke soll dann die Rolle der Beweisführung übernehmen. Im Nachlaß eines dänischen Pastoren fand man eine Predigt, bei der an einer Stelle folgende Vortragsbezeichnung vermerkt war: »Hier Stimme heben, da Argumentation nicht überzeugend!«

Eine größere Lautstärke ist nicht zu erreichen durch Pressen, sondern nur durch eine Verbindung folgender Mittel:

a) Verstärken des Atemstromes.
b) Verstärken der Resonanz (Tragfähigkeit).
c) Verschärfen der Artikulation.
d) Verlangsamen des Tempos (»zeitlupenartiges Dehnen« der Sprechfolgen).

Das Wichtigste wird durch Lautstärke herausgehoben, indem es lauter oder auch leiser gebracht wird. Es gibt die Möglichkeit der »Steigerung ins Piano«.

Wer schreit und schimpft, hat meistens unrecht. Selbst im Recht verdirbt er mehr, als daß er gewinnt.

In diesem Zusammenhang noch eine Feststellung: Oft schallt dem Redner in einem großen Raum ein »Lauter«! entgegen. Kurze Zeit kommt der Redner der Aufforderung nach, doch meistens schon sehr bald verfällt er wieder in den Fehler des Leisesprechens.

4.3.9 Sprechgebaren

Das treueste Gemeindemitglied einer bremischen Kirche war ein biederer alter Handwerksmeister. Wenngleich er fast taub war, so saß er doch Sonntag für Sonntag auf der ersten Bank unter der Kanzel. Der Pastor, der während der Predigt in lebhaften Hand-, Arm- und Körperbewegungen zu schwelgen pflegte und der wegen des besagten Zuhörers besonders laut sprach, schrie diesen eines schönen Tages an: »Das ist aber wirklich schön, daß Sie meine Gottesdienste so fleißig besuchen. Hoffentlich verstehen Sie auch immer was ich sage?« »Herr Pastor«, entgegnete der Alte, »mit dem Verstehen ist es man so, daß ich ja kein Wort versteh', aber ich seh' Ihnen ja so gern zu!«

Diese Geschichte zeigt uns, daß wir als Redner nicht nur *Zuhörer,* sondern immer auch *Zuschauer* haben. Allerdings werden nur Schwerhörige wie der Bremer Handwerksmeister Freude haben am übermäßigen Bewegungsdrang des Redners. Alle rednerischen Mittel des körperlichen Ausdrucks wie Haltung, Gestik und Mimik nennen wir mit Willy Hellpach »Sprechgebaren«.

Haltung und Gebärde des Redners sind am besten locker und federnd, aber nicht lässig und geckenhaft. Die natürliche Redespannung, in der er sich befindet, muß sich auf die Hörer geradezu körperlich übertragen.

Spurgeon stellt fest: »Viele Prediger lehnen sich bequem und nachlässig vor, als lehnten sie sich über ein Brückengeländer und plauderten mit jemand, der unten in einem Boot fährt. Wir gehen nicht auf die Kanzel, um es uns gemütlich zu machen, sondern um eine sehr ernste Arbeit zu tun, und demgemäß muß auch unsere Stellung sein.« Der Nachsatz gilt für jeden Redner. Man imitiere keine Windmühle bei Sturm. Der gute Redner ist weder Zappelphilipp noch Salzsäule. Wenn man als Hörer eine ständig schwankende Gestalt vor sich hat, kann man regelrecht Schwindelgefühle bekommen. Der Redner kopiere auch nicht den regungslos vor dem Buckingham-Palast stehenden Wachsoldaten.

Gestik: Wenn wir zwei Südländer bei einem freundschaftlichen Plausch beobachten, so befürchten wir jederzeit, sie könnten handgreiflich werden; sie reden mit Händen und Füßen. In unseren kühleren Zonen hat man diese anatomischen Ausläufer stärker unter Kontrolle. Aber auch bei uns gibt es Redner, die mit Armen und Fäusten gegen unsichtbare Feinde Luftkämpfe ausfechten oder im Haar wühlen wie ein Wagnerscher Bühnenheld. »Manche Redner scheinen bei einem Boxer Unterricht gehabt zu haben«, meint Spurgeon. Wir ahmen nicht jenen Redner nach, der im Stile eines Auktionators das unschuldige Pult traktiert, so daß das danebenstehende Wasserglas erschrockene Sprünge macht.

Chruschtschow zog bei einer Rede vor der UNO in New York sogar einen Schuh aus und trommelte damit aufs Podest zwecks handfester Unterstreichung seiner Gedankengänge; was Werner Finck dann zu dem Bonmot veranlaßte, man könne von einem nicht frei *gewählten* Potentaten auch nicht erwarten, daß er sich *gewählt* ausdrücke. Aber selbst mittels eines Schuhs erreichte Chruschtschow auch nicht annähernd den Effekt, der dem ebenso dynamisch veranlagten Martin Luther beschert war, als er einmal während einer Predigt in Eisenach mit der bloßen Faust ein drei Zoll dickes Brett zerschlug, wie Spurgeon zu berichten weiß.

Alle diese Unarten lassen sich leicht vermeiden, wenn man sich bemüht, sein Temperament im Zaume zu halten. Wohin nun mit den Händen? Man lege sie am besten leicht auf das Pult, ohne sie immer in der gleichen Stellung zu lassen. Manche Redner reiben sich die Hände, als freuten sie sich darüber, einen Geschäftspartner übers Ohr gehauen zu haben.

Nun aber Positives zur Gestik: sie kann und soll den Gedankenkurs mitbestimmen. Gesten seien sparsam, nur dann sind sie wirkungsvoll. Musterfiguren gibt es nicht. Wohl gibt es z. B. eine einladende, abwehrende, bestimmende, fragende Geste. Der Lebhafte wird sie öfter benutzen, um seine Worte zu unterstreichen. Mit den Fingern kann man Nuancen herausarbeiten.

Die Gestik war besonders ausgeprägt in der Redeweise von Wirtschaftsminister Schiller. Er ging ständig auf imaginären Fliegenfang. – Carlo Schmid berichtet über den Oppositionsführer Kurt Schumacher: »Er blieb der Fechter, als der er mir bei der ersten Begegnung vor drei Jahrzehnten erschienen war, ja, es schien sogar, als sei seine Gebärde noch intensiver, noch ausdrucksvoller, noch lebendiger, noch mehr Sichtbarmachung des im Worte Gesagten geworden. Wie diese Hand sprechen konnte! Vorschnellend wie ein Rapier; breit von rechts nach links ausfahrend, als reiße sie einen Schleier auf; die Finger schmal aneinander gelegt, als gelte es eine subtile Operation durchzuführen; oder umgekehrt: die Finger weit ausspreizend wie die Glieder eines Fächers, als gelte es, ein Netz zu sprengen – immer bewegte sich diese Hand nach dem Gesetz der Flamme, die diesen mächtigen Geist verzehrte.«

Der Redner sei mit Gesten behutsam und unauffällig; er ist *kein Schauspieler*. Fahrige und abgebrochene Bewegungen wirken linkisch.

Man achte einmal darauf: Bei vielen Rednern entwickelt die Hosentasche einen höchst eigenartigen Magnetismus für die linke Hand. Das Selbstbewußtsein scheint schlagartig gestärkt, sobald man die Hand in die Tasche gerammt hat. Für das Publikum ist das nicht gerade ein erhebender Anblick. Ebenso unschön wirkt es, wenn die Finger in die Armlöcher der Weste geklemmt werden, als plaudere man über den Gartenzaun hinweg mit dem Nachbarn. August Bebel bemängelte diese Unart bei einem so bedeutenden Redner wie Lassalle. Wenn man schon das Bedürfnis hat, seine Hände zu verbergen, dann benutze man als Versteck die Jackentasche, wie es auf höchster Ebene der amerikanische Präsident Kennedy praktizierte.

Der Schriftsteller Peter Härtling hat über Helmut Schmidt geurteilt: Er »neigt dazu, durch eine dynamische, durch scharfe Gesten sich ausdrückende Gebärdensprache seine Hörer zu überrumpeln. Er wirft sie nieder. Er will sie bezwingen«. (Siehe: »Schriftsteller testen Politikertexte«, 1967).

Auf mögliche Diskrepanzen zwischen Wort und Gestik macht der englische Verhaltensforscher Desmond Morris aufmerksam: »Wenn ein Politiker mit dem Finger in die Luft sticht, während er von friedlicher Koexistenz spricht, dann sollen wir seiner Handbewegung Glauben schenken und nicht dem, was er sagt.«

Bundestagspräsident Gerstenmaier erließ einmal (November 1962) folgende Antwort auf eine Beschwerde, Minister Strauß habe bei einer Erklärung vor dem Bundestag seine Hände in die Taschen vergraben: ». . . daß es keine Rechtsvorschrift gibt, die ausdrücklich gestattet oder verbietet, daß ein Bundesminister oder ein sonstiger Redner vor dem Bundestag seine Hände in die Rock- oder Hosentasche steckt. Es handelt sich hier um eine Frage des Taktes ... (und) der Erziehung ..., die sich nicht normativ regeln läßt ...«

Man kann viele schlechte Angewohnheiten schnell ablegen. Mancher zuckt oft mit den Achseln, wippt mit den Füßen, nickt mit dem Kopf, setzt die Brille auf und ab oder streicht einen imaginären Bart. Man muß es sich nur sagen lassen und sich dann kontrollieren.

Mancher hat die Angewohnheit, beim Vortrag auf und ab zu gehen, Hände auf dem Rücken, wie ein Übeltäter beim täglichen Spaziergang im Gefängnishof. Auch nicht gar so selten begegnet man Rednern, die Schmatzgeräusche produzieren, als verzehrten sie nebenher noch ein erstklassiges Kompott.

Mienenspiel: Ebenso wichtig wie die Handbewegung ist das Mienenspiel. Besonders die Augen *sprechen mit*. Wer mit undurchdringlichem Pokergesicht dasteht oder umflorte Blicke in die Runde wirft, wird kaum die Herzen der Hörer gewinnen, er mag noch so viel Gescheites reden. Noch weniger wird *der* Redner erreichen, der ein Gesicht aufsetzt, als sei er ohne Schirm in einen Hagelschauer geraten.

Die Augen sprechen mit. Der Redner soll nicht so eben über die Leute hinwegsehen oder die Saaldecke anstarren. Jeder Hörer muß sich angesehen fühlen. Man sehe auch einmal einzelne an, wenn ihre besondere Teilnahme offensichtlich ist. Dieser Augenkontakt will geübt sein. Ein flüchtiger Blick genügt nicht. Man sollte keine Hörergruppe vergessen, den Blick langsam schweifen lassen und ihn auch immer wieder in die hinteren Reihen wenden. Manchmal haben Redner die schlechte Angewohnheit, den Blick ruckartig von einer Seite zur anderen herumzureißen, als seien sie Zuschauer bei einem Tennismatch.

Das Mienenspiel mag ernst oder heiter sein; immer sei es freundlich und nie übertrieben. – Keiner mag ein maskenhaftes Konfektionslächeln sehen, als stehe man für eine Zahncreme Reklame. Natürlich, freundlich, verbindlich: das ist die Devise.

Ein deutscher Minister äußerte kürzlich über einen Parteifreund und Ministerpräsidenten, der dauernd lächle: man könne ihn auf keine Beerdigung mitnehmen – er lächle auch dort noch.

Das gesamte Sprechgebaren steht im Dienste des rednerischen Ausdrucks und des Kontakts zum Hörer. Die Grundhaltung des Redners muß engagiert, aber beherrscht sein, körperlich wie geistig. Der Hörer will nicht nur Worte vernehmen – er will auch einen Menschen erleben. Wenn wir große Redner immer wieder gerne hören, wenngleich sie vielleicht gar nichts Neues zu sagen haben, so liegt das daran, daß sie eine persönliche Ausstrahlungskraft besitzen, nicht zuletzt durch ihr Sprechgebaren: besonders durch *Augengriff* und unterstreichende Geste.

Heinz Kühn weist nicht von ungefähr darauf hin, daß Gebärden beredt sind und manchmal tiefere Eindrücke hinterlassen als Worte: »Wie könnte es sonst sein, daß die spontane Geste von Warschau, Willy Brandts Niederknien vor dem Erinnerungsmal an dem zerstörten Ghetto, noch im Bewußtsein des polnischen Volkes lebt, nachdem die Worte der Reden längst verklungen sind.«

4.3.10 Visuelle Hilfsmittel

Wer einen Vortrag halten will, wird sich immer fragen: kann ich den Hörern etwas zeigen? »Um sich begreiflich zu machen, muß man zum Auge reden«, stellt Herder fest. Das trifft zu, besonders heute, wo wir durch die Fülle der gebotenen optischen Reize *Augenmenschen* geworden sind. Ludwig Reiners hat recht: »Sehen ist leichter als Denken.« Visuelle Hilfsmittel sind anschaulich und bringen Abwechslung. Bilder, Tabellen, graphische Darstellungen, Schemata, Strichbilder, Karten, Jahrestafeln usw. sollte man geschickt in die Rede einbauen, wenn sich die Möglichkeit bietet. »Der Augennerv ist 50mal dicker als der Ohrennerv. Was wir gesehen haben, haftet meist besser, als was wir bloß hören« (Joh. Blümel). Aus diesem Grund sind Lichtbildvorträge heutzutage so beliebt. Gleichgültig, ob es sich z. B. um Reiseberichte handelt oder um wissenschaftliche Bildvorträge, ich empfehle, die folgenden drei Regeln zu beachten:

1. *Ordnen Sie eine Auswahl von charakteristischen, gut gelungenen Aufnahmen so, daß die Bildreihe eine Steigerung bringt.*

Bedenken wir, daß durch Film und Fernsehen unsere Netzhaut sehr verwöhnt ist. Nur gut gelungene Bilder sollte man zeigen. Sehr oft ist die Zusammenstellung der Bildreihe sehr zufällig und willkürlich. Bild reiht sich an Bild, ohne daß ein organischer Bogen vom Anfang zum Ende gespannt wird, ohne daß die Bildmotive wechseln. – Auf keinen Fall darf man das Auge überfüttern. Professor Berg schreibt: »Für den Erfolg ist oft entscheidend, wie viele Lichtbilder *nicht* gezeigt wurden. Die Weisheit des pars pro toto (= ein Teil steht stellvertretend für das Ganze) ist es, die allen Vortragenden nicht genug ans Herz gelegt werden kann.«

Also auch hier gilt: Weniger kann *mehr* sein.

2. *Kommentieren Sie die Bilder kurz und treffend, und schaffen Sie Textverbindungen von einem Bild zum anderen.*

So mancher Vortragende meint offenbar, daß man Lichtbildreihen mühelos aus dem Stegreif kommentieren könne. Die Folge ist dann oft ein lahmer Kommentar, in dem alles dem Zufall überlassen bleibt. Bereiten Sie stichwortartig den Begleittext vor, den Sie dann in freier Rede bringen. Auch wenn im Bildkommentar der Improvisation ein größerer Raum gegeben ist, so überlege man vorher, *was* erwähnenswert ist, *wo* eine Kurzerzählung eingestreut werden kann, *wie* man von einem Bild gut zum anderen überleiten kann. Ein Bildkommentar bietet in besonderer Weise die Möglichkeit zum *gehobenen Plauderton*. Der Text wird feuilletonistisch zubereitet und amüsant serviert, was einen ernsten und belehrenden Hintergrund keineswegs ausschließt.

Der Text sei niemals langatmig. Sprechen wir kurz. Wir weisen auf Einzelheiten hin, die der Zuschauer übersehen könnte. Bei besonders eindrucksvollen Bildern wird man etwas länger verweilen. Als gut erweist es sich, nicht jedes Bild zu kommentieren, sondern eine kleine Bildfolge vorweg zu besprechen, damit sich die Zuschauer ganz dem optischen Eindruck hingeben können. Will man einmal einen längeren Kommentar geben, so tut man gut daran, das Licht einzuschalten, denn eine Stimme in der Dunkelkammer wirkt geradezu gespenstisch.

Dringend abraten möchte ich von der Folge: zuerst Bilder zeigen, dann einen Vortrag halten. Umgekehrt muß es sein. Nachdem Bilder gezeigt wurden, wird der beste Vortrag es schwer haben, noch anzukommen. Das Wort kann mit dem Bild schlecht konkurrieren.

Ein letzter Hinweis noch: Sprechen wir so laut und deutlich, daß es auch von allen gehört werden kann. Oft erlebt man es, daß der Kommentator selbst so von den Bildern gefangengenommen wird, daß er sich nur der Leinwand zuwendet; somit in die falsche Richtung spricht. Die hinteren Reihen verstehen kein Wort, oder, beim schnellen Umwenden des Redners, nur einen halben Satz.

3. *Bereiten Sie den Lichtbildvortrag so vor, daß keine Regiefehler auftreten und der äußere Ablauf reibungslos ist.*

Besonders die technischen Einzelheiten wollen sorgfältig bedacht sein. Das ergibt allerlei *Kleinarbeit.* Technische Pannen aller Art zerstören sofort die Atmosphäre und zerreißen den Zusammenhang. Wir kennen solche Fälle: Gerade will man beginnen, Bilder zu zeigen, da stellt sich heraus, die Verbindungsschnur zum elektrischen Anschluß ist zu kurz; der Projektionsapparat steht zu weit entfernt; das Bild paßt nicht auf die Leinwand; drei Bilder stehen falsch und sind nur im Kopfstand erkennbar; keiner kann im Dunkeln den Lichtschalter finden usw. Auch jeder scheinbar belanglose technische Fehler entpuppt sich als Störenfried.

Manche fangen an, nach der Begrüßung erst umständlich die ganze Apparatur aufzubauen. Alles vorher bedenken! Ebenso notwendig ist eine Verständigungsprobe mit dem Bild-Vorführer, damit die Reihenfolge der Bildgruppen feststeht. Die Verständigung über die Abfolge der Bilder soll möglichst unauffällig sein. Am besten vereinbart man ein kurzes Klopfzeichen (oder auch Lichtzeichen), d. h. »nächstes Bild«. – Vielleicht werden Sie jetzt einwenden: »Das sind doch alles unbedeutende Kleinigkeiten.« –

Kleinigkeiten stimmt, unbedeutend nicht. Der Erfolg des Redners hängt sehr oft ab vom unscheinbaren Drum und Dran.

4.3.11 Redekritik

In einer süddeutschen Dorfkirche hielten Kandidaten der Theologie regelmäßig ihre Probepredigt. Sie erkundigten sich dann stets beim Küster, wie denn die Predigt gewesen sei. Und diese »Stimme des Volkes« hatte dann drei Bewertungen parat. War die geistliche Rede gelungen, so meinte der Küster: »Der Herr hat Gnade gegeben!« Bei mäßiger Leistung urteilte er: »Der Text war ja auch schwierig!« Hatte der Kandidat völlig versagt, so wurde er mit den Worten getröstet: »Aber die Lieder haben Sie gut gewählt!«

Da haben wir die höfliche Mitteilungsform der indirekten Aussage. Es ist nichts gesagt – und es ist doch alles gesagt.

Man lege sich Rechenschaft ab über die Wirkung der Rede auf die Zuhörer. Wir bitten Freunde um Kritik, forschen nach den Gründen eines Versagens. Durch anfängliche Mißerfolge sollte sich keiner entmutigen lassen. Großen Rednern ist es so ergangen, daß sie einen schlechten Start hatten.

Doch »solcherlei Verdrüsse pflegen die Denkungskräfte anzuregen« (Busch).

Als Grundmaßstäbe der Redekritik können folgende Einzelpunkte gelten: Sachlichkeit, Klarheit, Anschaulichkeit, sinnvolle Gliederung, flüssiger Stil, gute Einleitung; Steigerung zum Schluß, angemessene Lautstärke, variables Tempo und sinnentsprechendes Gebaren.

Auch der erfahrene Redner wird nie aufhören, an seiner Redetechnik zu feilen. *Keine Rede ist so gut, als daß sie nicht noch verbessert werden könnte.*

Schlußbemerkung

Wer alle Kapitel dieses Buches durchgearbeitet hat, der wird vielleicht seufzen: ». . . und das soll man alles bedenken? Ich sehe ja den Wald vor Bäumen nicht!«

Sicherlich, *alles* kann man nicht bedenken. Manches wird in der Praxis vereinfacht werden können; in mancher Frage mag der geübte Redner sich anders entscheiden, als hier empfohlen wird. Jeder muß seine individuellen Erfahrungen machen und kann nicht nur auf Erfahrungen anderer bauen.

Der Anfänger wird sich fragen: Was kann ich heute oder morgen in meinem »rhetorischen Alltag« schon anwenden? Üben, bewußtes Üben, und auch Rechenschaft ablegen nach jedem eigenen Redebeitrag: das ist die einfache Faustregel, die einen Lernzuwachs ermöglicht.

Der polnische Pianist Paderewski äußerte einmal: »Wenn ich *einen* Tag nicht übe, merke *ich* es, übe ich *zwei* Tage lang nicht, merken es meine *Kritiker*. Wenn ich *drei* Tage aussetze, merkt es das *Publikum*.« Das mag überspitzt sein. Aber was Paderewski hiermit sagen will, gilt auch für den Redner: ständig in Übung bleiben ist das simple Geheimnis des Erfolges.

Ziel jedes Redners wird es sein, auf der Grundlage allgemeiner rhetorischer Regeln einen ganz persönlichen, unverwechselbaren Redestil zu entwickeln.

Es gibt viele Wege dahin. Dieses Buch möchte nur die allgemeine Richtung anzeigen und Wegbegleiter sein. Es läßt sich auch keineswegs alles Wesentliche in noch so ausgetüftelte Regeln fassen. Der belgische Politiker Paul Henri Spaak schreibt einmal: »Ich habe Redner gehört, die viel besser sprachen als ich, deren Sätze besser gebaut waren als meine, die sich leichter, ungezwungener ausdrückten, und die dennoch nie als große Redner galten. Ihnen fehlte das Wesentlichste: jene unerklärliche Gabe der Ausstrahlung, die die Atmosphäre schafft.«

Das stete Bewußtsein, daß das Wort *ge*braucht wie *miß*braucht werden kann, daß es dem Guten *und* dem Bösen dienen kann, wird vor einer Vergötzung bewahren können. Albrecht Goes gibt zu bedenken: »Man muß gelitten haben am Wort, an der dämonischen Verzerrung des Wortes. Man muß erfahren haben, wie Menschen sich im Worte mißverstehen, sich weh tun, sich verstören können. Noch schwerer: wie sie aneinander vorbeireden in bester Meinung, wie sie von Satz zu Satz sich mehr und mehr entgleiten, wie sie zuletzt sich nicht mehr sehen können und aus Worten Ärgeres gewachsen ist als Dornröschenhecken: Mauern, Türme, Kasematten. Gerade das Gespräch kann und wird uns immer wieder an die Urnot aller menschlichen Gemeinsamkeit erinnern: an die babylonische Sprachverwirrung.«

Wer versucht, mit der Rede so wahrhaftig und menschendienlich wie möglich umzugehen, wird diese Grenze des Wortes bedenken.

In seiner Abschiedsrede als Ministerpräsident hat Heinz Kühn seinen ›rhetorischen Standort‹ im oft nervenaufreibenden Alltag demokratischer Auseinandersetzungen wie folgt umschrieben: »Ich bin niemandem in diesen zwölf Jahren meiner Amtszeit feindlich gesonnen gewesen – niemandem unter meinen Freunden, niemandem unter meinen Gegnern. Ich würde jedoch daran ersticken, eine Überzeugung zu unterdrücken, nur weil sie meinen Freunden mißfällt, und ich würde mich elend fühlen, einen Streit mit dem Gegner zu unterlassen, der mir durch die Wahrheit geboten erscheint. Aber ich habe oft meine Lebenserfahrung bekundet und will dies wiederholen: daß die Wahrheit in einer Sache sich aus vielen Teilwahrheiten zusammensetzt, die man von allen Partnern des Streits anzunehmen bereit sein muß und nicht nur bei sich selber suchen darf. Pascals Wort, daß Wahrheit nur diesseits der Pyrenäen und Lüge jenseits sei, gilt nirgendwo im Leben. Das soll nun nicht bedeuten, daß es uns an kämpferischer Bereitschaft im Streit fehlen darf. Das Leben ist eine harte Nuß, sie läßt sich nicht zwischen zwei weichen Kissen knakken. Die Demokratie lebt von Konflikten.«

Literaturverzeichnis (Auswahl)

Adorno, Th. W.: Autorität und Vorurteil. Frankfurt 1973
Allhoff, D.-W.: Rhetorische Analyse der Reden und Debatten des ersten deutschen Parlaments von 1848/49. Diss. München 1975
Ammelburg, G.: Handbuch der Gesprächsführung. Frankfurt/New York 1974
Ammelburg, G.: Rhetorik für den Ingenieur. Düsseldorf 1986
Anastassiou, A. A.: Zur antiken Wertschätzung der Beredsamkeit des Demosthenes. Diss. Kiel 1965
Aristoteles: Rhetorik. Übers. v. F. G. Sieveke. München 1980
Arlt, F.: In den Wind geredet? Schule der Rhetorik und Dialektik. Köln 1967

Bartels, R.: Lehrbuch der Demagogik, Berlin 1905
Beetz, M.: Vom erwartungsgemäßen Entzücken des Einführungsredners. In: Rhetorik. Ein internationales Jahrbuch, Bd. 4. Stuttgart 1985
Beier, H.: Grundkurs Deutsch 1. Kommunikation, Rhetorik, Drama. München 1978
Biehle, H.: Stimmkunde. Berlin 1955
Biehle, H. Werberhetorik. Essen 1957
Biehle, H.: Redetechnik. Berlin 1961[2]
Biehle, H.: Wilhelm II. als Redner. In: Publizistik, Jg. 1962, H. 2
Binder, A. (u. a.): Einführung in Metrik und Rhetorik. Königstein/Ts. 1980[3]
Birkenbihl, V. F.: Signale des Körpers und was sie aussagen. München 1979
Birling, H.: Der Bürgermeister spricht. Stuttgart 1961
Bismarck, O. v.: Die politischen Reden. Stuttgart 1892–1905
Blümel, J.: Die freie Rede. Zürich 1959[5]
Böhm, F.: Reden und Schriften. Karlsruhe 1960
Brandt, H.: Kleine Redeschule. Kevelaer 1960
Bremerich-Vos, A.: Neuere Arbeiten zur Rhetorik und Argumentation. In Müller-Michaels, H. (Hrsg.): Jahrbuch der Deutsch-Didaktik. Tübingen 1984
Breuer, D./Kopsch, G.: Rhetoriklehrbücher des 16. bis 20. Jahrhunderts. Eine Bibliographie. In Schanze, H. (Hrsg.): Rhetorik. Frankfurt/M. 1974
Bürger, Chr.: Die Sprache der Werbung. In Dyck, J. (Hrsg.): Rhetorik in der Schule. Kronberg/Ts. 1974
Burke, K.: Die Rhetorik in Hitlers ›Mein Kampf‹ und andere Essays zur Strategie der Überredung. Frankfurt/M. 1967

Christiansen, B.: Eine Prosaschule. Stuttgart 1949
Churchill, W.: Reden. 7 Bde. Zürich 1946/47
Cicero, M. T.: Vier Reden gegen Catilina. Übers. v. C. Woyte. Stuttgart 1967
Cicero: Über den Redner. Übers. v. H. Merklin. Stuttgart 1981[2]
Clarke, M. L.: Die Rhetorik bei den Römern. Göttingen 1968
Clemenceau, G.: Demosthenes. Basel 1926
Cruel, R.: Geschichte der deutschen Predigt. Darmstadt 1966

Curtius, E. R.: Europäische Literatur und Lateinisches Mittelalter (Darin Kap. über Rhetorik und Topik). Bern 1948

Damaschke, A.: Geschichte der Redekunst. Jena 1921
Dessoir, M.: Die Rede als Kunst. München 1948[2]
Dichgans, H.: Das Unbehagen in der Bundesrepublik. Düsseldorf 1968
Dieckmann, W.: Information oder Überredung. Zum Wortgebrauch der politischen Werbung in Deutschland seit der Französischen Revolution. Marburg 1964
Dieckmann, W.: Sprache in der Politik. Heidelberg 1975[2]
Disch, U.: Der Redner Mirabeau. Hamburg 1965
Domizlaff, H.: Die Gewinnung des öffentlichen Vertrauens. Hamburg 1951
Dovifat, E.: Rede und Redner. Leipzig 1937
Drach, E.: Redner und Rede. Berlin 1932
Dubois, J. u. a.: Allgemeine Rhetorik. München 1974
Dyck, J. (Hrsg.): Rhetorik in der Schule. Kronberg/Ts. 1974
Dyck, J.: Zur Kritik des herrschenden Rhetorikverständnisses. In Dyck, J. (Hrsg.): Rhetorik in der Schule. Kronberg/Ts. 1974

Ebert, F.: Schriften, Aufzeichnungen, Reden. Dresden 1926
Ehlers, H.: Um dem Vaterland zu dienen. Reden und Aufsätze. Köln 1955
Ehlich, K.: Erzählen im Alltag. Frankfurt/M. 1980
Ehlich, K. (Hrsg.): Erzählen in der Schule. Tübingen 1984
Ehrlich, A.: Fichte als Redner. München 1977
Eigenwald, R.: Festrede. Theorie undAnalyse. In Dyck, J. (Hrsg.): Rhetorik in der Schule. Kronberg/Ts. 1974
Eisenhut, W.: Einführung in die antike Rhetorik und ihre Geschichte. Darmstadt 1974
Elertsen, H.: Moderne Rhetorik. Neu bearb. v. W. Hartig. Heidelberg 1982[9]
Erdmann, K. O.: Die Kunst, recht zu behalten. Berlin 1965[6]
Erler, F.: Politik für Deutschland. Stuttgart 1968
Essen, O. v.: Sprecherische Ausdrucksgestaltung. Hamburg 1953

Fast, J.: Körpersprache. Hamburg 1976
Ferenbach, M.: Lampenfieber – Warum? Kleine Rede- und Denkschule. Bonn 1956
Fey, G.: Das Antike in der modernen Rhetorik. Stuttgart 1979
Fischer, P. (Hrsg.): Reden der Französischen Revolution. München 1974
François-Poncet, A.: Zu Deutschen gesprochen. München 1958
Frank-Böringer, B.: Rhetorische Kommunikation. Quickborn 1963
Freud, S.: Zur Psychopathologie des Alltagslebens. Leipzig/Wien/Zürich 1922[8]
Fuhrmann, M.: Die antike Rhetorik. München/Zürich 1984

Gadamer, H.-G.: Rhetorik, Hermeneutik und Ideologiekritik. In Apel, K.-O. u. a. (Hrsg.): Hermeneutik und Ideologiekritik. Frankfurt/M. 1971
Gauger, H.: Die Kunst der politischen Rede in England. Tübingen 1952
Gaus, G.: Zur Person. Porträts in Frage und Antwort. München 1964

Geißler, E.: Rhetorik. Leipzig/Berlin 1918
Geissner, H.: Rede in der Öffentlichkeit. Eine Einführung in die Rhetorik. Stuttgart u. a. 1969
Geissner, H.: Rhetorik. München 1978[4]
Geißner, H.: Rhetorik und politische Bildung. Königstein/Ts. 1981[2]
Gerathewohl, F.: Deutsche Redekunst. Bad Homburg 1949[5]
Gerathewohl, F.: Fibel für den Redner im Betrieb. Darmstadt 1955
Gerstenmaier, E.: Reden und Aufsätze. 2 Bde., Stuttgart 1956, 1962
Grieswelle, D.: Propaganda der Friedlosigkeit. Eine Studie zu Hitlers Rhetorik 1920–1933. Stuttgart 1972
Grosser, B.: Gottscheds Redeschule. Diss. Greifswald 1932
Grünberg, W.: Homiletik und Rhetorik. Gütersloh 1973
Grünert, H. (Hrsg.): Politische Reden in Deutschland. Frankfurt/M. u. a. 1974

Haberkorn, K.: 88 Tips für erfolgreiche Redner. Grafenau 1983[2]
Habermas, J.: Erkenntnis und Interesse. Frankfurt/M. 1968
Habermas, J: Theorie des kommunikativen Handelns. 2 Bde. Frankfurt/M. 1981
Haft, F.: Juristische Rhetorik. Freiburg/München 1981[2]
Hamilton, W. G.: Die Logik der Debatte, deutsch v. G. Roellecke. Heidelberg o. J.[3] (1978)
Hartwig, J. H. C.: Die kleine Redeschule. Bonn 1964[4]
Haubrichs, W. (Hrsg.): Perspektiven der Rhetorik. Göttingen/Frankfurt/M. 1981
Haug, W. F.: Das Verkaufsgespräch – Charaktermaske von Käufer und Verkäufer. In Dyck, J. (Hrsg.): Rhetorik in der Schule. Kronberg/Ts. 1974
Heese, G.: Zur Verhütung und Behandlung des Stotterns. Berlin 1960
Heinemann, G. W.: Im Schnittpunkt der Zeit. Reden und Aufsätze. Darmstadt 1957
Heuss, Th.: Die großen Reden. Tübingen 1965
Hinderer, W. (Hrsg.): Deutsche Reden, 2 Bde. Stuttgart 1973, 1980
Hirsch, E. Chr.: Deutsch für Besserwisser. Hamburg 1979[4]
Hoesel, A. F. G. van: Klarer Denken, Sprechen und Diskutieren. Heidelberg 1959
Hofstätter, P.: Gruppendynamik. Hamburg 1957
Homberger, D.: Übungen zur Rhetorik. In Dyck, J. (Hrsg.): Rhetorik in der Schule. Kronberg/Ts. 1974

Jäger, H.-W.: Politische Kategorien in Poetik und Rhetorik der zweiten Hälfte des 18. Jahrhunderts. Stuttgart 1970
Jahn, H. E.: Rede – Diskussion – Gespräch. Frankfurt 1954
Jamison, R./Dyck, J.: Rhetorik – Topik – Argumentation. Bibliographie zur Redelehre und Rhetorikforschung im deutschsprachigen Raum 1945–1978/80. Stuttgart – Bad Cannstatt 1983
Jaspers, K.: Von der Wahrheit. Philosophische Logik, Bd. 1, München 1947
Jens, W.: Rhetorik. In Merker, P./Stammler, W.: Reallexikon der deutschen Literaturgeschichte, Bd. 3. Berlin/New York 1972[2]
Jens, W.: Republikanische Reden. Frankfurt/M. 1979

Jens, W.: Ort der Handlung ist Deutschland. Reden in erinnerungsfeindlicher Zeit. München 1981
Jens, W.: Von deutscher Rede. Zürich 1983 (Neuausgabe)
Jung, H.: Handbuch der kommunalen Redepraxis. Stuttgart 1966[2]

Kayser, W.: Das sprachliche Kunstwerk. Bern 1954
Kelber, M.: Gesprächsführung. Opladen 1977[12]
Kennedy, J. F.: Dämme gegen die Flut. Düsseldorf 1962
Kilian, H.: Der erfolgreiche Redner. Köln 1970[3]
Kippenberg, A./Leyen, Fr. v. der: Das Buch deutscher Reden und Rufe. Wiesbaden 1956
Kissinger, H. A.: Memoiren 1968–1973. München 1979
Koch, J. (Hrsg.): Artes Liberales. Leiden/Köln 1976
Kofler, L. : Die Kunst des Atmens. Kassel 1961[22]
Korff, E.: Redetechnik als Führungsmittel. München 1967
Korff, E.: Reden – Diskutieren – Verhandeln. Bad Homburg o. J.
Kopperschmidt, J.: Allgemeine Rhetorik. Einführung in die Theorie der persuasiven Kommunikation. Stuttgart 1976[2]
Kopperschmidt, J.: Sprache und Vernunft. 2 Bde. Stuttgart u. a. 1978, 1980
Kröber, W.: Kunst und Technik der geistigen Arbeit. Heidelberg 1957 [2]
Kühn, Heinz: Die Kunst der politischen Rede. Düsseldorf/Wien 1985
Kuhlmann, W.: Vom Normcharakter der Sprache. Freiburg/Br. 1966
Kurka, E.: Zur Anregung und Pflege des Sprechdenkablaufs als Voraussetzung für die freie Rede. Wiss. Zeitschrift d. Luther-Universität Wittenberg. S. 453–460. Halle 1956
Kurka, E.: Wirksam reden – besser überzeugen. Einführung in die sozialistische Rhetorik. Berlin (Ost) 1970

Lange, A.: Kleine Schule für Rede und Diskussion. Augsburg 1965
Lange, A.: Redner und Rede. Rottweil 1970
Lange, G.: Breviarium Rhetoricum. Bayreuth 1976[6]
Lausberg, H.: Handbuch der literarischen Rhetorik. München 1960
Le Bon, G. : Psychologie der Massen. Leipzig 1932[6]
Lehmann, J./Glaser, H.: Die Rede des Politikers. Aspekte der politischen Kommunikation und Rhetorik. Bamberg 1978[2]
Lemmermann, H.: Schule der Debatte. München 1986
Lewin, K.: Die Lösung sozialer Konflikte. Bad Nauheim 1953

Mackensen, L.: Gutes Deutsch in Schrift und Rede. Hamburg 1968
Marks, E.: Berichten über Technik. Düsseldorf 1982[3]
Matthes, A. (Hrsg.): Reden Kaiser Wilhelms II.. München 1976
Mayer, H.: Rhetorik und Propaganda. In Benseler, F. (Hrsg.): Festschrift zum 80. Geburtstag von Georg Lukács. Neuwied/Berlin 1965
Merkel, J./Nagel, M. (Hrsg.): Erzählen. Die Wiederentdeckung einer vergessenen Kunst. Reinbek 1982
Möller, W.: Beherrschung der freien Rede. Berlin-Hermsdorf 1950
Mohler, A.: Die 100 Gesetze überzeugender Rhetorik. München 1984

Muckenschnabel, W. R.: Entscheiden wird deine Redekunst. Hagen/Westf. 1959
Müller, A.: Zwölf Reden über die Beredsamkeit und deren Verfall in Deutschland. Frankfurt 1967
Müller, U.: Denken – Reden – Überzeugen. Rottweil 1974
Müller, W.: Große Reden aus drei Jahrtausenden. Stuttgart o. J.
Müller-Freienfels, R.: Menschenkenntnis und Menschenbehandlung. Berlin 1951
Müller-Freienfels, R.: Gedächtnis- und Geistesschulung. Bad Homburg 1954[5]
Müthling, H.: Über die Vorbereitung einer Rede. In: Bergbau u. Wirtschaft, Jg. 7, S. 708f. Bochum 1954

Naumann, F.: Die Kunst der Rede. Berlin 1914
Neis, E.: Wie gestaltet man Vorträge und Reden? Hollfeld 1964
Nembach, U.: Predigt des Evangeliums. Luther als Prediger, Pädagoge und Rhetor. Neukirchen-Vluyn 1972
Neumann, R.: Zielwirksam reden. Grafenau 1978
Nevermann, P.: Dem Ganzen verpflichtet. Reden und Aufsätze aus den Jahren 1959–1961. Hamburg 1962
Nickl, M. M.: Zur Rhetorik parlamentarischer Mißtrauensvoten im Deutschen Reichstag (1931/32) und Bundestag (1972). München 1976
Nicolson, H.: Kleine Geschichte der Diplomatie. Frankfurt/M. 1955
Niebelschütz, W. v.: Freies Spiel des Geistes. Reden und Essais. Düsseldorf/Köln 1961
Niemöller, M.: Reden 1961–63. Frankfurt 1964
Niepold, W.: Sprache und soziale Schicht. Berlin 1970
Norden, A.: Die Nation und wir. Ausgew. Aufsätze und Reden 1933–64. 2 Bde. Berlin 1964

Ockel, E.: Rhetorik im Deutschunterricht. Untersuchungen zur didaktischen und methodischen Entwicklung mündlicher Kommunikation. Göppingen 1974
Ockel, E.: Zur Didaktik und Methodik des Vorlesens. In: Diskussion Deutsch, Jg. 1985, S. 541ff.
Ortega y Gasset, J.: Aufstand der Massen. Stuttgart 1947

Patocka, H.: Die Kunst der Rede. Wien 1951
Pelster, Th.: Die politische Rede im Westen und Osten Deutschlands. Düsseldorf 1966
Pelster, Th.: Rede und Rhetorik im Sprachunterricht. In Dyck, J. (Hrsg.): Rhetorik in der Schule. Kronberg/Ts. 1974
Pelster, Th.: Rede und Rhetorik. Düsseldorf 1978[7]
Perelman, Ch.: Das Reich der Rhetorik. Rhetorik und Argumentation. München 1980
Peter, K. H. (Hrsg.): Reden, die die Welt bewegten. Stuttgart 1959
Platon: Gorgias. Über die Beredsamkeit. Neuausgabe Reclam. Stuttgart 1961
Plett, H. F. (Hrsg.): Rhetorik. Kritische Positionen zum Stand der Forschung. München 1977
Poppelreuther, W.: Psychokritische Pädagogik. München 1933

Rathenau, W.: Schriften und Reden. Frankfurt 1964
Reclam, H./Midderhoff, I.: Elemente der Rhetorik. München 1979
Redlich, J.: Recht und Technik des Englischen Parlamentarismus. Leipzig 1905
Reiners, L.: Stilkunst. München 1961
Reiners, L.: Die Kunst der Rede und des Gesprächs. München/Bern 1968[5]
Reusch, F.: Der kleine Hey. Die Kunst des Sprechens. Mainz 1956
Rhetorik. Ein internationales Jahrbuch, 1980 ff.
Robespierre, M.: Reden. Berlin 1925
Roth, H.: Pädagogische Psychologie des Lehrens und Lernens. Hannover 1957
Rother, W.: Die Kunst des Streitens. München 1961
Rudolph, E.: Frei reden und überzeugen. München 1967
Rüdenauer, M.: Die Kunst der freien Rede – Führungskräfte sprechen sicher und überzeugend. Kissing 1979

Sandow, J.: Studien zur Rhetorik im Deutschen Bundestag. In: Publizistik 7/1962
Schanze, H. (Hrsg.): Rhetorik. Beiträge zu ihrer Geschichte in Deutschland vom 16.–20. Jahrhundert. Frankfurt/M. 1974
Scharrelmann, H.: Die Technik des Schilderns und Erzählens. Hamburg 1921
Schiff, M.: Redetraining. München 1984[3]
Schlesinger, A. M.: Die tausend Tage Kennedys. Bern/München 1965
Schlüter, H.: Grundkurs der Rhetorik. München 1985[9]
Schmid, C.: Politik und Geist. Stuttgart 1961
Schmidt, H.: Beiträge. Stuttgart 1968
Schmidt, P.: Statist auf diplomatischer Bühne. Bonn 1950
Schneyer, J. B.: Geschichte der katholischen Predigt. Freiburg 1969
Schopenhauer, A.: Parerga und Paralipomena, Kap. II: Zur Logik und Dialektik. Halle 1902
Schorkopf, H.: Reden, frei – verständlich – wirksam. Freiburg/Br. 1985[3]
Schütz, W.: Geschichte der christlichen Predigt. Berlin 1972
Schuh, H./Watzke, W.: Erfolgreich Reden und Argumentieren. München 1983
Schult, J.: Der politische Redner. Stuttgart/Düsseldorf 1955
Schweinsberg, F.: Rednerschulung. Heidelberg 1948
Siebs, Th.: Deutsche Hochsprache – Bühnensprache. Köln 1957[16]
Spengel, L.: Rhetores Graeci. 3 Bde. Nachdruck v. 1853–56. Leipzig 1966
Stampa, A.: Atem, Sprache und Gesang. Kassel 1956
Stangl, A.: Die Sprache des Körpers. Düsseldorf/Wien 1977
Stark, R. (Hrsg.): Rhetorika. Schriften zur aristotelischen und hellenistischen Rhetorik. Hildesheim 1968
Steinmann, M. (Hrsg.): New Rhetorics. New York 1967
Stirner, H.: Die Agitation und Rhetorik Ferdinand Lassalles. Marburg 1979
Stötzer, U.: Redekunst. Leipzig 1964
Strehle, H.: Mienen, Gesten und Gebärden. Analyse des Gebarens. München/Basel 1954
Strobl, I.: Rhetorik im Dritten Reich. Diss. Wien 1978
Suhr, O.: Eine Auswahl aus Reden und Schriften. Tübingen 1967

Teigeler, P.: Verständlich sprechen, schreiben, informieren. Bad Honnef 1982
Thielicke, H.: Vom geistlichen Reden. Begegnungen mit Spurgeon. Stuttgart 1961
Tucholsky, K.: Gesammelte Werke in 10 Bänden. Bd. 8. Reinbek 1975

Ueding, G.: Rhetorik des Schreibens. Kronberg/Ts. 1985
Ueding, G./Steinbrink, B.: Grundriß der Rhetorik. Geschichte, Technik, Methode. Stuttgart 1986
Unger, H.-H.: Die Beziehungen zwischen Musik und Rhetorik im 16.–18. Jahrhundert. Würzburg 1941.

Wängler, H.H.: Leitfaden der pädagogischen Stimmbehandlung. Berlin 1961
Walser, M.: Heimatkunde. Aufsätze und Reden. Frankfurt 1968
Weithase, I.: Die Geschichte der deutschen Vortragskunst im 19. Jahrhundert. Weimar 1940
Weithase, I.: Zur Geschichte der gesprochenen deutschen Sprache. 2 Bde. Tübingen 1961
Weizsäcker, R. v.: Von Deutschland aus (Reden). Berlin 1985
Weller, M.: Das Buch der Redekunst. Düsseldorf 1954
Weller, M.: Die besten Regeln der Rhetorik aus zwei Jahrtausenden. Düsseldorf 1969
Welsh, J. J.: Reden richtig aufbauen, formulieren und halten. München 1971
Weyer, A. (Hrsg.): Reden an die deutsche Jugend im 20. Jahrhundert. Wuppertal/Barmen 1966
Wieland, Chr. M.: Theorie und Geschichte der Red-Kunst und Dicht-Kunst. Anno 1757. In: Gesammelte Schriften, 1. Abt., 4 Bd., hg. v. F. Homeyer/H. Bieber. Berlin 1916
Wiener, N.: Mensch und Menschmaschine. Frankfurt 1952
Winckler, L.: Sprache und Propaganda: »Mein Kampf«. In Dyck, J. (Hrsg.): Rhetorik in der Schule. Kronberg/Ts. 1974
Winkler, Chr.: Deutsche Sprechstunde und Sprecherziehung. Düsseldorf 1954
Wunderlich, H.: Die Kunst der Rede, in ihren Hauptzügen an den Reden Bismarcks dargestellt. Leipzig 1898

Zechlin, W.: Die Welt der Diplomatie. Frankfurt/Bonn 1960
Zielke, W.: Rhetorik programmiert lernen. München 1978[5]
Zielke, W.: Lesetechniken. Düsseldorf 1980[2]
Zielke, W.: Merken, Behalten, Erinnern. Düsseldorf 1982[3]
Zimmermann, H. D.: Die politische Rede. Der Sprachgebrauch Bonner Politiker. Stuttgart u. a. 1975[3]

Personenverzeichnis

Stichwortverzeichnis

Heinz Lemmermann

Schule der Debatte

Inhaltsverzeichnis

»Die nützlichsten Bücher sind die,
die den Leser anregen, sie zu ergänzen.«
(Voltaire)

Vorbemerkung

Nicht jeder, der beruflich vorankommen möchte, muß »große Reden« halten. Doch um eines kommt er nicht herum: Er muß diskutieren, debattieren und verhandeln können. Was nützen uns Ideen und Sachverstand, wenn wir nicht in der Lage sind, andere durch die gesprochene Sprache wie durch unser Gesamtverhalten zu überzeugen?

Die hier vorliegende »Schule der Debatte« möchte vielfältige Hilfestellung anbieten. Ebenso wie in meinem »Lehrbuch der Rhetorik« haben sich auch in diesem Band jahrzehntelange Erfahrungen, Beobachtungen und Überlegungen aus dem politischen, kulturellen und pädagogischen Alltag niedergeschlagen.

Auch die Fachliteratur wurde herangezogen. Wissenschaftliche Erkenntnisse aus der Rhetorik, Psychologie und Pädagogik fließen mit ein, sofern sie praxisrelevant erscheinen.

Kurzum: Beabsichtigt ist, in aufgelockerter Form eine Einführung in die Probleme zu bieten, eine Grundorientierung vor allem für »Anfänger« zu ermöglichen. Der kritische Leser wird nicht gläubig alles akzeptieren, was hier geschrieben steht. Er wird durch eigene Erfahrung vielleicht manchen Vorschlag erhärten, manchen aber auch ablehnen oder korrigieren. Eine theoretische »Schule der Debatte« kann nur Hilfestellung geben für die praktische »Schule der Debatte«, durch die ein jeder geht.

Ich danke Freunden und Bekannten für manche Ergänzung und Korrektur, insbesondere Arnim Kaiser (Lilienthal), dessen Ratschläge für die Verhandlungs- und Argumentationspraxis besonders hilfreich waren.

Lilienthal-Trupe bei Bremen *Heinz Lemmermann*

1. Reden im Dialog: Diskussion – Debatte

1.1 Grundfragen

»Keiner weiß so viel, wie wir alle zusammen«, so steht an einer dänischen Rathaustür geschrieben. Keine Begründung der Diskussionsrede ist so kurz und treffend. Die Diskussion ist eine spezifische Form des Gesprächs. Sie umspannt ein weites Feld vom alltäglichen Zwiegespräch, der »Kleinrhetorik des Alltags« (*Weller*) bis hin zur großen Auseinandersetzung z. B. im Anschluß an einen Vortrag.

Zwar sind die Grenzen zwischen Diskussion und Debatte manchmal fließend, doch gibt es einige spezifische Merkmale für beide Formen der Wechselrede.

»Diskussion« stammt von lateinisch »discutere« = auseinanderschlagen, auflösen, zerlegen. Der Begriff meint das Bedeutungsfeld Aussprache, Erörterung, Unterredung, gemeinsame Klärung eines Sachverhalts. Wer *echt* diskutiert, versucht Wahrheiten zu ergründen, durch *gemeinsames* Überdenken einem Sachverhalt gerecht zu werden. Oft wird man auch von unterschiedlichen Ausgangspunkten her eine Sachlage argumentativ erörtern und versuchen, durch Klärung zu einem Konsens zu kommen. »Eine Diskussion ist unmöglich mit jemandem, der vorgibt, die Wahrheit nicht zu suchen, sondern schon zu besitzen« (*Romain Rolland*). Oft führt erst dieses vielfältige Abwägen von Tatsachen und Folgerungen, von mehreren Partnern vorgenommen, zur Klärung. Das meint auch *Luther*, wenn er sagt:

»Eines Mannes Rede ist keine Rede,
man soll sie billig hören alle beede.«

Während also die Diskussion stärker Klärungscharakter hat, so stehen bei der Debatte Durchsetzungswille und Durchsetzungsvermögen im Vordergrund. »Debatte« stammt aus dem Französischen und bezeichnet eigentlich »Wortschlacht« (lat. battuere = schlagen). Wer debattiert, hat sich bereits eine Meinung gebildet und möchte diese durchsetzen. Er möchte sein

Gegenüber beeinflussen, ihn von seinem eigenen Standpunkt überzeugen und zu von ihm gewünschten Handlungen veranlassen. Jede gut geführte Debatte, selbst wenn sie scharf und polemisch werden sollte, enthält wesentliche Elemente der Diskussion, indem sie auf sachgerechten Argumenten aufbaut. Nicht jeder Mensch hat das Verlangen und die Gelegenheit, große Reden zu halten. Aber es gibt wohl nur wenige unter Milliarden, die nicht täglich diskutieren, debattieren und verhandeln: mehr oder weniger sachlich, mehr oder weniger geschickt, mehr oder weniger überzeugend.

Rede und Gegenrede sind bestimmende Elemente menschlicher Kommunikation. Recht und Möglichkeit der Wechselrede gehören zu den unabdingbaren Spielregeln der Demokratie. Diktaturen schränken die Diskussionsfreiheit ein, würgen sie nicht selten völlig ab.

Zu allen Zeiten ist die Wechselrede eine treibende Kraft in den großen Auseinandersetzungen der Weltgeschichte gewesen: im künstlerischen Bereich (griechisches Drama!) ebenso wie im religiösen und politischen. Es wäre aufschlußreich festzustellen, wo überall Diskussion und Debatte unvorhergesehene geschichtliche Bedeutung erlangt haben. Man denke z. B. daran, daß in den Vereinigten Staaten der Kampf gegen die Sklaverei erst nach langjähriger Diskussion von den *Quäkern* als unumgänglich angesehen wurde. Ausgehend von den Quäkern setzte sich diese Auffassung erst nach und nach in weiten Kreisen der Vereinigten Staaten durch.

Ein anderes Beispiel:

Martin Luther bezog seine scharfe Frontstellung gegen die Kirche seiner Zeit keineswegs schon in seinen berühmten 95 Thesen, sondern erst im Laufe der schneidenden Debatten mit seinen Gegnern wie *Dr. Eck*.

Diskussion und Debatte bilden im Grunde die *Hohe Schule der Rhetorik*. Reden können wir bis aufs letzte I-Tüpfelchen vorbereiten. Diskussionen und Debatten nicht. Wir sind hier in viel höherem Maße vom Partner abhängig. Wir müssen unsere Rede unmittelbar vor ihm *verantworten*, im eigentlichen Sinne des

Wortes. »Seine Rede verantworten bedeutet ... nichts anderes als: über etwas zu einem anderen so reden, daß man der Antwort des anderen wiederum Rede steht und damit seine eigene Rede vor ihm verantwortet« (*Karl Löwith*). Nur Demagogen und Diktatoren werden ihr Gegenüber zum bloßen Objekt ihres Willens machen wollen. Der echte Diskutierer und Debattierer wird die Meinung seines Partners, ob Freund oder Gegner, ernst nehmen.

Es ist aber festzustellen, daß viele Menschen ihre Diskussionsfähigkeit viel zu wenig üben. Selbst Experten mit hohem Sachverstand auf ihrem Gebiet fehlt es bei den Konferenzen und Verhandlungen oft an Umsetzungsmöglichkeit. Sie vermögen es nicht, andere zu überzeugen. *Ellis/Siedel* konstatierten bereits vor 30 Jahren (in ihrem Buch: Das Gespräch mit dem Anderen, Düsseldorf 1957): »Ein Jahr oder ein ganzes Leben solider, kundiger, ernstester Anstrengung kann leicht in einer halbstündigen Konferenz ausgewischt werden, die nicht gut geführt wird. Wir studieren Maschinenbau, Jurisprudenz, Betriebswirtschaft, Verkaufstechnik, kaufmännische Verwaltung. Wir lernen einiges über Werkstoffe, Verfahren, Verkehrswesen, Marktanalyse, Materialtransport, Steuerrecht. Wir studieren jedoch nicht die Kunst des Verhandelns, in der alle diese scheinbar produktiven Kenntnisse sich erst bewähren müssen.«

Keineswegs ist ein guter Redner unbedingt ein guter Debattierer. Wie oft fehlt es dem brillanten Redner an der Fähigkeit, in der Diskussion sachgerecht zu bleiben, geduldig zuhören zu können, seine augenblicklichen Stimmungen zu beherrschen, taktvoll zu entgegnen. Wie oft fehlt es ihm auch daran, sich wirklich mit dem Gegner verständigen zu *wollen*! Wo nur die nackte Selbstbehauptung beabsichtigt wird, wo man nur den Gegner aus dem Sattel heben möchte und nichts anderes, da kommt keine wirkliche Diskussion zustande. »Jede echte Gesprächskunst hat Wesentliches zu tun mit der Überwindung unbewußter persönlicher Mängel« (*Eberhard Müller*).

Der gute Diskussions- und Debattenredner muß redegewandt und schlagfertig sein, sachlich und geduldig; er wird zuhören können und Einfühlungsvermögen besitzen; und nicht zuletzt muß er über ein hohes Maß an Argumentationstechnik und Verhandlungstaktik verfügen.

Keiner wird diesen Ansprüchen vollauf genügen, sie werden aber immer die Richtpfeiler sein.

Sich selbst in Frage zu stellen und in Frage stellen zu lassen gehört gewiß zu den keineswegs immer praktizierten Verhaltensweisen. Leider. Menschliche Schwächen und rein egoistisches, interessengebundenes Argumentieren verhindern oft genug einen fairen Debattenverlauf. Und auch was Ehrlichkeit angeht, so ist sicherlich die Skepsis eines *Wilhelm Busch* angebracht, der da reimte:

»Wenn alles sitzen bliebe,
was wir in Haß und Liebe
so voneinander schwatzen;
wenn Lügen Haare wären,
wir wären rauh wie Bären
und hätten keine Glatzen.«

Der entscheidende Unterschied zwischen der Wechselrede in Diskussion und Debatte und der Wechselrede im Unterhaltungsgespräch liegt darin, daß die Partner ein festes Ziel im Sinne von Klärung oder Durchsetzung – oder beides! – verfolgen. Das Unterhaltungsgespräch dagegen hat zumeist etwas unverbindlich Schweifendes. Man kommt vom Hundertsten ins Tausendste; vieles ist dem Zufall überlassen. Nicht so Diskussion und Debatte, wenn sie sachgerecht geführt werden.

1.2 Erscheinungsformen

Es gibt recht unterschiedliche Formen der Diskussion und Debatte. Jede Verhandlung z. B. hat ein unbedingtes Tatziel. In Konferenzen oder Sitzungen wird diskutiert und verhandelt, um zu einem Ergebnis zu kommen, um die Tat folgen zu lassen. Daneben gibt es vielfältige Formen der Diskussion, bei denen ein theoretisches oder praktisches Ergebnis zwar erwünscht, aber nicht unbedingt erforderlich ist. Hierzu zählen Vortragsdiskussion, Rundgespräch, Podiumsdiskussion und Forum.

Arnim Kaiser stellt fest: »Diskussionen und Verhandlungen im wirtschaftlichen Bereich unterscheiden sich in der Regel von denen im wissenschaftlichen Bereich dadurch, daß sie unter unabdingbarem Handlungsdruck stehen. In der Wirtschaft haben Verhandlungsergebnisse meistens unmittelbare Folgen, führen zu materiellen Konsequenzen, die nicht selten Existenzen in Frage stellen.«

In der Diskussion im Anschluß an einen Vortrag ist dem Zuhörer Gelegenheit gegeben, dem Redner Fragen zu stellen und Einwände zu machen. Beim Rundgespräch sitzen gleichberechtigte Partner zusammen und diskutieren. Oft dient das Rundgespräch aber auch der Information und Überzeugung der Teilnehmer durch einen Fachmann des jeweiligen Sachgebietes. Wir könnten in diesem Falle auch *Lehrgespräch* sagen. »Das Ziel dieses Gespräches ist nicht die Besiegung des Partners, sondern seine Gewinnung für eine neue Erkenntnis, nicht seine Überwältigung mit fremden Anschauungen, sondern die Weckung der in ihm selbst noch schlummernden, ungeborenen Erkenntnisse« (*Eberhard Müller*).

Hier finden wir eine wichtige pädagogische Maxime, die ein Diskussionsredner beherzigen wird: Ich soll meinem Partner meine Meinung möglichst nicht aufdrängen – ich soll vielmehr so diskutieren, daß er *selbständig* die Folgerungen aus meinen Gedankengängen ziehen kann. In der Podiumsdiskussion diskutieren mehrere Partner miteinander, ohne daß die Zuhörer im Saal gleichberechtigt teilnehmen können. In der Regel wird man der Hörerschaft aber Gelegenheit geben, wenigstens gegen Schluß der Diskussion Fragen zu stellen. Im Forumsgespräch wenden sich die Zuhörer mit Fragen und Einwänden an die vorne sitzenden und ganz dem Auditorium zugewandten Auskunftgeber.

Nicht selten wird der Fehler gemacht, daß zu Podiumsdiskussionen und Forumsgesprächen zu viele Teilnehmer eingeladen werden. Wenn beispielsweise bei 9 oder mehr Teilnehmern jeder nur für 3 Minuten ein erstes »Statement« abliefert, so ist in der Regel bereits eine halbe oder eine dreiviertel Stunde herum; und durch die Reihung der Beiträge und durch oft zu beobachtende

Wiederholungen ist aus der Diskussion »die Luft heraus«. 4–6 Teilnehmer mit unterschiedlichen Standpunkten können intensiver und überschaubarer miteinander debattieren. Verschiedene Formen der Diskussion gibt es deshalb, weil bei einer zu großen Teilnehmerzahl die Einzeldiskussion Jeder-mit-Jedem einfach nicht möglich ist.

Das Streitgespräch zweier Kontrahenten, wie es z. B. in der Fernsehsendung »Pro und Contra« erfolgt, ist für die Zuhörer oft deswegen ergiebig, da die unterschiedlichen Einschätzungen einer Sachlage hier alternativ und daher prägnant artikuliert werden, während bei vielen Podiumsdiskussionen und Rundgesprächen die Gefahr besteht, daß der Verlauf weitschweifig, unklar oder ohne zwingende Ergebnisse ist. Die Zuhörer gehen dann unbefriedigt nach Hause. In erster Linie ist es Aufgabe des Diskussionsleiters, einen solchen Ausgang zu verhindern (siehe Kap. 4.2: Zur Technik der Diskussionsleitung).

Die folgenden Abschnitte vermitteln einige Grundkenntnisse und -überlegungen, ohne die ein guter Diskussionsredner schwerlich auskommt. Es geht hier nur um die rhetorische Seite des modernen Diskussionswesens. Über organisatorische Notwendigkeiten bei Sitzungen, Konferenzen, Tagungen usw. unterrichten im Literaturverzeichnis angeführte Spezialwerke.

2. Diskussion und Verhandlung

Bevor wir die einzelnen Argumentationstechniken behandeln, sollen noch einige allgemeine Grundlagen von Diskussion und Verhandlung erörtert werden:

1. Vorbereitung und Nachüberlegung
2. Dialektik, Sophistik, Schlagfertigkeit
3. Sie und Ihr Gegenüber: Hinweise zur Technik und Taktik der Verhandlungsführung
4. Sie greifen in die Diskussion ein
5. Sie haben das Schlußwort

Der gute Diskussionsredner muß nicht nur ein wirkungsvoller Rhetoriker und Dialektiker sein, er muß auch über viele technische und taktische Mittel verfügen, um gegenüber routinierten Verhandlungsfüchsen bestehen zu können. Der Systematik wegen sind die im folgenden angeführten Grundlagen in fünf Abschnitte geteilt, die aber in der Praxis eng miteinander verbunden werden.

2.1 Vorbereitung und Nachüberlegung

Die Verhandlung läßt sich nicht so systematisch vorbereiten wie ein Vortrag, weil man nicht genau weiß, wie der Partner reagieren wird. Die Diskussion erfordert in erhöhtem Maße Wissen, Konzentration, Geistesgegenwart, Schlagfertigkeit und prägnante Redeweise.

Drei Punkte sind es vor allem, die ich bei meiner Vorbereitung bedenken muß:

a) Ich muß den Stoff beherrschen und das Ziel festlegen, das es zu erreichen gilt. Dabei werde ich mich ganz in die Lage meines Partners hineinversetzen. Worauf will er hinaus? Wie weit kann ich gehen, was ist meine Mindestforderung? usw. Wo könnte ich unter Umständen zurückstecken und einen Kompromiß schließen? Es muß also der Verhandlungsspielraum ausgelotet werden.

b) Ich muß meine Argumentation aufbauen und ausfeilen. Was wird mein Gegner voraussichtlich antworten? Wie kann ich ihm die Zustimmung erleichtern? Ich unterscheide Haupt- und Nebenpunkte.

c) Ich muß mir den voraussichtlichen Ablauf der Verhandlung vor Augen halten. In diesem Zusammenhang sei auf die Wichtigkeit des Aufbaus einer Tagesordnung hingewiesen. Man muß sich vorher fragen: »Erscheint es möglich, in der zur Verfügung stehenden Zeit mehrere Probleme zu behandeln? Nicht selten ist die Tagesordnung so überladen, daß sie nicht sorgfältig genug abgehandelt bzw. nicht zu Ende gebracht werden kann« (*Arnim Kaiser*).

»Eine besondere Geschicklichkeit besteht darin, von vornherein zu erkennen, welche Punkte die größeren Schwierigkeiten machen werden, und diese von Anfang an in den Vorverhandlungen zu klären« (*Walther Rathenau*). *Kaiser* empfiehlt, die Tagesordnungspunkte sorgfältig zu sortieren: Die »härtesten Brocken« sollten weder am Anfang noch am Ende stehen. Die Verhandlung kommt meist sogleich ins Stocken, wenn zu Beginn schon eine »harte Nuß« zu knacken ist. Aus psychologischen Gründen ist es sinnvoll, den »Knackepunkt« in der Mitte zu plazieren, möglichst unmittelbar hinter einem Punkt, der vorhersehbar konsensfähig ist. Somit können sich die Verhandlungspartner emotional ausgeglichen dem Problemfall zuwenden. Einen solchen Problemfall noch zum Schluß der Verhandlung zu bringen, ist aus zwei Gründen ungünstig:

1. kann der Punkt oft aus Zeitgründen oder wegen nachlassender Konzentration nicht mehr gründlich genug behandelt werden;
2. trübt ein »zäher« Schluß, möglicherweise mit Dissens und Verhärtung der Fronten, die Atmosphäre und erschwert die Startbedingungen für weitere Verhandlung.

Und noch ein letztes hierzu: Es ist immer vorteilhaft, wenn man vom Verhandlungsstoff möglichst viel *auswendig beherrscht*. Wenn Sie einen Vertrag schließen wollen: Prägen Sie sich die wesentlichen Teile vorher ein. Wenn Sie eine Übersicht über die Finanzlage geben wollen, so ist es besser, Sie haben die wichtigsten Zahlen im Kopf statt nur auf dem Papier. Zum ersten ist es wichtig, bei gegnerischer Argumentation aus dem Stegreif antworten zu können; Verhandlungen sind Kämpfe, oft um jedes Wort und um jede Zahl. Zum andern verfehlt es nie den Eindruck auf den Gegner, wenn Sie den Stoff souverän beherrschen.

Allerdings: »Das Gedächtnis ist ein kapriziöses und launiges Wesen, einem jungen Mädchen zu vergleichen, bisweilen verweigert es ganz unerwartet, was es hundertmal geliefert hat, und bringt es dann später, wenn man nicht mehr daran denkt, ganz von selbst entgegen« (*Schopenhauer*).

Es empfiehlt sich, sich durch Stichwort-Merkzettel mit den wichtigsten Fakten und Argumenten Gedächtnisstützen zu sichern.

Vergessen Sie auch nicht, die kleinen Äußerlichkeiten zu organisieren, die für den Verlauf der Verhandlung wichtig sind. Wieviel Zeit und Arbeitskraft wird vergeudet, wenn eine Sitzung nicht gut vorbereitet wurde. Wichtig ist z. B., Protokoll zu führen oder führen zu lassen. Ein afrikanisches Sprichwort besagt: »Was geschrieben wurde, verpflichtet; was gesprochen wurde, läßt sich vergessen.«

Ob Sie einen Vortrag gehalten oder eine Verhandlung geführt haben, immer gilt es, sich kritisch Rechenschaft abzugeben. Wurden Sie durch einen rhetorischen Kraftakt des Gegners auseinandergenommen, wurde Ihre Argumentation im Kreuzfeuer der Kritik zerstückelt, so widmen Sie dieser Kritik Nachüberlegungen im stillen Kämmerlein, um für zukünftige Fälle besser gewappnet zu sein. Was war gut? Was lief falsch? Was hätte ich besser antworten sollen? »Die besten Gedanken kommen immer hinterher« (*Deutsches Sprichwort*). Sammeln Sie vorgebrachte Gegenargumente und feilen Sie zu Hause Ihre Antworten aus. Die Erfahrung zeigt, daß sich die Argumente ständig wiederholen. Wenn man beispielsweise im politischen Bereich dreimal die gleiche Rede gehalten hat, so weiß man haargenau, welche drei oder fünf Gegenargumente in der anschließenden Diskussion gebracht werden. Man hat sich schon ganz darauf eingestellt. Wirklich neue Argumente sind selten wie Pfingstrosen am Nordpol.

Busch meint: »Neue Gedanken sind nicht häufig, sag uns die alten nur geläufig.« In der Politik, in der Philosophie, wo es auch sei: *Busch* hat recht, wenn er sagt: »Gebraucht sind die Gedankensachen schon alle, seit die Welt besteht.«

2.2 Dialektik, Sophistik, Schlagfertigkeit

Der Begriff Dialektik stammt aus dem Griechischen. (Dialegomai = ich unterrede mich.) Im Verlauf der Philosophiegeschichte hat er viele Wandlungen durchgemacht. Dialektik ist heute ein in vielen Farben schillerndes Wort. Wir grenzen den Begriff Dialektik rhetorisch ein und verstehen ihn in seinem ursprünglichen Sinne als Disputierkunst:

Dialektik ist die Kunstfertigkeit, im Widerspruch der Meinungen durchschlagende Argumente für eine Sache aufzufinden, sie geschickt anzuordnen und in überzeugender Redeweise vorzutragen.

Die Dialektik ist folglich ein bestimmendes Merkmal der Debatte, verankert in Logik und Psychologie. Sophistik und Demagogik sind keine Dialektik, sondern nur psychologisch raffiniert aufgeputzte Schein-Dialektik. Dialektik ist bei allem Drängen nach Wirksamkeit sehr um Wahrhaftigkeit bemüht. Sophistik und Demagogik dagegen sind nur auf Wirkung aus.

Es wurde schon gesagt, daß die Debatte die polemische, kämpferische Form der Diskussion ist. Wir müssen das noch verdeutlichen: In der Diskussion bemühen wir uns gemeinsam mit dem Partner um Klarheit in irgendwelchen Fragen; in der Debatte meinen wir, schon die Klarheit und damit eine begründete Überzeugung zu haben, die wir nun dem widersprechenden Partner vermitteln müssen. Der Gegner hat dieselbe Absicht.

Jeder Debattierer läuft Gefahr, durch sein advokatorisches Denken einseitig und damit unsachlich zu werden in seinen Ansichten. Er läuft Gefahr, im Sophismus zu landen. *Karl Jaspers* schreibt: »Dem advokatorischen Denken eignen folgende Charaktere: das Ziel, die ›Wahrheit‹, steht schon fest. Die Untersuchung hat aufgehört. Das Argumentieren hat das Ziel, ein für mich schon Feststehendes gegen alle Angriffe zu begründen, um es auf jeden Fall zu retten, einen bestimmten Wirkungswillen dogmatisch festzuhalten in der grenzenlosen Beweglichkeit der Begründungen.«

Der geschickteste Dialektiker ist übrigens derjenige, dem man es nicht anmerkt, daß er ein Dialektiker ist. Wenn man in dem Rufe steht: *Dem* ist schwer beizukommen; er beherrscht dialektische Judo-Griffe, so erntet man in weiten Kreisen Antipathie. Nichts ist gefährlicher als Antipathie aus dem Gefühl der Ohnmacht heraus.

Wir müssen noch etwas weiter ausholen, um das Wesen der Sophistik deutlich zu machen.

Zu Recht sagt *Rudolf Bartels* (in seinem sonst sehr fragwürdigen »Lehrbuch der Demagogik«): »Die gewöhnlichen Mittel, den Mängeln, die der Wahrheit für demagogische Zwecke anhaften, abzuhelfen, sind: 1. übertreiben, 2. umdeuten, verdrehen, entstellen, 3. verschweigen, 4. verallgemeinern.« (s. Kapitel 3. Argumentationstechniken.)

Karl Jaspers definiert: »Sophistik heißt die Benutzung der Denkformen zu absichtlicher, sei es bewußter, sei es halbbewußter Täuschung. Vom Irrtum unterscheidet sich Sophistik durch den Willen zur Unwahrheit; vom theoretischen Spiel scherzhafter Täuschung durch ein praktisches Sichdurchsetzenwollen.« Der Sophist blendet. Er nutzt alle Möglichkeiten einer pseudologischen Übertölpelung.

Hans Patocka bringt folgendes Beispiel für einen sophistischen Trugschluß: »Kriege sind eine unvermeidliche Naturnotwendigkeit, weil das Wesen des Lebens im Kampf besteht.« Das wird einfach so dahin gesetzt. Dabei ist es doch sehr die Frage, ob das eigentliche *Wesen* des Lebens Kampf ist. Selbst wenn man das bejahen würde, so wird hier fälschlich Kampf und Krieg gleichgesetzt.

Protagoras (485–415 v. Chr.) war seinem armen wie klugen Schüler *Euathlus* gegenüber großzügig und sagte zu ihm: »Du brauchst dein Lehrgeld erst zu zahlen, wenn du deinen ersten

Prozeß gewonnen hast.« Nach seiner Ausbildung bei *Protagoras* tat *Euathlus* alles mögliche, verdiente gut, nur nahm er nie einen Prozeß an – er wollte seinem Lehrer ein Schnippchen schlagen. Schließlich wurde es *Protagoras* zu dumm; er verklagte *Euathlus* und meinte: »Hereinfallen wird er so oder so. Wird er verurteilt, so muß er auf Grund des Richterspruches zahlen; wird er freigesprochen, so muß er zahlen, weil er seinen ersten Prozeß gewonnen hat.« *Euathlus* zeigte aber, was er bei seinem Meister gelernt hatte und entgegnete: »Mir kann nichts passieren. Werde ich verurteilt, so brauche ich nicht zu zahlen, weil ich meinen ersten Prozeß verloren habe; werde ich freigesprochen, so brauche ich auf Grund des Richterspruches nicht zu zahlen.« Es ist gar nicht ganz einfach, hier den Trugschluß zu erkennen.

Mit kühlem Scharfsinn sollte man jedem Sophismus zu Leibe rücken. Keiner ist gegen sophistische Anwandlungen gefeit. Sich selbst gegenüber psychokritisch sein, fällt erfahrungsgemäß besonders schwer. »Psychokritizismus ist seinem innersten Wesen nach weiter nichts als Ehrlichkeit bzw. der Versuch dazu!« (*Walther Poppelreuther*)

Schlagfertigkeit: Die beste Dialektik nützt in der Debatte gar nichts, wenn sie sich erst nach langwierigem Nachdenken einstellt. Möglichst rasch schalten muß der Dialektiker, wenn er einen gegnerischen Angriff parieren will.

»Nun zeigt besonders und apart
sich seine Geistesgegenwart« (*Busch*).

Schlagfertigkeit setzt eine kämpferische Grundhaltung voraus. »Diese Kunst ist eine seltene Fähigkeit. Nur der geübte Geist, der geschliffene Geist ist imstande, jederzeit zum Gegenschlag auszuholen. Dem Schlagfertigen ist ein blitzartiges Erfassen des Gesagten eigen, der wesentliche Blick für das Wort und ein logisches, schlußfolgerndes Denken« (*G. Köhler*). Schlagfertigkeit kann man ebenso beweisen durch eine sachliche Entgegnung wie durch ein geschliffenes Bonmot, das den Gegner entwaffnet. Ein schlagfertiger Redner hat stets die Lacher auf seiner Seite. *Lloyd George* sprach einmal vor einem englischen Frauenverband, der mit seiner Meinung keineswegs übereinstimmte. Ein empörter

Zuruf traf ihn: »Wenn Sie mein Mann wären: ich würde Ihnen Gift geben!« *Lloyd George* gab mit höflicher Verbeugung zurück: »Und wenn Sie meine Frau wären – ich würde das Gift nehmen.«

Der Philosoph *Alois Riehl* (1844–1924) entgegnete auf das wütende Scharren seiner Studenten: »Nachdem ich nun Ihre Füße gehört habe, hören bitte Sie meine Gründe.«

Der folgende Zwischenfall ereignete sich auf einer Wahlreise *Kennedys*: Jemand warf einen angefaulten Kürbis nach dem Kandidaten. Dieses Gemüse landete genau vor dem Redner auf dem Tisch. *Kennedys* Reaktion: »Ich glaube, Grund zu der Annahme zu haben, daß ein in diesem Saal anwesender Gegner soeben seinen Kopf verloren hat, der hier vor mir liegt!«

Schlagfertigkeit kann man durchaus »trainieren«. Vor allem durch die Übung im blitzschnellen Dialogisieren mit Freunden. Ferner: Denken Sie mit bei Streitgesprächen, die andere führen; und spüren Sie dabei Möglichkeiten auf, wo Sie blitzschnell kontern würden. Wenn Sie diskutiert haben, so stellen Sie Nachüberlegungen an: was hätte ich an dieser oder jener Stelle besser antworten sollen?

2.3 Sie und Ihr Gegenüber: Hinweise zur Technik und Taktik der Verhandlungsführung

Bei jeder Verhandlung muß man sich auf den jeweiligen Partner richtig einstellen.

»Woran kranken die meisten Verhandlungen? Sie werden zuwenig bewußt geführt. Zuwenig bewußt in bezug auf das gesteckte Ziel, zuwenig bewußt in bezug auf den Partner, den man gerade vor sich hat, und zuwenig bewußt in bezug auf psychologisch wirksame Formulierungen« (*Alfred Mohler*).

Als erstes wird man sich die eigene Ausgangslage klar machen müssen. Das Grundproblem dieser Ausgangslage besteht meistens darin, daß diese nicht durch Gleichrangigkeit oder -wertigkeit der Partner bestimmt ist. Mit anderen Worten: einer ist z. B. parlamentarisch in der Minderheit, der andere hat die Mehrheit hinter sich; der eine hat also eine gewisse »Ohn-Machtsposition«, der andere verfügt (zumindest augenblicklich) über die Macht, seinen Willen auch gegen gute Argumente durchzusetzen. Ähnlich ist es z. B. bei einer Firma, deren wirtschaftliche Position gegenüber der Verhandlungs-Firma schwächer ist. Man muß die Dinge nüchtern sehen: Wer in der Machtposition ist, hat leichteres Spiel, seine Interessen durchzudrücken. Man kann in solchen Fällen von *asymmetrischer Kommunikation* sprechen (im Gegensatz zur symmetrischen, d. h. zur »gleichmessenden«). Der schwächere Partner wird dann bemüht sein, durch ungemein präzise Vorarbeit und geschickte Verhandlungsführung Boden gutzumachen.

Gleichgültig aber, in welcher Position Sie sich Ihrem Partner gegenüber befinden: Es gibt für alle einige einfache und z. T. miteinander zusammenhängende Grundregeln der Verhandlungsführung, die im folgenden in 10 Punkten erörtert werden:

1. Hören Sie Ihrem Partner zu.
2. Würdigen Sie Ihren Partner.
3. Bemühen Sie sich um ein gutes Verhandlungsklima.
4. Unterschätzen Sie nicht die Bedeutung des Vorurteils.
5. Sorgen Sie für klare Ausdrucksweise und vermeiden Sie Mißverständnisse.
6. Wenn irgend möglich: Seien Sie höflich, freundlich und diplomatisch.
7. Wenn nötig: Seien Sie hart, aber bewahren Sie Geduld und »ruhig Blut«, wenn es heiß hergeht.
8. Erleichtern Sie dem Partner die Zustimmung.
9. Suchen Sie Ihr Ziel zu erreichen – finden Sie zumindest einen tragbaren Kompromiß.
10. Bedenken Sie taktische Möglichkeiten der Verhandlungsführung.

Zu den einzelnen Punkten:
1. Hören Sie Ihrem Partner zu.

»Im Gespräch wird meist herrisch dahergeredet, aus Eitelkeit oder aus Laune. Ganz erfüllt vom Wunsch, auf das zu antworten, was man sich nicht angehört hat, hängt man seinen Gedanken nach und drückt sie aus, ohne auf die Einwände des anderen zu hören.« Diese Beobachtung machte schon *La Bruyère* (1645–1696). Daß Diskussionen ergebnislos verlaufen, liegt nämlich oft daran, daß die Teilnehmer nicht in rechter Weise aufeinander hören. Leider stimmt das, was *Jean de Boisson* meint, auch wenn er es etwas überspitzt ausdrückt: »Eine Debatte ist oft ein erhitztes Gespräch, bei dem zwei Menschen gegeneinander reden und sich selbst zuhören.« So widerspruchsvoll es zunächst klingt: Ein guter Diskussionsredner muß schweigen können. Es ist nicht nur ein Gebot der Achtung vor dem Partner, sondern auch eine sachliche Notwendigkeit, daß man aufmerksam zuhört, was er zu sagen hat. *Adam Müller* trifft den Kernpunkt, wenn er sagt, Zuhören ist die »Kunst des Innewerdens fremder Naturen«.

»Nur mit halbem Ohr zuhören ist dasselbe, als wenn man im Leerlauf Vollgas gibt. Man verbraucht Benzin, aber man kommt nicht vorwärts« (*Lydia Strong* in »Fortschrittliche Betriebsführung«, Bd. 3).

George Bernard Shaw wurde einmal gefragt, warum wohl der Mensch *zwei* Ohren, aber nur *eine* Zunge besäße. Seine Antwort: »Sehr einfach. Weil wir mehr hören als reden sollen.«

Viele Menschen sind geradezu gierig darauf, eine Gesprächslücke zu finden, um hineinzuhuschen, um dranzukommen. Läßt man vor allem einen Gegner nicht zu Wort kommen, so fühlt er sich zu Recht überfahren. Unterdrückte Gefühle und Meinungen aber speichern sich und treten unvermutet wieder zutage. Nehmen Sie daher eine Art Affektmilderung vor: Ihr Partner muß sich alles von der Seele reden können. Nur bei allzu vielen Wiederholungen wird man einschreiten.

Als der Bundeskanzler *Konrad Adenauer* 1961 von seiner Amerikareise zurückkam, bemerkte er: »Präsident Kennedy beherrscht auch die Kunst des Zuhörens; deshalb (!) kann man so gut mit ihm diskutieren.« Allerdings muß man manchmal auch den Partner auf die Notwendigkeit des Zuhörens aufmerksam machen. Vor allem dann, wenn er voreilig unterbricht: »Lassen Sie mich bitte ausreden – ich habe Ihnen ja auch bis zum Schluß zugehört.«

2. Würdigen Sie Ihren Partner.

»Verhandlungstechnik ist Behandlungstechnik« (*Korff*). Nichts wirkt sich auf das Verhandlungsklima schlimmer aus, als wenn die eine Seite die Argumente der anderen mit verächtlicher Handbewegung vom Tisch fegt, ohne sie ernsthaft besprochen zu haben. Ist das Gegenüber ein ungleicher Partner, so wäre es töricht, die eigene persönliche oder sachliche Überlegenheit in kränkender Weise auszuspielen. Der Partner wird sich vielleicht für immer hinter einer Antipathie verschanzen. Der Schweizer Schriftsteller *Lavater* (1741–1801) empfiehlt: »Sprich nie Böses von einem Menschen, wenn du es nicht gewiß weißt! Und wenn du es gewiß weißt, dann frage dich: warum erzähle ich es?« Gegenüber den meisten Menschen sind Mimosen robuste Gebilde. Auch wenn sie äußerlich robust auftreten: täuschen wir uns nicht über ihre psychische Gebrechlichkeit. Wie schnell sind sie gekränkt – und wie lange dauert eine Entkränkungskur, falls sie überhaupt gelingt. Die Regel lautet: Falls man seinem Gegner *sachlich* nicht entgegenkommen kann, dann tue man es wenigstens *persönlich*. Nicht von ungefähr geht in Managerkreisen das Wort um: »Der Weg zur Pleite ist mit schlechten Gesprächen gepflastert.«

3. Bemühen Sie sich um ein gutes Verhandlungsklima.

Dieser Punkt hängt mit dem vorangehenden unmittelbar zusammen. Zuerst einmal ist es nötig, jeden Verhandlungsteilnehmer mit Namen zu kennen. Die Namen sollte man sich unter Umständen in der Sitzformation notieren. Eine Atmosphäre der Anonymität wirkt sich störend aus. Der amerikanische Außenminister *Kissinger* galt als erfolgreicher Verhandler unter anderem deswegen, weil er es wie wenige andere verstand, für eine entspannende Atmosphäre selbst in Krisensituationen zu sorgen. Eine schlechte Nachricht überbrachte er ruhig, gelassen und behutsam, eine gute herzlich und »ansteckend« freudig.

Wo es eben möglich ist, ist eine positive emotionale Zuwendung angebracht. Wenn es daran mangelt, so schleppen sich nicht selten die Verhandlungen griesgrämig dahin; die Teilnehmer erleiden »seelische Frostschäden«.

Wichtig ist die Einstellung auf die jeweilige Situation und die »Antenne« für die Stimmungslage des Gegenübers. Sicherlich sind Körpersignale verschieden ausgeprägt, und doch gibt es im Grundverhalten, in Mimik und Gestik einige Standard-Reaktionen: positiven Signalen wie z. B. freundlicher Blickkontakt und (oft nur angedeutetes) Kopfnicken stehen negative, d. h. latent ablehnende Haltungen gegenüber. Diese äußern sich z. B. wie folgt: Oberkörper zurückgelehnt – Arme verschränkt; verkniffener Mund – wenig Blickkontakt; unbewegtes »Pokergesicht«; »Stirn in Falten«. Ein aufmunterndes Wort, eine persönliche Bemerkung oder eine kleine hübsche Story lockern den »Bierernst« mancher Verhandlung angenehm auf.

Nicht von ungefähr wird heute manche Verhandlung in der persönlichen Atmosphäre eines Arbeitsessens vorbereitet oder zum erfolgreichen Abschluß gebracht.

4. Unterschätzen Sie nicht die Bedeutung des Vorurteils.

Im *Evangelium des Johannes* finden wir ein typisches Beispiel für das Vorurteil (Joh. 1, 45–46):

»Philippus findet Nathanael und spricht zu ihm: ›Wir haben den gefunden, von welchem Moses im Gesetz und die Propheten geschrieben haben, Jesum, Josephs Sohn von Nazareth‹. Und Nathanael spricht zu ihm: ›Was kann von Nazareth schon Gutes kommen?‹«

Wie hier Nathanael, so ergeht es uns allen: wir stecken voller *Vor*-Urteile. Wir machen uns kaum eine Vorstellung davon, wie sehr der Mensch durch Vorurteile geprägt ist. Oft genug steht unser Urteil schon fest, ehe wir uns bemühen, alle Gründe sorgfältig abzuwägen.

Auf philosophischer Ebene ist *Jürgen Habermas* den verzwickten Beziehungen von »Erkenntnis und Interesse« nachgegangen. Menschliches Erkenntnisvermögen hängt in hohem Maße vom jeweiligen Interesse ab.

Hinzu kommt aber auch, daß Vorurteile das Ergebnis von Bequemlichkeit im Denken sind: Wer entzieht sich nicht gern ohne Not ständiger Infragestellung seines Standpunkts. Der berühmt gewordene Ausspruch eines oppositionellen Abgeordneten lautet: »Ich kenne die Gründe der Regierung nicht, aber ich mißbillige sie.« Hier haben wir das Vorurteil in Reinkultur.

Wer in der Verhandlung meint, es komme nur darauf an, eine Meinung oder eine Vorlage hinreichend zu begründen, um sich durchzusetzen, der unterschätzt gefühlsbedingte Vorurteile. Unser Wunschdenken spielt eine alles überragende Rolle, es bestimmt unser Vorurteil wesentlich mit. Oftmals wird man feststellen, daß gefühlsmäßig begründete Überzeugungen *rationalisiert* werden. Das heißt, vernünftige Gründe werden nur vorgeschoben; sie sind der Anlaß, nicht die Ursache.

Erdmann schreibt: »Wir haben nicht eine Überzeugung, weil wir Gründe haben, sondern wir haben Gründe, weil wir eine Überzeugung haben.«

Wir wollen *gern* nur das vom anderen annehmen, was in unser Konzept paßt. Wir sind leicht geneigt, denjenigen, der *unsere* Ansichten teilt, eo ipso für klug zu halten. Sympathisch nennen wir alle Menschen, die eine hohe Meinung von uns haben. »Es fällt schwer, jemand, der eine abweichende Meinung vertritt, für einen vernünftigen Menschen zu halten« (*Jean de Boisson*). Wir übernehmen bereitwillig Vorurteile, wenn sie nur unsere eigene Meinung bestätigen. »Spitzfindige Dialektik« nennt man gern die unwiderlegbaren Argumente des Gegners. Wenn sie uns selbst einfallen, so pflegen wir von »zwingender Logik« zu reden. Vorurteil: das ist der Hauptgrund, daß selbst hervorragende Redner, besonders im politischen Bereich, eine vom Hörer vorgefaßte Meinung nur selten verändern können. »Es gibt Reden, über die man schreiben kann: der Widerspenstigen Zähmung!« (*Naumann*)

Das Vorurteil ist nicht auszurotten. Man kann nur versuchen, es bei sich und beim Partner so weit wie möglich einzugrenzen. Schwierig ist es, einem Gegner klarzumachen, daß seine Meinung auf einem Vorurteil beruht, denn u. a. hat er das Vorurteil, *kein* Vorurteil zu haben.

Sorgfältig muß man auf die Wortwahl des Gegenübers achten. Oftmals liegen schlicht im gewählten Wort bereits Vorwertungen vor, die uns schon die Denkrichtung suggerieren sollen. Wer heute in der Debatte z. B. das viel zitierte Wort »Nachrüstung« gebraucht, der setzt bei diesem Begriff stillschweigend voraus, daß der potentielle Gegner »vorgerüstet« hat. Oder da äußert ein Debattenredner: »Als *fortschrittlicher* Mensch bin ich der Überzeugung, daß . . .« Solche Vorwertungen sollte man nicht unbedingt »schlucken«, sondern vielmehr hinterfragen.

Ein Kommunalpolitiker hat einmal das Reaktionsmuster deutscher Bürokratie bei unkonventionellen Anträgen wie folgt beschrieben:

»Erstens: das haben wir schon immer so gemacht.

Zweitens: das haben wir noch nie so gemacht.

Drittens: da könnte ja jeder kommen.«

Mit diesen 3 Grundsätzen ist immer gut »abwimmeln«.

Das beste Mittel, ein Vorurteil zu bekämpfen, ist das Betrachten der Sachlage von der Seite des Gegners aus. Man versuche immer, sich in seinen Standpunkt hineinzudenken. Bitten Sie auch Ihr Gegenüber: »Versetzen Sie sich doch einmal in meine Lage! Was würden Sie an meiner Stelle tun?« Man analysiere die Beweggründe des Gegners: Spricht er aus sachlicher Überzeugung? Oder verteidigt er nur eigene Interessen? Bewegen ihn Haß, Eitelkeit, Geltungsdrang?

5. *Vermeiden Sie Mißverständnisse.*

»Eine unklare Rede ist wie ein blinder Spiegel« (*chinesisch*). Die Ausdrucksweise sollte klar, anschaulich, unmißverständlich sein. Viele Diskussionen und Verhandlungen verlaufen unbefriedigend oder gar fruchtlos. Sie ergeben mehr Spreu als Weizen. Oft liegt das daran, daß die Bedeutung der angewandten Begriffe nicht klar ist. So entstehen Mißverständnisse, weil die gemeinsame Grundlage fehlt. Um das zu verhindern, ist eine schnelle und prägnante Begriffsbestimmung nötig. »Was jedermann für ausgemacht hält, verdient oft als Erstes untersucht zu werden« (*G. Chr. Lichtenberg*). Man frage deshalb den Partner bei einer Unklarheit sofort: »Was verstehen Sie eigentlich unter . . .?«

Ein Hauptproblem der Verständigung in heutiger Zeit stellen die Fachsprachen dar. Fachleute sind oft so in ihren Vorstellungskreisen befangen, daß sie sich nicht in die Lage von Laien oder Leuten mit anderer Fachrichtung hineinversetzen können (oder wollen!); z. B. »Kaufleute verstehen die Techniker nicht – Techniker nicht die Kaufleute« (*Arnim Kaiser*). Beide Berufsgruppen werfen mit Fachausdrücken und Abkürzungen nur so um sich – und wer nachfragt, meint sich eine Blöße zu geben. So wird manche Verhandlung erschwert.

Was ist dagegen zu tun?

Zum einen: die Verhandlungsgruppen sollten in solchen Fällen mit Leuten verschiedener Fachrichtung besetzt sein; zum anderen: der oder die Verhandlungsleiter könnten bereits eingangs auf dies Problem hinweisen und – vielleicht in heiterer Art – um allen verständliche Ausdrucksweise bitten.

6. Wenn irgend möglich: Seien Sie höflich, freundlich und diplomatisch.

». . . denn wer nicht höflich nach allen Seiten, hat doch nur lauter Verdrießlichkeiten«, mahnt *Busch*. »Der höfliche Zusatz nimmt der Bitte oder dem Befehl nichts von der Bestimmtheit, verhindert aber das Aufkommen von innerem Widerstreben« (*Blümel*). Höflichkeit soll natürlich nicht in billige Schmeichelei oder gar in Lügerei ausarten. Übertriebene Höflichkeit ist auch eine Form der Grobheit.

Ein Mangel an *echter* höflicher Form wirkt sich nachteilig aus. Wie oft wird dem Gegner vorgeworfen: »Sie mögen recht haben, aber Sie hätten das auch anders sagen können!« *Hamilton* rät uns: »Bezeichne, was du tadeln willst, mit den sanften Ausdrükken derer, die es entschuldigen würden.«

Wenn das Verhandlungsklima bisher gut war, so wird man nicht sofort schweres Geschütz auffahren, wenn eine Argumentation des Gegners absurd ist. Nicht sagen: »Was Sie da erzählen, ist doch hirnverbrannter Unsinn«; sondern abschwächen: »Mir scheint, das ist nicht ganz richtig gesehen.« Unklug ist es, den Gegner anzufahren: »Sehen Sie immer noch nicht ein, was für blödes Zeug Sie hier verzapft haben?« Hier gilt das *portugiesische Sprichwort*: »Böses Wort verwundet mehr als scharfes Schwert.« – Besser ist es, bei aller Kritik den Gegner sein Gesicht wahren zu lassen. »Würden Sie vielleicht Ihren Standpunkt noch einmal überprüfen?« Man zeigt dem anderen, daß man bemüht ist, ihn zu verstehen.

Es gibt sehr verfeinerte Formen der Unhöflichkeit. Es gibt z. B. Diskussionspartner, die aus einer abgeklärten Grundhaltung heraus zu argumentieren pflegen. Es wirkt sehr abstoßend, wenn man den Kühl-Überlegenen spielt, der keinen Widerspruch ernst nimmt und der mit müder Lässigkeit so tut, als beurteile er aus der Perspektive des Weltalls irdische Lappalien. Das ist nur *eine* Spielart der Anmaßung.

Es gibt deren viele.

Echte Höflichkeit macht das Zusammenleben erträglicher. Der Theologe *Thielicke* formuliert: *Echte Höflichkeit* ist »nicht nur ein milderndes Medium bei der Mitteilung einer möglicherweise wehetuenden Wahrheit, sondern sie *offenbart* das Urmotiv der *Achtung vor dem Anderen*: Sie ist durchsichtige Verhüllung einer Wahrheit«.

Ein weiteres Sprichwort:

»Die Wahrheit ist ein selten Kraut,
noch seltner, wer sie gut verdaut.«

Ein letzter Punkt gehört hier noch zum Thema Höflichkeit: die *Diplomatie*.

Auch dieser Begriff ist schillernd. Er umschreibt ebenso die unverbindliche, nichtssagende Floskel wie die höfliche Verpackung der Wahrheit im Meinungsaustausch. Die treffendste Formulierung scheint mir *Blümel* gefunden zu haben, wenn er schreibt: »Diplomatisch sein heißt: *Unangenehme Wahrheiten nur so weit sagen als nötig. Wahrheiten in angenehme Formen kleiden, sich zu entziehen wissen, bei aller Vorsicht fest sein.*«

Wesentliche Merkmale der Diplomatie sind also Vorsicht, Geschicklichkeit und Höflichkeit. Die Gefahr der Unverbindlichkeit, ja der Unehrlichkeit im Verschweigen ist groß. Wer kennt sie nicht, diese wenig offenen Aussagen, diese wenig festlegenden Formulierungen, bei denen die in den Hauptsätzen aufgestellten Behauptungen in den Nebensätzen schon wieder eingeschränkt werden, durch ein vielfaches »wenn und aber«, »könnte und möchte«, »in etwa«, »vielleicht« usw. »Vielleicht ist wie ein schlauer Krebs, der vor- und rückwärts gehen kann«, sagt *Busch*.

Talleyrand macht die Neigung des Diplomaten zu sublimer Unehrlichkeit durch einen aparten Vergleich deutlich:

»Wenn eine Dame Nein sagt,
so meint sie Vielleicht;
wenn eine Dame Vielleicht sagt,
so meint sie Ja, und
wenn sie sofort Ja sagt,
dann ist sie keine Dame.

Wenn ein Diplomat Ja sagt,
so meint er Vielleicht;
wenn ein Diplomat Vielleicht sagt,
so meint er Nein, und
wenn er sofort Nein sagt,
dann ist er kein Diplomat.«

Der Labour-Politiker *Aneurin Bevan* gewann dem Begriff »Diplomatie« noch eine andere Nuance ab.

Bevans Chauffeur hatte sich eines Tages im dicksten Londoner Nebel gründlich verfahren. Schließlich kurbelte er das Wagenfenster herunter und fragte einen Passanten: »Würden Sie mir bitte sagen können, wo ich mich befinde?« Die Antwort kam mit vollendeter Höflichkeit: »Im Auto, Sir!« Da wollte der Chauffeur wütend aussteigen und dem Manne die Meinung sagen. Aber *Bevan* hielt ihn am Ärmel zurück: »Nur ruhig Blut, mein Lieber«, sagte er, »was Sie da eben erhalten haben, ist eine typische Unterhausantwort bester Diplomatenschule: kurz und klar, enthält nichts als die reine Wahrheit und teilt dem Fragesteller nichts mit, was er nicht ohnehin schon wußte. Was meinen Sie wohl, wie oft die Regierung mich auf diese Weise abzuspeisen pflegt!«

7. *Wenn nötig: Seien Sie hart, aber bewahren Sie ruhig Blut, wenn es heiß hergeht.*

»Eier sollten nie mit Steinen streiten«, heißt ein *chinesisches Sprichwort*. Ich habe darauf hingewiesen, daß die Ausgangslage bei Verhandlungen selten symmetrisch ist. Meistens ist die eine Seite eindeutig in der »Vorhand«. *Arnim Kaiser* konstatiert: »Manchmal hat jemand die schwächeren Argumente, ist aber in der Machtposition; dann ist es für jeden Gegner besonders schwer, sich durchzusetzen.«

(Ich selbst habe es, in norddeutschen Kommunalparlamenten in der Opposition stehend, nicht nur einmal erlebt, daß die Mehrheit ohne viel »Federlesens« ihre Macht auch gegen gute Gründe bedenkenlos ausspielte. Als ich in einer Debatte eine vermeintlich sorgfältige und ausführliche Argumentation vorgetragen hatte und ohne weitere Gegenrede überstimmt wurde, beklagte ich mich beim gegnerischen Fraktionschef und erhielt augenzwinkernd die Antwort [auf niederdeutsch]: »Du mußt jümmer bedenken: wi sünd viellicht nich de Klögsten, ober de mehrsten . . .« [Hochdeutsch: »Du mußt immer bedenken: wir sind vielleicht nicht die Klügsten, aber die meisten . . .«] In solchen Fällen – manchmal können sie auch heiter-kurios sein – hilft kein Argumentieren, sondern nur ein Informieren und Weiter-Diskutieren in der Öffentlichkeit.)

Von erfahrenen Verhandlern (z. B. von *Kaiser*) wird beobachtet, daß im letzten Jahrzehnt die Härte von Verhandlungen, besonders im internationalen Wirtschaftsbereich, erheblich zugenommen hat. Die Gründe liegen vor allem im schärferen Verteilungskampf. Rascher Wechsel in vielen Vorstandsetagen der Industrie signalisiert, daß von Führungskräften sozusagen »Erfolg um jeden Preis« gefordert wird; nach dem brutalen amerikanischen Geschäftsprinzip von »hire and fire«: ebenso schnell wie man »angeheuert« ist, wird man bei Erfolglosigkeit auch »gefeuert«. Nicht selten droht eine Catch-as-catch-can-Debatte, bei der auch unfaire Argumentationstechniken angewandt werden, die zu durchschauen hier das Kapitel 3.2 vielleicht helfen kann.

Auch eine sachlich harte und unerbittliche Debatte *kann* durchaus auf der Grundlage von Höflichkeit geführt werden. Die Höflichkeit kann aber auch übertrieben werden. In manchen Verhandlungsgremien bedient man sich heute eines unnatürlichen, gebügelten Flüstertons, den man sonst nur in der gedämpften Atmosphäre eines Hutsalons antrifft. Und doch erlebt man oft den »Anblick gesitteter Herren, die sich in distinguierter Weise gut formulierte Bosheiten beibringen«, wie *Rother* sagt.

Es kann nun aber sein, daß der Diskussionspartner in das andere Extrem fällt und mit erheblichem Stimmaufwand eine scharfe Diktion ins Spiel bringt. »Mit Drohen und Belehren sucht er ihn zu bekehren« (*Busch*). Vielleicht wurde er provoziert, und nun ist er entrüstet. Hat *Busch* nicht recht, wenn er in »Eduards Traum« ausführt: »Entrüstung ist ein erregter Zustand der Seele, der meist dann eintritt, wenn man erwischt wird.« *Rother* schreibt: »Die urtümlichste . . . Form der geistigen Auseinandersetzung besteht darin, daß sich die Kombattanten mit einem reichhaltigen Sortiment gutsitzender Schimpfwörter belegen.«

Man nehme es nicht tragisch, wenn einmal jemand seinem Ärger Luft macht. Bei einem erfahrenen und hartgesottenen Debattierer prallt so etwas ab wie die Sturzwelle von der Ölhaut eines alten Seebären. Ein kräftiges Donnerwetter ist immer noch besser als eine aufgestaute kalte Wut. Eine Schimpfkanonade kann befreiende Wirkung haben, wie ein reinigendes Gewitter an einem schwülen Sommertag. Das Schimpfen ist oft nichts anderes als eine hygienische Maßnahme der Seele. In früheren Jahrhunderten gehörte das Schimpfen geradezu zum guten Ton bei Auseinandersetzungen. Klassische Vertreter dieser »Sportart« wie *Luther* und *Schopenhauer* verfügten über ein unerschöpfliches Reservoir an Schimpfworten und Kraftausdrücken. Die saftigsten Ausdrücke unserer Zeit nehmen sich dagegen aus wie harmlose Liebenswürdigkeiten. Wenn der Gegner also einmal losdonnert, so kann man zwar auf den groben Klotz einen groben Keil setzen: in der Regel ist es aber besser, sich nicht reizen zu lassen und statt dessen betont ruhig zu bleiben. Selbst dann, wenn der Gegner mit ausgestrecktem Zeigefinger an seiner Schläfe herumbohrt. Wenn er mit seiner Kenntnis der Zoologie renommiert und uns mit so hochachtbaren Geschöpfen wie Esel, Kamel und Rindvieh vergleicht – gönnen wir ihm alles, aber nicht den Triumph, einen Beleidigten zu sehen. Man kann sich natürlich den Ton verbitten – wirkungsvoller aber bleibt, einen wutschnaubenden Gegner durch Sachlichkeit zu beschämen. Muß man nicht viele Schreier so beurteilen, wie *Busch* es tut?

»Zwar mit seinem losen Mund
neigt er zum Krakeele.
Dabei ist er doch im Grund
eine treue Seele.«

Seelenwunden vernarben schlecht. »Man darf . . . nicht wie ein geistiger Amokläufer alles um sich herum niederschlagen, nicht nach dem Verse handeln ›Onkel Fritz in seiner Not, haut und trampelt alles tot‹« (*Rother*). »Unsachliche Schärfe und Beschimpfung dienen im Leben überhaupt und im Parlament erst recht nicht der Überzeugung des anderen, sondern führt nur zur Verhärtung seiner Ansichten.« Das bemerkte der 1954 verstorbene Präsident des Bundestages *Hermann Ehlers* zu diesem Thema.

8. Erleichtern Sie Ihrem Partner die Zustimmung.

Wo es nur irgendwie ehrlich zu vertreten ist, geht man von einer teilweisen Anerkennung des Gegners aus und bringt erst dann seine Vorbehalte bzw. seine eigenen Thesen an. »Es ist keine schlechte Einleitung, wenn man zuerst alle Punkte aufzählt, in denen man übereinstimmt, um dann zu zeigen, wie die Abweichungen sind« (*Hamilton*).

Ein beliebter Rednertrick ist der Appell an die Denkgewohnheit. Der Redner sagt Dinge, die auf jeden Fall übereinstimmen mit der Meinung der Zuhörer oder Diskussionspartner. Wenn diese mehrfach den Aussagen zustimmen können, so sind sie auch leichter geneigt, Neues anzuerkennen. (Kein Politiker wird fehlgehen, wenn er eingangs behauptet, die Steuern seien zu hoch und die Verwaltung sei zu bürokratisch!) Mit leiser Ironie formuliert *Busch*:

»Suche nicht apart zu scheinen,
wandle auf betretnen Wegen.
Meinst du, was die andern meinen
kommt man freundlich dir entgegen.«

Man wird nicht lospoltern: »Da sind Sie aber gewaltig im Irrtum!« Besser ist: dem anderen zuhören, Gemeinsames herausstellen, in Nebenfragen geschmeidig sein, sich nicht über Nebensächliches erregen. Der andere muß, wenn er zum Nachgeben gezwungen wird, sein Gesicht wahren können. Sonst rollt er sich ein wie ein Igel, wird bockig und böse und hört nicht mehr zu. Mit einem wütenden Gegner kann man aber nicht diskutieren. »Nichts ist unangenehmer für ein Verhandlungsgespräch, als wenn der Partner sich in der ›Nein-Stellung‹ befindet. Konzentrieren Sie sich darauf, ihn zunächst in die ›Ja-Stellung‹ zu bringen« (*Nielson*). Stellen Sie z. B. Fragen, die er bejahen muß. Wichtig ist dabei, daß Sie die »psychologische Einbruchstelle des Partners . . . erkunden« (*Gerathewohl*). Immer wieder muß man sich bemühen, dem Gegner eine Brücke zu bauen, auf der er uns entgegenkommen kann. Man muß die gegnerischen Argumente nicht unbedingt widerlegen. Es kommt zunächst darauf an, das Positive aus dieser Argumentation herauszukehren, um dann daran fast unmerklich die eigene Ansicht anzuknüpfen. Nehmen wir ein kleines Beispiel: Es geht um die Einstellung eines neuen Mitarbeiters. Ein bestimmter Bewerber hat bei Ihrem Chef und besonders bei Ihnen einen guten Eindruck gemacht. Der Chef winkt dennoch ab. »Der Mann ist zu jung!« Sie aber legen sich für den Bewerber ins Zeug, nicht etwa mit dem Bemerken: »Aber der ist doch nicht zu jung!« sondern z. B. in folgender Weise: »Ja, er ist noch sehr jung. Aber er hat sehr gute Zeugnisse, ist voller Schwung und Tatkraft. Ich meine, daß seine jugendliche Begeisterungsfähigkeit ihn vor allen anderen auszeichnet.«

Sehr viel leichter wird Ihr Partner Ihren Wünschen auch in dem Falle zustimmen, wo Sie es ihm ermöglichen, das von Ihnen gewollte Ergebnis selbständig zu finden. Diese Methode wandte schon *Sokrates* an. »Die sokratische Hebammenkunst bei der geistigen Geburt des Menschen ist ein Verfahren, das dem Gefragten die Widersprüche seiner Antworten aufdeckt, ihn zu einer selbsttätigen Überprüfung drängt, um ihn dadurch zu einer besseren Erkenntnis zu führen. Wenn auch der kundig Fragende diese Erkenntnis bereits vor dem Gespräch hat, so soll doch dem Gefragten die Beglückung des Selbstfindens zuteil werden als Anregung zu weiterem Nachdenken« (*H. Schorer*).

Die »Hohe Schule der Diskussion« bedeutet: kein fertig begründetes Konzept vorlegen, sondern den Weg gemeinsam mit dem Gegner gehen und ihn zum Ziel hinleiten, denn »niemand unterwirft sich gern einer fremden Ansicht« (*Rother*). Man lasse dem Verhandlungspartner Zeit, damit er sich *langsam* an den neuen Standpunkt gewöhnen kann. Einsicht ist nicht einfach da; sie muß wachsen. Schon *Pascal* stellte fest: »Man läßt sich für gewöhnlich eher durch die Gründe überzeugen, die man selber gefunden hat, als durch die, die von anderen kommen.«

Es ist eine seltene Kunst, dem Gegner vollauf gerecht zu werden. Unklug ist es, sich rücksichtslos durchsetzen zu wollen, auch wenn man objektiv völlig im Recht ist. Elegant und wirksam sind alle Angriffe auf den Gegner, wenn es gelingt, diese aus den Falten eines Komplimentes sorgsam herauszupräparieren. Man lasse sich nicht zu ungeschützten Aussagen hinreißen; auch nicht, wenn der Gegner sie provoziert. In großer Erregung neigt jeder zu unüberlegten Worten. Im Eifer des Gefechts behauptet man schließlich mehr, als man hinreichend begründen kann. So gibt man sich leicht Blößen, die ein geschickter Gegner zum vernichtenden Schlag ausnutzt. – Gerade einem aufwallenden Gegner trete man betont ruhig und sachlich entgegen.

Viele Wunden, die man dem Gegner schlägt, sind nie ganz zu heilen. Vermeintliche Triumphe führen oft zu verbitterten Herzen. »Niemand holt sein Wort wieder ein« (*Busch*).

»Mancher hat sich schon beklagt:

ach, hätt' ich das doch nicht gesagt!« (*Busch*)

Demütigungen werden bei passender Gelegenheit heimgezahlt. Viele Siege in der Diskussion werden so zu verkappten Niederlagen im persönlichen Bereich.

»Wer sich freut, wenn wer betrübt,
macht sich meistens unbeliebt« (*Busch*).

9. Suchen Sie Ihr Ziel zu erreichen – finden Sie zumindest einen tragbaren Kompromiß.

»Sie müssen ständig drei Spielarten des Verhandlungsverlaufes beachten: Feilschen (Zug um Zug-Taktik) – Kompromißsuche – Machen von Zugeständnissen« (*Theato/Reineke*).

Wichtig ist, daß man sich im eigenen Lager abspricht: Wie weit können wir notfalls gehen? Ergebnisminderung nur bis dahin! Wer allerdings seine Vorhaben durchsetzt, hat Gegner, auch Neider. Damit muß man rechnen und bedenken, ob nicht ein totaler Erfolg Ressentiments hinterläßt, die sich in zukünftigen Verhandlungen negativ auswirken könnten.

Nicht immer kann man in der Verhandlung *alles* erreichen, was man sich ursprünglich vorgenommen hat. Oft muß man sich damit begnügen, wenigstens einige wesentliche Punkte durchgesetzt zu haben und somit zu einem tragbaren (keinem faulen!) Kompromiß gekommen zu sein. Nicht alle Probleme lassen sich *vollendet* lösen. *Paul Schmidt*, der an ungezählten Verhandlungen teilgenommen hat, schreibt: »Kompromiß ist das Wesen der Diplomatie, und wer, wie Hitler oder andere Diktatoren, kompromißlos denkt und handelt, verzichtet überhaupt auf jede Diplomatie und unterwirft sich dadurch selbst der Beschränkung auf Gewaltmethoden.«

Verhandeln bedeutet in vielen Fällen: in einem Punkte nachgeben, um im anderen zu gewinnen. In unwesentlichen Punkten wird man flexibel sein, eher Zugeständnisse machen. Diese Kompensations-Technik erfordert Geschicklichkeit und Erfahrung.

Der italienische Ministerpräsident *Amintore Fanfani* wurde einmal nach dem Wesen des von ihm viel praktizierten Kompromisses gefragt. Er antwortete: »Ein Kompromiß ist die Kunst, einen Kuchen so aufzuteilen, daß jeder meint, er habe das größte Stück bekommen.«

»Grundlegende Kompromisse sind nur möglich bei ausgeglichener Interessenslage. Wenn keine der Parteien, die den Saal verlassen, sich als Verlierer fühlen, dann war die Vorgehensweise des Verhandlungsführers optimal diplomatisch« (*A. Kaiser*).

10. Bedenken Sie taktische Möglichkeiten der Verhandlungsführung.

Ein paar ergänzende Hinweise sollen diesen Abschnitt beschließen.

Eine Fundgrube für lehrreiche Beispiele erfolgreicher Verhandlungstaktik ist das Buch des hier schon mehrfach zitierten ehemaligen Chefdolmetschers im Auswärtigen Amt, *Paul Schmidt* (»Statist auf diplomatischer Bühne«, s. Lit.-Verz.). Jedem Redner sei empfohlen, die scharfsinnigen Beobachtungen *Schmidts* in den Konferenzsälen der ganzen Welt zu studieren: vieles läßt sich auch auf unsere kleineren Verhältnisse ummünzen. – Man denke nur an die Verhandlungskunst eines *Gustav Stresemann*, der bei festgefahrener Situation immer noch Reservepläne auf Lager hatte.

Folgende Überlegungen und Erfahrungen seien noch mitgeteilt:

a) Gleich zu Anfang einer Sitzung sollte der zeitliche Rahmen festgelegt werden. Das erspart spätere Auseinandersetzungen. Vor allem sollte das Ende der Unterredung vorgeplant sein. Der Verhandlungsleiter sagt z. B.: »Ich schlage vor, daß wir gegen 13^{00} Uhr Mittag machen, pünktlich um 14^{30} Uhr wieder beginnen und um 16^{30} Uhr für heute schließen, da einige von uns noch einen anderen Termin wahrzunehmen haben. Möchte jemand dazu Stellung nehmen?«

b) Man tut gut daran, eine Verhandlung sogleich zu Beginn schwungvoll anzupacken, ohne Zögern. Die Hauptargumente müssen unter Umständen in verschiedener Fassung immer wieder auftauchen. Entscheiden Sie sich immer nur nach sorgfältiger Erwägung des Für und Wider. »Übereilte Entschlüsse sind die

Folgen langsamen Denkens« (*Voltaire*). Allerdings muß ein Unterhändler bei allem Verantwortungsbewußtsein auch entschlußfähig sein; er darf nicht ständig unentschlossen auftreten. Viele Verhandlungen sind ohne juristische Beratung nicht möglich. Die Steuerungsfunktion von »Juristen im Hintergrund« ist beträchtlich. »Knackpunkte« sind oft vorhersehbar und können bereits im Vorfeld juristisch behandelt werden. »Juristen sind Täter und Verhinderer von Geschäften« (*A. Kaiser*).

c) Bei einer voraussichtlich längeren Verhandlung sollte man nicht gleich zu Anfang alles Pulver verschießen. Es gibt auch einen Argumenten-Haushalt. Man spart sich dieses und jenes Beweismittel für den Schluß auf.

d) Für verschiedene Verhandlungspartner ist auch verschiedene Argumentationstechnik erforderlich. Bei einem gemütvollen Typ wird man mehr mit bildhaften Vergleichen erreichen, auf einen kühl-sachlichen Bürokraten machen drei Zahlen mehr Eindruck als tausend Worte. Wenn man mehrfach die gleichen Verhandlungspartner hat, so kann man sich immer besser auf ihre jeweiligen Antennen einstellen und die Argumentation entsprechend einrichten.

e) Oft erweist es sich als günstig, in Streitfällen die Gegner vor der Verhandlung *einzeln* zu sprechen. Im persönlichen Gespräch unter vier Augen läßt sich so manches regeln, was zu erreichen im Sitzungssaal einem gegnerischen Block gegenüber kaum möglich sein wird.

f) Sehr wichtig für den Ablauf der Verhandlung ist es, den Streit einzugrenzen. Sehr leicht werden scharfe Gegensätze und Streitfragen, die man vielleicht nur in einem Punkte hat, nolens volens auf die nächsten Punkte übertragen. Alles wäre harmlos verlaufen, wenn nicht die Debatte über den *einen* Streitpunkt die Atmosphäre getrübt hätte. Ist man vom Streitfall zu einem neuen Punkt übergegangen, so muß man sofort umschalten und mit dem Gegner einen »Burgfrieden« schließen, um den neuen Punkt sachlich und freundlich erörtern zu können.

g) Ist die Verhandlung einmal festgefahren, so sollte man den betreffenden Punkt zurückstellen oder, was besser ist, eine Pause einlegen. Etwas Abstand gewinnen, mit dem Gegner einen Imbiß nehmen, ein persönliches Gespräch führen: alles das kann Wunder wirken.

Unterbrechungstaktiken spielen in der Verhandlungspraxis eine große Rolle. Manchmal werden sie gezielt eingesetzt, nur um den Gegner aus dem Konzept zu bringen. Besonders in internationalen Verhandlungen ist die »Zermürbungstaktik« (Zeit dehnen – Zeit gewinnen) gang und gäbe. Drohung mit Verhandlungsabbruch ist wirklich das letzte Mittel, das angewandt werden kann.

»Manchmal ist es ratsam, die Sitzung für kurze Zeit zu unterbrechen, um im eigenen Kreis das weitere Vorgehen zu besprechen. Da oft unerwartete Argumente auftauchen, die Folgen der Entscheidung nicht völlig übersehbar sind oder die juristische Sachlage nicht geklärt ist, sind Sofortentscheidungen in der heutigen Verhandlungspraxis sehr selten« (*A. Kaiser*).

h) Die Tageszeit für Verhandlung oder Rede ist nicht unwesentlich. Der Morgen eignet sich mehr für den Sachvortrag. Meinungsreden hält man besser am Abend. Morgens ist es weit schwieriger, Begeisterung zu entfachen.

Im übrigen verraten alte Verhandlungsfüchse mal in launiger Runde: »Merken Sie sich: der Widerspenstigen Zähmung gelingt am ehesten am frühen Nachmittag. Ein voller Magen lähmt die Angriffslust jedes Gegners. Morgens sind alle noch frisch und munter – und abends sind sie's wieder!«

Es braucht nicht näher ausgeführt zu werden, daß körperliche Frische, Konzentrationsvermögen und gute Nerven Bedingungen für erfolgreiche Verhandlungsführung sind.

i) Wichtig ist noch, daß man sich innerhalb der Verhandlungspartei gegenseitig unterstützt. Gut ist es, *Gespanne* zu bilden; den temperamentvollen Debattierer neben den kühl-sachlichen Redner, den »Harten« neben den »Verbindlichen« zu stellen usw. Die Aufgaben sind verteilt. Der eine ist Spezialist in dieser Frage, der andere in jener; der eine spricht hierzu, der andere dazu.

j) Last not least: Ein Spezialgebiet dürfte die internationale Verhandlung sein, auf die hier nur am Rande eingegangen werden kann. Die Erfahrungsberichte, die über diesen Bereich schriftlich und mündlich vorliegen, dürften einen dicken Band voller Ratschläge abgeben.

Nicht überall in der Welt hat man die gleiche Einstellung zu Themen- und Zeitplanungen. Es ist vielfach eine Mentalitätsfrage. In manchem asiatischen Land hat ein Europäer eine ihn verblüffende Erfahrung gemacht: in der Verhandlung scheint alles klar und unterschriftsreif zu sein – und am nächsten Tag wird alles wieder von vorn diskutiert, so, als sei noch gar nicht verhandelt worden. Die Verhaltensweisen sind sehr verschieden. Z. B. sehen es Japaner als äußerst unhöflich an, wenn beim Sprechen, wie lange es auch dauert, unterbrochen wird. Verhandler berichten, wenn ein höflicher Japaner sagt: »Die Sache ist ein wenig schwierig« – so bedeutet das bereits ein »Nein«. Wer sich auf internationales Parkett begibt, wird sich sorgfältig nach der jeweiligen Mentalität und den jeweiligen Usancen erkundigen müssen.

Auf jeden Fall trifft bei internationalen Verhandlungen in verstärktem Maße zu, was bereits in alter Zeit bei Spaniern und Russen in Sprichwörtern artikuliert wurde:

»Vom Versprechen bis zum Handeln
mußt du weite Wege wandeln« (*spanisch*)

»Vom Worte bis zur Tat
gibt's hundert Haltestellen« (*russisch*).

2.4 Sie greifen in die Diskussion ein

Hier ist in erster Linie die Diskussion im Anschluß an einen Vortrag gemeint. Bedenkenswert erscheint folgendes:

a) Falls Sie der Versammlung weitgehend unbekannt sind, so stellen Sie sich kurz vor. Sprechen Sie nur zur Sache. Straight to the point, sagt der Engländer.

b) Bevor Sie in die Diskussion eingreifen, haben Sie Ihre Argumente stichwortartig festgehalten und geordnet (falls es mehrere sind). So verhindern Sie, daß in Ihrem Diskussionsbeitrag alles ineinander übergeht. Manchmal, bei wichtigen Daten, erweist es sich als gut, auch wesentliche Aussagen des Hauptredners oder der Diskussionsredner *wörtlich* festzuhalten, um sie in Ihrer Entgegnung zu verwenden. Wenn ein Gegner 6 oder 8 Punkte berührt hat, so kann man unmöglich alle im Kopf behalten. Es ist sachlich und immer wirkungsvoll, wenn man den Gegner genau wiedergeben kann: »Sie haben vorhin wörtlich erklärt . . .« (Auch für spätere Diskussionen ist es wertvoll, die Aussagen der Gegner möglichst genau zu Papier zu haben, – »Sie haben vor zwei Jahren an dieser Stelle folgendes erklärt . . .«) Dann kann keiner sagen: »So habe ich das nicht gesagt . . .«

Debattieren Sie aber nicht über alles, was gesagt wurde. Greifen Sie nur ein paar wesentliche Punkte heraus.

c) Wiederholen Sie nicht etwas, was Ihr Vorredner schon näher ausgeführt hat. Sie können aber gut an einen Gedanken von ihm anknüpfen. Ihr Diskussionsbeitrag wirkt dann sofort lebendig und wie improvisiert, selbst wenn Sie sehr bald einen Gedankenweg einschlagen, den Sie schon zu Hause festgelegt haben. Schon *Quintilian* stellte fest, man müsse möglichst den Eindruck der oratio extemporalis, der Stegreifrede, erwecken.

d) Sprechen Sie unmißverständlich, prägnant, kurz und mit klarer Gliederung. Auch für die Diskussion gilt: nicht zu viel sprechen. »Wer immer red't, den will man nicht, und wenn er auch was Gutes spricht!« (*Busch*) Man kann oft in *einem* Satz mehr sagen als andere in einer ganzen Rede. (s. auch die Anregungen in Kap. 3.1)

Zwei Wahlkandidaten standen vor der Versammlung. Der erste hielt eine großangelegte, brillante Rede, in der er den Leuten die herrlichsten Dinge versprach. Der zweite Kandidat schloß daran nur die Worte: »Meine Herren Wähler – alles, was er geredet hat, will ich tun!«

Wilhelm Busch empfiehlt dem Hörer, skeptisch zu sein:

»Bau nicht zu sehr auf Worte stolz,
selbst von den nett'sten Kerlen;
Versprechen klingt wie Eichenholz.
das Halten ist von Erlen.«

e) Überschreiten Sie nicht die Ihnen zugemessene Redezeit. Kürze hat stets vorteilhafte Wirkung auf die Hörerschaft. Wollen Sie sich an der Aussprache noch beteiligen, wenn sie schon lange andauert, so testen Sie vorher die Stimmung im Saal. Ziehen Sie aus dem Test die Folgerungen: Was kommt noch an? Welches Thema wurde schon zu Tode geritten? Sprechen Sie anschaulich. Wann ist der günstigste Zeitpunkt zum Eingreifen? Wollen Sie der Diskussion die Richtung geben, so sollten Sie sich gleich zu Anfang melden. Man kann aber auch warten, bis sich die anderen »verausgabt« haben. Sie haben dann Gelegenheit, das Wichtige zusammenzufassen und etwas Endgültiges zu formulieren. Die Zuhörer stimmen Ihnen leichter zu, denn sie meinen, daß nach vielem Gequassel endlich mal was Vernünftiges gesagt wird. Und bedenken Sie noch ein letztes:

Der Schlußsatz sollte, wie bei jeder Rede, vorformuliert oder wenigstens genau überlegt sein, damit man sich einen guten Abgang verschafft. Die meisten Diskussionsteilnehmer finden aus dem Augenblick heraus nicht den wirkungsvollen Abschluß.

2.5 Sie haben das Schlußwort

Schließt sich an Ihre Rede eine Diskussion an, so haben Sie drei Möglichkeiten der Teilnahme:

a) Sie können auf jeden Diskussionsbeitrag sofort eingehen;
b) Sie können mehrere Beiträge, möglichst zum gleichen Themenkomplex, bündeln und antworten;
c) Sie geben Ihre Antwort im Schlußwort.

Ihre Zuhörer fragen, ergänzen oder widersprechen. Bei einem Sachvortrag ist es besser, Punkt für Punkt zu erledigen, bei der Meinungsrede ist ein zusammenfassendes Schlußwort in der Regel wirkungsvoller. (Ein kleiner taktischer Kniff für die harte politische Debatte: Fordern Sie die Diskussionsredner auf, vom Rednerpult aus zu sprechen. Für Ihre Gegner ist es nämlich weit schwieriger, von der Rednertribüne herab zu diskutieren als vom sicheren Port ihrer Freundesumgebung im Saal aus.)

In die Diskussion nach Ihrer Meinungsrede einzugreifen ist nur ratsam, wenn die Stimmung im Saal umzukippen droht. In Ihrem Schlußwort brauchen Sie nicht auf *jede* vorgebrachte Einzelheit einzugehen.

Man findet in der Regel drei Gruppen von Diskussionsrednern vor:

1. Partner, die sachlich argumentieren.
2. Unsachliche Verdrehungskünstler oder Schwätzer, die kaum eine blasse Ahnung von der Sache haben (*Busch*: »Wo gerade, wenn man nichts versteht, der Schnabel um so leichter geht«).
3. Steckenpferdreiter, die nur ihr Leib- und Magenthema kennen und alles in diese Richtung hinbiegen möchten. (Die Diskussion wird leicht zu einer Manege für Steckenpferdreiter!)

Sehr treffend bezeichnet der österreichische Staatsmann *Metternich* die Eigenschaften eines guten Diskussionspartners: »In meinem ganzen Leben habe ich nur 10 oder 12 Menschen gekannt, mit denen zu sprechen eine Freude war. Sie hielten sich an das Thema, wiederholten sich nicht, sprachen nicht von sich selbst, hörten nicht auf die eigenen Worte, waren zu gebildet, um sich in Gemeinplätze zu verlieren, und hatten genügend Takt und guten Geschmack, nicht die eigene Person über das Thema zu stellen.«

Eine Aussprache lohnt sich nur mit der ersten Gruppe. Man wird einen unsachlichen Freund genauso zurechtweisen wie einen unsachlichen Gegner.

Ein echter Debattenredner hat viel Geduld mit einem sachlichen Partner. Gut ist es, wenn man Nerven hat in der »Stärke von Schiffstauen«. »Ungeduld hat häufig Schuld«, meint *Busch*. Die Fragen, die von der Hörerschaft gestellt werden, haben manchmal mit der Sache nichts zu tun. Diese Erfahrung machte auch der amerikanische Präsident *Eisenhower*. So geschehen in Boston: Im Anschluß an seinen Vortrag über die weltpolitische Lage wandte sich der Präsident an seine Zuhörer: »Und nun, Ladies and Gentlemen, bin ich gern bereit, noch Fragen zu beantworten.« Da meldete sich eine Dame: »Herr Präsident, würden Sie uns bitte erklären, warum Ihre Frau eine Ponyfrisur trägt?« –

Luther schreibt:

»Es ist auf Erden kein größer List,
als wer seiner Zunge Meister ist.
Viel denken, wenig sagen,
nicht antworten auf alle Fragen.«

Es ist ratsam, während der Diskussion das Gesagte in Stichworten festzuhalten. Es kommt darauf an, die Gedanken schnell zu sammeln, in anschaulichem Denken zu ordnen und im Schlußwort auszudrücken. Eine Rede kann man sorgfältig bis ins letzte vorbereitet haben, so daß man sie nur vorzutragen braucht. Im Schlußwort aber kann der Redner den Hörern beweisen, daß er aus dem vollen schöpft, und daß er diskutieren kann. Gar nicht selten erlebt man es, daß ein Redner, der einen ausgezeichneten Vortrag hielt, den Diskussionsrednern nicht gewachsen ist und dann im frei gehaltenen Schlußwort grausam stottert und versagt. »Wie viele Redeschlachten, die in der Hauptrede schon völlig oder nahezu gewonnen schienen, sind im Schlußwort wieder verloren worden!« (*Weller*). Man überlegt sich schon bei der Vorbereitung der Rede ein paar Kernsätze für das Schlußwort. Im übrigen: Angriff ist die beste Verteidigung.

Wer das Schlußwort hat, der ist immer im Vorteil. Ihn kann keiner mehr widerlegen. *Theodor Heuss* schreibt in seinen Jugenderinnerungen von einem seiner ersten Vorträge: »Ich genoß zum ersten Male die unschätzbare Einrichtung des Schlußwortes.«

Wir verknüpfen im Schlußwort den »Reservestoff« mit möglichst prägnanten Entgegnungen auf die Diskussionsbeiträge. Schließen Sie mit dem besten Gegenargument und einer wirkungsvollen Redewendung. »Wenn dir ein überzeugendes Argument oder eine geschliffene Antwort einfällt, wirf sie nicht plötzlich oder sofort in die Debatte. Es wird viel größeren Eindruck machen, zunächst einige Gründe anzuführen, die auch weniger durchschlagend immerhin ihren Zweck erfüllen, und dann erst das Ganze, abschließend und unwiderleglich mit deinem glänzendsten Argument zu krönen«, so sagte einmal der mit allen Raffinessen vertraute englische Parlamentarier *Hamilton* (1729–1796).

3. Argumentationstechniken

3.1 Grundfragen der Beweisführung und Argumentationsplanung

a) Vorfragen

In seiner in wissenschaftlich verklausulierter Sprache abgefaßten »Allgemeinen Rhetorik« definiert *Josef Kopperschmidt* den Argumentations-Vorgang als »persuasiven Sprechakt« (lateinisch: persuadere = überreden). »Die persuasive Kommunikation ist eine persuasiv funktionalisierte Sequenz von Sprechakten, in denen vermittels sprachlicher Argumente die Kommunikationspartner sich wechselseitig zu beeinflussen versuchen mit dem Ziel, durch adäquaten Meinungswandel einen Konsens herzustellen.« (*Kopperschmidt*, S. 99).

An anderer Stelle (S. 68) heißt es: »Die durch überzeugende Argumentation gelungene Übereinstimmung nennen wir Konsens. Der intentionale Akt des Herstellens eines solchen kommunikativ ermittelten Konsens ist die Persuasive Kommunikation.« Der belgische Philosoph und Jurist *Chaim Perelman* stellt fest: »Gegenstand der Argumentationstheorie ist das Studium gesprächslogischer (diskursiver) Techniken, die darauf abzielen, eine Zustimmungsbereitschaft zu vorgelegten Thesen beim Hörer zu wecken oder zu verstärken.« (Lit.Verz., s. Logik und Argumentation, S. 74)

Hermann Schlüter fixiert in seinem »Grundkurs der Rhetorik« (s. Lit. verz.), daß die Argumentation es mit drei Grundgrößen zu tun habe: mit Zustand, Ziel und Maßnahme. Daraus ergeben sich dann vier Aufgaben der Argumentation:

1. muß sie den Hörer dazu bringen, den Zustand so zu sehen, wie man ihn darstellt;
2. muß sie ihn davon überzeugen, daß das ins Auge gefaßte Ziel erstrebenswert ist;
3. muß sie ihm zeigen, daß die vorgeschlagene Maßnahme Erfolg verspricht;

4. muß sie ihm deutlich machen, daß keine andere Maßnahme Erfolge verspricht.

Einen anderen grundsätzlichen Gesichtspunkt hebt *Gert Ueding* in seinem (wissenschaftlich orientierten) »Grundriß der Rhetorik« von 1986 hervor: »Die Rhetorik geht davon aus, daß Denken und Handeln der Menschen nicht dem Muster von Befehl und Gehorsam, sondern auf höchst vielfältige Weise interpersoneller Vermittlung folgen« (S. 4).

Wer befiehlt und diktiert, der diskutiert nicht mehr. Wer nur seine Macht ausspielt, ver-antwortet seine Maßnahme nicht mehr und läßt sich nicht an der Qualität seiner Argumentation messen. Im Zusammenhang von »Diskussion und Verhandlung« (Kap. 2) wurde schon auf das Problem der »symmetrischen Kommunikation« hingewiesen. Befehlshaber und -empfänger können nur extrem asymmetrische Kommunikation betreiben. Der FDP-Politiker *Thomas Dehler* definierte den Sinn eines demokratischen Parlamentarismus einmal wie folgt: »Der Sinn des Parlaments liegt in dem Prozeß der Auseinandersetzung von Meinungen und Gegensätzen, im öffentlichen Verhandeln von Argumenten und Gegenargumenten; government by discussion.« Wie weit diese idealtypische Vorstellung mit der parlamentarischen Wirklichkeit übereinstimmt, ist ohne Zweifel fragwürdig. Schon *Max Weber* äußerte sich skeptisch gegenüber dem Spielraum, der dem einzelnen Abgeordneten zugebilligt ist. Über die Situation im Deutschen Reichstag berichtet er: »Jede Rede, die gehalten wird im Plenum des Reichstages, ist vorher durchzensiert in der Partei. Das merkt man ihrer unerhörten Langeweile an. Nur wer als Redner bestellt ist, kann zu Wort kommen.«

Wenn auch in nichtöffentlichen Ausschüssen heute oft hart debattiert wird, so ist im Plenum und damit in der Öffentlichkeit die präzis vorgestanzte Debattenrede die Regel. Resignation wird spürbar, wenn *Heinz Kühn* nach jahrzehntelanger politischer Praxis resümiert, daß eingeschworene Machtblöcke kaum je rhetorisch beeinflußbar sind. *Kühn*: »Ein Träumer, wer da glaubt, mit einer noch so vortrefflichen Rede gegnerisches Gestein zu lockern und gegnerische Mauern zum Einsturz zu bringen. So stehen die Fraktionen gepanzert und vermint unbeweglich einander gegenüber; das einzige, was bröckelt, ist die Folge der Manuskriptverleser, die aneinander vorbeimonologisieren, ohne etwas zu bewirken.« Und an anderer Stelle meint er: »Die Parlamentsdiskussionen lösen sich im Zeitalter der Telekratie in Interviewkriegsschauplätze auf.« Wenn Experten aus dem parlamentarischen Nähkästchen plaudern, so entsteht meist ein desillusionierendes Bild von »demokratischen Entscheidungsprozessen«. Die Regel ist: Die jeweilige Macht diktiert – und läßt sich ansonsten ungern beeinflussen. Ministerialrat *Christoph Rang*, der als Kabinettsreferent unter Kanzler *Schmidt* viele Konferenzen miterlebte, bringt die Quintessenz vieler Sitzungen im Kanzleramt auf die ebenso bündige wie amüsante Formel: »Nicht Mitbestimmung war . . . gefragt, sondern Schmidtbestimmung« (in seinem Buch »Ertl kam ständig zu spät«, 1986).

Auch wenn man unterschiedliche Machtverhältnisse und damit »asymmetrische Ausgangslage« stets ins Kalkül ziehen muß: der Versuch von redlicher Beweisführung und Überzeugung ist ebenso wie die Infragestellung der eigenen Position durch Akzeptanz besserer Argumente das ethische Fundament der Rhetorik.

b) Elemente und Wege der Beweisführung

Die Beweisführung ist das wesentliche Element der Debattenrede. Der Zuhörer will wissen, warum sich die Sache so verhält oder warum der Redner den gegenwärtigen Zustand ändern möchte; er will die zwingenden Gründe und Hintergründe unserer Aussagen kennenlernen; er möchte »Kausalketten« sehen: Ursache, Wirkung, Grundlage und Ableitung usw. Nur der Demagoge wird sich darauf beschränken, seine Behauptungen den Hörern einzuhämmern, ohne schlüssige Beweise zu bringen. Wer einen Eierkuchen backen will, muß wenigstens *ein* Ei zur Hand haben. Wer eine Argumentation aufbauen will, muß wenigstens über *ein* stichhaltiges Argument verfügen. Es wäre ein Irrtum, anzunehmen, als geschulter Rhetor käme man ohne sachliche Argumentation aus. Demagogen und Sophisten gelingt das zwar, aber auch nur dann, wenn sich ihre Zuhörer nicht die Mühe machen, ihre scheindialektische Akrobatik kritisch zu beurteilen und zu entlarven.

Rhetorisch zu argumentieren heißt, zu versuchen, dem im Rohbau vorhandenen Argument die nötige Durchschlagskraft zu verleihen.

Dazu bedient man sich verschiedener Techniken aus dem Bereich der Dialektik. Einige der wichtigsten werden später angeführt. (Sehr zu empfehlen ist das Studium von *Werner Rothers* ausführlichen Darlegungen in seiner »Kunst des Streitens«, siehe Literaturverzeichnis). Ebenso wie die rednerischen Darstellungsmittel sind auch die Argumentationstechniken in der rhetorischen Praxis vielfältig miteinander verknüpft.

Es gibt in der Rhetorik zwei Grundarten von Beweisen: den absoluten oder apodiktischen und den relativen Beweis (Ermessensfragen!). Apodiktisch heißt unumstößlich, unantastbar, keinen Widerspruch duldend. (Die Behauptung etwa, der Zweite Weltkrieg sei der blutigste aller Kriege gewesen, kann ich allein schon durch authentisches Zahlenmaterial so belegen, daß keiner die absolute Richtigkeit dieser These mehr bestreiten kann. – Die Behauptung aber, Bismarck sei der größte Staatsmann (oder Bach der bedeutendste Komponist) gewesen, werde ich nie völlig exakt nachweisen können.) Selbst wenn ich eine Fülle von Gründen und Belegen bringe, die auch manchen Zuhörer zu überzeugen vermögen, so bleibt doch immer noch die Möglichkeit, daß mein Gegner von einer anderen Grundvoraussetzung ausgeht oder eine andere Auslegung vornimmt.

Ich kann in vielen solchen Fällen eben nur eine »relative Beweisführung« bieten. Gerade dieser relative Beweis spielt etwa im politischen oder künstlerischen Bereich eine große Rolle und ist der Grund für oft nicht enden wollende Auseinandersetzungen. Man suche in solchen Fällen immer vorher zu klären, von welchen Voraussetzungen, Begriffen und Maßstäben unser Gegner ausgeht. Bleiben diese Punkte, wie so oft, ungeklärt, dann pflegen wir nur die »Hohe Schule des Aneinandervorbeiredens«.

Wir haben zwei Grundmöglichkeiten der Argumentation, die manchmal auch verbunden werden:

a) Wir bauen eine eigene Argumentation auf, um etwas zu beweisen und durchzusetzen.

b) Wir bauen eine Gegen-Argumentation auf, um einen Gegner zu widerlegen.

Zu a): *Die Grundtechnik aller Argumentation ist, daß man sorgfältig überprüfte Tatsachen bringt, Widersprüche vermeidet und einleuchtende Folgerungen zieht.* Es ist so, »daß die besten Argumente immer diejenigen sind, die aus der genauesten Durchdenkung des Falles, aus der klarsten Kenntnis der Details und aus der Fähigkeit stammen, das, was getan werden soll, vorher in seinen konkreten Auswirkungen sich richtig vorzustellen« (*Rother*).

Zu b): Die vorstehende Forderung stellen wir natürlich auch an die gegnerische Argumentation. Es gibt Diskussionspartner, die zaubern Argumente hervor wie ein Magier Kaninchen aus dem Zylinder. Oft entpuppen sich die Argumente als brillantes Blendwerk. Man darf sich durch faulen Zauber nur nicht verblüffen lassen. Wenn der Gegner versucht, uns dialektisch in eine Sackgasse zu manövrieren, so fragen wir uns:

1. Stimmt denn die Behauptung, die er aufstellt? Kann man das Fundament seiner Aussagen angreifen, indem man die (oder wenigstens einzelne) »Tatsachen« bestreitet?
2. Finden sich Widersprüche?
3. Diese Fragen sind stets die Ansatzpunkte für eine Gegenargumentation.

Man zwinge den Gegner hartnäckig, *konkret* zu werden, Beispiele anzuführen und sonstige Beweise zu bringen. Prüfen wir jede Einzelheit, jeden Sinnschritt, ob er stichhaltig ist. Vor allen Dingen darf man sich nicht mit allgemeinen Redensarten abspeisen lassen. Viele Menschen neigen dazu, allgemein gehaltene unverbindliche Aussagen zu machen. Die Gegner sind *so* nicht zu fassen; man kann das Netz nicht zuziehen; durch immer neue Maschen schlüpfen sie heraus. Man frage sich: Kann ich das Ganze widerlegen, oder nur Teile, oder nur eine Einzelheit?

Die Praxis der Argumentation zeigt aber, daß die Probleme, die wir diskutieren, nur selten aufgehen wie eine Rechenaufgabe. Dazu sind die meisten zu verwickelt. Vorurteile, Sachurteile und Werturteile, verschiedene Ausgangspunkte und ethische Maßstäbe greifen oft so ineinander, daß die völlige Klärung einer Frage längst nicht immer erreicht werden kann. Oft ist es eine reine Ermessensfrage, welcher Argumentation man den Vorzug gibt. Wenn man nicht völlig widerlegen kann, so wird man doch versuchen, das Remis zu retten (z. B. durch Kehrseiten- oder Bumerang-Technik). Selten spricht »alles dafür«, selten »alles dagegen«. Mit einer geschickten (dabei durchaus redlichen!) Argumentationstechnik kann man oft »das Schlimmste« verhüten, nämlich den völligen Untergang. In der »Fachsprache« heißt es dann: »Wir haben noch mal die Kuh vom Eis gekriegt!«

Zwei Wege der Beweisführung bieten sich an: Deduktion und Induktion. Der deduktive Beweis führt vom Allgemeinen zum Besonderen (einfachster Fall: »Alle Oberschüler haben Englischunterricht; Emil ist Oberschüler, also hat er Englisch als Fach«).

Der induktive Beweis führt vom Besonderen zum Allgemeinen (einfachster Fall: »Haydn wirkte in Eisenstadt und Wien, Mozart in Salzburg und Wien, Beethoven hat seine bedeutendsten Werke in Wien geschaffen. Die Musik der Klassik hat also ihr Zentrum in Österreich«).

Der Analogieschluß, der häufig angewandt wird, hat oftmals Fehlerquellen. Es werden ursächliche Zusammenhänge »bewiesen«, wo es sich nur um reine (z. B. zeitliche) Zufälle handelt. Hüten muß man sich immer vor scheinlogischen Folgerungen. Zwingend *ist* die Folgerung:

Alle Menschen haben zwei Beine.
Jedes Mädchen ist ein Mensch.
Also hat jedes Mädchen zwei Beine.

Zwingend *scheint* die Folgerung:

Alle Gänse haben zwei Beine.
Jedes Mädchen hat zwei Beine.
Also ist jedes Mädchen eine Gans.

Der induktive Weg ermöglicht dem Hörer selbständiges Mitdenken, eigenes Schlüsseziehen. Die Schlußfeststellung entwickelt sich ja oft erst aus einer Vielzahl einzelner Belege.

Bei der Beweisführung muß man besonders darauf achten, daß man »kleine Schritte« macht und kein Glied in der Kette der Folgerungen ausläßt. Die Argumentation muß *dicht* sein. Die Induktion wird auch deswegen mehr benutzt werden, weil sie mehr Spannung bringt. Vergleichen wir die Rede mit einem Fußballbericht: keine noch so packend gebrachte Reportage läßt bei uns wirkliche Spannung aufkommen, wenn der Ansager vor der Übertragung das Ergebnis des Spieles schon mitgeteilt hat. Nur hüte man sich bei der Induktion vor zu schneller Verallgemeinerung. Diese drängt sich allzuleicht auf (z. B. bei *Treitschke* 1879: der Aufzählung zweifelhafter Geschäftsgebaren einiger Juden folgt die fatale, weil verallgemeinernde Feststellung: »*Die* Juden sind unser Unglück!«)

Erich Kästner sarkastisch über das Verallgemeinern: »Niemals richtig. Immer wichtig.«

Oftmals werden gefühlsmäßig fundierte, pauschale Urteile gefällt, weil »landläufige« Meinungen oder Einzelbeispiele als scheinbare Grundlage dienen. (»Behördenmühlen mahlen langsam«, »die Italiener sind faul«, »Frauen sind eitel und geschwätzig«.) Man muß sich immer fragen: Beruht das Urteil auch auf genügend zahlreichen Tatsachen oder Überlegungen? Sehr leicht »siegt« die bloße Spekulation.

Einen häufig vorkommenden Denkfehler finden wir auch in der »Beweisführung im Kreise«: Zwei unbewiesene Behauptungen werden aufgestellt, um mit der einen die Gültigkeit der anderen zu »beweisen« (einfachster Fall aus der Praxis: Diese Menschen sind faul, weil sie nicht gelernt haben zu arbeiten, und sie haben nicht gelernt zu arbeiten, weil sie faul sind.)

Oft haben wir verschieden starke Beweise. Wir bringen einen starken zuerst, die schwächeren (wenn überhaupt) in der Mitte, die stärksten und durchschlagendsten zum Schluß.

Völlig unangebracht erscheint uns für die heutige Zeit die antike Regel, daß man bei der Beweisführung die Gründe langsam steigern soll. Das ist psychologisch falsch. Der Hörer will sogleich zu Beginn der Beweisführung ein zwingend-stichhaltiges Argument haben, sonst hört er die nächsten Gründe erst gar nicht an. Man hüte sich in der Beweisführung vor einem äußerst schwierigen Gedanken-Slalom. Die Hörer können oft nicht so schnell folgen.

Und ein Letztes noch hinzu: »Es ist nicht oft genug zu betonen, daß das logisch Zwingende rednerisch wirkungslos sein kann. Darum ist *ein* Beweis oft mehr als viele, und zwar braucht dieser eine durchaus nicht der logisch kräftigste zu sein; der Gesichtspunkt, nach dem er aus anderen, die ihm vielleicht gleichwertig sind, erwählt wird, ist der des Augenblicks: am überzeugendsten ist, was gerade *diesen* Hörern, *diesen* Gegnern am schärfsten in die Augen springt, gerade für *sie* die größte Durchschlagskraft hat« (*Ewald Geißler*). Dieses jeweilige Hauptargument gilt es in der Beweisführung in prägnanter, zwingender Weise herauszustellen und rhetorisch wirkungsvoll einzukleiden.

c) Vorbereitung; Gliederung; Beispiel

Für die Vorbereitung des Debattenbeitrags gelten die gleichen Ratschläge, die ich im Kapitel »Technik der Vorbereitung« meines »Lehrbuchs der Rhetorik« gegeben habe.

In der Debatte kommt es sehr auf das Präsenzwissen an. Der belgische Politiker *Paul Henri Spaak* führt in seinen Memoiren aus: »Ich glaube, daß mehr Zeit dazu nötig ist, eine nicht geschriebene Rede vorzubereiten, als eine zu schreiben. Vor allem muß man sich unbedingt einen genauen Plan zurechtlegen. Hat man den Plan bereit, so muß noch die Form gefunden werden. Was mich anlangt, so überlasse ich sie nicht der Improvisation. Die besten, die wichtigsten Teile werden sorgfältig überlegt. Die bedeutungsvollsten Sätze, die Bilder, die mir besonders wichtig erscheinen, werden im Geist oft wiederholt, geändert und ausgefeilt. Eine starke Wirkung wird nur selten erst in dem Augenblick ausgedacht, da man sie hervorbringt. Sie ist das Resultat langer Überlegungen.«

Vor allem sollte man am Schluß der Vorbereitung sich die

Fragen stellen: Wie gliedere ich meine Argumente am besten? Wie vermeide ich Langatmigkeit? *Hellmut Geißner* entwickelte den sog. »Fünfsatz« als mögliches Regelsystem: »Der letzte Satz ist der Zwecksatz (Was will ich erreichen? Was begründen? Was bezweifeln? Was verstärken? Was erbitten? usw.). Der Zwecksatz wird zuerst geplant. Zum Zwecksatz eignet sich jede Sprechhandlungsart (Behauptung, Vordersätze und eine Schlußfolgerung) oder ein dialektischer Dreischritt. Auf diese Weise ist der Fünfsatz sachlogisch geordnet. Der erste Satz dient als ›Einstieg‹. Er wird zuletzt geplant. Er soll die Hörer ansprechen, am Vorredner anknüpfen oder sagen, warum der Sprecher sich gerade jetzt äußert.« Als Beispiel sei (nach *Geißner*) folgender Fall angeführt:

1. Dem Referenten danke ich für neue Einsichten ...
2. Unter anderem hat er auch gesagt ...
3. Dagegen ist zu halten ...
4. Vergleicht man beide Ansichten ...
5. Deshalb schlage ich vor ...

Diese Fünfsatz-Konstruktion ist sicherlich oft hilfreich. Sie zwingt, knapp und bündig zu operieren. Indes sollte sie nicht zum »Zwangskorsett« werden. Nicht jeder Debattenbeitrag läßt sich gründlich in wenigen Sätzen ausführen. Wichtig ist, wie bei jeder größeren Rede auch, die Gliederung in 3 Teile: Einstieg, Hauptteil, Schluß.

(*Wilhelm Busch* in seinen Bildern zur Jobsiade:
»Er sagt es klar und angenehm,
was erstens, zweitens und drittens käm.«)

Weitschweifigkeit behindert die Wirkung der Rede. *Heinz Kühn* weist darauf hin: »Die größte Rede, die Christus jemals gehalten hat, die Bergpredigt, erfordert eine Lesezeit von etwa fünf Minuten.«

Nach *de Gaulle* ist die Klarheit und Einfachheit der 10 Gebote darauf zurückzuführen, daß Gott es unterließ, sie von einer Kommission aus Sachverständigen formulieren zu lassen ...

Tucholsky »empfiehlt« in seinen »Ratschlägen für einen schlechten Redner (1930): »Sprich mit langen, langen Sätzen –

solchen, bei denen du, der du dich zu Hause, wo du ja die Ruhe, derer du so sehr benötigst, deiner Kinder ungeachtet, hast, vorbereitet, genau weißt, wie das Ende ist, die Nebensätze schön ineinander-geschachtelt, so daß der Hörer, ungeduldig auf seinem Sitz hin und her träumend, sich in einem Kolleg wähnend, in dem er früher so gern geschlummert hat, auf das Ende solcher Periode wartet. – Nun, ich habe dir eben ein Beispiel gegeben. So mußt du sprechen.«

In seinen »Ratschlägen für einen guten Redner« dagegen heißt es: »Hauptsätze. Hauptsätze, Hauptsätze. Klare Disposition im Kopf – möglichst wenig auf dem Papier . . . Merke Otto Brahms Spruch: Wat jestrichen is, kann nicht durchfalln.«

Bei den Wahlen zum Unterhaus hatte ein Engländer drei Kandidaten angehört, die sich an Weitschweifigkeit gegenseitig überboten. Frage: »Na, wie sind die Leute?« Antwort: »Gott sei Dank: nur einer von ihnen kann ins Parlament kommen.«

Es empfiehlt sich, bei Vorbereitung einer Debattenrede kurz vor der Sitzung noch »letzte Hand anzulegen«. Man geht im Geiste noch einmal die Abfolge der Argumente durch, versetzt sich noch einmal in die Lage des Gegners – »Was könnte er antworten?« – und feilt noch hier und da an möglichen Formulierungen, Beispielen oder Bildern. *Heinz Kühn* über seine letzte Rede-Vorbereitung: »Der letzte Tag dient dann der handschriftlichen Zufügung von Gedanken, auf deren reiflich überlegte Formulierung ich Wert lege.«

Zum Abschluß ein kurzes Übungs-Beispiel aus dem Alltag. Anlieger plädieren Stadtvätern gegenüber für Sperrung ihrer Wohnstraße für den Durchgangsverkehr. Es sollte probiert werden, aus der folgenden stichwortartigen Argumenten-Skizze ein Plädoyer zu fertigen – vielleicht fallen Ihnen noch weitere Argumente pro oder contra ein.

Pro:

1. Kraftfahrzeuge kommen oft mit überhöhter Geschwindigkeit von der Landstraße durch die Wohnstraße.
2. Besonders die Kinder sind gefährdet. Im letzten Jahr: Ein tödlicher Unfall und zehn weitere, z. T. mit Verletzten.

3. Die Straße ist mit 4 m zu schmal. Entgegenkommende Fahrzeuge müssen ausweichen. Zusätzliche Gefahrenquelle.
4. Die Umgehungsstraße ist im Gegensatz zur Wohnstraße ausgebaut. Einzig sie sollte für Durchgangsverkehr benutzt werden.

Contra:

Zu 1. Man sollte Geschwindigkeitsbegrenzung 30 km einführen und verstärkt kontrollieren.

Zu 2. Die Unfallquote ist in der vergleichbaren Straße Y leider gleich hoch.

Zu 3. Die Straße sollte ausgebaut werden, dann wäre die Gefahr weitaus geringer.

Zu 4. Die Umgehungsstraße bedeutet für die Einwohner aus Y einen täglichen Umweg von 2 km. Außerdem würde die Sperrung »Schule machen«. Andere Wohnstraßen hätten das gleiche Recht.

Versuchen Sie, mittels der im folgenden angeführten Argumentationstechniken auf »Contra« zu antworten und die Position »Pro« zu stärken.

3.2 Die Techniken

Von den 26 Argumentationstechniken, die im folgenden angeführt sind, bilden die ersten 14 weitgehend redliche Möglichkeiten der Auseinandersetzung; die Techniken 15–26 stellen überwiegend unredliche, unsachliche Kniffe für geistiges »Freistilringen« dar. Diese Tricks muß man kennen, um ihnen begegnen zu können. Auch ein Fechter soll ja »Sauhiebe« nicht schlagen, aber doch abwehren können. Nicht immer sind die Techniken fein säuberlich voneinander zu trennen; manchmal sind sie in der Praxis eng miteinander verzahnt. Auch die sachbezogene Wertigkeit der ersten 14 kann durchaus unterschiedlich sein. Die mögliche Beweiskraft der Techniken 1–3 (Fundamental-, Widerspruchs- und Folgerungstechnik) ist durchweg am höchsten einzuschätzen. Bei diesen ist das logische Fundament eindeutig,

Wahrheit und Unwahrheit am besten zu unterscheiden, da präzise belegt bzw. der Beleg präzise widerlegt werden muß. Schon die Beispiel- und Vergleichstechnik (T 4–5) kann problematisch sein. Es gibt treffende und weniger treffende Beispiele, gute und »schiefe« Vergleiche. Die Witz-Technik (T 16) etwa hat im Grunde keinen wirklich sachlichen Aussagewert; sie kann zwar eine Situation schlaglichtartig erhellen und dabei amüsant wirken, einen Beweiswert aber stellt sie kaum dar. Einzelne dieser Techniken, die ich hier und da schon vorgefunden habe und zumeist bereits vor 25 Jahren so benannte, wurden inzwischen in der Fachliteratur übernommen (z. B. von *H. Schlüter, H. Schuh, Schuh/Watzke*, siehe Literaturverzeichnis). Manchmal werden diese Techniken, wie ich meine fälschlich, »Taktiken« genannt. So spricht z. B. *Gerathewohl* von der Verdrängungstaktik. Technik und Taktik unterscheiden sich aber wesentlich: Eine Technik ist einfach eine Möglichkeit, *wie* argumentiert werden kann. Taktik heißt die »Kunst der Aufstellung« von Argumenten. Technik ist die *logische* Anwendung der Argumentation, Taktik die *psycho-logische*. Bei der Technik frage ich mich: Welche Möglichkeit habe ich überhaupt zu argumentieren? Bei der Taktik frage ich mich: Welche dieser möglichen Techniken setze ich in dem betreffenden Falle ein? Welche wirkt an dieser Stelle und zu diesem Zeitpunkt am besten? Es wäre z. B. taktisch falsch, bei einem völlig humorlosen Partner mit der Witz-Technik aufzuwarten.

Zunächst hier eine
Übersicht über die Argumentationstechniken
1. Fundamental-Technik (Bestreite-Technik)
2. Widerspruchs-Technik
3. Folgerungs-Technik
4. Beispiel-Technik
5. Vergleichs-Technik
6. Kehrseiten-Technik (»Ja-aber«-Technik)
7. Einschränkungs-Technik (Zergliederungs-Technik; Differenzierungs-Technik)
8. Bumerang-Technik

9. Abwertungs-Technik
10. Aufwertungs-Technik
11. Umwertungs-Technik
12. Vorgriffs-Technik (Prolepsis = Einwandvorausnahme)
13. Vorfrage-Technik
14. Scheinstützen-Technik
15. Übertreibungs-Technik (Verallgemeinerungs-Technik)
16. Witz-Technik
17. Autoritäts-Technik
18. Ad-personam-Technik
19. Isolier-Technik
20. Ausweich-Technik
21. Verdrängungs-Technik
22. Verwirrungs-Technik (Überrumpelungs-Technik)
23. Hinhalte-Technik
24. Gefühlsappell-Technik
25. Entstellungs-Technik
26. Fangfragen-Technik

1. *Fundamental*-Technik (Bestreite-Technik)

Man bringt Tatsachen als Fundament der Beweisführung. Wo es nur möglich ist, greift man das Fundament des Gegners an: Wenn wir zu Recht seine »Tatsachen« bestreiten, so fällt sein Argumentengebäude zusammen wie ein Kartenhaus. Nicht nur Fakten, auch Zahlen sind meistens eine gute Grundlage für das Belegen von Behauptungen. *Rother* schreibt: »Weil das konkreteste, sachlichste und genaueste unter allen Wissensobjekten die *Zahl* ist, darum erweist sich Zahlenmaterial als die solideste Begründungsart in allen modernen Debatten, und sei es auch nur deshalb, weil niemand so schnell imstande ist, vorgeführte Ziffernkolonnen zu widerlegen, und eine Scheu den Menschen abhält, handtuchgroße Tabellen und Synopsen kurzerhand für unmaßgeblich zu erklären.«

Die Einschränkung, die *Rother* hier macht, ist kennzeichnend für die Anfälligkeit, Zahlen zu mißbrauchen. Ich muß also fragen, *wie* die Zahlen zustande gekommen sind, die verwendet werden. Es muß also wirklich das Fundament untersucht werden; erst wenn sich dieses als hieb- und stichfest erweist, liegt Beweiskraft vor.

Jede Statistik z. B. ist elastisch wie ein Gummiband. Man kann sehr leicht die Akzente so legen, wie man sie haben möchte, indem man das Zahlenmaterial willkürlich auswählt oder zusammenstellt. (Zum Beispiel: Eine Partei hat bei der letzten Wahl 3% des Stimmenanteils verloren. Wegen der hohen Wahlbeteiligung hat sie aber 30000 Stimmen gewonnen. Aus Propagandagründen wird sie diese 30000 gewonnenen Stimmen in den Vordergrund stellen. Der Gegner aber wird auf den dreiprozentigen Verlust hinweisen.)

Der amerikanische Wirtschaftler *Simon Sterne* entgegnete auf die Frage eines Verhandlungspartners: »Na, Sie müssen doch zugeben, daß Zahlen nicht lügen?« »Außer dann, wenn Lügner rechnen!« In einer Parlamentsdebatte nahm *Disraeli* Stellung zu statistischen Angaben seiner Gegner: »Gentlemen«, sagte er, »es gibt drei Sorten von Lügen. Gewöhnliche Lügen, gottverdammte Lügen und die Statistik.«

(Im übrigen empfiehlt es sich, Zahlenmaterial langsamer vorzutragen und anschaulich zu machen, da die Zuhörer sonst oft überfordert werden, und damit verpufft die Wirkung des Belegs.)

2. *Widerspruchs*-Technik

Überprüfen wir unsere Argumentation: Widersprechen sich einzelne Teile oder einzelne Tatsachen? Lassen wir bei unserem Gegner keinen Widerspruch durchgehen.

Beispiel: »Sie haben vorhin behauptet, daß die hohen Kosten des Projekts für Sie der Hinderungsgrund seien, dem Vorschlag zuzustimmen. Jetzt stellt sich heraus, daß ganz persönliche Gründe den Ausschlag für Ihre Ablehnung geben. Das ist ein Widerspruch, der Ihre Entscheidung unglaubwürdig macht.«

3. *Folgerungs*-Technik.

Argumentieren Sie folgerichtig. Beanstanden Sie jede falsche Folgerung Ihres Diskussionspartners. Fordern Sie immer wieder

Beweisgründe, die stichhaltig sind. Unfair aber ist es, vom Gegner einen Beweis zu verlangen, den er unmöglich im Augenblick erbringen kann. Es gilt zwar, soviel wie irgend möglich an Beweisen parat zu haben, »aber es kann doch nicht jeder für alle Fälle ein Archiv in einem Möbelwagen bei sich führen« (*Erdmann*).

Man achte besonders auf die *Scheinkausalität*. Sie ist ein beliebtes Mittel, von Debattenrednern mehr oder weniger bewußt angewandt. Sie bringen Einzeltatsachen in einen scheinbaren Kausalzusammenhang. Nicht immer ist die Scheinbegründung so gut erkennbar wie in der »Wärmelehre« eines Tertianers in der Physikstunde: »Daß die Wärme alle Gegenstände ausdehnt, sieht man besonders am Sommer, wo die Tage viel länger sind als im Winter.«

Zur Folgerungstechnik gehört aber nicht nur der Fall, daß man falsche Folgerungen aufdeckt. Es kann auch sein, daß der Gegner gar keine oder völlig unzureichende Folgerungen zieht. Dann bietet sich eine gute Möglichkeit, wirkungsvolle Folgerungen zu ziehen, die die Grundlagen des Gegners zerstören.

Auf einem Vegetarier-Kongreß antwortete ein »fleischfressender« Diskussionsredner auf den empörten Zuruf aus dem Parkett: »Wir sind Vegetarier, weil wir keine Mörder sein wollen!« »Gnädige Frau, ich esse nur das Fleisch von dem Rind, von dem Sie Ihre Schuhsohlen und Ihre Handtasche da haben herstellen lassen.«

So etwas nennt man vornehme Abfuhr mittels Folgerungstechnik.

4. *Beispiel*-Technik

»Das Beispiel ist ein der Rede zugefügter veranschaulichender Beleg aus einem ›nützlichen, wirklichen oder angeblich wirklichen Vorgang‹ (*Quintilian*) . . . Die Beispiele sind natürliche Beweise, die vom Redner nicht mit Hilfe des Schlußverfahrens gewonnen werden, sondern ihm vorgegeben sind und mit Hilfe seiner Erfahrung und Wahrnehmungsfähigkeit gefunden werden müssen« (*Ueding/Steinbrink*).

Der folgende Ausschnitt aus einer Debatte um das Problem

»Groß- und Kleinschreibung« macht die mögliche Wirkkraft des Beispiels deutlich:

A: »Wir sollten endlich daran gehen und unsere Rechtschreibung vereinfachen. Kein Mensch findet da mehr durch: Was wird groß, was klein geschrieben? Die Lösung: alles klein schreiben!«

B.: »Also – ich bin dagegen. Dann weiß man doch manchmal nicht mehr, welche Bedeutung ein Satz hat.«

A.: »Können Sie das begründen? Nennen Sie doch mal ein Beispiel?«

B.: »Gern. Es ist doch ein Unterschied, ob ich schreibe: Ich schätze das *D*eutsche *r*echt hoch – oder: Ich schätze das *d*eutsche *R*echt hoch.«

A.: »Aber das ist doch an den Haaren herbei gezogen. Das ist doch ein purer Ausnahmefall. Ich bin sicher: ein zweites Beispiel können Sie schon nicht mehr nennen.« (B. ist aber bestens vorbereitet und wartet mit einem amüsanten weiteren Beispiel auf.)

B.: »Aber bitte! Nehmen Sie z. B. den Satz: Ich habe in Hamburg *l*iebe *G*enossen; ›liebe‹ klein, ›Genossen‹ groß – das ist doch ganz etwas anderes als umgekehrt: Ich habe in Hamburg *L*iebe *g*enossen . . . Das ist ein Unterschied von Tag und Nacht!«

5. *Vergleichs*-Technik

Dieser Technik kommt eine überaus große Bedeutung zu. Im Deutschen Bundestag wies ein Abgeordneter stolz darauf hin, daß Deutschland nach dem Kriege bereits über *zehn* Milliarden DM an Reparationen für Juden geleistet habe. So sehr diese Zahl zunächst imponierte, sie verlor ihre Ansehnlichkeit, als ein anderer Sprecher einen wirkungsvollen Vergleich fand. Er meinte, wir sollten uns wegen 10 Milliarden »Opfer« an Wiedergutmachung doch nicht allzu sehr in die Brust werfen, denn immerhin gäbe Westdeutschland in einem einzigen Jahr mehr als *siebzehn* Milliarden DM allein für Tabak und Alkohol aus. Gut gewählte Vergleiche verleihen jeder Rede tiefe Eindringlichkeit und der Polemik große Durchschlagskraft.

Im englischen Parlament wurde über eine Gesetzesvorlage debattiert, die zum Inhalt hatte, in Hochverratsprozessen dem Angeklagten den Beistand eines Verteidigers zu erlauben. *Lord Ashley*, der die Vorlage begründen sollte, war ein kluger Kopf, aber ein schlechter Redner. Auf dem Podium verließ ihn aller Mut. Mit verzweifelter Anstrengung würgte er schließlich einen einzigen Satz heraus, der unversehens durchschlagende Wirkung hatte: »Wenn ich – der ich doch nur meine Meinung über dieses Gesetz abgeben will – hier so verwirrt bin, daß ich einfach nicht ausdrücken kann, was ich sagen möchte, wie muß da erst einem Mann zumute sein, der vor Gericht für sein Leben plädieren soll – ohne jeden Beistand?« Das Gesetz wurde prompt angenommen.

Der Vergleich ist im Grunde eine besondere Form der Folgerungstechnik und kann ebenso mit der Beispiel-Technik verwandt sein.

Wenn in einer theologischen Debatte ein Lutheraner sich über einen Bruch des Fahneneides empört, weil jedes vor Gott gegebene Gelübde unantastbar sei, so wird ein Gegner diesem Grundsatz entgegenhalten können, daß doch auch *Luther* aus Gewissensgründen sein vor Gott gegebenes Mönchsgelübde gebrochen habe.

Rother schreibt: »Man muß in der Diskussion imstande sein, die vom Gegner vertretene Meinung durch Betrachtung von geeigneten Parallelfällen zu durchleuchten, zu kritisieren und zu anderen Tatbeständen ins rechte Verhältnis zu setzen. Man muß umgekehrt diesen Einwand dann zurückweisen, wenn die zitierten Vergleichsfälle in so wesentlichen Punkten vom Haupttatbestand abweichen, daß sie für die Debatte ohne Aufschluß sind.«

Ein Vergleich hat zwar selten Beweiskraft, doch kann man bei Angriffen durch die Vergleichs-Technik oftmals relativieren, die eigene Lage in ein besseres Licht rücken. Z. B. dadurch, daß man darauf hinweist, daß andere in ähnlicher Situation auch nicht bessere Ergebnisse erzielten. Als Beispiel die folgende Passage aus einem »Spiegel«-Gespräch mit dem Fußball-Manager des Hamburger Sportvereins, *Günter Netzer* (1985):

Spiegel: »Ihr Ziel war, die Mannschaft, die 1983 Europapokal und Deutsche Meisterschaft gewann, ohne Qualitätsverlust kontinuierlich zu verjüngen. Daran sind Sie ja wohl gescheitert.«

Netzer: »Jawohl, ich bin gescheitert.«

(Es ist geschickt, dies zuzugeben, sich also nicht herauszureden; doch im nächsten Satz relativiert er das Scheitern:)

»Wie zuvor den Verantwortlichen bei Real Madrid, Inter Mailand, Ajax Amsterdam oder Bayern München ist es auch mir nicht gelungen, die älter gewordenen Stars nahtlos zu ersetzen.« (Hiermit wird nahegelegt, daß es sich bei diesem Sachverhalt weniger um ein individuelles Versagen als vielmehr um Bestätigung einer Entwicklung handelt, die in der Vergangenheit schon viele andere Klubs nicht verhindern konnten.)

Gern wird in Debatten versucht, das »Remis« herzustellen, indem man bei Angriffen auf das eigene Verhalten vergleichbares Vorgehen beim Gegner sucht. So ging in einer Justizdebatte im Bundestag (25. 1. 1979) die SPD-Abgeordnete *Herta Däubler-Gmelin* vor. Die CDU hatte der SPD vorgeworfen, sie habe Urteile des Bundesverfassungsgerichts ungehörig drastisch gerügt. Die SPD-Abgeordnete suchte durch einen Vergleich gegenzusteuern, brachte sich aber durch unkorrekte Zitatquelle um die Wirkung:

An die CDU gewandt sagte sie: »Auch Ihr großes Vorbild Adenauer war da gar nicht pingelig. Ich darf Sie nur an seinen Ausspruch erinnern. ›Das Bundesverfassungsgericht ist in erschütternder Weise vom Wege des Rechtes abgewichen.‹ Also, was soll's!«

Hartmann, CDU/CSU: »Das war Dehler« (von der FDP). Die Rednerin fuhr fort, ohne den Zwischenruf zu beachten. Daraufhin *Dr. Riedl*, CDU/CSU: »War das wirklich Adenauer?« (Die Gegner insistieren, wie sich zeigt berechtigt) *Hartmann*: »Das war Dehler!« Die Rednerin gab nach: »Ja, gut. Wenn das Dehler gewesen sein sollte, werden Sie es vielleicht besser wissen. Ich kenne das Zitat von Herrn Adenauer. Sei's drum . . .« (Hier hätte die Rednerin besser darauf hingewiesen, auf welche Quelle sie sich stützte.) Der Zwischenrufer *Hartmann* verdeutlichte nunmehr – und machte dadurch den Vergleich, der die CDU/CSU treffen sollte, zunichte: »Das hat Dehler in der Verjährungsfrage gesagt!« Die Rednerin ließ sich belehren: »Danke schön, Herr Hartmann!«

Bringt der Gegner einen Vergleich, so wird man immer versuchen, nachzuweisen, daß der Vergleich hinkt. In der Hauptsache des Vergleichs muß nämlich »Übereinstimmung oder besser gesagt der erforderliche Grad der Ähnlichkeit« bestehen (*Rother*). Man weise Unrichtigkeiten in der gegnerischen Vergleichsführung nach. »Bringt Ihr Gegner einen komischen, abwegigen Vergleich, so ist es von großer Wirkung, diesen aufzugreifen und gegen ihn zu gebrauchen, was dadurch geschieht, daß man sofort die andere Seite des verglichenen Gegenstandes betrachtet, die der Gegner nicht betrachtet« (*Hamilton*).

In einer Debatte fordert ein Redner die Zuhörer auf: »Genau so, wie wir uns im Straßenverkehr rechts halten, so sollten wir es auch in der Politik tun. Also: rechts fahren – rechts wählen – rechts bleiben!« Zuruf aus dem Publikum: »Aber wer Schwung besitzt und überholen will, tut das links!« Die Folge: eine Lachsalve im Saal.

Ernst Lemmer berichtet in seinen Memoiren: In einem Funkstudio (1958) hatte Adenauer unbedacht – er meinte, es liefe kein Tonband – seinen Minister Lemmer flapsig angegriffen. »Wat soll ich denn mit de' Herrn Lemmer machen? Soll ich den Kerl jetzt . . . aus dem Kabinett rausschmeißen? Wo er Berliner ist!« Lemmer war verletzt und ließ sich erst durch eine geschickte Vergleichstechnik Adenauers versöhnen: Adenauer: »Nun, Herr Lemmer, jetzt seien Sie mal ganz ehrlich . . .: Haben Sie hinter meinem Rücken nicht auch schon gelegentlich etwas gesagt, was nicht gerade erfreulich in meinen Ohren geklungen hat?« Lemmer: »Herr Bundeskanzler, ich versichere Ihnen: unzählige Male habe ich das schon getan.« Beide lachten: Adenauer: »Seh'n Se, Herr Lemmer, Sie haben eben nur nicht das Pech gehabt, daß es auf Band gekommen ist und damit in die Öffentlichkeit.«

6. *Kehrseiten*-Technik (»Ja-aber«-Technik)

Sehr oft haben wir den Fall, daß der Gegner zwar eine gut aufgebaute Beweisführung bietet, daß sie aber insofern lückenhaft bleibt, da sie nur die Vorteile oder Nachteile einer Sache zum Gegenstand hat. Nun ist es aber höchst selten, daß *alles für* oder *alles gegen* eine Sache spricht. Die Kehrseiten-Technik anwenden heißt, die andere Seite betrachten, die Rückseite. Sie können ruhig dem Gegner zustimmen, doch dann kommt Ihr »Aber«. Zum Beispiel: »Was sie da an Vorteilen aufzählen, mag alles richtig sein. Sie vergessen aber die vielen Nachteile zu erwähnen, nämlich ...« Und jetzt geht man daran, die einseitigen Ausführungen des Gegners durch neue Gesichtspunkte zu ergänzen. Die Zuhörer müssen später abwägen und einen Ermessensentscheid treffen: Was wiegt schwerer, Vorteil oder Nachteil?

Bei der eigenen Argumentation tut man gut daran, der Kehrseiten-Technik durch sorgfältige Einwandvorausnahme zu begegnen (siehe Technik 12).

7. *Einschränkungs*-Technik (Zergliederungs-Technik; Differenzierungs-Technik)

Schlimmer noch als die falsche Argumentation, die meistens schnell zu erkennen ist, ist die halbrichtige. »Da in jeder Behauptung und erst recht in jeder Schlußfolgerung ein wenig Schiefheit oder Übertreibung zu finden sein wird, bringt die entschlossene Ergreifung dieser Möglichkeit auch in schwierigen Fällen Entlastung« (*Rother*). Zergliedern wir die Aussagen des Gegners, grenzen wir in der Entgegnung ganz klar ab: *das* ist richtig; *darüber* kann man verschiedener Meinung sein (Ermessensfrage); *dies* und *jenes* aber ist völlig falsch. Man wird sich nicht am stärksten Beweisgrund des Gegners versuchen, man wird vielmehr seine schwachen Punkte aufstöbern und angreifen. Wir könnten diese Technik auch »Salami-Technik« nennen: Wir schneiden von der gegnerischen Argumentation ein paar Stücke ab.

Die Einschränkungstechnik wird sehr oft angewandt, z.B. auch in der Feststellung: »Was Sie da sagen, klingt theoretisch ganz gut, aber die Praxis sieht anders aus: dies und jenes läßt sich bei uns nicht durchführen, weil ...« usw.

8. *Bumerang*-Technik

Bei dieser Technik kehrt die Wurfkeule des Gegners zu ihm zurück. Die Bumerang-Technik ist eine besondere Form der Kehrseiten-Technik. Sie hat keinen Beweiswert, ist aber von großer Wirkung, wenn sie geistreich angewandt wird. *Demosthenes*, der berühmte Staatsmann und Redner in Athen, und der athenische Feldherr *Phokion* waren heftige politische Gegner. *Demosthenes* sagte zu *Phokion*: »Die Athener bringen dich noch um, wenn sie rasend werden!« »Gewiß«, erwiderte *Phokion*, »und dich, wenn sie wieder bei Verstand sind!«

Die Bumerang-Technik wird oftmals als allzu billige Retour-Kutsche gebraucht. (Der andere: »Sie sollten nicht immer von sich auf andere schließen!«)

Nicht immer wird diese Technik so schlagfertig und elegant gehandhabt wie bei *Bismarck, Brandt* und *Lincoln*:

Virchow warf *Bismarck* vor: »Ich vermisse bei dem Herrn preußischen Ministerpräsidenten auch das leiseste Verständnis für nationale Politik.«

Bismarck konterte: »Ich muß dem Herrn Abgeordneten diesen Vorwurf zurückgeben unter Weglassung des Eigenschaftswortes national.«

Bundesminister *Strauß* sagte vor den Bundestagswahlen 1961 zum Berliner Bürgermeister *Brandt* (Juli 1961, Tutzing): »Wenn Sie Bundeskanzler werden, dann haben S' a bessere Opposition als wir sie g'habt haben.«

Darauf *Brandt*: »Wenn Sie in Opposition sein sollten, dann werde ich Sie – und nicht nur Sie – besser behandeln, als Sie mich behandelt haben.« Beide, zwei schlagfertige Kombattanten, bringen hier einen gleichwertigen, geschliffenen und polemisch zugespitzten Gedanken, und doch hat die Parade von *Brandt* bessere Wirkung beim Publikum, weil sie aus dem Stegreif kommt, dabei den Gedankengang von *Strauß* aufnimmt und als Konterschlag unbeantwortet im Raume stehenbleibt.

Der amerikanische Politiker *Douglas* versuchte, seinen Gegner *Abraham Lincoln* in jeder Weise herabzusetzen. In einer Puritaner-Versammlung glaubte er, das richtige Rezept gegen

Lincoln gefunden zu haben, als er ausrief: »Mister Lincoln ist für den Posten eines Senators denkbar ungeeignet. Er war früher mal Krämer und hat Whisky verkauft!« Da stand *Lincoln* auf und rief: »Mister Douglas hat recht!« (Große Überraschung im Saal!) »Ich erinnere mich noch zu gut, daß er zu meinen besten Whiskykunden zählte. Ich habe meinen Platz *hinter* dem Schanktisch allerdings längst aufgegeben, während Mister Douglas den seinigen *davor* noch innehat.« –

Schlagfertige Diskussionsredner werden oft Gelegenheit nehmen, den Spieß umzudrehen. *Eugen Roth* hat recht:

»Auch ist ihnen dieser Wahlspruch lieb:
Die beste Abwehr ist der Hieb!«

9. *Abwertungs*-Technik

Sehr oft kann man die Tatsachen, die der Gegner bringt, nicht bestreiten, sehr wohl aber ihre Wertung. Er mißt einer Sache eine Bedeutung zu, die ihr nach unserer Meinung nicht zukommt. Wir stellen das fest und begründen es.

Die Abwertungs-Technik braucht – ebenso wie die hier folgenden Aufwertungs- und Umwertungstechniken – keineswegs unredlich zu sein. Das Wertgefüge unserer Vorstellungen und Intentionen ist nun einmal unterschiedlich. Gerade in Wertfragen muß man oft die Grenzen rational faßbarer Auseinandersetzung erkennen. Ein banales Beispiel: Jemand möchte die Bushaltestelle direkt vor seiner Haustür wegen des Geräuschpegels verlegt sehen; ein anderer nimmt den Lärm in Kauf, nur der Bequemlichkeit wegen, vor der Haustür in den Bus steigen zu können – er wertet das Geräusch-Argument ab.

10. *Aufwertungs*-Technik

Hier handelt es sich lediglich um die Umkehrung von 9. Die Akzente werden verschoben: Die Sachlage wird höher bewertet als es der Gegner tut. Beispiel: Im Vertrag eines Fußball-Profis ist vermerkt, daß er vereinsschädigende Kritik nicht äußern darf. Würde der Spieler nun sagen: »In diesem Verein herrscht das reine Chaos«, so würde er, auch wenn er damit die Wahrheit sagte, ohne Zweifel gegen die vertragliche Vereinbarung verstoßen. Äußerte er aber: »Der Verein muß sich in Zukunft etwas einfallen lassen, damit es nicht weiter bergab geht«, so könnte diese Aussage vom Verein – »das ist abträglich gemeint« – anders interpretiert werden als vom Profi. Der Verein mißt dann der Aussage einen weit höheren kritischen Wert zu und sieht bereits einen Verstoß gegen den Vertrag.

11. *Umwertungs*-Technik

Natürlich sind von der Wortlogik her Abwertung und Aufwertung im Grunde auch Um-Wertungen. Doch ist mit Umwertungs-Technik hier nicht eine bloße Akzentverschiebung gemeint, vielmehr eine völlig gegensätzliche Bewertung.

Der englische Philosoph *Bertrand Russel* schreibt, daß wir allesamt dazu neigen, immer wieder zweierlei Maß anzulegen. Zum Beispiel »konjugieren« wir:

»Ich bin charakterfest.
Du bist stur.
Er ist ein törichter Starrkopf.«

Sehr oft nehmen wir solche Umwertungen vor. Manchmal zu Recht, manchmal auch nicht. Man kann einen Vorwurf ummünzen in eine »gute Sache« und umgekehrt.

Robert Blum bediente sich in wirkungsvoller Weise der Umwertungstechnik, als ihm (in der Paulskirche 1848) vorgeworfen wurde, seine Partei sei eine »Partei der Wühlarbeit«. Er schleuderte die Worte in den Saal: »Diese Partei läßt sich den Vorwurf der Wühlerei gern gefallen; sie hat gewühlt, ein Menschenalter lang und *Sie* säßen nicht hier, wenn nicht gewühlt worden wäre!«

12. *Vorgriffs*-Technik (Prolepsis = Einwandvorausnahme)

Bei polemischer Rede überlegen wir: Was werden die Gegner gegen unsere Ausführungen einwenden können? »Es ist nicht schwer, sich eine allgemeine Vorstellung von den Argumenten der Gegner zu bilden. Überlege, welche Argumente die Gegner benutzen werden, und prüfe sie« (*Hamilton*).

Ist im Anschluß an unsere Rede eine Diskussion vorgesehen,

so behalten wir besser noch einiges Beweismaterial usw. in Reserve. In diesem Falle ist es nicht gut, schon alle Pfeile zu verschießen. Man behält lieber noch ein ein paar im Köcher, um sie erst im Schlußwort zu gebrauchen.

Findet eine Diskussion statt, so ist es gut, naheliegende Einwände vorwegzunehmen und überzeugend zu entkräften (antithetisches Verfahren). Man muß den Gegnern darüber hinaus den Wind aus den Segeln nehmen. Der Redner suche stets dem Einwand zu entgehen, er sei in seiner Darstellung des Themas *einseitig*. Solchen Einwand nehmen wir voraus (und greifen dem Gegner somit vor), indem wir das Für und Wider sorgfältig abwägen, ehe wir Schlüsse ziehen. Zum Beispiel in dieser Weise:

»Mancher von Ihnen ist vielleicht der Ansicht, daß . . .; aber ich halte dem entgegen . . .« »Hier wird manchmal der Einwand gemacht . . .« »Es gibt Leute, die behaupten . . .« usw.

13. *Vorfrage*-Technik

Die Frage ist das Stoßelement jeder Diskussion. Wir wollen nicht nur wissen, was der Gegner von sich aus sagt, sondern wir möchten seine Antworten auf *unsere Fragen*. Wir überlegen uns genau die Fragen, die wir stellen wollen. Unter Umständen auch eine ganze Fragenkette, die wir dem Gegner in schneller Folge vorlegen. Zwar ist eine Verhandlung kein kriminalistisches Verhör, aber es gilt auch hier, was *Meinert* in seiner polizeilichen Vernehmungstechnik als Grundregel setzt: »Die Fragen müssen kurz und knapp, aber präzise sein. Jede Vernehmung, bei welcher der Beamte mehr redet als der Beschuldigte, ist falsch geführt.« (Nicht jeder hat die Geduld eines *Adenauer*. Eines Tages mußte der Bundeskanzler eine Sturzflut von Fragen über sich ergehen lassen. Schließlich fragte ihn die redselige Dame auch noch dieses: »Welche Frauen schätzen Sie eigentlich mehr, die, die viel reden und fragen – oder die anderen?« »Welche anderen?« stöhnte *Adenauer*.)

Ist die Frage ganz allgemein ein treibendes Element der Debatte, so ist die *Vorfrage* eine besondere Art der Argumentation. Es ist nicht immer ratsam, vor dem Gegner sofort alle Karten aufzudecken. Wir stellen Vorfragen, damit sich der Partner festlegt, vor allem im Grundsätzlichen. Einfachster Fall: »Welche Meinung haben Sie von der Bedeutung des Turnens und des Sports für unsere Kinder?« Es entwickelt sich ein allgemeines Gespräch über die Grundsatzfrage, in deren Verlauf wir unseren Partner unauffällig dazu bringen, sich festzulegen. Bejaht er die Bedeutung, so wird er schlecht umhin können, unserem Vorschlag, eine Turnhalle zu bauen, beizupflichten. Zumindest muß er den Plan nun sehr ernst nehmen.

14. *Scheinstützen*-Technik

Diese Technik ist äußerst wirkungsvoll auf Gegner und Zuhörer. Ihr Gegner hat argumentiert, und nun haben Sie das Wort. Sie widersprechen ihm aber gar nicht, sondern zur Verblüffung aller stützen Sie seine Behauptungen, eilen ihm zu Hilfe durch neue Beweise. Aber nur zum Schein! Sie sagen zum Beispiel: »Sie haben vergessen, für Ihre Behauptung noch diesen und jenen Grund anzugeben. Aber das alles nützt Ihnen nichts, denn . . .«, und nun folgt Ihre Widerlegungsaktion. So zeigt man durch Scheinstützen, daß man den gegnerischen Standpunkt noch genauer durchdacht hat als der Gegner selbst – und dann widerlegt man möglichst vieles. Diese effektvolle Technik erfordert allerdings eine sehr gründliche Vorbereitung.

Ziehen wir eine Zwischenbilanz und überblicken wir die bisher angeführten Argumentationstechniken, so stellen wir fest, daß man sich als Debattierer die folgenden Grundfragen vorlegen sollte:

Bei der Argumentation:

1. Stimmen meine Tatsachen?
2. Kommen keine Widersprüche vor?
3. Folgere ich richtig?
4. Kann ich gute Vergleiche bringen?
5. Welche Einwände könnte der Gegner machen?

Bei der Gegenargumentation:

1. Kann ich die Tatsachen oder die Voraussetzungen bestreiten?
2. Lassen sich Widersprüche aufzeigen?
3. Zieht der Gegner falsche Folgerungen?
4. Bringt er schiefe Vergleiche?
5. Ist seine Darstellung einseitig, und muß ich nun die Kehrseite aufzeigen?
6. Wenn das Ganze nicht zu widerlegen ist, so doch vielleicht diese und jene Einzelheit?
7. Kann ich den Gegner mit seinen eigenen Waffen schlagen? (Bumerang)
8. Nimmt er eine falsche oder zumindest problematische Wertung vor?
9. Kann man ihn durch Vorfragen festnageln?
10. Bedient er sich unredlicher Techniken?

Die folgenden Techniken (15–26) sind äußerst problematisch, spielen aber in Debatten eine wesentliche Rolle. In der Regel handelt es sich um fragwürdige oder gar unredliche Kniffe. Eine ganze Anzahl fällt unter die Rubrik »Täuschungsmanöver«. Nur Übertreibungstechnik, Witztechnik, Autoritäts- und Ad-personam-Technik sowie die Hinhaltetechnik sind *nicht in jedem Falle* als verwerflich anzusehen. Rhetorischen Tiefschlägen, Überrumpelungsversuchen und hinterhältigen Kniffen ist meistens nur ein Augenblickserfolg beschieden. Man sollte solche Mittel nicht anwenden. Jeder, der es doch tut, muß schonungslos entlarvt werden. Wir halten es mit dem Staatsphilosophen *Adam Müller*, der 1812 in Wien seine »Zwölf Reden über die Beredsamkeit« hielt. Darin heißt es: »Der Sachwalter der Tugend muß alle Ränke kennen, die seinen Gegenstand verunglimpfen könnten, ebenso wie der wahre Gottesgelehrte ohne gründliche Erkenntnis des Teufels nicht zu denken ist.«

15. *Übertreibungs*-Technik (Verallgemeinerungs-Technik)

Hierunter fällt alles Summieren, Verallgemeinern, Übertreiben. Neben der Verallgemeinerung sind es vor allem die Erweiterung und die überspannte Folgerung, die in der Praxis vorkommen.

a) *Verallgemeinerung*

Einzelfälle werden als Regelfälle angesehen. Diese pauschale Beurteilung hat oft diffamierenden Charakter: »Das ist kommunistisch«, »Ketzerei«; »Gefühlsduselei« usw. Vergröbernder Darstellung muß man entgegentreten, vor allem dem verbreiteten Schlagwort-Denken.

Rother hat recht, wenn er meint, wir alle sollten »dazu beitragen, daß sich in den öffentlichen Dingen ein Abbau jener hysterischen Übertreibung vollzieht, die aus der falschen Beurteilung von Regel und Ausnahme . . . entsteht und die für die Krankheitszustände mitverantwortlich ist, unter denen unsere Zeit leidet.«

Der Übertreibungs-Technik bedienen sich insbesondere Journalisten, wenn sie Politiker befragen. Durch grobe Alternativen wollen sie provozieren. Typisch dafür ist ein Disput zwischen dem *Spiegel* und *Johannes Rau* (1985).

Spiegel: »Herr Ministerpräsident . . . Sie haben einen Wahlkampf geführt mit schönen bunten Bildern und wenig Inhalten. Auf Ihren Plakaten haben die Leute Ihre Frau und Ihre Tochter kennengelernt, aber kaum etwas über Ihre Politik erfahren. Und Ihre Versammlungen haben Sie mehr mit Bonmots als mit politischen Zielangaben gespickt.«

(*Rau* weist dies als Übertreibung, als »Vorurteil« zurück, ohne allerdings an dieser Stelle schon auf Einzelheiten einzugehen. Er begnügt sich hier mit der Beispiel-Technik, um dem Kern des Angriffs zu begegnen:)

Rau: »Ich weiß, dieses Vorurteil wird von Journalisten gepflegt, aber es ist gleichwohl falsch. Sie kriegen nicht in Emsdetten nachmittags um 3 oder 5 Uhr 1500 Leute auf die Straße, nur weil ein sympathischer Mensch kommt.«

(Nun versucht der *Spiegel*, durch Vergleichs-Technik gegenzusteuern, was *Rau* dann zum Anlaß nimmt, durch Folgerungs-Technik den Vergleich als schief erscheinen zu lassen:)

Spiegel: Billy Graham kriegt hier in Deutschland auch die Hallen voll.«

Rau: »Richtig. Nur, bei dem muß sich die Veranstaltung nachher nicht in Stimmabgabe und damit dauerhafte Unterstützung für eine Partei niederschlagen.«

b) *Erweiterung*

Der Gegner erweitert meine Aussage. Zum Beispiel: Ich halte ihm vor: »Um auch diesen Tatbestand zu untersuchen, hätten Sie sich Zeit nehmen müssen.« Darauf der Gegner: »Sie meinen wohl, ich hätte nichts getan?«

c) *Überspannte Folgerung*

Aussage: »Die Kirche sollte sich positiv zum Film stellen.« Folgerung: »Aha, Sie wollen wohl am liebsten die Kanzel durch eine Leinwand ersetzen!«

Man lasse sich nicht durch solche und ähnliche Praktiken verblüffen. Eindringlich, »schlagend« und ein Appell an bequemes Denken ist meistens das Einfache, Unkomplizerte (»Hier Freiheit – da Diktatur« – als ob alles auf den Nenner von Schlagworten zu bringen wäre!). Gegen die Übertreibungs-Technik hilft in erster Linie die Differenzierungs-Technik: »Hier müssen wir doch unterscheiden – differenzieren . . .«

16. *Witz*-Technik

Eine geistreiche oder witzige Bemerkung kann eine Argumentation völlig aus den Angeln heben. Wenn man die Sache dann nach dem Gelächter nüchtern betrachtet, so ist der Witz meistens höchst unsachlich. Er war nur brillant gewesen und hatte dadurch die blendende Wirkung.

Die Labour Party hatte (1945–1951) einige Verstaatlichungen vorgenommen. Der Premierminister *Attlee* stellte im Parlament fest: »Es geht uns gut. Niemals hat England eine so hohe Geburtenzahl erreicht wie zu unserer Regierungszeit!« – »Das ist es ja gerade«, gab sein Gegner *Churchill* zurück und sog befriedigt an seiner Zigarre: »Der einzige sichtbare Erfolg während der Regierungszeit der Labour-Party wurde nicht durch staatliche, sondern durch private Initiative erzielt!« Er hatte die Lacher auf seiner Seite. Churchills Parade war im Grunde unsachlich, aber durch ihre Witzigkeit ungemein effektvoll. – Oft wird die Witz-Technik in ausgesprochen »boshafter«Absicht gehandhabt.

Der konservative *Disraeli* äußerte sich über seinen ebenso konservativen Erzgegner *Gladstone* einmal wie folgt: »Sie wollen den Unterschied wissen zwischen Unfall und Unglück? Wenn Gladstone in die Themse fällt, so ist das ein Unfall. Wenn ihn jemand wieder herauszieht, so ist das ein Unglück.«

Die Vergreisung und geringe Kompetenz des britischen Oberhauses geißelte *Richard Crossman* einmal mit den sarkastischen Worten: »Der bisher einzige Beweis für ein Leben nach dem Tode ist unser House of Lords . . .«

Ein amerikanischer Journalist charakterisierte das »langweilige Bonn« in einer Rede mittels eines bissigen Vergleichs: »Bonn ist halb so groß wie der Friedhof von Chicago – und doppelt so tot.«

Heinz Kühn stellt fest: »Ein witziger Einfall wirkt . . . besser als ein hitziger Ausfall.« Womit er recht haben dürfte.

Man darf nicht vergessen, daß Debattenbeiträge nicht immer nur einen »Sachwert« haben, sondern oft auch einen »Unterhaltungswert« vertragen. Der amerikanische Präsident *Gerald Ford* hatte extra einen »Gagman« engagiert, der jeweils entsprechende Redewürze zu liefern hatte.

Wie soll man sich nun verhalten, wenn man witzig und geistreich angegriffen wird? Auf keinen Fall darf man eine säuerliche Miene aufsetzen und den Beleidigten spielen. Am besten ist es, mit gleicher Münze heimzuzahlen. Fällt einem nichts Passendes ein, so ist man am besten derjenige, der am lautesten über den Witz lacht. Danach komme man aber auf den Kern der Sache zu sprechen und entlarve den Witz (indirekt!) als amüsantes Strohfeuerwerk.

Witz- und Geist-Technik ist zumeist unsachlich, würzt aber eine Debatte. Gute Wirkung erzielt man oft, wenn man es versteht, Vorwürfe in ein heiteres Gewand zu kleiden. Ein Zitat wirkt oftmals schlagend, auch wenn es einem völlig anderen Zusammenhang entnommen ist.

Zwei winzige Parteien verbündeten sich kurz vor der Wahl, um »neue Stärke« zu schaffen. Auf einer Versammlung dieser neuen Partei schloß ein gegnerischer Diskussionsredner seine Ausführungen unter dem Gelächter der Zuhörer mit den Worten: »Meine Herren, am Tage nach der Wahl werden auch Sie einsehen, wie recht der Vater Rocco in Beethovens Oper ›Fidelio‹ hat, wenn er singt: ›Wo sich nichts mit nichts verbindet, ist und bleibt die Summe klein.‹« (Übrigens: Er behielt recht.)

17. *Autoritäts*-Technik

So mancher Debattierer beruft sich auf glanzvolle Namen. Es braucht nicht immer unredlich zu sein, dieses Anrufen von Kronzeugen. Zitate werden aber sehr oft aus dem Zusammenhang gerissen und willkürlich benutzt, um einen Gewährsmann als Zeugen zu haben. So mancher Hörer denkt: »Dem Redner nehme ich diese Meinung nicht ab, aber wenn auch Albert Schweitzer das schon gesagt hat, dann muß doch etwas dran sein . . .« Das Zitieren von Autoritäten kann keinesfalls immer Beweise ersetzen. Oft genug wird nur das Ansehen einer bekannten Persönlichkeit ausgebeutet.

18. *Ad-personam*-Technik

Die Devise des Gegners lautet hier: Wenn ich nicht die Sache angreifen kann, so muß ich wenigstens die Person attackieren.

Manche Fußballspieler verfahren nach der Regel: Erst den Mann treten und dann den Ball. So suchen sie sich durch unfaires Spiel Vorteile zu verschaffen. Ähnlich ist es in manchen Debatten. Persönliche Angriffe sollen sachliche Argumente ersetzen. Der Gegner verdächtigt (»Sie sind ja nur neidisch!«), bezweifelt den guten Willen, unterstellt niedrige Motive und behauptet fehlende Sachkenntnis und Unglaubwürdigkeit. Er versucht, uns lächerlich zu machen. Ja, er schreckt nicht davor zurück, uns grob zu beleidigen. Wenn ein Gegner so verfährt, sollte man sich nicht auf das gleiche Niveau begeben, sondern ihm nüchtern und überlegen die Sachlage erklären. Man kann ihm aber auch den Rousseau-Spruch entgegenhalten: »Beleidigungen sind die Argumente derer, die unrecht haben.«

Als *Bismarck* einmal persönlich angegriffen wurde, parierte er elegant: »Das hat nichts mit der Sache zu tun. Ich könnte ein viel üblerer Mensch sein als ich bin und doch sachlich recht haben.«

Gerne hält man auch dem Gegner vor, daß er sich früher doch anders entschieden habe als jetzt. Dieser Vorwurf kann allerdings durchaus legitim sein. Als *Adenauers* Gegner ihm in einem bestimmten Falle vorhielten: »Früher haben Sie doch eine ganz andere Meinung vertreten«, da war seine entwaffnende Antwort: »Wer will mich hindern, von Mal zu Mal klüger zu werden!«

Boshaft, aber witzig ad personam reagierte *Adenauer* auf aggressive Äußerungen des Kommunisten *Renner*: »Herr Renner, es gibt Wölfe im Schafspelz, aber auch Schafe im Wolfspelz.«

Eine besondere Spielart der unfairen Ad-personam-Technik ist die Überheblichkeit, mit der manche »Höher-Gestellte« diskutieren. Es gibt Debattierer mit Rang und Würden, die meinen, sie stünden unter Denkmalschutz. Sieggewohnt und unantastbar dulden sie keinen Widerspruch und werden sofort persönlich. *Wilhelm Busch* hat diesen Rednertyp folgendermaßen charakterisiert:

»Seine Meinung ist die rechte,
wenn er spricht, müßt ihr verstummen.
Sonst erklärt er euch für Schlechte
oder nennt euch gar die Dummen.«

Es ist nicht immer ganz leicht, mit diesem über alle Kritik erhabenen Partner fertig zu werden, besonders nicht, wenn er der Vorgesetzte ist. Die Devise lautet: nicht kneifen! Höflich, respektvoll, aber bestimmt auch hier seine Meinung vertreten.

Eine unredliche Argumentation wird oftmals von Älteren angewandt, wenn die Jüngeren einmal unbequem werden. Die älteren Debattenredner behaupten dann gerne und nachsichtig (aber keineswegs immer zu Recht), die jüngeren könnten »das noch nicht beurteilen«; nach dem beliebten Schema: »Da können Sie gar nicht mitreden! Ich hatte auf diesem Gebiet schon Erfahrungen, da wurden Sie noch gepudert!« Mit einer guten Portion Humor und gelegentlich mit einer leisen und herzlichen Ironie und Selbstironie läßt sich vieles schlichten. Eine Debatte sollte mehr ein Florettfechten als ein Schwerterkampf sein. Dem

28jährigen *William Pitt* hatte *Walpole* seine Jugend und Unerfahrenheit vorgeworfen. *Pitt* konterte elegant: »Sire, das abscheuliche Verbrechen jung zu sein, dessen mich der höchstgeehrte Gentleman mit so viel Geist beschuldigt, will ich weder entschuldigen noch leugnen, sondern mich nur mit dem Wunsche begnügen, daß ich einer von denen sein möge, deren Torheiten mit ihrer Jugend aufhören und keiner von denen, die alle ihre Erfahrung nicht klüger macht.«

19. *Isolier*-Technik

Der Gegner reißt eine Aussage von Ihnen aus dem Zusammenhang, er isoliert sie, und sogleich klingt sie in der neuen Umgebung völlig anders. Ein Glied aus dem Gefüge herauszulösen ist nur redlich, wenn es sich um einen Kernpunkt handelt, der für sich allein genommen gültig ist, der sich selbst interpretiert. Oft aber ist es unfair, das vorher und nachher Gesagte einfach wegzulassen und so die Aussage zu entstellen. Der Gegner kann auf diese Weise vieles so hinbiegen, wie es ihm gerade paßt. Es ist ein vielgeübtes Mittel, so den Gegner zu »zitieren«. Man sollte sich wehren: »Sie reißen meine Worte völlig aus dem Zusammenhang« usw.

20. *Ausweich*-Technik

Der Gegner geht nicht auf unsere Argumente ein, sondern er weicht auf ein Gebiet aus, das im Grunde gar nicht zur Debatte steht. Geschickt versucht er, das heiße Eisen zu umgehen und Interesse für eine andere Sache zu finden. Man falle nicht auf solche Ablenkungsmanöver herein. (Als ein Amerikaner einen Russen auf die »Unterdrückung im Sowjetsystem« hinwies, antwortete dieser: »Das stimmt nicht, aber ihr Amerikaner behandelt die Neger schlecht!« Darüber wollte er nun debattieren.)

Die Ausweich-Technik, bei der man einen Angriff durch einen Gegenangriff zu parieren sucht, ist ein beliebtes Mittel der Ablenkung. Am besten verfährt man in solch einer Situation etwa so: »Ich will gern zu dem neuen Problem, das Sie ansprechen, Stellung nehmen. Aber erst, nachdem wir die von mir aufgeworfene Frage erörtert haben. Wir sollten Punkt für Punkt vorgehen und nicht alles durcheinander würfeln . . .«

21. *Verdrängungs*-Technik (Diversion)

Sie ist eng verwandt mit der Ausweich-Technik, nur weicht der Gegner hier nicht aus auf eine ganz andere Sachlage, sondern er bauscht nebensächliche Dinge unserer Aussage auf. Er sucht den Streitpunkt zu verdrehen. Er will auf ein Teilthema abspringen und aus Nebensächlichem eine Haupt- und Staatsaktion machen. Möglicherweise schießt er mit Granaten auf Mücken. Der Gegner wertet auf und wertet ab, je nachdem, wie es ihm Vorteil bringt. Unwichtiges wird als wichtig hingestellt und umgekehrt. Er widerlegt eine Kleinigkeit und triumphiert, als sei nun das Kernargument ausgeräumt. Es wird behauptet oder bewiesen, was nie bestritten wurde. Kleinkarierte Rechthaberei und Wortklauberei sind weitere Mittel der Verdrängungstechnik.

Der Philosoph *Karl Jaspers* sagt dazu (»Von der Wahrheit«, S. 574): »Gegenüber unerwünschten Ansprüchen vollzieht die Sophistik eine Ablenkung auf Nebendinge und Zufälle. Das Nichtwollen wird gerechtfertigt mit Nichtigkeiten, die das Geforderte unmöglich machen sollen. F. Th. Vischer machte daraus sogar guten Glaubens eine Theorie von der ›Tücke des Objekts‹ und verfuhr entsprechend dieser Theorie in seinem eigenen Leben: Zu seinem Schmerze konnte der patriotische und pathetische Mann am Kriege 1870 nicht teilnehmen, weil er – Hühneraugen hatte.

Es ist überall eine Schläue des Instinkts, die in der Praxis das Gewicht der Dinge zu verschieben vermag, dadurch die Aufmerksamkeit von dem ablenkt, was in der Tat geschieht, um sie zu fesseln durch Mücken, die zu Elefanten gemacht sind.«

Es gilt der Grundsatz: Wir müssen jedes Ablenkungs- und Verdrängungsmanöver sofort unterbinden, indem wir darauf hinweisen: »Sie wollen jetzt nur ablenken.«

22. *Verwirrungs*-Technik (Überrumpelungs-Technik)

Der Gegner zerredet alles. Er läßt den Streitstoff bewußt oder unbewußt konfus. Alles geht blitzschnell durcheinander. Mit großem Wortschwall kommt er vom Hundertsten ins Tausendste. Er versucht zu überrumpeln, indem er uns mit Fragen und Antworten geradezu überschüttet. Hier darf man sich nicht verwirren lassen, vielmehr sollte man sogleich einhaken: »Halt mal! Dieses Knäuel müssen wir aber erst einmal entwirren.« Dann nimmt man Punkt für Punkt der gegnerischen Aussage unter die Lupe. Mit ruhiger Ausdauer ist der Überrumpelungs-Technik erfolgreich zu begegnen.

23. *Hinhalte*-Technik

Der Partner versucht, die Debatte zu verzögern. Er gebraucht Floskeln, stellt Rückfragen und verlangt die Erklärung von Einzelheiten, um Zeit zum Nachdenken zu gewinnen. Diese Technik ist nicht unbedingt als unredlich anzusehen. Wenn plötzlich eine durchschlagende Argumentation entgegentritt, so tut man gut daran, keine Wirkung zu zeigen. Nicht konfus werden wie ein schlecht präparierter Examenskandidat: Wir dürfen bei einem scharfen Angriff des Gegners nicht wie gelähmt dasitzen und der Gefahr ins Auge starren, so wie sich ein Kaninchen vor der Schlange verhält.

Man versucht, durch Rückfragen usw. Zeit zu gewinnen. Dann finden wir vielleicht die im Augenblick noch verborgenen weichen Stellen in der gegnerischen Beweisführung heraus. Wenn man auch nicht verwirren, verdrängen und ausweichen sollte: Ein Entlastungsangriff schafft für den Augenblick Luft, um über den Hauptpunkt nachzudenken. Ein echter Debattierer stellt sich aber dann auch wieder, selbst auf die Gefahr hin, daß des Gegners Argumente durchschlagen. Ein fairer Debattierer gibt aber auch zu, wenn er sich eindeutig geirrt hat. »Es gehört mehr Mut dazu, seine Meinung zu ändern, als ihr treu zu bleiben« (*Hebbel*).

Ist man in der Diskussion unterlegen, bewahrt man am besten Humor; wie jener Redner, der sagte: »Ich gebe zu, man hat mich arg gerupft, aber ich hab' noch viele Federn.«

Maximilian Harden schreibt einmal: »Wer seine Überzeugung niemals ändert, der mag ein Charakter sein, als Intelligenz kann ich ihn nicht besonders hoch einschätzen!«

Eine spezielle Form der Hinhalte-Technik ist die Beschwichtigungs-Technik. Wir müssen sie durchschauen. Da hält uns einer hin, bekundet Verständnis, verweist auf Gemeinsamkeiten, operiert vielleicht mit Schlagwörtern und Versprechungen (»Sie können sicher sein: Wir werden Fortschritte erzielen«). Besonders in solchen Fällen muß man vom Gegenüber fordern, es nicht bei Allgemeinplätzen zu lassen, sondern konkret zu werden und zwingende Belege zu bringen.

24 *Gefühlsappell*-Technik

»Man beruft sich häufig auf sein Gefühl, wenn die Gründe ausgehen« (*Hegel*).

Diese Technik ist eine besonders gefährliche Form der Verdrängung. Der Gegner operiert nicht mehr sachlich, sondern er appelliert an Gefühl und Vorurteil. Durch einen mehr oder minder sanften Druck auf die »Gefühlsdrüsen« werden offenbare Sachfragen z. B. raffiniert hinübergespielt auf die scheinbar moralische Grundsatz-Ebene.

Nach dem Ersten Weltkrieg verlangten die Alliierten von der deutschen Reparationskommission die Zustimmung, daß Deutschland den Preis für alle im Kriege zerstörten Gebäude zahle. Wegen des gesunkenen Geldwertes sollte Deutschland viermal soviel zahlen, als die Häuser ursprünglich gekostet hatten. Die Deutschen waren einverstanden, allerdings mit einer Einschränkung, die recht und billig war: alte, zum Teil schon abbruchreife Gebäude könnten doch nicht im Neuwert ersetzt werden. Die Alliierten schienen zustimmen zu wollen. Da appellierte der Engländer *Bradburry* raffiniert an das soziale Empfinden der Teilnehmer und rief pathetisch aus: »Was? Gerade die Armen, die nur elende Baracken hatten, sollen schlechter behandelt werden als die Reichen? Im Gegenteil, gerade *sie* sollen in erster Linie voll und ganz entschädigt werden!« Man ließ den deutschen Antrag durchfallen.

Operiert der Gegner in dieser Weise, so muß man versuchen, die Diskussion wieder auf ein sachliches Gleis zu führen. Die Praxis zeigt immer wieder, daß es besonders schwer ist, der geschickt angewandten Gefühlsappell-Technik zu begegnen. Oft genug ist bei den Hörern nach Manipulation ihrer Gefühle der Weg zur Logik blockiert.

25. *Entstellungs*-Technik

Diese Technik ist schärfstens zu verurteilen. Der Gegner entstellt unsere Aussage oder nimmt Akzentverschiebungen vor. Z. B.: Ich habe behauptet, es sei eine »alte Erfahrung«; mein Gegner dreht mir das Wort im Munde um: Ich hätte selbst gesagt, es sei eine »veraltete Erfahrung« gewesen.

Demagogen greifen immer wieder zu diesem Mittel; ein schlauer Fuchs hat eben einen Bau mit Notausgängen.

26. *Fangfragen*-Technik

Es gibt eine Anzahl suggestiver Kunstgriffe, die anzuwenden nicht in jedem Falle, aber doch sehr häufig unredlich ist.

a) Die *Wiederholung*: Wenn eine Frage oder eine Behauptung wiederholt wird, so wird sie leicht schon als Beweis hingenommen. Die Hartnäckigkeit, mit der ein Redner seine Thesen immer wieder vorbringt, lähmt das beweisfordernde Denkvermögen. Die Propaganda eines *Goebbels* und *Hitler* war ganz nach diesem Grundsatz ausgerichtet. Der römische Staatsmann *Cato* beschloß jede seiner Reden im Senat mit den Worten: »Et ceterum censeo Carthaginem esse delendam.« (»Und im übrigen bin ich der Meinung, daß Carthago zerstört werden muß.«)

b) Die *Suggestiv-Frage*: »Diese Beweisführung werden Sie doch wohl anerkennen?«

Eng verwandt ist

c) die *Alternativ-Frage*: Sie läßt andere Möglichkeiten gar nicht ins Blickfeld kommen (z. B. »Wollen wir aufrüsten, oder sollen die Russen kommen?« »Hat Herr Meyer einen guten oder einen schlechten Charakter?«) Solche Alternativ-Fragen stellen zumeist eine Vereinfachung dar und werden der wirklichen Sachlage nicht gerecht.

d) die *Gegenfrage*: Statt auf die Argumente des Gegners einzugehen, stellt man eine Gegenfrage (oder eine Serie von Gegenfragen). Auch ist es beliebt, einen Angriff einfach mit einem Gegenangriff zu beantworten. Wir beanstanden die Fragestellung: »Sie bringen eine falsche Alternative.« »Auf eine Suggestivfrage falle ich nicht herein.« »Ihre Gegenfrage will ich nachher gern beantworten. Aber beantworten Sie zunächst einmal meine Frage« usw.

(Ein Werbefachmann brachte einmal ein gutes Beispiel für die Wirksamkeit einer geschickten Suggestiv-Frage: »Ein Hotelbesitzer, der nebenher eine Hühnerfarm besaß, klagte mir, daß seine Gäste nur sehr selten Eier verlangten. Ich empfahl ihm, seinen Gästen folgende Frage zu stellen: Möchten Sie zum Frühstück *ein* Ei oder *zwei* Eier? Gesagt, getan. Schlagartig erreichte der Hotelier eine Konsumausweitung.«)

3.3 Zwischenrufe in der Debatte

Zwischenrufe werden selten in einem Sachvortrag gemacht, um so häufiger aber in der Debattenrede, besonders in der politischen. Zwischenrufe können verschiedene Beweggründe haben. Manchmal sind sie nur das Ventil für einen Überschuß an Temperament. Dann tönt es einem kurz und bündig entgegen, zustimmend: »sehr wahr«, »sehr richtig«, »hört, hört«, »sehr gut«; oder auch ablehnend: »unerhört«, »Unsinn!« usw.

Solche *gelegentlichen* Einwürfe von seiten der Hörer wirken sich auf die Atmosphäre belebend aus und sind vielen Rednern durchaus willkommen. Auch kritische Zurufe können sehr sachlich sein. Ein erfahrener Redner erkennt sehr rasch, ob ein Zuruf sachlich ist oder böswillig und rücksichtslos, wie es allerdings oft vorkommt: »denn der Mensch als Kreatur, hat von Rücksicht keine Spur«, bemerkt *Wilhelm Busch*. Daß bei der Wortwahl dann nicht immer mit der Apothekerwaage hantiert wird, ist nur natürlich. *Heinz Kühn*, 12 Jahre lang Ministerpräsident in Nordrhein-Westfalen und ein geschliffener Redner, sagt dazu in seinem 1985 erschienenen Buch »Die Kunst der politischen Rede«: »Die idealistische Vorstellung von einem politischen Leben ohne Emotionen und sprachliche Entgleisungen und selbst rüpelhaften Explosionen ist eine Illusion. Menschen sind eben Menschen und unter Menschen menschelt es.«

Man merkt es sofort: Der Zwischenrufer möchte uns in die Parade fahren, möchte uns aus dem Konzept bringen. Jetzt kommt es darauf an, ob die Schaltstation im Gehirn funktioniert. Wer Zwischenrufe gut pariert, der ist immer im Vorteil. Schlagfertigkeit ist alles – und die kann man üben. Voraussetzung für jede Schlagfertigkeit ist allerdings, daß man sich selbst durch den schärfsten Zuruf nicht aus dem Gleichgewicht bringen läßt. Ruhe bewahren ist auch hier die erste Rednerpflicht.

Erfahrene Debattenredner ahnen oft schon, an welchen Stellen Zwischenrufe zu erwarten sind, und sie legen sich entsprechende Antworten bereits zurecht. *Paul Sethe* berichtet über *Winston Churchill*: Er »überlegte sich sorgfältig, wann Zwischenrufe ihn unterbrechen könnten und legte sich die entwaffnende Antwort schon bereit. Bald war er soweit, daß er manche Sätze geradezu darauf angelegte, Zwischenrufe hervorzurufen, um sie desto sicherer abfertigen zu können.«

Ähnlich operierte der CSU-Abgeordnete *Freiherr von Guttenberg* im Bundestag. Über die Vorbereitung eines Debattenbeitrages von 1959 schreibt er: »Ich weiß, daß ich mich auf eine harte Auseinandersetzung einlasse; so habe ich an vielen Stellen schon mögliche Zwischenrufe und Antworten notiert.«

Ich habe die Erfahrung gemacht, daß es vier Möglichkeiten gibt, Zwischenrufe zu behandeln.

1. *Möglichkeit*: Den Zwischenruf einfach überhören; gar nicht reagieren, besonders wenn der Einwand nichtig ist. Wenn ein Zwischenrufer etwas völlig Unsinniges oder Belangloses bietet, soll man ihn keiner Entgegnung würdigen. Und erst recht soll man keine lange Wechselrede anfangen und den Gegner damit aufwerten.

»Fast immer ist der Redner dem Zwischenrufer überlegen. Er steht an dem strategisch besseren Platz, am Rednerpult über den Zuhörern, meist mit einem Mikrofon vor dem Mund, während der Zwischenrufer aus der Mitte der sitzenden Zuhörer meist undeutlich heraufgrummelt. Dabei kann der Redner die meisten Zwischenrufe, die selbst dem großen Teil der Zuhörer unverständlich bleiben, überhören, wenn er sie nicht widerlegen kann oder will.« (*Heinz Kühn*).

2. *Möglichkeit*: Kurz und schlagkräftig kontern. Das erfordert allerdings Geistesgegenwart. Je nach Qualität des Zwischenrufs höflich antworten, eine vornehme Abfuhr erteilen oder scharf zurückschlagen. Am besten wirkt stets das sachliche Gegenargument, knapp und prägnant formuliert.

Wie schon gesagt, pflegen routinierte Redner Zwischenrufe auch ganz bewußt hervorzulocken, um dann der Antwort eine besondere Durchschlagskraft zu verleihen. *Gustav Heinemann* machte nach folgenden Worten eine winzige Pause (Bundestag, 23. Januar 1958): »Es geht hier nicht um Christentum gegen Marxismus –« prompt kam von mehreren Gegnern der Zwischenruf »sondern? sondern?« – und der Redner nahm dieses Wort geschickt auf und fuhr fort: »– *sondern* es geht um die Erkenntnis, daß Christus nicht gegen Karl Marx gestorben ist, sondern für uns alle.«

Häufen sich nun trotz unserer Gegenargumentation die Zwischenrufe, so lassen wir die Gegner einfach abblitzen: »Weiter wollten Sie nichts sagen?« »Ich kann den anderen Hörern nicht zumuten, daß ich Ihnen jetzt eine Privatlektion erteile.« »Haben Sie solche Angst vor meinen Ausführungen, daß Sie sie mit Ihrem Lärm verhindern wollen?«

Max Weber begegnete einmal einer lärmenden Studentenschar mit dem Satz: »Den Beweis, daß Sie zusammen lauter schreien können als ich allein, nehme ich als erbracht an!«

Je erregter die Zurufe sind, desto ruhiger und überlegener sollte man reagieren. Ein Ergrimmter unterbrach *Lloyd George*: »Geh doch zur Hölle!« Dieser konterte sofort: »Natürlich, jeder wirbt für seine Heimat!«

Zur NS-Zeit sprach sich der Bischof von Münster, *Graf Galen,* in einem Vortrag gegen die Jugenderziehung durch die Hitlerjugend aus. Zwischenruf: »Wie kann ein Mann, der keine Kinder hat, Vorschriften machen wollen über Kindererziehung.« Darauf Bischof *Galen*, die doppeldeutige Situation blitzschnell meisternd: »Ich kann eine solche persönliche Kritik an Adolf Hitler in meiner Kirche nicht zulassen.«

Natürlich kann es vorkommen, daß der Zwischenruf derart schlagend ist, daß keine gute Antwort möglich ist.

Bischof *Galen* benutzte in diesem Fall eine geschickt eingesetzte Folgerungs-Technik, die den Zwischenrufer sprachlos gemacht haben dürfte.

Heinz Kühn meint: »Zwischenrufe sind ein Risiko für jeden Redner, aber sie sind auch eine Chance für den guten Redner, falls seine Geistesgegenwart, seine Belesenheit, seine Bildung, ihm die rhetorischen Waffen zur Abwehr oder gar zum Gegenangriff bereit hält.«

Der spätere britische Außenminister *Lord Curzon* war als Kandidat für das Unterhaus aufgestellt. In einer Wahlrede äußerte er: »Als ich ein kleiner Junge war, wurde ich einmal bestraft, weil ich die Wahrheit sagte.« Darauf ein Zuruf: »Und das hat Sie für immer geheilt!«

Wurde bisher die sachliche und abblitzende Entgegnung genannt, so darf eine dritte Spielart nicht vergessen werden: die humorvolle. Humorvolle oder auch witzige Wendungen in Zwischenruf und Antwort wirken immer gut. So ein quirliger Dialog ist eine erfrischende Brise in der Treibhausluft tierischernster Sachlichkeit.

In einer Landtagssitzung begründete ein Redner die Regierungsvorlage und stöhnte: »Dieses Gesetz auszuarbeiten, das war kein Vergnügen, das war eine *viehische* Arbeit.« Zwischenruf von der Opposition: »Sind Sie Tierarzt?« Darauf der Redner sofort: »Wieso? Sind Sie krank?«

Theodor Heuss wurde zur Weimarer Zeit einmal nicht niedergeschrien, sondern »niedergesungen«. Nationalsozialisten stimmten plötzlich ihre Kampflieder an. Nach mehreren Darbietungen hob *Heuss* die Hand, und in die eingetretene Stille tönte seine ruhige, tiefe Stimme: »Meine Herren, Sie haben sich im Saal geirrt! Der Gesangverein tagt im Nebenzimmer.«

Eine andere Form musikalischer Intervention begegnete einmal *Hans-Jochen Vogel* in der Bremer Stadthalle: Es wurde gepfiffen. Daraufhin *Vogel*: »Machen Sie ruhig weiter; ein Vogel versteht sich auf's Pfeifen!« Gelächter, und aus der Situation war »die Luft raus«.

3. *Möglichkeit*: Ist der Zwischenruf sachlich und fällt Ihnen nicht sofort die richtige Antwort ein, so übergehen Sie ihn zunächst. Während Sie nun im Vortrag fortfahren, überlegen Sie sich eine Entgegnung, die Sie dann an passender Stelle anbringen. Gut ist es, den Zwischenrufer auf dieses Vorhaben hinzuweisen, z. B.: »Warten Sie bitte ab; diese Frage werde ich noch behandeln.«

Das gute Reagieren auf Zwischenrufe setzt aber nicht nur Schlagfertigkeit voraus, sondern auch Präsenzwissen.

Nicht selten sprechen sich in den Parlamenten die Gegner (Fraktionen) ab: »Bei diesem Redner keine Zwischenrufe! Der Konter könnte zum Bumerang werden.«

4. *Möglichkeit*: »Aufgeschoben ist nicht aufgehoben.« Zwischenrufe sollten nie eine in die Rede hineingeschmuggelte längere Diskussion auslösen. Vertrösten Sie die hartnäckigen Zwischenrufer auf die Diskussion im Anschluß an Ihren Vortrag. »Gedulden Sie sich doch! Sie haben nachher in der Aussprache Gelegenheit, Ihre Meinung in *angemessener* Weise vorzutragen.«

Nur im Falle einer ständigen Störung bittet man den Versammlungsleiter, einzugreifen und für Ordnung zu sorgen.

3.4 Debattenbeispiel: Der »Spiegel« und Österreichs Bundeskanzler Sinowatz

Der folgende Ausschnitt aus einem Disput des Nachrichtenmagazins *Der Spiegel* mit dem österreichischen Bundeskanzler *Sinowatz* (Spiegel, 23. 9. 85) ist mit einigen analytischen Anmerkungen zur jeweiligen Argumentationstechnik versehen. Es geht um den Weinskandal.

Spiegel: »Herr Bundeskanzler, was ist los mit Österreich? Die Skandalrepublik und ihr unbestritten integrer Regierungschef passen schlecht zusammen.«

Sinowatz: »Man kann Österreich nicht auf eine »Skandalrepublik« reduzieren. 99 Prozent unserer Menschen sind fleißig, tüchtig und anständig.«

Spiegel: »Wie überall.«

Sinowatz: »Und keine Schwindler.«

(Anmerkung: Der *Spiegel* bedient sich eingangs der Übertreibungs- bzw. Verallgemeinerungs-Technik (Nr. 15): »Skandalrepublik«. Aus einem Skandal in der Republik wird eine pauschale Diffamierung Österreichs. Dagegen wendet sich *Sinowatz*, zu Recht, mittels der Einschränkungs-Technik (Nr. 7). Im nächsten Satz begründet er seine Differenzierung. Auch wenn die genannten »99 %« (integren Österreicher) keine zwingende Sachaussage darstellen, sondern vielmehr nur plastisch deutlich machen sollen, daß die weitaus meisten Österreicher als »anständig« einzuschätzen sind, so wird hier doch der vom *Spiegel* rhetorisch konstruierte Schwarz-Weiß-Gegensatz Österreich – Sinowatz aufgelöst.)

Sinowatz: »Ich glaube auch nicht, daß wir heute mehr Korruptionsfälle haben als früher.«

Spiegel: »Zumindest gibt es mehr Weinpanscher. Der internationale Weinskandal ist ja zunächst ein österreichischer Skandal.«

Sinowatz: »Solange es den Wein gibt, so lange gibt es auch Weinpanscher.«

Spiegel: »Aber mit einem solchen Gift wurde der Wein nur in Österreich versetzt.«

(Anmerkung: Das Argument, es gäbe heute wohl nicht mehr Korruptionsfälle als früher, steht auf schwachen Füßen, da es nur eine Vermutung darstellt. Der *Spiegel* nutzt diese Argumentationsschwäche sofort: Mittels der Fundamental-Technik bringt er Unbestreitbares auf den Tisch: Es gibt offenbar mehr Weinpanscher – und der Skandal ist zunächst ein österreichischer.

Sinowatz gelingt durch die versuchte Vergleichs-Technik (Nr. 5) (Weinpanscher gab es immer) keine überzeugende Argumentation. Man vermutet hier eher eine ungünstige Verdrängungstechnik (Nr. 21). Wahrscheinlich wäre es an dieser Stelle besser gewesen, *Sinowatz* hätte hier schon »den Stier bei den Hörnern« gepackt und nicht erst in den folgenden Sätzen. Hier wäre die Vorgriffs-Technik (Nr. 12) angebracht gewesen. Durch Einwandvorausnahmen hätte er den Interviewern »den Wind aus den Segeln nehmen« können. Der *Spiegel* ist in dieser Phase im Vorteil und verschärft prompt die Argumentation (»Gift« in Österreich). Erst in den nun folgenden Sätzen sammelt *Sinowatz* Pluspunkte, indem er ohne »wenn und aber« und mittels eindringlich wirkenden und auf Steigerung bedachten Redefiguren (Anaphora = Wiederholung, 3mal eingangs »natürlich«) seinen Standpunkt deutlich macht.)

Sinowatz: »*Natürlich* bin ich über das Ausmaß dessen betroffen, was hier geschehen ist. *Natürlich* verurteile ich mit allem Nachdruck die Rücksichtslosigkeit, mit der ein verbotener Stoff verwendet wurde. Und *natürlich* bin ich vom ersten Tag an der Meinung gewesen, daß die Verantwortlichen vor Gericht gebracht werden müssen.«

. . .

Sinowatz: »Die wichtigste Frage ist, wie wir künftige Weinpanschereien verhindern. Da hat der Landwirtschaftsminister mit dem neuen Weingesetz eine wirklich gute Arbeit geleistet.«

Spiegel: »Dieses angeblich schärfste Weingesetz der Welt – läßt es sich auch durchsetzen? Ist es praktikabel?«

(Anmerkung: Der *Spiegel* benutzt die Abwertungs-Technik (Nr. 9), indem das von *Sinowatz* benannte »schärfste Weingesetz« als nur »angeblich schärfstes« angesehen wird.)

Sinowatz: »Es *ist* praktikabel. Wenn wir alles verhindern wollen, was wir so erlebt haben, dann müssen eben Gesetze her, die wehtun.«

Spiegel: »Weh täte, wenn sich Österreich endlich dazu durchringen würde, die Weinanbauflächen zu reduzieren.«

(Anmerkung: Die These, das Weingesetz sei praktikabel, wird nicht begründet. Argumentationsschwäche. Der *Spiegel* operiert nun mit der Beispiel-Technik (Nr. 4), um das »Weh-tun« zu konkretisieren.)

Sinowatz: »Das ist sicher, und wir haben Landesgesetze dafür.«

Spiegel: »Diese Landesgesetze gibt es schon seit langem. Trotzdem hat sich die Weinanbaufläche in den letzten Jahren nahezu verdoppelt.«

Sinowatz: »Verdoppelt hat sie sich nicht, größer geworden ist sie zweifellos. Das darf nicht länger zugelassen werden . . .«

(Anmerkung: Der *Spiegel* gebraucht die Widerspruchs-Technik (Nr. 2): Es gibt zwar Gesetze, doch sie werden offenbar nicht angewandt. Dann machen die Interviewer den Übertreibungsfehler: Anbaufläche »nahezu verdoppelt«. Mittels der Einschränkungs-Technik (Nr. 7) relativiert *Sinowatz* diesen Angriffspunkt, muß ihn aber im Kern gelten lassen. Durch größere Genauigkeit hätten die *Spiegel*-Vertreter dieser Relativierung entgehen können.)

Insgesamt gesehen gibt es in diesem Debattenausschnitt wohl keinen Gewinner und Verlierer, doch ist die redliche, aber argumentativ nicht immer optimal vorgenommene Verteidigung von *Sinowatz* die schwieriger wahrzunehmende Stellung. Es zeigt sich, daß auch in einem solchen, keineswegs »sensationellen«, eher alltäglichen Disput bewußt oder unbewußt eine ganze Reihe von Argumentationstechniken vorkommen.

3.5 Übungsmaterialien pro und contra: Schulfreier Samstag; Autobahngebühren

Rudolf Walter Leonhardt stellt in seinem Buch »Argumente pro und contra« (s. Lit.Verz.) aktuelle Themen zur Debatte, indem er zum jeweiligen Fragenkomplex thesenartig Argumente bereitstellt, die »für« oder »wider« eine Sache sprechen. Beispiele wie u. a. »Das Duzen«, »Wahlkampf«, »Tötung auf Verlangen«, »Die Todesstrafe« bieten gute Möglichkeiten, das diskursive Denken zu schulen. Im folgenden sind die Fälle »Schulfreier Samstag« und »Autobahngebühren« angeführt. Mögliche Argumente erscheinen dabei sozusagen im »Rohbau«; die bei *Leonhardt* folgende »Conclusio« – d. h. seine persönliche Schlußfolgerung – ist hier fortgelassen. Es sei empfohlen, sich einzeln oder in Gruppen mit den angeführten Argumenten zu befassen; Punkt für Punkt zu untersuchen, insbesondere auf Stichhaltigkeit und Überzeugungskraft hin zu überprüfen.

Welche Argumentationstechniken kommen vor? Welche Änderungen und Ergänzungen erscheinen erforderlich? Welche Schlußfolgerungen ziehe ich? Wie kann ich das ganze rhetorisch aufbereiten und zu einem prägnanten und überzeugenden Debattenbeitrag ausformen? (U. a. bedenken: Einleitung, Einwandvorausnahmen, Argumentationsaufbau, -steigerung, Schlußfolgerung).

Schulfreier Samstag

Schulen sind, für Kinder und Lehrer, Glücksache geworden: Während die einen am Samstag spielen oder spazierengehen, müssen die anderen lehren und lernen. Denn da die Schulen Ländersache sind, gelten auch die schulfreien Samstage als Ländersache, ja, in manchen Ländern ist es sogar von Stadt zu Stadt, in manchen Städten von Schule zu Schule verschieden.

Contra

1. Da die Tendenz nicht dahin gehen kann, daß unsere Kinder immer weniger lernen, muß das Pensum des schulfreien Samstags in die fünf anderen Wochentage mit hineingestopft werden.
2. In einer ehrgeizigen Schule wird Kindern ohnehin schon Tag für Tag ein Arbeitspensum abgefordert, das Industriearbeiter

in den Streik triebe. Dieses Arbeitspensum läßt sich nicht mehr erhöhen.

3. Zwei freie Tage sind zu lang für eine Ruhepause, zu kurz für wirkliche Erholung.
4. Das »lange Wochenende« stellt Kinder wie Eltern vor ganz neue, bisher noch keineswegs bewältigte »Freizeitprobleme«. Was fangen, sagen wir: zwei Erwachsene und zwei Kinder in einer großstädtischen Dreizimmerwohnung 48 Stunden lang an? Die beliebteste Ausflucht aus der Langeweile, nämlich: mit dem Auto irgendwohin zu fahren, führt in ein ständig zunehmendes und keineswegs erholsames Verkehrschaos.

Pro

1. Das lange Wochenende bestimmt nun einmal den Arbeits- und Lebensrhythmus dieser Gesellschaft. Es ist weder gerecht noch praktisch, Kinder und Lehrer davon auszuschließen.
2. Das Samstagspensum sollte nicht in die fünf restlichen Schultage hineingezwängt, sondern ein Teil des Pensums sollte in den Unterklassen gestrichen werden; in den Oberklassen biete das eine oder andere (nicht jedes) Wochenende sich an für Pflichtlektüre.
3. Wer mit zwei freien Tagen nichts anfangen kann, hat selber schuld. Es verbietet ihm ja niemand, an diesen Tagen auch zu lernen, sich weiterzubilden.
4. Es ist unökonomisch, einen kleinen Teil der Betriebe, eben zum Beispiel die Schulen, weiterarbeiten zu lassen, während alle anderen Betriebe ruhen.
5. Es ist schlechte Familienpolitik, Eltern und Kinder am Samstag zu trennen. Da haben nun die Gewerkschaften durchgesetzt, daß »Vati« am Samstag seinen Kindern gehört – aber es ist ihnen dabei offenbar entgangen, daß diese Kinder die Hälfte des Tages gar nicht da sind.

Autobahngebühren

Wer mit dem Auto durch Italien, Spanien, Frankreich oder über den Brenner fährt (von Amerika nicht zu reden), muß sich wohl oder übel damit abfinden, daß da Autostraßengebühren zu zahlen sind – zuweilen so viel, daß er für den gleichen Preis auch mit der Bahn hätte fahren können. Das westdeutsche Bundesverkehrsministerium verschmäht solche Autostraßengebühren. Was spricht dafür, was dagegen?

Contra

1. Die deutschen Autobahnen haben so viele Zufahrten, daß der notwendige Ausbau von Gebührenerhebungsstellen mehr – ebensoviel – beinahe so viel kosten würde, wie die Gebühren einbringen.
2. Belegte man die Autobahnbenutzung mit Gebühren, dann würde ein Teil des Verkehrs abwandern auf die ohnehin überlasteten Bundesstraßen.
3. Nichts ließe sich über die Autobahngebühren erreichen, was sich nicht auch auf dem verwaltungstechnisch weniger mühevollen Umweg über die Benzinsteuer erreichen läßt: Wer viel fährt, zahlt viel Steuern.
4. Der in Stoßzeiten ohnehin sehr zähflüssige Verkehr auf den Autobahnen würde durch die »Tarif-Stellen« noch zäher.
5. Deutsche Unternehmen würden die durch Autobahngebühren erhöhten Preise nur abwälzen auf die Käufer ihrer Produkte.

Pro

1. Eine Autobahn-»Steuer« wäre eine sehr gerechte, jedem Verbraucher unmittelbar einleuchtende Steuer: Ich zahle dafür, daß diese Autobahn gebaut werden konnte.
2. Auf den nordrhein-westfälischen Autobahnen verdreifacht sich die Unfallquote, wenn Holländer und Belgier in die Ferien nach Italien fahren. Muß das der deutsche Steuerzahler tragen?
3. Die Bundesrepublik ist Durchfahrtsland für schwere Lastzüge

von Belgien nach der Türkei und von Griechenland nach Schweden – sollen all diese ausländischen Transportunternehmen, all die TIR-Freunde des deutschen Autofahrers, billig transportieren können auf Kosten des deutschen Steuerzahlers?

4. Das erste Contra-Argument, das von der Kostspieligkeit der Verwaltungsarbeit, stimmt wohl nicht ganz. Tausende von Privatunternehmern wären jedenfalls bereit, gegen eine hohe (an den Bund abzuführende) Konzession Autobahngebühren zu erheben. Und der Verkehr würde kein bißchen stocken außer am Anfang und am Ende einer Autobahn – wo ein bißchen Stocken ganz gut täte.
5. Der Durchgangsverkehr schwerer Lastzüge, um den es vor allem geht, würde sich hüten, auf die Bundesstraßen abzuwandern; die Fahrtzeitverdreifachung würde ihn unrentabel machen.
6. Die Autobahnen würden entlastet vom Berufsverkehr autobahn-naher Großstädte und dadurch freier für den Fernverkehr, für den sie bestimmt sind.
7. Vorbilder in Italien, Frankreich, den USA und, am eindrucksvollsten, in Japan zeigen, daß es möglich ist, solche Gebühren ohne übermäßig hohen Verwaltungsaufwand zu erheben; daß mit Hilfe solcher Gebühren der Bau von unfallarmen Schnellstraßen wirkungsvoll und nach jedermanns Empfinden gerecht finanziert werden kann.

4. Hinweise für die Diskussionsleitung

4.1 Verfahrensfragen

Jeder Diskussions- und Debattenleiter hat eine Fülle von Aufgaben wahrzunehmen, besonders in Sitzungen, Konferenzen und auf Tagungen. Er bestimmt durch möglichst unauffälliges, aber doch energisches Reden und Handeln Atmosphäre und Verlauf der Versammlung wesentlich mit. Ein paar wichtige Einzelheiten sind zu bedenken: Jeder Versammlung sollte eine Tagesordnung zugrunde liegen, die vom Vorstand rechtzeitig zusammengestellt und den Teilnehmern rechtzeitig zugestellt wird. Sie enthält die einzelnen Punkte, die zu behandeln sind. Jeder Verein sollte sich eine Geschäftsordnung geben, die Einzelheiten des Verfahrens regelt.

Die Tagesordnung beantwortet die Frage: *Was* soll behandelt werden. Die Geschäftsordnung bestimmt die Verfahrensweise der Versammlung. Sie enthält die Regeln für die Befugnisse des einzelnen Teilnehmers wie die der Leitung. Wie oft erlebt man es: Weil die Verfahrensfrage (z. B.: Wie soll abgestimmt werden?) nicht geklärt wurde, ist die Situation bald verfahren.

Einige Wendungen des Versammlungsleiters kehren immer wieder: »Die Versammlung ist eröffnet.« »Die Versammlung ist beschlußfähig.« (Die meisten Satzungen bestimmen Beschlußfähigkeit, wenn mehr als die Hälfte der Mitglieder anwesend ist.) Die folgende Abstimmungsraffinesse, bedingt durch eine Lücke in der Geschäftsordnung, kam in einem deutschen Stadtparlament vor. Die Fraktion, die knapp über die absolute Mehrheit verfügte (18 von 35 Sitzen), wollte keinen Beschluß fassen, ging aus dem Raum und ließ das Parlament beschlußunfähig zurück. Man freute sich zu früh. Der Fraktionssprecher betrat noch einmal den Sitzungsraum und überreichte dem Vorsitzenden die Nachricht, daß seine Fraktion es ablehne, an der Abstimmung teilzunehmen. Da die Bestimmung lautet: »Der Stadtrat ist beschlußfähig, wenn die Hälfte der Ratsherren *anwesend* ist«, so ließ der Vorsitzende blitzschnell abstimmen, noch ehe der gegnerische Nachrichtenbote (der 18. Ratsherr!) den Raum im Eilmarsch verlassen konnte.

Weitere stehende Wendungen sind: »Wir kommen zur Aussprache.« (Die Teilnehmer werden in der Reihenfolge der Meldung aufgerufen. Eventuell wird beschränkte Redezeit beschlossen.)

»Die Aussprache ist geschlossen. Wir stimmen nun ab.« (Offen oder geheim. Der Vorsitzende liest vorher den Antrag noch einmal vor.) »Wer stimmt für den Antrag?« »Die Gegenprobe.« »Wer enthält sich der Stimme?« (Unschön ist es, raffiniert das Trägheitsmoment ins Kalkül zu ziehen, wenn man einen Antrag durchboxen will: »Wer dafür ist, möge sitzen bleiben!« – Abgestimmt wird durch Handheben, Erheben, Namensaufruf oder geheim.)

Es gibt verschiedene Mehrheiten

Einfache Mehrheit:	z. B. 9 : 8 : 4
Absolute Mehrheit:	z. B. 11 : 10
⅔-Mehrheit:	z. B. 14 : 7

Die zur Abstimmung stehenden Anträge müssen schriftlich oder mündlich eingebracht werden. Über die am weitesten gefaßten Anträge wird zuerst abgestimmt, ebenso über Abänderungsanträge. Manchmal empfiehlt es sich, den Antrag zu zerlegen und zunächst über einzelne Teile abzustimmen.

Um sich vor Dauerrednern zu schützen, kann die Versammlung beschließen, daß jeder zum gleichen Gegenstand nur einmal oder zweimal reden darf.

Übrigens: Wer in Verhandlungen und Diskussionen die größere Ausdauer hat, kommt leichter zum Ziel. Oft genug wird gegen Ende der Sitzung, wenn alle ermüdet sind, Anträgen leichter zugestimmt. »Ein ruhiges Gesäß hilft bei Verhandlungen genausoviel wie ein geschwinder Kopf« (*Rother*).

Gut ist es, wenn bei Tagungen vorher Leitsätze oder knappe Redeauszüge verteilt werden, so daß sich die Hörer besser vorbereiten und auf die Diskussion einstellen können.

4.2 Zur Technik der Diskussionsleitung

Die Aufgaben des Diskussionsleiters kann man stichwortartig wie folgt zusammenfassen: Vorbereiten – einleiten – anregen – Brücken bauen – ordnen – zusammenfassen – danken.

Wer die Diskussionsleitung und damit die Gesprächsführung innehat, wird einige Einzelheiten bedenken:

a) *Vorbereitungen*: Viele Diskussionen und Verhandlungen kranken daran, daß sie nicht gut vorbereitet und nicht straff genug durchgeführt werden. Eine gründliche Vorplanung kostet die Zeit *weniger* Teilnehmer, erspart aber den *vielen* anderen sehr viel. Je besser vorbereitet eine Diskussion in all den kleinen Äußerlichkeiten ist, desto reibungsloser und zeitsparender geht sie über die Bühne.

Man frage sich also vorher: Sollen Unterlagen für die Teilnehmer bereitgestellt werden?

Handelt es sich um eine gleichartig (homogen) oder um eine verschiedenartig (heterogen) zusammengesetzte Gruppe? (z. B. nur um Laien, oder um Laien und Fachleute. Im 2. Fall ist es wichtig, daß die Diskussion auch für Laien verständlich geführt werden muß.) Sollen Medien eingesetzt werden (Tafel, Schaubilder, Projektor, Tonband usw.)?

Ist die Sitzordnung gewährleistet? (Sind Stühle in Reserve da? Es sollen sich möglichst alle Diskussionsteilnehmer sehen können. Sitzanordnung: z. B. Hufeisenform, Halbkreis. Möglichst nicht zu weit auseinander sitzen, was oft bei Rechtecken oder Quadratform der Fall ist, wenn in der Mitte ein zu großer und darum »kommunikationsfeindlicher« Raum herrscht.)

Muß ein Protokoll geführt werden?

Wann soll Schluß sein?

Der Diskussionsleiter muß ein guter Regisseur sein, der seine Assistenten hat, die unauffällig mitarbeiten: den Schriftführer für das Protokoll, Helfer für die Entgegennahme von Wortmeldungen und zum Einsammeln der Stimmzettel usw.

Gut ist es, wenn der Diskussionsleiter möglichst viele Teilnehmer mit Namen kennt. Die persönliche Anrede des einzelnen wirkt sich günstig auf das Versammlungsklima aus. Diskutieren die Teilnehmer mit dem Redner des Tages, so tut der Diskussionsleiter gut daran, den Referenten vor dessen Antwort kurz über den jeweiligen Diskussionsredner (falls bekannt) zu informieren. (Unauffällige Zettel hinlegen: »Meyer, Lehrer, rechtsradikal, USA-Gegner« usw.) Solche Kurzinformation erleichtert dem Referenten oft die Einstellung zum Diskussionsredner.

b) *Grundhaltung*. Daß der Diskussionsleiter den zu behandelnden Stoff gründlich beherrschen muß, ist selbstverständlich.

Ruhige, behutsame, souveräne, humorvolle und geduldige Gesprächsführung ist die beste. Der Leiter drängt seine eigene Meinung der Versammlung nicht auf. Er hält sich mit Stellungnahmen weitgehend zurück. Er ist kein Vormund und hat keine Vernehmung der Diskussionsteilnehmer vorzunehmen. *Eberhard Müller* sagt vom Gesprächsleiter: »Wehe, wenn er mit der Walze seiner eigenen Weisheit die jungen Pflänzchen (die Diskussionsredner) überrollt.« Besonders bei Fernsehdiskussionen erlebt man es immer wieder, wie der »Moderator« sich vordrängt und sich selbst ins Bild setzen will.

Der Leiter soll in erster Linie die Teilnehmer anregen und zwischen ihnen geistige Brücken bauen. Wenn man selbst einmal länger reden möchte, so übergibt man den Vorsitz für diese Zeit dem Stellvertreter. Seien Sie ausgleichend, aber bestimmt: Leiten Sie mit versöhnlicher Festigkeit. »Wo die Funktion des Diskussionsleiters zurücktritt, entsteht das *Gerede*, wo sich der Diskussionsleiter über Gebühr in den Vordergrund schiebt, entsteht die *Scheindiskussion*«, so umschreibt *Lorenz Müller* treffend die Stellung des Diskussionsleiters.

c) *Einleitung, Startfrage, Eisbrecher*. Der Einstieg in eine Konferenz z. B. wird in der Regel kurz – bestimmt – freundlich sein: »Meine Damen und Herren, ich eröffne die Sitzung und begrüße Sie. Die Tagesordnung liegt Ihnen vor. Hat jemand Änderungs- oder Ergänzungswünsche? . . . Das ist nicht der Fall. Wir kommen zum Punkt 1 . . .« Die schwierigste Aufgabe des Leiters besteht darin, die Diskussion erst einmal richtig in Gang zu bringen. Reichlich düster schildert *Eberhard Müller* die heutige Situation der Diskussion, wenn er schreibt: »Im allgemeinen ist der moderne Mensch so in seine eigenen Spezialfragen versponnen und dazuhin mit einer Unsumme von Bildern, Eindrücken und Nachrichten vollgestopft, daß er keine Lust hat, sich überhaupt mit Problemen zu beschäftigen. Er gleicht einem Gast, der mit vollem Magen einer Einladung gefolgt ist. Er wird zwar, wenn er wohlerzogen ist, aus Höflichkeit und ohne Appetit an der angebotenen Kost ein wenig nippen; zu einem fröhlichen Schmaus wird es aber zunächst nicht kommen.« In dieser Feststellung steckt gewiß ein Körnchen Wahrheit. Oft genug erleben wir es: Die Diskussion soll beginnen – und man meint, den »Klub der Schweigsamen« vor sich zu haben. Keiner will anfangen. Stumm wie Stockfische sitzen sie da, die »Debattierer«. Als Diskussionsleiter hat man zwei Mittel zur Verfügung, um die Versammlung aus der Reserve zu locken: die *Startfrage-Technik* und die *Eisbrecher-Technik*.

Die erste Technik sieht so aus: Sie überlegen sich schon bei der Vorbereitung einige Fragen oder Feststellungen, mit denen Sie die Diskussion eröffnen. Besonders wirkungsvoll sind gewagte Thesen, die zum Widerspruch reizen. *Provozieren* Sie im wahren Sinne des Wortes: Rufen Sie die Teilnehmer hervor; durch einen Angriff, durch zugespitzte Formulierungen. Bei der zweiten Technik verständigen Sie sich vor der Diskussion mit Freunden, die die Rolle des *Eisbrechers* übernehmen, falls sich zu Anfang sonst keiner zur Diskussion meldet. Ist so durch ein paar abgesprochene Diskussionsbeiträge die Atmosphäre angeheizt, so beteiligen sich bald auch andere Teilnehmer. Das Eis ist gebrochen – der Gefrierpunkt überwunden.

d) *Anregung*. Die Diskussion kennt nur gleichberechtigte Partner. Der Leiter sorgt dafür, daß sie nicht zum Dialog zweier Experten wird oder daß sie gar zum Monolog erstarrt. In der Regel beteiligt sich nur die Minderheit. Aber auch die anderen Teilnehmer haben meistens eine Meinung, sie sprechen sie nur nicht aus. Als Diskussionsleiter wird man diese Geheimräte auf behutsame Weise zu Äußerungen ermuntern: »Wie denken Sie darüber?« »Sind Sie der gleichen Meinung?« usw.

Es gibt allerdings auch die großen Schweiger, die es als unter ihrer Würde erachten, sich zu beteiligen. Gelangweilt oder mit süffisantem Lächeln sitzen sie da; ihre meist billigen sarkastischen Bemerkungen machen sie beim Nach-Hause-Gehen. *Wilhelm Busch* ruft ihnen ironisch zu:

»Gelt, das ist ein Hochgenuß.
Schwebst du so mit Wohlgefallen
als ein sel'ger Kritikus
hoch erhaben über allen.«

Der Philosoph *Max Scheler* fragte in einer Diskussion einen solchen großen Schweiger nach seiner Meinung und bekam die überlegene Antwort: »Herr Professor, Reden ist Silber, Schweigen ist Gold.« *Scheler* musterte den Snob mit seinen durchdringenden Augen und erwiderte: »Sie Falschmünzer, Sie!«

Neben den grundsätzlichen Schweigern gibt es die grundsätzlichen Nörgler. Alles und jedes wissen sie besser. Alles und jedes würden sie besser machen. Besonders bei Verhandlungen gilt die Devise von *Paul Wallfisch-Roulin*: »Das beste Erziehungsmittel für diese Unzufriedenen ist die Einladung, mitzuwirken. Der ungestüme Schatzgräber merkt dann sehr bald, daß er bei allem Fleiß statt Gold nur Regenwürmer greift.« Wer z. B. ein Amt innehat, wer Verantwortung trägt, für den sieht die Sache anders aus als für den, der nur von außen her herumkrittelt.

e) *Bei der Sache bleiben.* Die Diskussionsteilnehmer dürfen nicht den Eindruck haben, vom Leiter am Gängelband geführt zu werden, wenn die Debatte gut verläuft. Man sollte die Diskussion laufenlassen, auch wenn sie *vorübergehend* einmal auf ein Nebengeleise gerät, was selten ausbleibt. Es gehört allerlei Erfahrung und Fingerspitzengefühl dazu, festzustellen: Jetzt verlieren wir die Sache aus den Augen; jetzt schweifen wir vom Thema ab; jetzt wird alles zerredet. Falls ein Diskussionsredner völlig vom Thema abkommt, so ermahnen Sie ihn höflich. Kommt er dieser Mahnung nicht nach, entziehen Sie ihm schließlich das Wort.

Achten Sie vor allem darauf, daß nicht alles wie Kraut und Rüben durcheinandergeht, sondern lassen Sie Punkt für Punkt diskutieren. Es ist besser, wenigstens *eine* Frage *ganz* geklärt zu haben, als *zehn* nur *halb*. Es erweist sich immer wieder als günstig, wenn der Diskussionsleiter die Wortmeldungen »sortiert«. Frage also z. B.: »Betrifft Ihre Wortmeldung noch diesen Punkt? Ja?«

Eigentlich sollte es selbstverständlich sein, daß nicht mehrere zugleich reden. Man kann wohl mehrere Stimmen in der Musik zugleich aufnehmen, keineswegs aber mehrere Worte beim Gespräch. Eine Diskussion ist kein Kaffeeklatsch, bei dem oft alle Teilnehmer gleichzeitig reden und kaum jemand zuhört.

Heinz Kühn berichtet von jenem französischen Parlamentspräsidenten, der die Versammlung zur Ordnung rufen mußte:

»Wenn die Herren Abgeordneten, die miteinander Gespräche führen, sich so leise verhielten wie die Herren Abgeordneten, die schlafen, würden diejenigen, die den Verhandlungen zuzuhören beabsichtigen, dies sehr zu schätzen wissen.«

Oft erlebt man es, daß zwei Sitzungsteilnehmer sich ständig leise miteinander unterhalten in der Fehleinschätzung, dadurch nicht zu stören. Manchmal bedarf es dann gar nicht eines »Ordnungsrufs«: Man schaut die »Störer« freundlich-bestimmt an, oder man tut das, während man den angefangenen Satz kurz unterbricht.

Häufig kommt die Diskussion nicht von der Stelle, weil die Redner sich immer wiederholen. *Wiederkäuer* ist nicht nur ein zoologischer Begriff für paarzehige Huftiere, sondern diese Bezeichnung trifft leider auch auf viele Diskussionsredner zu, wenn man ihren Umgang mit geistiger Nahrung als Maßstab nimmt.

f) *Verdeutlichung*. Nicht immer haben wir gelernte Diskussionsredner vor uns, die klar und fließend reden können. Gelegentlich muß man ihnen unmerklich helfen, sich richtig verständlich zu machen, indem man ihre Aussagen wiederholt, aber in besserer Formulierung.

Nicht ganz leicht ist es, das Bildungsgefälle der Diskussionsteilnehmer taktvoll zu überbrücken. Einschalten muß man sich auch, wenn die Diskussionspartner ganz offensichtlich aneinander vorbeireden. »Und jeder haut und jeder sticht, und keiner trifft den andern nicht« (*Busch*).

Oft ist es notwendig, jemanden zu bitten, seine Aussage zu verdeutlichen. Können Sie das etwas näher ausführen?« »Können Sie dafür ein Beispiel nennen?« usw.

g) *Zwischenbilanz*. Gelegentlich sollte der Diskussionsleiter eine Zwischenbilanz ziehen und die vorliegenden Ansichten einprägsam zusammenfassen. Z. B.: »Wenn ich recht sehe, so ist Herr Kaminski der Ansicht . . ., dagegen meint Herr Schmitz . . .«

h) *Ordnung*. Man muß darauf achten, daß der Redner die Redezeit nicht überschreitet. Ist die Zeit abgelaufen, so machen Sie ihn darauf aufmerksam. »Also bitte: nur noch einen Satz!« Spricht er dennoch über den nächsten Satz hinaus weiter, so müssen Sie ihm das Wort entziehen. Ist sein Beitrag besonders interessant und merkt man, daß die übrigen Teilnehmer ihn weiter hören möchten, so können Sie dem Redner nach Zustimmung der Versammlung ausnahmsweise eine Verlängerung zubilligen. Sie müssen die Versammlung gegen unsachliche Angriffe schützen, durch Ermahnung und Ordnungsruf, als letztes Mittel durch Ausschluß des Störenfrieds.

Eine schwungvolle, auch mit harten Bandagen geführte Diskussion oder eine erregte Debatte bringen oftmals leichter neue Erkenntnisse als eine überaus kühl und sachlich geführte. Erregung ist eine Art Humus für den Nährboden der Gedankengewächse. »Verbale Gehirnerschütterungen sind gesund«, meint *Gabriel Laub*.

Sehr schnell lernt man zu unterscheiden, ob am Rednerpult ein im Grunde sachlicher Debatter steht, dem aber das Temperament in allen Scharnieren knistert, oder ob es sich um einen blindwütigen Feuerkopf handelt, der hochkonzentriertes Wortgift verstreut, dessen pathologische Kritiksucht aber jeder sachlichen Grundlage entbehrt. Es gibt ja Menschen, die sind feindselig im wahren Sinne des Wortes; sie sind nur *selig*, wenn sie *Feinde* haben. »Wie oft wird der Feinsinnige, Ehrliche, Bedenkliche durch den brutalen und skurpellosen Schreier dialektisch vergewaltigt« (*K. O. Erdmann*). Machen Sie sich immer zum Anwalt des *äußerlich* Schwächeren, wenn dieser einfach überrollt wird. Einen letzten Punkt noch in diesem Zusammenhang: Es hat sich bewährt, daß Wortmeldungen zu Sachpunkten durch Heben *einer* Hand, zur Geschäftsordnung durch Heben *beider* Hände signalisiert werden. Nur muß der Diskussionsleiter aufpassen, daß über einen – auch außer der Meldereihe möglichen – Geschäftsordnungsbeitrag nicht durch diese »Hintertür« zum Sachthema gesprochen wird.

Statt Antrag auf »Schluß der Debatte« sollte es stets heißen: »Schluß der Rednerliste.« Bei Zustimmung der Versammelten zu »Schluß der Debatte« kommen die auf der Rednerliste noch notierten nicht mehr zum Zuge. »Schluß der Debatte« würde u. U. das rhetorische »Abwürgen« von Gegnern bedeuten, die sich noch zu Wort gemeldet haben.

i) *Schlußzusammenfassung*. Nie sollte der Diskussionsleiter es versäumen, die Diskussionsergebnisse bündig zusammenzufassen. Besonders gilt es, konkrete Vorschläge aufzunehmen, damit ein Tatziel festgehalten wird. Sonst gehen die Teilnehmer heim mit der Ansicht: Es wurde wieder einmal viel geredet, aber wenig ist dabei herausgekommen.

Nach der Diskussion gibt es kritische Fragen: War die äußere Anordnung richtig? Die Atmosphäre gut? Habe ich richtig geführt? Was lief falsch? Hat die Diskussion ein Ergebnis oder doch wenigstens einen Fortschritt gebracht? usw.

Der Diskussions- oder Tagungsleiter ist im Grunde der »gute Geist«, bei dem alle Fäden zusammenlaufen. Verhandlungsgeschick und -ergebnis hängen weitgehend von seinen sachkundigen, psychologischen und rhetorischen Fähigkeiten ab.

Diskussionen und Debatten sind immer Wagnisse. Man weiß nie genau, was dabei herauskommen wird. Das gibt ja gerade die Spannung und den Reiz! Kaum eine Diskussion und Verhandlung wird *alle* aufgeworfenen Probleme lösen. Lebensfragen z. B. lassen sich nicht immer lösen wie eine mathematische Gleichung. Seien wir »immer eingedenk, daß wir oft herzlich wenig in Händen halten: ein Bündel offener Probleme und eine Handvoll Rätsel« (*Erdmann*). Wir sollten uns aber nicht nur *auseinander*setzen – wir sollten uns, auch mit unserem Gegner, immer wieder *zusammen*setzen und miteinander unsere Sorgen und Nöte besprechen. Wir sind alle aufeinander angewiesen; und –

»Keiner weiß so viel, wie wir alle zusammen.«

Literaturverzeichnis (Auswahl)

Acheson, D.: *Meetings at the Summit. A study in Diplomatic Method.* Durham 1958.

Acheson, D.: *Power and Diplomacy.* Cambridge/Mass. 1958.

Adorno, Th. W.: *Autorität und Vorurteil.* Frankfurt 1973.

Alexy, R.: *Theorie der juristischen Argumentation.* Franfurt/M. 1978.

Allhoff, D.-W.: *Rhetorische Analyse der Reden und Debatten des ersten deutschen Parlaments von 1848/49.* München 1975.

Aristoteles: *Sophistische Widerlegungen.* Übers. v. E. Rolfes. Hamburg 1968.

Arlt, F.: *In den Wind geredet? Schule der Rhetorik und Dialektik.* Köln 1967.

Bartels, R.: *Lehrbuch der Demagogik.* Berlin 1905

Baur, F.: *Wege zu einer Konzentration der mündlichen Verhandlung im Prozeß.* Berlin 1966.

Berk, U.: *Konstruktive Argumentationstheorie.* Stuttgart 1979.

Biehle, H.: *Werberhetorik.* Essen 1957.

Bismarck, O. v.: *Die politischen Reden.* Stuttgart 1892–1905.

Bleicher, K.: *Konferenzen. Ihre Organisation und Leitung.* Wiesbaden 1960.

Blücher, W. v.: *Wege und Irrwege der Diplomatie.* Wiesbaden 1953.

Blümel, J.: *Sitzungen – Konferenzen – Versammlungen.* Zürich 1957.

Böttcher, W./Zielinski, J.: *Diskussionstechnik,* Düsseldorf 1974.

Bowman, L. R. E.: *Wie leitet man Diskussionen?* München 1948.

Bremerich-Vos, A.: *Neuere Arbeiten zur Rhetorik und Argumentation.* In Müller – Michaels, H. (Hrsg.): *Jahrbuch der Deutsch-Didaktik.* Tübingen 1984.

Buber, M.: *Das dialogische Prinzip,* Heidelberg 1965.

Burghardt, K. H./Pobuda, C./Weber, K.: *Organisation von Konferenzen und Beratungen.* Berlin (Ost) 1973.

Burian, G. (u. a.): *Zuhören und Mitreden.* Wien 1976.

Burke, K.: *Die Rhetorik in Hitlers ›Mein Kampf‹ und andere Essays zur Strategie der Überredung.* Frankfurt/M. 1967.

Clark, Ch. H.: *Brainstorming. Methoden der Zusammenarbeit und Ideenfindung.* München 1966.

Crott, H./Kutschker, M./Lamm, H.: *Verhandlungen, I, II.* Stuttgart 1977.

Deiters, H.-G.: *Die Kunst der Intrige.* Hamburg 1966.

Delms, G.: *Organisation von Tagungen und Kongressen.* Düsseldorf 1962.

Dichgans, H.: *Das Unbehagen in der Bundesrepublik.* Düsseldorf 1968.

Dieckmann, W.: *Information oder Überredung. Zum Wortgebrauch der politischen Werbung in Deutschland seit der Französischen Revolution.* Marburg 1964.

Dieckmann, W.: *Sprache in der Politik.* Heidelberg 1975².

Dyck, J. (Hrsg.): *Rhetorik in der Schule.* Kronberg/Ts. 1974.

Dyck, J.: *Bibliographie zur Argumentationsforschung 1966–1978.* In: *Rhetorik 1,* 1980.

Elertsen, H.: *Moderne Rhetorik.* Neu bearbeitet v. W. Hartig. Heidelberg 1982[9].
Erdmann, K. O.: *Die Kunst, recht zu behalten.* Berlin 1965[6].
Erler, F.: *Politik für Deutschland.* Stuttgart 1968.

Fabian, G.: *Diskutieren, debattieren.* München 1964.
Fast, J.: *Körpersprache.* Hamburg 1976.
Frank-Böhringer, B: *Rhetorische Kommunikation.* Quickborn 1963.

Gatzemeier, M.: *Argumentationslehre im schulischen Unterricht.* In: *Diskussion Deutsch*, H. 30 (1976).
Gauger, H.: *Die Kunst der politischen Rede in England.* Tübingen 1952.
Gaus, G.: *Zur Person. Porträts in Frage und Antwort.* München 1964.
Geißler, E.: *Das Kampfgespräch.* In: *Das gesprochene Wort.* Jg. 1940/4–6.
Geißner, H.: *Über das Dialogische im Fünfsatz.* In Kühlwein/Raasch (Hrsg.): *Sprache und Verstehen,* Bd. 1. Tübingen 1980.
Geißner, H.: *Rhetorik und politische Bildung.* Königstein/Ts. 1981[2].
Geißner, H.: *Mit Gründen streiten (Argumentationspraxis).* In: *Diskussion Deutsch,* H. 82, Jg. 1985.
Gelner, C.: *Die Kunst des Verhandelns.* Heidelberg 1960.
Gerathewohl, F.: *Technik und Psychologie der Verhandlung.* Bad Homburg 1954[6].
Goes, A.: *Über das Gespräch.* Hamburg 1956.
Göttert, K.-H.: *Argumentation. Grundzüge ihrer Theorie im Bereich theoretischen Wissens und praktischen Handelns.* Tübingen 1978.
Gommel, J.: *Rhetorisches Argumentieren bei Thukydides.* Hildesheim 1966.
Grewe, W.: *Der diplomatische Kompromiß.* In: *Europa-Archiv,* Nov. 1964.
Grieswelle, D.: *Propaganda der Friedlosigkeit. Eine Studie zu Hitlers Rhetorik 1920–1933.* Stuttgart 1972.

Habermas, J.: *Theorie des kommunikativen Handelns,* 2 Bde. Frankfurt/M. 1981.
Hamilton, W. G.: *Die Logik der Debatte*, deutsch v. G. Roellecke. Heidelberg o. J.[3] (1978).
Haukey, M.: *Diplomacy by Conference.* London 1946.
Hayter, W.: *The Diplomacy of the Great Powers.* New York 1961.
Hertwig, M./Neß, K.-H.: *Diskussion und Dialektik.* München 1965.
Hoche, K.: *Konferenzen. Planung, Vorbereitung, Durchführung, Auswertung.* München 1974[2].
Hoesel, A. F. G. van: *Klarer Denken, Sprechen und Diskutieren.* Heidelberg 1959.
Hofstätter, P.: *Gruppendynamik,* Hamburg 1957.
Holz, F.: *Methoden fairer und unfairer Verhandlungsführung.* Kissing 1982[3].
Homberger, D.: *Übungen zur Rhetorik.* In: Dyk, J. (Hrsg.): *Rhetorik in der Schule.* Kronberg/Ts. 1974.

Iklé. F. Ch.: *Strategie und Taktik des diplomatischen Verhandelns.* Gütersloh 1965.

Jahn, H. E.: *Rede – Diskussion – Gespräch.* Frankfurt 1954.
Jamison, R./Dyck, J.: *Rhetorik – Topik – Argumentation. Bibliographie zur Redelehre und Rhetorikforschung im deutschsprachigen Raum 1945–1978/80.* Stuttgart – Bad Cannstatt 1983.
Jaspers, K.: *Von der Wahrheit. Philosophische Logik,* Bd. 1. München 1947.
Jung, H.: *Handbuch der kommunalen Redepraxis.* Stuttgart 1966².

Kaufmann A.: *Entscheidungstechnik im Management.* Müchen 1968.
Kelber, M.: *Gesprächsführung.* Opladen 1977¹².
Kirschner, J.: *Manipulieren – aber richtig. Die acht Gesetze der Menschenbeeinflussung.* München/Zürich 1974.
Kissinger, H. A.: *Memoiren 1968–1973.* München 1979.
Köhler, G.: *Schule der Schlagfertigkeit.* Nürnberg 1955.
Köhler, T.: *Versammlung und Diskussion.* Kevelaer o. J.
Kopperschmidt, J.: *Allgemeine Rhetorik. Einführung in die Theorie der Persuasiven Kommunikation.* Stuttgart u. a. 1976².
Korff, E.: *Reden – Diskutieren – Verhandeln.* Bad Homburg o. J.
Korff, E.: *Redetechnik als Führungsmittel.* München 1967.
Kühn, H.: *Die Kunst der politischen Rede.* Düsseldorf/Wien 1985.
Kurka, E.: *Wirksam reden – besser überzeugen. Einführung in die sozialistische Rhetorik.* Berlin (Ost) 1970.

Lamm, H.: *Analyse des Verhandelns,* Stuttgart 1975.
Lange, A.: *Kleine Schule für Rede und Diskussion.* Augsburg 1965.
Lange, G.: *Breviarium Rhetoricum.* Bayreuth 1976⁶.
Lasker, B.: *Democracy Through Discussing.* New York 1949.
Le Bon, G.: *Psychologie der Massen.* Leipzig 1932⁶.
Lehmann, J./Glaser, H.: *Die Rede des Politikers.* Bamberg 1978².
Lemmermann, H.: *Lehrbuch der Rhetorik.* München 1986 (Neuauflage).
Leonhardt, R. W.: *Argumente pro und contra.* München 1974.
Letermann, E. G.: *Provisionen fallen nicht vom Himmel.* Düsseldorf 1956.

Mangold, W.: *Gegenstand und Methode des Gruppendiskussionsverfahrens.* Frankfurt/M. 1960.
Mayer, H.: *Rhetorik und Propaganda.* In F. Benseler (Hrsg.): *Festschrift zum 80. Geburtstag von Georg Lukács.* Neuwied/Berlin 1965.
Meinert, F.: *Vernehmungstechnik.* Lübeck 1956.
Metzing, D. W.: *Formen kommunikationswissenschaftlicher Argumentationsanalyse.* Hamburg 1975.
Mohler, A.: *Die 100 Gesetze erfolgreicher Verhandlung.* München 1983.
Mohler, A.: *Die 100 Gesetze überzeugender Rhetorik.* München 1984.
Muckenschnabel, W. R.: *Entscheiden wird deine Redekunst.* Hagen/W. 1959.
Müller, L.: *Diskussion, Gerede, Scheindiskussion.* In: *Die Pädagogische Provinz.* Jg. 1956, S. 154 ff.
Müller, U.: *Denken – Reden – Überzeugen.* Rottweil 1974.
Müller-Freienfels, R.: *Menschenkenntnis und Menschenbehandlung.* Berlin 1951.

Naess, A.: *Kommunikation und Argumentation.* Kronberg/Ts. 1975.
Neumann, R.: *Zielwirksam reden.* Grafenau 1978.
Nickl, M. M.: *Zur Rhetorik parlamentarischer Mißtrauensvoten im Deutschen Reichstag (1931/32) und Bundestag (1972).* München 1976.
Nicolson, H.: *Kleine Geschichte der Diplomatie.* Frankfurt/M. 1955.
Nielson, A.: *Erfolgreich verhandeln.* Minden o. J.

Orton, E./Stoldt, P. H.: *Discussing and debating.* Stuttgart 1968.

Pelster, Th.: *Die politische Rede im Westen und Osten Deutschlands.* Düsseldorf 1966.
Perelman, Ch.: *Juristische Logik und Argumentationslehre.* München/Freiburg 1979.
Perelman, Ch.: *Logik und Argumentation.* Kronberg/Ts. 1979.
Perelman, Ch.: *Das Reich der Rhetorik. Rhetorik und Argumentation.* München 1980.
Pfister, J. H.: *Die Kunst der Diskussion.* München 1948.

Reiners, L.: *Die Kunst der Rede und des Gesprächs.* Bern/München 1955.
Rother, W.: *Die Kunst des Streitens.* München 1961.
Rudolph, E.: *Frei reden und überzeugen.* München 1967.
Rüdenauer, M.: *Die Kunst der freien Rede – Führungskräfte sprechen sicher und überzeugend.* Kissing 1979.

Sandow, J.: *Studien zur Rhetorik im Deutschen Bundestag.* In: *Publizistik* 7/1962.
Schecker, M. (Hrsg.): *Theorie der Argumentation.* Tübingen 1977.
Schiff, M.: *Redetraining.* München 1984³.
Schlesinger, A. M.: *Die tausend Tage Kennedys.* Bern/München 1965.
Schlüter, H.: *Grundkurs der Rhetorik.* München 1985⁹.
Schmidt, P.: *Statist auf diplomatischer Bühne.* Bonn 1950.
Schopenhauer, A.: *Parerga und Paralipomena,* Kap. II: *Zur Logik und Dialektik.* Halle 1902.
Schorer, H.: *Das Gespräch in der Schule.* Frankfurt 1960².
Schorkopf, H.: *Reden, frei – verständlich – wirksam.* Freiburg/Br. 1985³.
Schuh, H.: *Die Argumentation in Rede, Gespräch und Diskussion.* In: *Information für die Truppe,* 8/1972.
Schuh, H./Watzke, W.: *Erfolgreich Reden und Argumentieren.* München 1983.
Stirner, H.: *Die Agitation und Rhetorik Ferdinand Lassalles.* Marburg 1979.

Tengelmann, C.: *Die Kunst des Verhandelns.* Heidelberg 1973.
Theato, E./Reineke, W.: *Konferenzen und Verhandlungen erfolgreich führen und gestalten.* Heidelberg 1976.
Toulmin, St.: *Der Gebrauch von Argumenten.* Kronberg/Ts. 1975.

Ueding, G./Steinbrink, B.: *Grundriß der Rhetorik. Geschichte, Technik, Methode.* Stuttgart 1986.

Wallfisch-Roulin, P.: *Verhandlungstechnik.* Stuttgart 1928[7].
Weidenmann, B.: *Diskussionstraining.* Stuttgart 1973.
Weller, M.: *Ich bitte ums Wort. Handbuch des gesamten Sitzungs- und Versammlungswesens.* Düsseldorf 1960.
Weller, M.: *Die besten Regeln der Rhetorik aus zwei Jahrtausenden.* Düsseldorf 1969.
Wildner, A.: *Die Technik der Diplomatie.* Wien 1959.

Zarn, G.: *Gedanken zur dialogischen Konfliktregelung.* In: *Beiträge zur Konfliktforschung* 3/1971.
Zechlin, W.: *Die Welt der Diplomatie,* Frankfurt/Bonn 1960.
Zielke, W.: *Rhetorik programmiert lernen.* München 1978[5].
Zimmermann, H. D.: *Die politische Rede. Der Sprachgebrauch Bonner Politiker.* Stuttgart (u. a.) 1975[3].
Zimmermann, H. D.: *Frieden in Freiheit und Freiheit in Frieden.* Zur Nachrüstungsdebatte im Deutschen Bundestag am 21. und 22. November 1983. In: *Diskussion Deutsch* 16 (1985), H. 82.

Personenverzeichnis

Stichwortverzeichnis

Der Autor

Heinz Lemmermann wurde am 18. August 1930 in Trupe-Lilienthal bei Bremen geboren. Von 1950–55 studierte er an der Musikhochschule und an der Universität Hamburg u. a. Schulmusik, Musik-, Erziehungswissenschaft und ev. Theologie. 1956 trat er in den höheren Schuldienst in Bremen ein. 1962 wurde er Dozent, 1968 Professor an der Pädagogischen Hochschule Bremen. Seit 1973 ist er als Prof. an der Universität Bremen tätig (Fachbereich Kommunikation/Ästhetik; Musik und ihre Didaktik), Dr. phil.

Als Autor, Herausgeber und Mitherausgeber von Fachschriften und Schulbüchern sowie durch umfangreiche Vortrags- und Kursleitertätigkeit wurde er weithin bekannt. In dieser Tätigkeit, aber auch in kulturellen und kommunalpolitischen Gremien, sammelte er jene Erfahrungen, die er seinen beiden Büchern »Lehrbuch der Rhetorik« und »Schule der Debatte« zugrunde legte.

Das »Lehrbuch der Rhetorik«, 1962 erstmals erschienen, ist mit seinen vielen Auflagen zu einem Standardwerk geworden. Die »Schule der Debatte« ist die immer wieder gewünschte Ergänzung, die 1986 folgte.

Heinz Lemmermann ist verheiratet und hat vier Söhne. Von seinen weiteren Werken seien genannt:

»Kriegserziehung im Kaiserreich« (2 Bände, Lilienthal 1984); »Musikunterricht. Didaktik im Grundriß« (Bad Heilbrunn 1984[3]); »Jahrbuch für Musiklehrer« (Mitherausgeber; Lilienthal 1979 ff.); Schulliederbücher »Die Zugabe« (3 Bände; Boppard 1968, 69, 73); »Liedermagazin« (Mitherausgeber; Kassel 1975).

Belletristik: »Der lachende Tag«, »Das Jahr hindurch« (Kindergedichtsammlungen; München 1969); »Wilhelm Busch für alle Fälle« (Bremen 1981); »Bookwetenpankoken« (Bremen 1980); »Dirk Donnerslag, Moin Moin! Glossen un Geschichten« (Bremen 1986). Außerdem stammen von ihm Kompositionen, insbesondere Lieder und Chormusik.